백성

백성

18

제5부 | 돌아오는 꽃

김동민 대하소설

문이당

차례

제5부 | 돌아오는 꽃

그 옛날 어디선가

여러 개의 하늘이 무너져 내리고 땅이 꺼져 내려앉고 있다.

그의 몸이 그 여러 개의 하늘과 여러 개의 땅 사이에서 그 끝없는 분열을 계속하고 있다. 그것은 아주 날카로운 음향과 함께 마구 튀어 오르는 유리 파편이나 쟁그라운 소리를 내면서 쪼개지는 얼음장과도 유사했다. 그리고 바로 그런 와중에 동업은 꼭 꿈결에서처럼 들었다. 아뜩한 벼랑 끝에서 가뭇없이 들려오는 소리였다.

"시방 보이……."

바람은 설단의 진초록 빛깔 치맛자락 끝에서만 불고 있는 듯했다.

"과연 온 시상이 알아주는 대 동업직물 되련님답거마는."

눈비를 맞고 흔들려도 햇빛에 눈부셔도 무심해 보이는 플라타너스가 이날은 열심히 그들을 바라보고 있는 것 같았다.

"이런 이약 듣고도 아무치도 않은 거 본께네."

커다란 황구 한 마리가 꼬리를 달랑거리며 길 저쪽으로 달려가고 있었다. 꺽돌 입에서는 이런 말까지 나왔다.

"부모가 광대 팬가? 연기도 잘하는 거 겉거마."

"……."

그래도 동업이 대꾸가 없자 꺽돌은 비화 집안까지 들먹였다. 마지막 비상용으로 쓸 재료로 남겨놓았는지도 모른다.

"그라이 동업직물 웬수 집안이 눈고도 잘 알것제?"

'넘어가모 안 된다.'

동업은 철저히 호랑이에게 물리고 만 처지라는 것을 알았다. 제발 정신 차려야 한다고 죽비로 내리치는 심정으로 자신을 모질게 다독거렸다.

'우리 웬수 집안.'

저 말을 하는 의중은 또 무어란 말인가? 내 머리가 제대로 붙어 있나 싶었다. 그렇지만 그 환장할 것 같은 순간에도 우리 집에서 종살이하던 저따위 비천한 것들에게 당할 수는 없다고 다짐했다. 누가 뭐래도 나는 한때 그들에게 하늘과도 같은 상전이었다.

지금도 달라진 건 아무것도 없다는 판단을 내렸다. 비록 우리 집에서는 나갔지만, 돈이나 권력에서는 여전히 상하관계를 유지하고 있다고 보았다. 그것도 영원토록 뒤엎을 수 없는 '숙명'이라는 강력하고 엄연한 이름으로 말이다.

'그렇다모 내한테도 생각이 있다.'

동업 스스로 느끼기에도 야릇한 현상이 나타났다. 몸도 마음도 거미줄 처진 낡고 오래된 폐가 무너지듯 그대로 허물어져 내릴 것 같았는데, 거짓말처럼 안정되기 시작했다. 아니었다. 그 정도를 훨씬 뛰어넘었다. 심지어 너끈히 대적할 자신감마저 생겼다.

상전과 하인. 그 주종관계의 힘이 그렇게 불가해하고 위대한 것인가? 그렇다. 그게 바로 현실이라고 여겼다. 바람이나 연기나 구름이 아닌 이상 인간은 누구라도 거기에 발을 붙이고 살아갈 도리밖에 없는 현실이다. 그가 서원에서 배운 적이 있는 이른바 저 '삶의 진리'라는 것이었다.

"우리하고 웬수 집안?"

동업은 곱상한 얼굴을 찡그리며 사금파리 깨무는 것과 비슷한 소리를 내어 꺽돌이 했던 그 말을 해 보였다. 동업직물 원수 집안, 그것은 얼핏 대단한 반전을 불러올 조짐을 띠어 보이는 말이었다.

그러나 꺽돌의 의도와는 다르게 그 말이 동업 가슴에 그다지 큰 파문을 일으키지는 못했다. 사실 그 소리는 동업이 아주 어린 시절부터 그야말로 두 귀가 따갑도록 들어온 이야기였다. 하루 세끼 밥 먹듯 그 말을 곱씹는 집안 어른들이었다. 오로지 그 소리를 하기 위해서 살아가는 것으로 비쳤다. 특히 할아버지가 심했다.

"웬수 없이 사는 사람이 올매나 될 끼라꼬."

동업은 별거 아니라는 투로 물었다.

"그란데 각중애 그 이약은 와?"

그러고는 꺽돌이 무어라 입을 열 틈을 주지 않고 즉각 이렇게 덧붙였다.

"씰데없는 쇠똥매이로."

그때 저만큼 길 위로 소가 아니라, 말 한 마리가 나타났다. 마부가 끄는 마차였는데 방금 동업이 한 이야기를 알아듣기라도 했는지 그 흰말은 새카만 배설물을 멋대로 쏟아놓고 횡하니 가버렸다. 쇠똥이 아니라 말똥인 셈이었다.

"하기사 쇠똥도 약에 쓸라모 없다 쿠더라마는."

이어지는 동업의 말에도 꺽돌은 곧바로 대꾸하지 못했다. 반전에 반전의 연속이 아닐 수 없었다. 벼르던 제사에 물도 못 떠 놓는다고, 잘하려고 하다 보니 오히려 더 못하는 경우가 돼버린 꼴이었다.

설단은 이물질이 들어간 것처럼 눈알이 쓰렸다. 눈을 끔벅거리며 다시 봐도 확실히 전날의 동업이 아니었다. 세월의 힘이 이토록 크고 무서운 것인가 싶었다.

'암만 그렇다 쿠더라도 우찌 저리?'

근동 최고 갑부 가문인 동업직물의 장손이기는 해도 어릴 적의 동업은 여느 집 아이들과 그다지 다르지 않았다. 아니, 다르지 않은 게 아니라 되레 겁도 더 많았고 자기표현에도 무척 자신이 없는 아이였다.

더군다나 자기 집에서 부리고 있는 종년 언네를 두려워하는 모습을 보일 때는 저게 상전 자식이 맞나 의심이 갈 지경이었다. 그리고 그 무엇보다도 설단 눈에 동업이 썩 뛰어나 보이지 않은 결정적인 이유는 따로 있었다. 바로 그녀가 동업의 비밀을 명경 알만큼이나 훤히 알고 있다는 그것이었다.

'지가 암만 글싸도 출생 성분이라쿠는 기 안 있나? 콩 심은 데 퐅(팥) 안 나고, 퐅 심은 데 콩 안 난다 캤제.'

업둥이다. 그렇다. 제 자식을 키울 수 없는 누군가가 남의 집 앞에 갖다 버린 아이다. 그 근본조차도 모르니 어찌 떠받들어 모실 것인가 말이다.

그뿐만이 아니었다. 핏덩이인 동업을 분녀보다 먼저 발견한 사람이 설단이었다. 다른 것은 몰라도 동업에 관한 한 이 세상에서 그녀를 덮을 사람이 없는 것이다.

그날 이른 새벽, 자식 점지를 해주십사 절집 부처님께 가서 백일기도 드리기 위해 집을 나서는 분녀 마님을 모시고 막 집 밖으로 나왔을 때, 허름하기 짝이 없는 포대기에 싸여 거기 솟을대문 앞에 놓여 있던 한 가련한 생명이었다. 바람이 불면 아무렇게나 날아가 버리는 휴지 나부랭이나 쓰레기만큼이나 형편없던 몰골이었다.

'쪼꼼만 늦기 발견됐어도 굶어 죽거나 얼어 죽었을 끼 살아갖고 까분다.'

그때 분녀가 너무나 좋아 미쳐 날뛰던 모습이 아직도 두 눈에 선하다. 도대체 대를 이을 후손이 뭔데 저럴까 했었다. 분녀가 사람들 손가락질받을 정도로 지나치게 많이 타고 다니던 가마 낙상 사고로 죽고 나서, 동업이 업둥이라는 그 사실을 알고 있는 사람은 천지를 통틀어 억호와 설단 자신뿐이었다.

'내가 입만 열모 니는 그걸로 끝인 기라.'

그리하여 설단은 은연중 동업을 대수롭잖게 여기는 마음을 접어버릴 수 없었다. 동업이 제 딴에는 대갓집 도령 행세를 하는 꼬락서니를 보면, 출생 성분도 모르는, 좀 심한 말로 어디서 어떻게 굴러먹던 개뼈다귀인지 쇠뼈다귀인지도 모를 그가, 한정 없이 가소로웠으며 나아가 불쌍하고 애처롭다는 생각까지 품었던 설단이었다.

그런 동업을 두고 절대로 분녀가 낳지 않았다고 자신하던 언네였다. 그러는 언네가 설단은 그렇게 무섭고 두려울 수가 없었다. 모든 것들을 귀신보다도 더 잘 꿰뚫어 볼 줄 아는 여자, 독사 같고 진드기 같은 여자, 세상에서 가장 강한 여자로 비쳤다.

그런데 지금은 그 언네가 어떻게 되어 있는가. 앉은뱅이가 되어 바깥출입도 할 수 없는 처참한 신세가 돼버렸다. 달걀로 바위를 깨려고 설쳐댄 대가였다. 종년은 종년인 그대로 살아가야 마땅했다. 하늘이 정해준 신분에 따라 살지 않은 데 대한 천벌이 내린 것이다.

'그라모 내가 머를 잘몬 알고 있는 기까?'

설단은 지금껏 전혀 실감하지 못했던 어떤 새로운 감정을 동업에게서 느끼기 시작했다. 어른인 꺽돌을 상대하면서도 결코 뒤로 밀리지 않고 있는 동업이었다. 오히려 모든 주도권을 쥐고 있는 것같이 구는 그였다.

'아, 무시라.'

설단은 젊은 날의 배봉이나 억호를 만나고 있다는 섬뜩한 느낌마저

들었다. 바로 옆에 선 나무가 쓰러지면서 와락 덮쳐오는 환영에 사로잡혔다.

'해나, 해나?'

심지어 동업이 배봉가의 피를 고스란히 물려받은 것 같은 착각도 일었다. 업둥이 사건은 단지 그녀가 엉터리 꿈속에서 겪었던 일이고, 실제로는 그런 것이 아니었지 않나 하고 여겨질 형국이었다. 칼로 잘게 썬 무나 오이처럼 정신이 열 가닥 백 가닥으로 갈라지는 기분이었다.

'저 사람은 와 저라노.'

설단은 동업을 향했던 눈을 돌려 꺽돌을 바라보았다. 무척이나 안타깝고도 애절한 눈이었다. 그것은 무언의 응원과 흡사했다. 의義로 맺은 어미 언네 복수를 포기하지 말라는 격려였다.

부부라는 남다른 관계의 끈을 통해 설단의 그런 눈빛을 읽어낸 것일까. 꺽돌이 좀 더 당찬 모습으로 나오기 시작했다. 그는 기선을 잡았던 좀전의 그로 돌아가 단도직입적으로 쏘아붙였다.

"와 나루터집이라꼬 말 몬 하노?"

손으로 거기 서 있는 플라타너스 가로수를 뿌리째 뽑아버릴 기세의 꺽돌이었다. 과연 그 이름값에 걸맞은 모습이었다.

"고마 겁이 나는가베?"

그를 낳은 허나연을 닮아 허리가 긴 동업의 몸이 가늘게 떨렸다. 나루터집이라는 이름은 그에게 영원히 벗어던질 수 없는 멍에였다.

그런가 하면, 그것은 삶의 과녁이었다. 항상 초긴장 상태로 그 목표물에 명중시키기 위한 화살이나 총을 단단히 겨누고 있어야 했다. 그는 종교만큼이나 굳건히 믿고 있었다. 언젠가는 나루터집과 사생결단을 내야 할 날이 올 것이다.

'피할 수 없는 일이라모 도로 퍼뜩 와삣으모 좋것다.'

그런데 동업 가슴 한복판에 커다란 바위나 거목처럼 깊숙이 뿌리를 내리고 있는 대상은 비화가 아니었다. 그녀 아들 준서였다. 그가 원수 나루터집과의 대결을 떠올리면 거역할 수 없는 숙명인 양 가장 먼저 다가서는 얼굴이었다. 비록 살짝 얽은 빡보였지만 썩 잘생긴 얼굴에 더없이 영리해 보이는 두 눈이었다.

'그날만 생각하모 와 이리 안정이 안 되노.'

지난번 성 북동쪽에 있는 대사교 위에서 우연히 맞닥뜨렸을 때, 준서에게서 무섭게 작열하는 태양 빛과도 같은 어떤 강렬한 기氣를 확연히 느끼고 전율을 금치 못했던 동업이었다. 그것도 끝 간 데를 짚어내지 못할 깊은 내부로부터 확 뿜어져 나오는 힘이었다.

생명체가 활동하는 데 필요한 육체적, 정신적 힘이 기라고 스승으로부터 배웠다. 그 기가 세다는 것은 진실로 두려운 일이었다. 솔직히 주눅이 들었다. 무엇보다 그것은 천성적으로 타고난 것이어서 후천적인 공부라든지 훈련으로 얻을 수 있는 것이 아니라고 했다.

한데 귀신도 모를 노릇이었다. 준서에 대한 크나큰 적대감과 더불어 절대로 그에게 질 수 없다는 오기와 경쟁의식이 그토록 팽배했음에도 불구하고 이상하게 이끌리는 구석이 있었다. 알 수 없는 놈이었다. 상식이 통하지 않는 어떤 수상한 기류가 작용하고 있는 것만 같았다. 도대체 왜 그랬을까, 왜?

'내가 미칫다 아인가베. 지 중신 갖고는 그리 몬 한다.'

동업은 애당초 말도 되지 않는 소리라고 치부하며, 그따위 망상은 그만 떨쳐버리기 위해 카랑한 목소리로 꺽돌에게 응했다.

"나루터집이 무신 재조로 우리 상대가 될 수 있것노?"

"그거는……."

꺽돌이 말을 더 잇기도 전에 동업은 희고 갸름한 턱을 치켜들고 계속 꺽돌을 압박해 들어왔다.

"그거는, 텍도 없는 소린 기라."

"머라?"

숯 검댕 같은 꺽돌 눈썹이 꿈틀했다. 얼핏 험상궂은 산적 두목을 방불케 했다.

"텍도 없는?"

그는 그만큼 성이 크게 났다는 증거였다. 그의 온몸에서는 수백 수천 개의 칼날이 뿜는 듯한 위험한 기운이 전해졌다. 그런 남편을 조마조마한 심정으로 지켜보는 설단도 가슴 속에서 뜨거운 기운이 와락 치밀었다.

'말을 해도 우찌 저리하노.'

그 오만방자함과 후안무치에 치가 떨렸다. 못되고 거만한 것들이 세상을 이끌거나 바꾼다고 하였다. 그 춥고 배고픈 긴긴 겨울날 밤에 행랑아범이 주인들 처소 쪽을 한참 노려보면서 그랬었다. 그래도 나이를 놓고 볼 때 한두 살 차이가 나는 것도 아닌 어른에게 시종일관 말을 툭툭 내리까는 저 뻣뻣함이라니.

'그 나물에 그 밥이라더이.'

아무래도 배봉과 억호에게서 나쁜 영향을 많이 받아온 모양이라는 생각이 들었다. 다른 것을 다 떠나 지금은 자기들 두 사람이 그의 집안 종이 아니다.

"좋다!"

꺽돌 음성에 저 말티고개에 있는 대장간에서 나오는 것 같은 열기가 왕왕 끓고 있었다. 한데, 그다음에 튀어나온 말이 비상했다.

"그라모 나루터집 남자 쥔은 우떻는데?"

"……."

일순, 동업이 꺽돌을 빤히 바라보았다. 그에게서는 그건 전혀 예상치 못한 말이라는 매우 황당한 빛이 강하게 서려 있었다. 그가 아무리 심상한 척 가장하려고 해도 자루를 뚫고 나오는 송곳은 어쩔 수가 없는 것이다.

'우찌 다린 사람을?'

나루터집이라면 당연히 김비화라는 이름이 나올 것으로 예상했던 그였다. 왜냐면, 사람들이 나루터집을 이야기할 때는 으레 그 이름부터 먼저 입에 올렸으니까. 그건 아침에 해가 뜨고 저녁에 달이 뜨는, 그러니까 일종의 상식에 가까웠다.

단지 다른 사람들만 그러는 게 아니었다. 그의 할아버지나 아버지, 어머니도 예외는 아니었다. 심지어 그 많은 집안 비복들도 똑같았다. 나루터집 바깥주인에 대해서는 거의 입 밖에 비치는 사례가 드물었다. 어떤 면에서 보자면 그는 유야무야한 존재였다.

그런데? 꺽돌은 그 사람 이야기를 하고 있다. 이상하다는 느낌이 동업의 전신을 세게 휘감았다. 벙어리 웃는 뜻은 양반 욕하자는 뜻인데, 이건 도무지 짐작되는 바가 없었다. 서당과 서원에서 배우고 익힌 숱한 지식들이 그 순간에는 무용지물로 전락하고 있었다.

"그 쥔 남자도⋯⋯."

꺽돌은 승세를 잡은 사람의 고무된 얼굴로 다시 내질렀다.

"그 쥔 남자도 상대가 안 된다, 그런 말이가?"

상대에게 말려들지 않으려는 심산인지 아무런 대답 없이 탐색하는 눈빛의 동업에게 이미 패는 던져지고 결과는 드러났다는 투로 말했다.

"머 생각할 필요도 없거마는."

한길을 지나가는 소달구지 덜컹거리는 소리가 유난히 귀를 크게 울렸다. 꺽돌 목소리도 덩달아 높아졌다.

"궁리할 가치도 없다쿤께?"

상대가 짜증나고 지칠 정도로 끈덕지게 같은 소리를 던졌다.

"생각 안 하고 궁리 안 해도 다 알 수 있는 기라."

"……."

동업은 아무러한 대꾸도 하지 않았다. 그만큼 내공을 쌓았다고나 해야 할는지. 그 대신 꺽돌이 갑작스럽게 그런 소리를 해대는 저의를 파악하기 위해 제 딴에는 무척이나 고심하는 모습이었다. 무엇인가 크게 작심하고 덤벼드는 모습의 상대가 밑도 끝도 없이 이런 이야기를 꺼내는데에는, 반드시 감춰진 중대한 사유가 있을 것이라고 보는 것이다.

'머까, 그기 머까?'

세상에는 천륜이란 것이 있다고 했다. 하늘이 맺어준 부모와 자식, 형제 사이에 지켜야 할 도리였다.

그때 그 순간, 동업의 머릿속으로 신의 뜻깊은 계시와도 같이, 아니면 무슨 모를 필연처럼, 확 나타나 보이는 두 얼굴이 있었다.

허나연과 박재영.

물론 동업은 그들 이름은 전혀 알지 못한다. 그뿐이 아니다. 지금 꺽돌이 얘기하고 있는 나루터집 바깥주인과 그 박재영이 동일인이라는 사실도 모른다. 하지만 그들 두 사람이 동업 자기에게 해 보였던 그 언동들은 너무나도 특이하여 아직도 자다가 일어나도 말해 보일 수가 있다. 그만큼 그의 마음에 깊이 각인되어 있다고나 할까.

남자보다 여자 쪽이 더 그렇다. 동업 자신과 눈이 닮았던, 아니 똑같던 여자였다. 그녀를 맨 처음 만나 이야기를 나눈 곳이 비봉산으로 통하는 길 위에서였다. 고을 수령이 있는 동헌東軒과 지방 사족士族의 공간인 향청鄕廳 사이에 가로놓여 있는 곳이었다.

그날 그 여자는 아직 세상 물정 잘 모르는 동업 눈에도 이해되지 않는 점들이 지나치게 많았다. 난생처음 대하는 그를 바라보는 눈빛이 어찌 그리도 복잡할 수 있었을까. 더욱 황당했던 것은, 그 여자가 웃다가 울기도 하기 때문이었고, 그 뒤 성곽 북동쪽을 넓게 두르고 있는 대사지에서 함께했을 당시도 그를 대하는 태도가 더할 나위 없이 심상찮았었다. 그리고 대사지 북쪽으로 즐비하게 늘어서 있는 저 진鎭의 건물들은 왜 그렇게 침묵에 싸여 보였던가.

그러자 동업 뇌리에 또 비화와 준서가 자리 잡아 왔다. 때마침 아버지 심복 양득이 거기를 지나가지 않았다면 그 준서라는 아이와의 사이에 어떤 사건이 벌어졌을지 상상만으로도 아찔하였다. 그날 이후로는 그들 모자를 만난 적이 없지만 같은 고을에서 살아가니 언제 또 맞닥뜨리게 될지 모른다.

거기서 그치는 게 아니었다. 그 남자에 대한 기억 또한 남달랐다. 지금 와서 뒤돌아봐도 자꾸만 머리가 갸우뚱해질 일이지만 어쩐지 그 사람 얼굴이 생소하지 않았다. 아주 먼 옛날 어디에선가, 아니면 꿈속에선가 꼭 알고 있었던 사람 같았다. 그것도 그냥 잠깐 스쳐 간 정도가 아니라 만나서 많은 시간을 같이 지냈던 사람으로 여겨졌다. 어렸던 시절의 일이라 이제는 까물거리는 등잔불마냥 희미하긴 해도, 이상하게 눈이 가던 기억이 아직 잔설처럼 남아 있다.

하지만 동업은 고개를 가로저었다. 과대망상이다. 생각이란 이놈은 딱 붙들어두지 않으면 사방팔방 제멋대로 활개 치는 요물이다. 사람을 호리는 여우의 꼬리처럼 꼬리에 꼬리를 무는 법이다. 그렇다. 실로 얼토당토않은 헛것에 빠져들고 있는 동업 자신이다. 무엇인가를 크게 잘못 이해하고 있다. 도대체 말도 되지 않는 이야기다. 그렇다면?

동업은 각오를 꼭꼭 다져 꺽돌과 설단을 노려보았다. 저들이 무슨 속셈을 가지고 나를 혼란에 빠뜨리려고 하는지는 모르겠지만 정신을 바짝 차리지 않으면 큰일이 난다고 생각했다. 집안 어른들이 오랫동안 종으로 부리던 저들을 왜 속량시켜 주었는지는 알 수 없지만, 지금 그들이 하는 짓거리를 보니 필시 무슨 비밀에 싸인 사연이 있었던 게 틀림없었다. 그리고 그 앙금이 아직도 짙게 남아 있는 듯했다. 동업은 의구심과 더불어 더한층 경각심이 일었다.

'우짜든지 이 위기를 잘 넘기야 하는 기다.'

한편, 꺽돌도 동업의 내면을 비춰볼 거울은 가지지 못했다. 하긴 자기가 하는 말을 듣고 동업이 마음속으로 어떤 남자와 여자를 떠올리고 있다는 것을 어찌 짐작이나 하겠는가. 특히 허나연 쪽이 더 그러했다. 그럴 수밖에 없는 것이, 꺽돌이나 설단은 허나연이라는 존재에 대해서는 전혀 아는 바가 없었다. 아니, 그런 여자가 그들과 같은 세상에 살고 있다는 사실조차도 몰랐다.

그렇지만 이것 하나만은 기대할 수 있었다. 동업이 나루터집 남자 주인에 대해 뭔가 물어 오리라는 것이다. 그것은 무엇을 의미하겠는가? 동업이 미끼를 물었다는 증거가 된다. 따라서 이쪽에서 휙 낚아채기만 하면 동업은 낚싯바늘에 꿰인 물고기 신세가 되고 마는 것이다. 그리하여 빠져나오려고 버둥질치면 칠수록 차갑고 날카로운 금속 물질이 한층 깊이 파고들 것이다.

'이 좋은 기회를 놓치모 안 되는 기라.'

꺽돌은 몇 번이나 했던 다짐을 또 했다.

그런데 동업은 약았다. 꺽돌 생각보다 훨씬 더 닳아먹었다. 예전에 배봉을 따라가 부산포에서 만난 일본 상인 사토나 무라마치가 모두 인정했던 바도 있거니와, 매우 뛰어난 바탕과 기질을 지녔다. 그것은 누구에게 호락호락 당하지 않는 어머니 나연에게서 그대로 물려받은 유전자 영향이라고 할만했다. 아버지 재영은 그런 사람이 못 되었다.

그럼에도 박재영이란 인물은 그들 대화의 틀에서 끝까지 자유로울 수는 없었다. 적어도 그 순간에는 그보다 더 크고 중요한 위치를 차지하고 있는 사람은 없었다. 인간 세상에서는 영원한 주연도 영원한 조연도 존재하지 않는다는 사실을 현실로 잘 드러내어 보이는 셈이었다. 그리하여 꺽돌이 두 번째로 재영에 관한 이야기를 시작했을 때, 동업도 더 이상은 그 그물망을 빠져나가지 못했다.

　"나루터집 쥔 남자 이름이 박재영인데……."

　동업은 끝까지 듣지도 않고 그 이름을 입에 올렸다.

　"박재영?"

　플라타너스 잎사귀가 술렁거리는 소리를 내었다. 얼마나 대단한 사람 행차인지 모르겠다. 으리으리한 사인교 가마가 널찍한 길이 좁다 하고 거만 떨어대는 모양새로 지나가고 있었다. 배봉이 타고 다니고 분녀가 낙상한 것과 비슷한 가마였다.

　"그렇제, 박재영."

　꺽돌은 냉정해야 함에도 자신을 주체하지 못할 정도로 흥분해버린 상태였다. 그럴 수밖에 없었다. 동업에게 그의 친부 이야기를 하고 있는 자리였다.

　"박 재 영."

　동업은 마음에 새기듯 한 자 한 자 띄워가면서 그 이름을 되뇌었다.

　"끝꺼지 안 물을랑갑네?"

　꺽돌은 필살의 창을 겨누었다.

　"와 내가 그 사람 이약을 자꾸 해쌌고 있는고……."

　끝내 동업이 마지막 방패를 옆으로 치우듯 했다.

　"와 그 사람 이약을 자꾸 해쌌는데?"

　동업은 꺽돌의 무기 앞에 완전히 노출된 상태였다.

"진즉 안 그라고?"

꺽돌은 오랫동안 살아온 그네들 영토를 침범한 타지인을 물리치려는 원주민과 비슷해 보였다.

"잘 들어봐라꼬."

마침내 꺽돌이 최후의 마지막 창을 날리기 직전이었다.

"똑소리나는 우리 동업이 되련님하고…….."

동업이 흠칫, 하더니 묻는 것도 아니고 혼잣말도 아닌 어정쩡한 어조로 말했다.

"내하고?"

끝내 꺽돌이 날린 창끝이 동업 가슴팍에 가 꽂히는 결정적인 순간이 왔다.

"부자지간!"

"……."

확인사살 하듯 한 번 더 소리쳤다.

"부자지간!"

그런데 그렇게 두 번이나 반복했지만, 동업은 방금 막 자신이 들은 말이 무슨 의미인지 깨닫지 못하는 모습이었다. 그리고 그것은 지극히 정상적인 반응이었다.

"부자지간도 모리나?"

꺽돌이 창을 빼어 이번에는 좀 더 깊숙이 한 번 더 꽂았다.

"아부지하고 아들 사이."

동업이 세상에서 가장 심한 말더듬이처럼 했다.

"아, 아부지? 아, 아들?"

꺽돌은 잠자코 고개만 끄덕였다. 마지막 임무를 성공리에 완수한 용사 같았다.

"흐~읍."

설단이 마른침 삼키는 소리를 내었다. 해가 아주 잠깐 구름 속으로 들어간 모양이었다. 사위가 별안간 다른 세상이 된 듯 어두워지고 있었다. 지구 밖의 별세계였다.

"아, 그기 무, 무신?"

동업 눈앞에 곧바로 아버지 억호 얼굴이 나타났다. 그의 오른쪽 눈 밑에 박힌 크고 검은 점이 어른거렸다. 그 점이 굴렁쇠가 되어 굴러오고 있었다.

친어머니 분녀가 죽자 아버지가 즉시 재취로 들여앉힌 여자가 해랑이 라는 사실은 철들기 전부터 알았다. 그녀가 새어머니라는 것도 모르지 않았다. 그러나 아버지가? 아버지도?

아니, 그것도 그렇거니와, 저 나루터집 바깥주인이 내 아버지라니? 비화의 남편, 그가 누구냐? 바로 빡보 준서의 아버지가 아니냐? 그것은 만천하가 아는 일이다. 한데, 준서 아버지가 이 동업의 아버지라니? 내 아버지가 누구라고? 누가 내 아버지라고?

그렇다면 나와 준서, 준서와 나는 대관절 어떤 관계가 되는가? 뿐인 가? 준서 어머니 비화라는 여자와는? 아니, 아니, 아니다. 이, 이건 아 니다. 우리 동업직물과는 철천지원수 집안인 나루터집 남자 주인이 나 와 어떻다고?

그때다. 조그만 참새 무리가 사람들 근처에 서 있는 플라타너스 가지 에 날아와 앉아 소란스럽게 울어대기 시작했다. 서른, 아니 쉰 마리는 족히 넘어 보이는 새떼였다. 그 미물들에게도 오늘은 특별한 날인가. 그 것들이 내는 소리가 동업의 머릿속에 꽉 차버렸다. 맞았다. 꺽돌에게서 그 말을 듣는 순간, 온통 하얗게 비어버린 그의 뇌리를 반란군같이 점령 해 들어온 소리……

그 어지럽고 시끄러운 소리에 급기야 완전히 미쳐버리기라도 한 것일까? 영락없는 백치 얼굴이던 동업이 꺽돌을 향해 홀연 광인처럼 이렇게 소리친 것이다.

"꺽돌이! 니는 우리 집 종이었다!"

설단 쪽을 노려보면서 또 외쳤다.

"설단이! 니도 그랬다!"

그 고함소리에 설단의 안색이 대번에 샛노래졌다. 가을빛에 물든 작은 은행잎을 연상케 했다. 종…….

그런데 꺽돌은 달랐다. 그의 입에서는 땅속 깊이 내린 플라타너스 뿌리가 송두리째 뽑혀 나갈 정도로 엄청나게 큰 웃음소리가 터져 나왔다.

"하하핫! 으하하핫!"

그 거침없는 호탕한 웃음소리는 인간 세상을 덮어버리거나 뒤집어버릴 만하였다. 조금만 더하면 모든 생명체들 고막이 깡그리 터져나지 싶었다.

"너거…….."

동업이 두 사람을 총구로 겨누듯 손가락으로 가리키면서 또 무어라 입을 열려다가 아주 경악한 눈으로 웃음 병에 걸린 사람 같은 꺽돌을 보았다.

'아, 저이가?'

놀라기는 설단도 마찬가지였다. 길바닥도 깜짝 놀라 몸을 벌떡 일으킬 지경이었다. 그러거나 말거나 한번 시작된 꺽돌의 웃음소리는 그 끝을 몰랐다.

"하하하…… 하하하…… 하하하…….."

그 소리가 지나치도록 높아서일까? 참새들도 그만 거무스름한 부리를 다물어버리는 것 같았다. 나뭇잎 사이로 숨어들며 흑갈색 등을 옹크리는 성싶었다. 하필이면, 아니 어쩌면 다행스럽게도 그때 마침 그곳을 지나는 행인도 없었다.

"으하하하."

얼마나 그렇게 자기 혼자서 광인같이 웃어 젖혔는지 모른다. 이윽고 두 눈에 눈물이 번져 나올 정도로 파안대소하던 꺽돌이 어느 한순간 뚝 웃음을 그쳤다. 웃음기가 싹 사라진 그의 얼굴은 냉혈한을 떠올리게 했다.

그러자 갑자기 사위는 숨을 막히게 하는 고요가 한꺼번에 우우 밀려들었다. 낮의 정적은 밤의 그것보다도 오히려 더 깊고 무겁게 가라앉아 보였다. 그런 오싹한 공기는 사라지지 않고 오래 지속되었다. 죽음과도 같은 침묵의 흐름이었다. 그 속을 뚫고 꺽돌의 외침이 급소를 노리는 위험한 비수가 되어 튀어나왔다.

"종?"

"……."

"종!"

"……."

동업 얼굴은 밀랍으로 만든 그것 같았다.

"하모, 그래. 너거, 너거 족속들은 예전부텀 장 그래왔제."

이번에는 꺽돌이 되갚아주기라도 하듯 동업이 막 꺼내던 '너거'라는 말을 끌어와 썼다.

"거들먹거리쌌다가 고마 구석지에 몰리는 쥐새끼매이로 돼삐모, 운제나 들고 나오는 그 소리제."

구름 속에서 빠져나온 해가 한길 양쪽으로 기다랗게 늘어선 가로수마다 그 그림자를 끌어내고 있었다. 그것은 얼핏 검은 파수꾼 모습으로 비쳤다. 누구를 지키기 위해서 나타난 파수꾼인지 자연만이 알 것이다.

"하지만도 이 젖비린내 폴폴 나는 도령아!"

꺽돌은 그 고을 성내에 있는 높은 장대將臺 위에 올라서서 군사를 호령하는 장수 같았다. 어떻게 보면 무관 출신인 호한의 한창때를 떠올리게도 하였다. 그는 역적 사건에 연루되어 멸문지화의 제물이 된 가문의 후손이 맞을지도 모른다. 지리산 쪽에서 그 고장까지 그를 데리고 왔던 황 할아범은 그의 집안에서 부리던 노복일 수도 있었다. 언네가 종종 품던 그 예측이 빗나가지 않는다면.

"인자는 시상이 배꼈다는 것도 모리나?"

동업이 말이 없는 가운데 꺽돌이 눈은 설단을 보고 손으로는 제 탄탄한 가슴팍을 탁탁 치면서 말했다.

"아, 머 그리 거창한 말보담도, 우선에 이 꺽돌이나 설단이만 봐도 안 알것나."

동업이 입술을 꾹 깨물더니 간신히 말했다. 뭔가를 변명하는 사람 형용이었다.

"텍도 아인 소리를 한께 그렇제."

아무래도 궁색하게 들리는 소리였다.

"또 텍도 아인?"

금방이라도 무쇠 주먹을 휘둘러 동업의 희고 갸름한 턱을 가격할 태세였다. 동업은 나연을 닮은 긴 고개를 내저었다.

"시상에, 우찌 그런?"

"우찌 그런?"

흰 비단 폭 닮은 구름 한 장이 플라타너스 꼭대기에 걸려 오도 가도 못 하는 것으로 보였다.

"상식적으로 생각해도 아이다."

"상식?"

동업이 하는 말마다 죄다 곱씹으며 꺽돌이 눈알을 부라렸다. 그러자 그가 삽사리와 함께 오랫동안 자식처럼 키우고 있는 싸움소 천룡의 눈망울 같았다. 억호 심복 양득이 키우는 동업직물 해귀와 나란히 갑종 최고 투우로 손꼽히는 천룡이었다.

"시상에? 시상을 요 모냥 요 꼴로 맨들어삐린 기 눈데?"

"……."

또다시 이어지는 동업의 침묵이었다.

"노상 양반 행세해 처묵는 바로 너거 겉은 것들인 기라!"

아까부터 하늘 저 높은 곳에서 빙빙 돌고 있는 것은 솔개였다.

"알제? 모리나?"

싸움소가 뿔로 떠받는 기세로 꺽돌이 한 번 더 다그쳤다. 하지만 동업은 무섭게 부릅뜬 꺽돌의 눈을 피하지 않았다. 정면으로 맞받았다. 지켜보는 사람 간담이 서늘해질 간담이 아닐 수 없었다.

"내가 우째 주기를 바래는데?"

"머라꼬?"

꺽돌 목소리는 높았고, 동업 목소리는 낮았다.

"내한테 원하는 기 머신고?"

"허어!"

꺽돌이 울 것처럼 보이는 얼굴로 픽 웃음을 터뜨렸다.

"또 그런 개소리!"

잠깐 동업 얼굴에 분노의 빛이 떠올랐지만 이내 사라졌다. 그는 어쩌면 자신의 인내심을 시험해보려는 사람 같아 보였다.

"우째 주기를?"

꺽돌은 힘을 소모하고 있었고, 동업은 힘을 비축하고 있었다.

"원하는 기?"

조물주가 인간을 창조할 때 입은 하나, 귀는 두 개로 한 의미를 알고 있느냐? 그 순간에 동업은 그 말을 떠올렸다. 꺽돌은 벌떼에 쏘인 곰 형상으로 씩씩거렸다.

"종들이라모 모도 걸베이 근성만 있는 줄 알고 살아온 그 잘난 양반!"

하지만 꺽돌은 곧장 자기 그 말을 뒤집었다.

"양반은 무신 눔으 얼어뒤질 양반."

주변으로 광인같이 희번덕거리는 눈을 주었다.

"너거 집구석이 원래 양반 집구석이 아이라쿠는 거는, 온 고을 사람들이 다 안다. 소도 알고 개도 안다 아인가베."

동업이 어쩔 수 없이 붉으락푸르락해지는 얼굴로 억지 부리듯 했다.

"그래도 니하고 설단이하고는 우리 집에서 종 살았다."

꺽돌은 그 말에는 하등의 대꾸할 가치도 느끼지 않았다. 쓸데없는 소리보다 상대방 목젖을 누르는 게 더 급했다.

"박재영 그 사람, 퍼뜩 만내보고 싶제?"

한데, 전혀 망설이거나 주저하지 않고 곧바로 돌아오는 동업의 답변이었다.

"하나도 안 그렇거마."

진실은 독하다

언제 벗어난 걸까?

플라타너스 꼭대기에 걸려 있던 구름장은 그새 온데간데없었다. 먹이사냥이 수포로 돌아가고 말았는지 성공했는지 모르겠다. 창공을 선회하고 있던 솔개도 어디론가 사라지고 보이지 않았다.

"머할라꼬 만내나."

"머?"

이번에는 꺽돌이 역으로 한 방 얻어맞았다는 기색이었지만 곧 전의를 가다듬은 병사처럼 했다.

"그리 이약하는 그 심정 백분 알것다. 천분 만분 이해한다."

거리에는 어른들은 보이지 않고 아이들만 몇 명 뛰어가고 있었다. 아이들이란 왜 언제나 저렇게 내닫기를 좋아하는 걸까?

"겁나것제. 무섭것제."

허연 이빨을 개 해골 모양으로 드러내고 웃는 꺽돌 얼굴이 겁났다. 무서웠다.

"……."

다시 침묵하는 동업이었다. 다시 동정 베푸는 목소리가 되는 꺽돌이었다.

"에나 안됐다, 안됐다."

이번에는 한길 이쪽저쪽에서 말이 끄는 짐수레와 소달구지가 선약이라도 있은 듯이 거의 동시에 달려오고 있었다. 제동력을 잃은 것 같은 그것들은 하마터면 부딪힐 뻔했다. 그렇지만 이제는 그 어떤 것도 그들 눈에 들어오지 않았다.

"내 겉으모 당장 물팍 꿇고 골백분 절하것다."

때마침 맞은편에서 휙 불어오는 바람에 머리카락을 날리며 꺽돌이 동업 가슴팍에 야물게 못 박아주듯 딱딱 끊어가며 말했다.

"지한테, 진짜, 부모를, 갈카줬은께."

동업은 시종 벙어리로 일관했다. 그렇게 거짓 행세하는 건지 진짜 불가항력인지는 알 수 없었다.

"하기사! 진구렁창에 폭 빠질 고 양반 자존심에……."

꺽돌은 설단을 돌아보며 아무렇게나 말을 툭 내던졌다.

"자, 고마 가자꼬."

그의 안중에 말도 못 하는 동업의 존재는 더 이상 없어 보였다. 소나개보다도 더 못한 인간이 들으라고 하는 소리였다.

"여서 더 이랄 시간 있으모, 도로 우리 천룡이하고 삽사리 밥이나 주는 기 상구 더 낫다 아인가베."

설단이 막혀 있던 숨통을 틔우듯 했다.

"예."

그 순간이었다. 동업 얼굴 가득 더없는 초조감과 당황해하는 빛이 확연히 살아났다. 지금까지 둘러쓰고 있던 가면이 벗겨진 민낯이 거기 있었다.

"자, 잠깐만!"

동업은 막 돌아서려는 두 사람 몸이라도 붙들려고 하는지 손까지 내밀며 다급하게 외쳤다. 메기 잔등에 뱀장어 넘어가듯 슬쩍 넘어가려고 하는 모습은 이제 어디에서도 찾아볼 수 없었다.

"와?"

꺽돌이 심드렁한 표정으로 짤막하게 물었다.

"잠깐만 머할라꼬?"

그의 얼굴에는 보일락 말락 야릇한 웃음기가 서리어 있었다. 양반들은 저리 가라 할 정도의 건방진 티마저도 엿보였다.

"이약 쪼꼼만 더……."

동업 말투는 숫제 애원에 가까웠다. 그가 동업이 맞나 싶을 정도였다.

"이약?"

꺽돌이 보기 흉할 정도로 입술을 비틀어가며 빈정거렸다.

"우리 겉은 종눔 종년한테서 머 얻어들을 끼 있다꼬 이약을."

주저주저하는 빛을 보이는 설단에게 단단히 화가 난 듯한 목소리로 재촉했다.

"쌔이 가자쿤께?"

저만치서 달음박질하던 아이들이 그 소리에 놀랐는지 꺽돌을 바라보았다. 아이들과 함께 뛰어가던 개 두 마리는 계속 다리를 재게 놀려 한참 앞서고 있었다.

"가입시더."

그러는 설단 눈은 동업에게 가 있었다.

"집에 가서 천룡이하고 삽사리 밥도 멕이야제."

꺽돌은 바람이 세게 일어날 만큼 확 돌아서며 또 말했다.

"짐승만도 몬한 것들하고 입 섞을 끼 아이고."

설단도 발을 떼놓았다. 더위 먹은 소 달만 보아도 허덕이듯, 그녀가 늘 두려워하던 주인 집안 장손이 그 순간에는 입을 섞어 말할 가치조차 없는 존재로 하락하였다.

"아."

입에서 신음 같은 소리를 내면서 동업이 비틀거리듯 설단 앞을 가로막아 섰다. 그 화급한 순간에 꺽돌보다 따라잡기 쉬운 설단 쪽을 택한 것이다.

그때 설단 눈에 비쳐든 동업 얼굴은 완전히 다른 얼굴로 변해 있었다. 그렇게 바뀐 그는 이렇게 소리쳤다.

"아부지!"

설단에게 생면부지인 것처럼 보이는 동업은 처음에 그 말을 끄집어낸 꺽돌이 아닌 설단에게 물었다.

"나, 나루터집 그 남자가 내, 내 아부지라쿠는?"

그래, 별세계는 없었다. 지상의 모든 것들은 그대로였다.

"와 이라시나, 각중애?"

꺽돌은 설단이 입을 열거나 무슨 반응을 보이기 전에 동업 말을 싹둑 잘랐다.

"양반 자제분께서 채신머리사납거로."

가다 말고 멈칫멈칫 그를 쳐다보고 있는 아이들을 힐끔 보면서 빈정댔다.

"저 아아들이 웃것다. 인간도 아인 상것들 말을 믿는가베?"

꼭 무슨 노래를 읊조리듯 하였다.

"종, 종, 종……."

동업은 망가진 꼭두각시 인형처럼 땅으로 고개를 푹 꺾은 채 중얼거렸다.

"아부지."

거기 길바닥에 햇살이 훤히 내리비치고 있었다. 투명한 천을 닮은 빛이었다. 동업직물 비단 중에 그런 비단이 있는지는 모르겠다. 해는 아까부터 계속해서 숨바꼭질이라도 하는지 구름 속을 들락날락하는 중이었다.

"짐승만도 몬한 종늠 종년 이약은 와 들을라쿠나."

꺽돌 얼굴에는 천 개 만 개의 표정이 서로 엇갈려 보였다. 그래서 오히려 무표정해 보일 판이었다. 음성은 상대가 맥이 풀릴 정도로 힘을 빼었다.

"한 개도 믿을 끼 없다 아인가베."

동업은 숙인 고개를 위험하리만치 함부로 흔들었다.

"내, 내는……."

꺽돌이 무미건조한 목소리로 가장했다.

"잘 앎시로."

설단이 꺽돌을 불렀다.

"여보."

설단 눈빛에는 이대로 그냥 가지 말고 우리 이야기를 더 하자는 뜻이 담겨 있었다. 동업이 저렇게 나오니 잘됐지 않으냐는 표시였다. 그것도 틀린 소리는 아니었다. 그렇지만 꺽돌은 이미 마음을 굳힌 후였다.

"가자 캐도?"

그는 입을 꽉 악다문 채 연약한 아내 팔을 우악스러울 정도로 잡아끌었다.

"아."

설단은 팔이 아프다는 소리를 내면서 작고 가벼운 지푸라기처럼 딸려 갔다. 꺽돌 걸음은 빨랐다. 두 사람은 금세 동업에게서 꽤 멀어졌다. 그들 앞뒤로 부쩍 늘어난 행인들이 오가는 게 보였다.

동업은 따라가지 않았다. 땅속 깊숙이 단단하게 뿌리를 박은 나무처럼 그대로 서 있었다. 얼핏 보기에 모두 포기한 듯싶었다. 그만큼 꺽돌기세가 단호하긴 했다. 하지만 그게 아니었다. 보다 큰 이유는 딴 데 있었다. 혼자서 처음부터 끝까지 찬찬히 되짚어보자는 신중하고 사려 깊은 판단에서였다. 결코, 쉽지 않은 결정을 내린 것이다.

그 정도로 동업은 성숙했다는 증거였다. 진짜든 가짜든 간에 양반 가문의 콩고물이 묻은 덕분이었다. 그러나 그 모든 것들에 앞서, 그가 받은 충격이 너무나도 엄청났다는 게 가장 큰 원인일 것이다. 그때 그 현실 앞에서 흔들리지 않는다면 그건 사람이 아니었다.

꺽돌과 설단 모습은 동업의 시야에서 완전히 사라졌다. 이제는 뒤쫓아 가려고 해도 되지 않을 일이었다. 하지만 동업은 알았다. 조만간 그들과 다시 만나게 되리라는 것이다. 그건 절대 피해갈 수가 없는 숙명이라고 받아들였다. 꺽돌의 이야기가 사실이든 아니든, 아직은 때가 아니라고 자신에게 타일렀다. 과일도 익어야만 딸 수 있다.

'시간을 벌어야 한다.'

그렇다. 시간이 지나면 모든 것은 어떤 양상으로든지 다 밝혀질 것이다. 해결은 시간이 해줄 것이다. 그리고 물이다.

'물맹캐 살아야 한다꼬 장 스승님들이 말씀하시제.'

지금은 스스로 가장 쉬운 길을 찾아서 흘러간다는 물처럼 해야 한다. 만약 그렇게 하지 않으면 생명이 멈출 것만 같다. 마음이야 당장이라도 알고 싶지만, 현실이 그것을 용납하지 않으니 어쩔 수 없다. 솔직히 말하자면 아까 꺽돌이 한 얘기대로 겁이 나고 무서웠다. 그리하여 알지 못한 채 이대로 세상이 끝나버렸으면 싶기도 했다.

'아아아.'

동업은 플라타너스 둥치에 등을 기대고 서서 간신히 몸을 지탱했다. 그러나 그것도 잠시였다. 그의 몸뚱어리는 자신의 의지와는 상관없이 그대로 나무뿌리 쪽으로 흘러내리고 있었다. 흐늘거리는 연체동물과 다르지 않았다.

'으윽.'

땅거죽 밖으로 불거져 나와 이리저리 얽힌 채 사방으로 뻗어 있는 억센 나무뿌리에 찔린 엉덩이가 빠개지는 듯이 아팠다. 꺽돌이 키운다는 최고의 싸움소 천룡의 뿔에 찍히면 그 고통이 이럴 것이다.

'동업아, 니가 와 이라노?'

동업은 불에 덴 사람같이 벌떡 일어나다가 만취한 것처럼 크게 비틀거렸다. 세상이 그를 내동댕이치고 있었다. 급기야 참고 참았던 눈물이 왈칵 치솟았다. 눈앞에 바라보이는 모든 것이 그에게 주어진 불투명한 현실인 양 뿌옇게 흐려졌다. 영원히 걷어버릴 수 없는 안개가 몰려들고 있었다.

서러웠다. 가슴이 막혀 숨을 쉬지 못할 만큼 서러웠다. 아무 지은 죄도 없는데 누가 막 쥐어박는다고 해서 이토록 서러울까. 지금 현실과 비현실의 경계선을 넘어서고 있는 것인가. 모든 것이 뒤죽박죽이었다.

정녕 차라리 피를 한 동이 왈칵 토하고 그대로 엎어져 죽어갈지언정 상상하기조차 싫은 일이지만, 지금 아버지가 친아버지가 아니라면? 정말 친아버지가 아니라면? 그러면 어머니도 새어머니, 아버지도 새아버지다. 가짜배기 부모다. 그렇게 된다면 결국 가짜배기 자식이다.

'아이다! 아이다!'

동업은 세찬 도리질을 했다. 그 바람에 두 눈에 괸 눈물방울이 발밑에 흩뿌려졌다. 그는 주먹으로 눈두덩을 훔쳐내며 정신 나간 사람처럼 혼자서 중얼중얼했다.

"그라모 내가 준서 아부지를 보고 아부지라 캐?"

이번에는 무척 오랫동안 해가 구름을 벗어나지 못하고 있었다. 날씨도 제정신이 아닌지 때아닌 흙바람이 일기 시작했다. 눈을 뜨지 못할 정도는 아니었지만, 동업은 이미 마음의 눈을 감아버린 상태였다.

"준서를 보고 동상이라 캐?"

대상도 명확하지 않은 누군가에게 따지려 들었다.

"그라모 비화 그 여자를 보고는 머시라 불러야 되는데?"

거기서 동업은 느닷없이 이상야릇한 웃음소리를 내기 시작했다. 울음소리가 절반 이상은 더 섞여 있었다. 그것은 일찍이 세상에 없었던 소리 같았다.

세찬 흙바람이 스치면서 플라타너스 잎사귀들도 일제히 무슨 수상한 소리를 지르는 듯했다. 그건 동업이 내는 소리와 어울려 뭔가 불온한 느낌을 자아내었다.

"흐흐, 흐흐흐."

참새 무리는 한 마리도 남지 않고 모조리 훌쩍 날아갔다. 버림받은 이의 자화상인 양 가로수는 속절없이 서 있다.

동업은 저만큼 길을 가고 있는 행인들을 물끄러미 바라보았다. 그들은 하나같이 아무 근심 걱정 없는 사람들로 보였다. 그에게 관심을 기울여주는 이는 단 하나도 없었다. 누렁이 한 마리가 슬금슬금 다가오더니 그의 신발 끝에 코를 대고 냄새를 맡아보다가 갑자기 뒤도 돌아보지 않고 저쪽으로 횡하니 달려가 버렸다. 어쩌면 오줌을 누려고 했는지도 모른다.

'인자는 저런 짐승꺼지도 내를 깔볼라쿠는갑다.'

그 누렁이가 맞은편에서 오는 소달구지에 가려져 보이지 않을 때까지 넋을 놓고 서 있던 동업은 이윽고 그 자리를 벗어나기 시작했다. 일단은 누구 집이든 들어가야 했다.

'내가 오데로 간다꼬?'

하지만 몇 걸음 채 옮겨놓기도 전에 동업은 그만 그 자리에 퍼뜩 멈춰야 했다. 어지러웠다. 껌껌해진 하늘이 부리도 검고 다리도 검은 솔개처럼 빙빙 돌고, 땅이 솟구쳤다가 움푹 꺼져 내려앉는 느낌이었다. 세상이 빠지면 다시는 헤어날 수 없는 거대한 늪 같았다.

'내가 이래서는 안 되제. 안 되는 기라.'

그는 가빠오는 숨결을 억지로 가다듬었다. 대범해지려고 무진 애를 썼다. 꺽돌과 설단은 상당히 먼 곳까지 갔을 것이다.

— 사람 마음이 흔들릴 때는 눈을 감고…….

서책에서 배운, 마음을 다스리는 구절들을 모조리 떠올렸다. 한데도 아무런 소용이 없었다. 그뿐만 아니라 시간이 지날수록 자신에게 닥친 그 일이 더한층 큰 무게로 덮쳐왔다. 시간이 해결해주는 게 아니라 더욱 고통과 미궁에 빠뜨리게 하는 듯했다. 모두가 거짓이고 모함이라며 거부하고 부인하려고 하면 할수록 더 그랬다.

'시방 내가 오데 와 있는 것고?'

그곳이 난생 가보지 못한 다른 세상으로 보였다.

'내가 누고?'

그 자신 또한 그가 아니었다. 모든 것들이, 모든 사람이 그러했다. 그러하다는 게 뭔데? 뭔데는 또 뭔데?

원수 가문 사람이 나의 아버지라니. 내 아버지라는 자가 누구란 말이냐. 모르느냐? 그는 집안 어른들이 늘 욕하고 경계하는 비화라는 여자의 남편이 아니냐. 그리고 또, 저 준서의, 준서의…….

'그거뿐이가?'

그런 가정을 해본다는 사실 그 자체부터가 더없이 끔찍스러운 일이지만, 꺽돌이 한 말이 사실이라면 그의 친모도 분녀가 아닐 공산이 컸다. 가만, 그렇다면 바로 그 알 수 없는 여자가? 아아아.

'그 남자, 그 여자.'

뒷골이 막 당기고 눈알은 금세 빠지는 듯했다. 가슴이 미어터지는 느낌이었으며 머리는 송곳으로 사정없이 후벼 파는 것처럼 아팠다. 금방이라도 아무 곳이나 털썩 주저앉을 만큼 기운이 없었다. 그의 몸이 세상 누구도 모르게 한순간에 증발해버릴 성싶은 공포심에 휩싸였다. 내가 바람이나 구름같이 흩어져 버리게 된다면, '나'라고 하는 존재 자체가 없어질 것이다.

'우쨌든 집에 가야 되는 기다.'

이러다간 영영 집으로 들어가지 못하리라는 엄청난 초조와 불안감이 오래 굶주린 산짐승처럼 덤벼들었다. 식구들과 이대로 영원히 헤어져 버리게 된다면.

'그라모 그거는 곧 끝이다.'

그러자 그로서는 도저히 감당할 수 없는 강한 두려움이 바짝 뒤를 이었다. 오늘 나 혼자 이렇게 정신없이 헤매고 다니다가 아무도 모르는 곳에 쓰러져 길바닥에서 비명횡사하기 싫었다. 그러면 그게 바로 말만 들어도 소름이 끼치는 객귀였다.

'아, 어머이.'

동업은 와락 복받치는 울음과 함께 속으로 애타게 어머니를 불렀다. 그런데 이 또 무슨 괴변일까. 그의 뇌리에 그려지는 사람은 해랑이 아니었다. 그렇다고 해서 분녀도 아니었다.

그 여자였다. 알 수 없는 그 여자였다.

동업은 어디를 어떻게 지나서 집까지 왔는지 기억이 없었다. 그 여자의 망상에 쫓기던 그가 비로소 약간 정신이 돌아온 것은, 집 앞에 당도

했을 때 솟을대문이 열리면서 막 밖으로 나온 양득이 부르는 소리를 듣고서였다.

"어? 되련님!"

"……."

동업은 두 눈을 게슴츠레 뜨고 양득을 바라보기만 했다. 그 모습이 누구 눈에도 완전히 넋이 달아나 버린 것 같아 보였다.

"얼골이 와 그렇심니꺼?"

심상치 않아 보이는 동업에게 양득이 재차 물었다.

"무신 일이 있었어예?"

동업은 독충에 쏘였거나 가스에 중독된 상태에서 미처 벗어나지 못한 모양새였다. 그런 형상으로 그는 계속해서 부인했다.

"아, 아이다, 아이다."

"되련님?"

양득이 아무리 봐도 아닌 게 아니었다. 누군가를 만났던 게 분명해 보였다. 양득은 탐색하는 눈빛으로 또 물었다.

"해나 밖에서 안 좋은 눌로 만내신 깁니꺼?"

그러자 동업은 제풀에 놀라 한층 당황한 목소리로 대답했다.

"아, 아모 일도 없다 안 쿠나!"

"그란데 되련님 안색이 우째서 그렇심니꺼?"

그러면서 계속 이쪽 얼굴을 살피는 양득에게 동업이 물었다.

"그보담도 시방 아부지는 방에 계시나?"

양득 눈에는 지금 아무래도 도련님이 정상이 아니었다. 아직 한참 젊었지만, 평소 얼마나 의젓하고 침착해 보이는 상전인가 말이다. 솔직히 드러내놓고 말은 하지 못해도, 억호는 나잇값을 하지 못한다는 불충스러운 생각을 할 때도 없지는 않았다.

"와예?"

웃전이 하문하는데도 즉시 고하지 않고 그렇게 되묻는 양득의 호흡도 빨라지고 거칠어졌다. 뭔가 느낌이 너무 좋지 않았다. 장차 억호 뒤를 이어 배봉가를 이끌어 갈 동업이었다. 양득은 자신도 모르게 서두르는 목소리가 되었다.

"마, 만내 보실라꼬예?"

한데 양득으로서는 더욱 곤혹스럽게도 동업은 또 금방 말을 바꿨다.

"아이다, 그냥."

"예?"

이번에는 또 그러는 동업이 왠지 모르게 두렵게 느껴지기까지 한 양득은, 여차하면 동업 어깨를 잡아 흔들 것같이 했다.

"되련님!"

그 소리는 솟을대문 양쪽으로 늘어서 있는 행랑채를 흔들 정도로 컸다. 그곳에 있는 남녀 종들이 놀라 밖으로 뛰어나오지 않을까 싶었다.

"됐다 안 쿠나?"

동업은 애꿎은 양득에게 버럭 화를 냈다. 얼굴뿐만 아니라 온몸이 다 붉어지는 것 같았다.

"되련님."

여태 한 번도 그런 모습을 보이지 않았던 동업이었기 때문에 양득은 한층 더 놀라 눈을 크게 떴다. 종놈인 내가 주제넘다 싶으면서도 주인을 위한 충성심에서였다.

"고마 가 봐라."

그래도 고집스럽게 그 자리에서 좀체 발을 떼려고 하지 않는 양득에게 동업이 무슨 변명 늘어놓듯 말했다.

"그냥 아부지가 집에 계시는가 안 계시는가 해서 함 물어본 기다."

양득은 믿기지 않아 하는 빛을 지우지 못했다.

"예에."

동업은 무거운 짐을 진 늙은 노새처럼 잔뜩 지쳐 빠진 모습이었다.

"아부지 만내갖고 할 이약도 없다."

"알것심니더."

기실 동업은 지금 누구와도 만나고 싶지 않았다. 이야기는 고사하고 아무것도 하고 싶지 않았다. 어느 때 같으면 어머니 해랑을 찾아 마음을 속속들이 털어놓을 테지만 오늘은 그게 아니었다. 그럴 성질의 일이 못되었다. 도리어 피하고 싶었다.

"아부지 심부름 가는 모냥인데, 후딱 안 가고 머하노?"

군데군데 자연석이 박힌 회백색의 높고 긴 담장 위에 올라앉아 있던 작은 새들이 동업의 목소리에 놀랐는지 한꺼번에 공중으로 포르르 날아올랐다. 그것들이 몸을 솟구친 하늘은 점차 놀 빛으로 물들기 시작하고 있었다.

담장보다 높이 자란 정원수들은 붉은 옷을 입은 파수꾼처럼 서서 목을 길게 빼고 담벼락 너머를 감시하고 있는 모습이었다. 밖에서는 잘 들여다보이지 않는 집 안은 어쩐지 무슨 음모가 꾸며지고 있는 것 같은 공기로 에워싸인 느낌을 주었다.

"예? 예."

동업의 다그침을 받고 그렇게 얼버무리는 양득의 낯빛도 황혼에 젖어 있었다. 어디 가서 낮술이라도 한잔 걸쳤는지 모르겠다. 하지만 말술을 들이켜도 너 언제 술 먹었나 하는 말을 들을 만큼 술이 세고 건장한 그였다.

"아모 일도 없으시다 쿤께 소인 멤이 놓입니더."

양득은 나중에 동업에게 무슨 일이 생겨도 자기 책임은 아니라는 뭇을 박아 놓으려는지 그렇게 말하고 나서, 씨름꾼은 저리로 가라 할 정도로 튼실한 몸을 굽혀 보였다.

"그라모 지는 가볼랍니더."

담장 그림자와 사람 그림자가 겹쳐 보였다. 그것은 사람이 담장 사이에 틀어박혀 있는 착시 현상을 불러일으켰다. 아니, 돌로 만든 감옥 속에 영원히 갇혀 비명을 지르며 몸부림을 치는 사람, 바로 동업 자신이 있었다.

"후딱 가서 일이나 봐라."

동업은 그 환영을 떨치기 위해 솟을대문 안쪽으로 얼른 고개를 돌려 지금 사랑채에 있을 아버지를 가리키듯 하며 상기시켜주었다.

"아부지 성질 잘 안다 아이가?"

동업은 집 안으로 들어섰다. 그런데 놀이마당처럼 넓은 마당에 첫발을 들여놓는 순간, 그는 '흡' 하고 가쁜 숨을 들이쉬지 않으면 안 되었다.

'윽! 누, 누가 내 목을 이리 조르는 거 겉노?'

정녕 이상하고 무서운 일이었다. 눈에 보이지 않는 어떤 강력한 손이 그의 목을 옥죄어오는 느낌이었다. 동업은 일시에 전신에서 힘이 쫙 빠져나갔다. 그 기분 나쁜 손아귀에서 벗어나기 위해 발버둥질할 기력도 없었다.

'이, 이런 일은 하, 한 분도 어, 없었는데……'

동업은 두 손으로 자기 목을 감싸 쥐면서 전율을 금치 못했다.

'지, 집에 구, 구신이 있는 기라!'

문득, 그의 머리에 '센 집터' 이야기가 떠올랐다. 터가 너무 센 집에 살던 집주인이 어느 날 아무 병이나 사고도 없이 비명횡사를 당했다는 것이다.

'내가 그리 죽을랑갑다.'

그러자 홀연 집이 커다란 무덤으로 변해 보였다. 정원 소나무가 공동묘지가 있는 선학산 중턱에 선 노송으로 바뀌었다. 한창 꽃향기를 풍길 때는 동리를 진동한다는 아름다운 천리향 냄새가 망인亡人을 모신 빈소에서 나오는 향불 냄새와도 같았다. 그리고 그곳 넓은 잔디밭 위로 웬 해골 하나가 비척비척 걸어가고 있었다. 거기는 저승으로 통하는 길이었다.

동업은 턱을 덜덜 떨었다. 사지가 부들부들 경련을 일으켰다. 그의 목을 사정없이 틀어쥔 잡귀가 한층 더 손아귀에 강한 힘을 집어넣는 듯했다. 그는 비명 한 번 제대로 질러보지 못한 채 그대로 절명할 것 같았다.

"에잇!"

동업은 그런 기합까지 내지르며 그야말로 죽을힘을 다해 그 손을 홱 뿌리쳤다. 그러고는 목뼈에서 후드득 소리가 날 정도로 목을 한참이나 이리저리 돌려보았다.

"후우."

그제야 비로소 숨통이 트이고 조금은 살 것 같았다. 무덤 안에 있는 듯 컴컴했던 눈앞도 이제 약간 훤해지는 느낌이 왔다.

'아, 인자 모든 기 눈에 비친다 아이가.'

그는 똑똑히 보이기 시작하는 집 안을 둘러보았다. 그러자 그때까지 아무도 없었던 것 같던 그곳에는 많은 사람이 보였다. 아무래도 귀신이 조화를 부렸다.

"되련님!"

"오데 갔다 오시예?"

여기저기서 그를 보고 얼른 달려와 인사를 하는 남녀 종들이 이날따라 그렇게 낯설고 성가실 수 없었다.

마당에서 도끼로 장작을 패기도 하고, 겨울철에 소나 말의 등을 덮어

주는 덕석을 짜기도 하던 사내종들과 장독간 쪽에서 김치나 간장, 된장 등속을 끄집어내거나 축담 근처에서 부지런히 키질하던 계집종 중에는, 뭔가 이상하다는 느낌이 들었는지 고개를 갸우뚱하며 그 집 장손을 한참 가만히 바라보는 사람들도 있었다. 그야말로 집도 절도 없이 눈치 하나로 살아가는 그들이었다.

"모도 욕봐라(수고해라)."

그 말만 남기고 동업은 꼭 뒤에 누가 잡으러 오기라도 하는 듯 재게 발을 옮겨 놓았다. 이윽고 그는 댓돌 위에 벗어 놓은 신발 한 짝이 뒤집힌 줄도 모른 채 서둘러 자기 방으로 들어갔다. 그런 다음 이부자리도 펴지 않고 입은 외출복 그대로 방바닥에 그냥 픽 쓰러지듯 드러누웠다. 걸어 다니던 시체가 움직임을 멈춘 것 같았다.

'아, 어지러버라. 와 이리 어지럽노? 어지러버서 몬 살것다.'

천장이 팔랑개비나 굴렁쇠처럼 뱅글뱅글 돌아가고 있었다. 사방 벽이 살아 있는 무슨 동물 모양으로 가까워졌다가 멀어졌다가 하였다. 바닥이 난파선 뱃전이 되어 쑥 솟아올랐다 가라앉았다 반복했다.

'집구신이 또 설치기 시작하는 기라.'

이대로는 아무래도 안 되겠다. 거꾸로 뒤집힌 거북이나 자라가 몸을 바로잡으려고 애쓰는 것처럼 버둥거렸다. 한참 후에 가까스로 방바닥에 배를 깔고 두 팔을 포개어 그 위에 머리를 내려놓았다.

'후.'

그러자 처음에는 좀 괜찮았다. 하지만 그건 일시적인 회복이었다. 이내 오장육부가 마구 뒤틀리는가 싶더니 곧이어 이번에는 노란 물을 토해낼 것만 같았다.

'안 되것다.'

황급하게 몸을 일으켰다. 그러고는 거의 기어가다시피 벽을 향했다.

그곳까지의 거리가 백 리도 더 넘는 듯싶었다. 겨우겨우 벽면에 등을 갖다 붙이고 가쁜 숨을 몰아쉬었다. 그래도 그 자세가 그중 참을 만했다.

'인자 좀 됐다.'

그러나 그것도 아니었다. 몸이 약간 견딜 정도가 되자 이번에는 마음이 문제였다. 아까 그 일들이 마음 위를 함부로 짓밟으며 아귀같이 덤벼들기 시작했다. 속수무책이었다. 악몽을 꾼 것 같았다. 그러지 않고서야 어떻게 이런 일이 있을까.

'꿈은 장 핸실하고 반대라 글 캤는데.'

반쯤 감았던 눈을 확 치떴다. 공중을 노려보는 두 눈에 찍혀 있는 것은 귀신을 쫓는 부적이었다.

어쩌면 이건 음모일지도 모른다. 그렇다. 음모다. 나와 우리 집안을 파멸시키기 위한 악랄하고 가증스러운 거짓이다.

'내가 와 이리 멍청하노?'

구태여 멀리 갈 것까지 없었다. 꺽돌과 설단, 그것들이 누군가 말이다. 바로 우리 집에서 오랫동안 종살이를 하던 것들이다. 아마도 그 긴 세월 동안에 틀림없이 상전인 우리에게 무슨 큰 반감이나 원한을 품었을 수도 있다.

어쩌면 어른들이 그들을 집에서 내보냈던 것도 그런 연유에서일 것이다. 그렇지 않고서야 우리 집안 그 많은 남녀 종들 가운데서 왜 그것들만 속량까지 해주었을 것이냐 말이다.

'하모, 하모.'

그래서 그들은 복수하려고 계획을 세운 것이다. 우리 식구들을 이간질해서 말이다. 분명하다. 그 천한 상것들이 어떻게 나의 친부모에 관해 알 수 있을까. 친부모? 친부모라니? 상식적으로도 철저히 어긋나는 소리다. 맞다. 거짓이고 모함이다.

'그리 마이 배왔다쿠는 내가 빙신매이로 그거도 모리고 있다이.'

그러자 동업의 몸도 마음도 한순간에 급격하게 달라지기 시작했다. 그저 그믐날 밤같이 캄캄하기만 하던 모든 것들이 태양처럼 밝아 보이기 시작했다. 가슴 위에 얹혔던 맷돌보다도 크고 무거운 물체가 치워진 느낌이다. 자유를 되찾은 것 같은 몸과 마음이다. 그렇다. 내가 너무너무 어리석게도 그 미천한 것들한테 감쪽같이 속아 넘어간 것이다. 정말 큰일 날 뻔했다.

'후~우. 시방이라도 깨달은 기 올매나 다행이고.'

동업은 벌떡 일어나서 집이 떠나가라 만세라도 부르고 싶었다. 방문을 박차고 마당으로 뛰어 내려가서 활짝 가슴을 열어젖히고 고함이라도 지르고 싶었다. 종들 누구라도 붙들고 뺨이라도 맞추고 싶고 덩실덩실 어깨춤이라도 추고 싶었다. 가축들도 사람들 못지않게 정겹게만 느껴졌다.

'아아, 우리 부모님!'

그리고…… 누구보다도 새어머니 해랑의 처소로 달려가고 싶어졌다. 그리하여 그 따뜻한 품에 안겨 아무것도 모르던 어린 시절로 돌아가서 실컷 어리광이라도 피워보고 싶었다. 모두가 부러워하는 젊고 아름다운 어머니였다. 게다가 친모라도 자식을 그렇게 잘 거둬줄 수가 있을까. 친어머니 분녀가 죽고 없어도 그가 모정에 목말라하지 않아도 되게끔 온갖 정성으로 보살펴주는 그녀였다.

그런데 막 거기까지 생각의 닻을 내렸을 때였다. 그는 뜨거운 인두 끝에 덴 듯 화들짝 놀라며 속으로 크게 자문했다.

'친어머이 분녀?'

그녀가 정말 나를 낳아준 친모가 맞을까? 열 달 동안이나 나를 자기 뱃속에 안고 있었던 친모 말이다. 그런데 만일 그게 아니라면…….

'헉! 또.'

그러자 호시탐탐 그 순간이 오기만을 기다리고 있었던 것일까? 번개같이 그의 눈앞에 들이닥치는 얼굴이 있었다.

　그 알 수 없는 여자. 비밀의 여자. 만약, 만약에 그 여자가 내 친모라면? 진짜 나를 있게 해준 어머니라면? 하늘이 내려다보고 있는 밑에서 나를 보고, 내 아들아, 하는 소리를 스스럼없이 자연스럽게 할 수 있는 어머니라면. 아니다. 그럴 리가 없다.

　그러나 꺽돌과 설단이 전혀 아무런 근거도 없는 엉터리로 지어내 내게 그런 말을 한 걸까? 과연 그럴까? 언젠가는 밝혀질 거짓말을 말이다. 어떠한 경우라도 영원히 묻힐 수는 없다는 거짓말을 말이다.

　'그 몬 배운 무식한 종들 머리 갖고 그리카나 기찬 발상을 할 수 있으까?'

　한순간 전신에 찬물을 끼얹힌 듯 번쩍 정신이 났다. 아아아, 그렇다. 거짓말이 아닐 수도 있다, 거짓말이 아닐 수도. 그렇다면? 아까 보았던 꺽돌과 설단 얼굴을 유심히 떠올려보았다. 그러다 소름이 쫙 돋았다. 가슴이 서늘해지고 팔다리가 저릿해지면서 머리끝이 쭈뼛 곤두섰다.

　그들 얼굴에서 허위나 기만의 빛은 없었다. 그 비슷한 어떤 기운도 보이지 않았다. 도리어 그들 얼굴에서는 너무나 경악스럽고 충격적인 이야기를 이제 막 꺼내려고 하는 자의 아무래도 감출 수가 없는, 이를테면 중대사를 말하는 사람 스스로가 흥분하고 겁을 집어먹는 그런 기색이 확연히 서려 있었다. 천기누설 같은 무서운 비밀을 전부 다 털어놓음으로써 그다음에 일어날 수도 있는 엄청난 결과에 대해서 미리부터 조심하고 두려워하는 그 무엇이 엿보였다.

　'흐, 그거는 진짠갑다.'

　급기야 동업은 벽에 대고 마구 머리통을 찧어대기 시작했다. 상한 짐승이 울부짖는 듯한 처절하고 붉은 소리를 내었다. 온몸을 함부로 뒤틀며 입에서 거품이라도 뿜어낼 모습이었다.

꺽돌과 설단이 짐승몰이를 하고 있었다. 짐승은 동업 자신이었다. 그런 사실을 잘 깨치고 있는 그의 두 눈에서는 뜨거운 눈물이 걷잡을 수 없이 쏟아져 내리고 있었다. 그 눈물 속에 어리는 두 남자가 있었다. 억호 그리고 나루터집 비화의 남편이자 준서의 아버지인 박재영이었다.

그리고 세 여자가 있었다. 분녀, 해랑 그리고 알 수 없는 그 여자였다.

조선목재

 그 고을 남강변 여러 나루터 가운데서 가장 번성하고 역사가 오랜 상촌나루터에 자리 잡고 있는 조선목재.

 저 '조선'이란 이름을 이마에 매달고 나온 회사나 상점, 물품 등은 지천으로 널려 있다. 조선설비, 조선상회, 조선철물, 조선옹기, 조선가구, 조선식당, 조선종이…….

 바로 운산녀와 민치목이 노린 허점이었다. 기똥찬 활용이었다. 아무나 통시에 앉아 불러대는 동네 개 이름만큼이나 흔해 빠진 상호가 조선목재였다. 약아빠진 늙은 여우가 혀를 휘휘 내두를 배봉의 두 눈을 꼭꼭 가려 속이기에는 세상에서 최고로 안전하고 좋은 위장막이었다.

 한때 서로가 아버지 신임을 얻어내기 위해 치열한 경쟁이 붙은 점박이 형제에 의해 자칫 발각될 위기에 처한 적도 없지는 않았다. 하지만 당시 유행하던 마마 때문에 점박이 형제는 운산녀 뒤를 캐는 일을 일시적으로 중단해야만 했고, 그 후에는 동업직물의 일본 진출이나 나루터 집과의 신경전 등에 떠밀려 거의 유야무야 돼버린 상태였다.

 그런데 더욱 결정적인 것은, 그 사실을 눈치챈 운산녀와 치목이 서둘러 근거지를 옮겨버린 일이었다. 상납上納 돈도 잘라먹을 정도로 뻔뻔스럽고 염치없는 두 사람은 그야말로 손발이 척척 들어맞는 도둑이었다. 게다가 한다는 행실이 하나같이 추잡하다고 동네 개도 컹컹 짖어댈 호색꾼이라는 후광까지 있으니 더 입 섞어 뭣하랴.

그러나 악랄하고 끈덕지기가 독사를 물어 죽이고도 남을 배봉이, 운산녀가 집안 돈을 빼돌려 남몰래 운영하는 목재상 추적을 포기한 것은 아니었다. 여건상 잠시 멈추었다가 다시 시작했을 땐 도리어 처음보다도 한층 더 악이 받쳐 지옥 끝까지라도 쫓아가서 찾아내리라 하였다.

그 일을 암암리에 계속 진행하고 있는 사람이 억호 밀명을 받은 심복 양득이었다. 상전은, 동물인 말은 믿고 살아도 사람인 종은 믿고 못 산다고는 하지만, 양득만은 그런 소리로부터 한참 멀어져 있는 종이었다.

마침내 때가 왔다. 자고로 기다리는 자는 반드시 맞이한다고 하였다. 찰거머리와도 같이 추적하던 양득이 헐레벌떡 억호 처소로 뛰어든 것은, 여러 날 동안 연이어 짙은 구름이 하늘을 뒤덮어 해를 보기가 여간 힘들지 않은 어느 날이었다.

"헉헉."

덩치가 곰에 버금갈 양득은 상전 앞에 무릎을 꿇고 앉기가 바쁘게 연방 가쁜 숨을 몰아쉬며 허겁지겁 고했다.

"서, 서방님! 드, 드디어 찾아냈심니더!"

그 말이 떨어지기도 전이었다.

"머라꼬?"

억호가 곧장 달려들어 평소 가장 아끼는 심복의 복장이라도 쥐어뜯을 품새를 하며 마구 떨리는 목소리로 확인했다.

"차, 찾아냈다꼬?"

양득은 덕석 못지않게 커다란 머리통을 방바닥에 닿을 만큼 조아렸다.

"예, 서방님."

억호는 흥분을 넘어 감격스럽기까지 한 얼굴이었다.

"흐, 차, 찾았어!"

양득은 여전히 고개를 들지 않았다.

"예, 서방님."

억호는 양득을 덥석 껴안을 것같이 하였다.

"이기 꿈은?"

자타가 공인하는 충복은 상전이 불과 몇 마디 말을 더하다 힘이 빠질 것을 염려하여 대신해준다는 듯 얼른 말했다.

"아입니더, 서방님."

양득은 천하를 거머쥔 자의 득의만면한 모습을 보였다. 제 스스로 생각해봐도 참으로 대단한 일을 해낸 것이다. 중도에 포기해버리고 싶었던 적도 있었다. 그럴 때면 혼자 속으로 다짐하였다.

'그라모 안 된다. 우짤 수 없는 종놈이라는 말은 안 들을란다.'

그동안 상전이 백여우 분신 같은 운산녀 꼬리를 잡지 못해 얼마나 안달하고 분을 이기지 못했던가를 누구보다 잘 알고 있는 그였다. 그리하여 반드시 해내리라 굳게 결심했고 신명을 다해 임무에 충실해 왔던 것이다.

'인자는 그놈도 끝이다.'

그런데 사실 양득에게는 주인을 향한 충성심도 충성심이거니와 또 다른 감정이 강렬하게 작용하고 있었다. 누구도 알 수 없었지만 민치목의 아들 맹쭐에 대한 반감이랄까 일종의 피해망상 같은 게 그것이었다. 지금도 일을 하거나 잠을 자면서도 좀처럼 쉽게 떨쳐버릴 수 없는 것이었다.

'흥! 지들이나 내나 가리방상하제 머가 다리노?'

양득의 눈으로 보기에 치목은 결코 양반 출신이 못 되었다. 그 바탕
은 절대 속이지 못한다고, 제 딴에는 점잖은 척 행세해도 아닌 건 아니
었다. 그러니까 당연히 그런 자의 핏줄인 맹쭐도 마찬가지였다. 한데도
맹쭐이 사는 모습은 양득 자신과는 천양지차였다. 배 떡하니 내밀고 다
니는 건설회사 사장과, 상전이 죽으라면 죽는 시늉이라도 해야 죽지 않
고 살아 있을 수 있는 종놈.

'아이다! 죽은 할배가 와서 말리도, 이거는 아인 기라!'

무쇠 주먹으로 시퍼렇게 피멍이 들 정도로 자기 가슴팍을 쾅쾅 쥐어
박기도 하였다. 곰곰 되씹어볼수록 억장이 막히고 팔짝 뛸 노릇이 아닐
수 없었다. 그런 나쁜 현실이 콱 죽어 버리고 싶도록 증오스러웠다. 그
리고 그 배경에 깔린 운산녀와 치목이 남들에게 지탄받을 부적절한 관
계를 통해 맹쭐이 어부지리로 얻어낸 더러운 특혜라는 사실이었다. 서
양 귀신을 믿는 천주학쟁이들이 낮이고 밤이고 떠벌리며 다니는 하느님
이 있다면 결단코 방관하지는 않을 것이다.

'그기 가당키나 한 것가?'

억호 심부름을 모두 맡아 천지사방 싸돌아다니는 양득은 진작부터 보
고 듣고 있었다. 칼이나 작두로 손목때기를 탁 잘라버려야 할 정도로 손
버릇이 여간 나쁘지 않은 맹쭐이, 점박이 형제를 강아지처럼 쫄쫄 따라
다니며 온갖 졸개 노릇을 하면서 그들 그늘 밑에서 참 같잖고 볼썽사납
게 놀고 있다는 것이다. 적어도 양득 스스로가 내리는 판단에서는, 망치
로 호두알 부수듯 탁 깨 놓고 말해서 맹쭐이나 양득 자신이나 둘 다 거
기가 거기였다.

그러나 맹쭐은 남들은 하나도 힘든 돈과 세도, 그 모두를 거머쥐고서
떵떵거렸다. 특히 동업직물 안방마님 운산녀에게서 나오는 막강한 힘에
기생하는 그의 아비 치목의 후광을 등에 업고 난봉꾼으로 설쳐대는 맹

쭐이 너무나 얄밉고 가소로웠다. 만약 운산녀가 힘을 잃게 되면 치목도 꽁지 다 떨어진 매 신세로 전락하게 되고, 맹쭐 또한 마땅히 밑바닥까지 굴러떨어질 것은 불 보듯 빤한 일이었다. 그렇게 되도록 하는 것이 양득 자신의 일생일대의 과업이라고까지 착각할 지경에 이른 형세였다.

'오데 그거만 그렇나.'

또 있었다. 남에게 발설은 못 해도 사실은 그게 훨씬 더 큰 작용을 하였다. 이제는 비록 한참이나 지난 옛날이야기지만, 양득은 설단을 은근히 마음에 둔 적이 있었다. 그를 향한 설단의 감정 결은 알 수가 없었다. 어쨌거나 그의 마음에는 늘 설단이란 여자의 치마저고리가 펄럭이고 있었다.

'그눔만 없었다모 또 우떻게 배뀔을지 모린다.'

그런데 맹쭐이란 놈이 제가 이 집 상전도 아닌 주제에 항상 설단에게 치근덕거렸다. 양득은 맹쭐의 뺨이라도 그냥 후려갈기고 싶었지만, 안방마님 운산녀의 먼 친척뻘이 된다는 사실 때문에 혼자서 내내 가슴앓이를 해야만 했다. 그 울분하며 설움은 몸과 마음의 병이 되었다.

그러던 것이, 시간이 지나 지금은 그 설단이 꺽돌의 아내가 돼버렸다. 그것은 누구도 예상치 못한 일이었다. 그게 꺽돌에게 가능했다면 양득 자신에게도 가능한 거였다. 상전의 신임도 꺽돌보다 그가 몇 곱절이나 두터웠다. 만약 손만 내밀었다면 잡을 수도 있었던 행운이었다.

하지만 설단에게 손을 내밀기는 고사하고 똑바로 바라보지도 못하게 한 원흉이 맹쭐이었다. 그놈이 그 사실을 알면 무슨 수를 써서라도 그를 병신으로 만들어 두 번 다시는 그런 짓을 하지 못하게 막을 것으로 생각했다. 땅을 내리치며 통곡하고 싶을 정도로 못내 아쉽고 억울하기만 했다. 놓친 물고기가 더 커 보인다는 말과는 그 성질이 달랐다.

'그거는 그렇는데, 내 머리가 우찌 돼삔 기까?'

한데 참으로 짚어낼 수 없는 노릇이었다. 작은 꽃송이나 귀여운 새 같은 설단을 덜컥 차지한 꺽돌에게는 어떤 분노나 적개심도 생기지 않았다. 그 이유가 무엇이었을까. 그건 아무래도 꺽돌이 맹쭐보다 지체가 낮은 양득 자신과 똑같은 종신분이라는 끈끈한 동류의식이 짙게 작용한 탓인지도 모르겠다. 그게 아니면 꺽돌의 사람됨에 마음이 끌려 있었기 때문일 수도 있었다.

'그눔이 천한 종눔이지만도 인간성 하나는 알아줄 만하다 아이가.'

어쨌거나 양득은 두고두고 자신의 신세가 서럽기만 하였다. 만약 그에게도 민치목 같은 아버지가 있었다면, 자기가 한세상 살아가는 것도 완전히 달라졌으리라 맹신했다.

'내라꼬 죽을 때꺼정 이리 살라쿠는 벱이 오데 있것나. 애동 호박 삼 년을 삶아도 잇금도 안 들갈 소리도 아이고.'

억호 명령이라면 섶을 지고 불 속 아니라 그보다 더한 곳으로도 뛰어들 각오는 되어 있지만, 그래도 가끔은 주인집에서 나와 꺽돌처럼 훨훨 마음껏 날개 치는 새와 같은 자유의 몸으로 살아가고 싶다는 원초적인 욕망만은 어쩌지 못했다.

'지멋대로 머리를 쳐들고 살아가는 잡초가 부럽다 아인가베.'

그건 인지상정이 아니겠는가. 이 양득이가 벼락 맞을 과욕을 부리는 것은 아니다. 내가 대궐에 있는 내시도 아니고, 종일 절간에 앉아 염불이나 외는 중도 아니지 않은가. 정말이지 설단처럼 예쁘고 참한 색시 얻어서 떡두꺼비 같은 아들 하나 낳고 살 수 있다면 더 바랄 게 없겠다 싶었다.

"이눔아! 시방 혼자서 머를 그리 짜다라 궁리해쌓고 있는 기고?"

"예?"

"저 합천 해인사 털어무울 작정을 하는 것가?"

"아, 아입니더."

한동안 다른 곳을 헤매는 양득의 상념을 깨뜨린 것은, 그때 들려온 몹시 흥분한 억호 목소리였다.

"그래, 오데 있던고?"

그의 얼굴에 박힌 크고 검은 점도 덩달아 흔들리는 듯했다. 양득은 때때로 억호 속내를 그 점을 통해 알아낼 수도 있지 않을까 하는 생각을 하기도 했다.

"놀래시지는 마이소."

양득은 거기 다른 사람이 없는데도 한껏 소리 죽여 고했다.

"하매 입수했던 정보매이로 상촌나루터 쪽입니더, 서방님."

억호는 먹잇감을 앞에 놓고 다투는 짐승을 떠올리게 했다.

"상촌나루터?"

"예, 그렇심니더."

"흐."

"인자 드리는 말씀이지만도예."

양득은 더없이 어려운 일을 해낸 데 대한 공치사하듯 늘어놓았다.

"등잔 밑이 더 어둡고, 지척이 천 리라쿠는 거, 그런 진리를 소인이 딱 염두에 뒀다 아입니꺼?"

억호가 제 깐에는 문자 쓰는 종놈이 참 우습지도 않다고 보는지 억지 웃음을 짓더니 곱씹었다.

"상촌나루터라."

그러더니 왼손등으로 오른쪽 눈 아래 점을 문지르면서 말했다.

"그라모 비화 있는데?"

그 말에는 필살의 비수가 꽂혀 있는 듯했다. 간담이 크기로 둘째가라면 서러워할 양득도 오싹해지고 말았다.

"맞심니더."

"요 쥐새끼 겉은 것들."

치목은 그렇다 치더라도 운산녀까지 쥐새끼라니. 그의 귀에 금방 '찍찍' 하는 쥐 소리가 들리는 것 같아 호족虎足 형상 다리가 바깥쪽으로 휘어져 있는 경상 밑으로 눈이 갔다. 얼마 전 집 안에 고양이를 가져다 놓은 후로는 극성을 부리던 쥐들이 거의 자취를 감추었다는 것을 알면서도 그랬다.

"이전에 우리가 거도 짜다라 찾아댕깄는데……."

억호가 굉장히 억울하다는 얼굴을 했다. 그는 양득에게 좀 더 내 앞으로 오라는 손짓을 했다. 그 동작이 천하를 다투는 중대사를 논하려는 사람을 떠올리게 했다.

"예, 서방님."

양득이 얼른 자기 바로 코앞에까지 바짝 다가앉자 억호가 오줌 마려운 사람이 그 고민을 해결할 장소를 찾듯 재촉했다.

"쪼꼼 더 자세히 이약해 봐라. 상촌나루터 오데?"

"오덴가 하모예."

양득은 괜히 혀로 마르지도 않은 입술을 축였다.

"와 거 나룻배 선착장 안 있심니꺼?"

"있제."

억호 눈앞에 그곳이 그림처럼 쫙 펼쳐져 보였다. 오가는 나룻배들과 뱃사공들, 붐비는 승객들과 동물들, 온갖 물품들, 부서지는 물결, 날갯짓하는 물새들…….

"선착장은 아이고예."

당연한 소리를 하면서 양득은 보통 사람보다 더 큰 손으로 약도를 그리듯이 하였다.

"거 쪼매 몬 가갖고 요기 큰길가 쪽에……."

억호는 끝까지 듣지도 않았다.

"큰길가 쪽?"

"예, 서방님."

억호는 실로 어이없다는 표정으로 떡가래 뽑듯 말을 길게 잡아 늘였다.

"크은기일가아?"

"예."

"고것들 간디이가 배때지 밖으로 빠지나왔다 아이가?"

그러면서 얼굴을 씰룩거리자 점이 살아 움직이는 것 같았다. 그들 형제는 그 점이 '복점'이라고 떠벌리기도 하지만 누가 봐도 썩 좋은 인상을 주는 것은 아니었다.

"고것들이야? 우리를 우찌 알고, 엉?"

최고급 장식대 위에 얹혀 있는 현란한 빛깔과 무늬의 도자기들이 주인을 무연히 바라보고 있었다.

"그런께 말입니더, 서방님."

벽면에 붙은 액자 속 글씨가 지렁이 기어가는 형상을 하고 있었다.

"쪼꼬만 골목 안에 꼭꼭 숨어 있어도 머할 낀데."

그는 어쩌면 어린 시절에 만호, 맹쭐과 함께 나쁜 짓을 하고 혹시 들킬까 봐 동네 좁은 골목으로 숨어들던 기억을 떠올리고 있는지도 모른다.

"지 말씀이 바로 그깁니더."

상전이 꺼내는 말끝마다 일일이 맞장구쳐준 양득이 좀 더 분명한 목재상 위치를 천천히 일러주었다.

"상구 오래된 큰 나모 두 그루가 딱 마조 봄시로 서 있는 그짝입니더."

억호는 금세 사람이 바뀌어 매우 흐뭇한 미소를 흘렸다.

"에나 고생 마이 했는 기라."

크고 두꺼운 손바닥으로 아랫것 등짝이라도 톡톡 두드려줄 것처럼 하였다.

"수고한 답래(답례)는 절대 서분치 않거로 해주것다."

양득이 그가 키우는 해귀를 연상케 할 만큼 커다란 머리통을 조아렸다.

"아, 아입니더, 서방님."

억호 눈빛이 술 마신 사람 모양으로 몽롱해졌다. 얼굴 점도 덩달아 흐릿해지는 착시를 주었다. 그는 주정뱅이가 시비 거는 투로 말했다.

"아이라?"

"예, 답래는 안 해주시도 됩니더. 이눔은 죽을 때꺼정 오즉 서방님만을 위해서 일할 낍니더."

"내만을 위해서?"

"에납니더."

사랑채 지붕 위에서 까막까치 우는 소리가 내려왔다.

"그래도 죽는다 우짠다쿠는 소리는 앞으로 하지 마라. 기분 좋은 소리는 아인께."

투박한 손을 바람이 나도록 휘휘 내저었다.

"그런 이약 안 해싸도, 양득이 니 충성심은 내 불 보듯기 훤하거로 안다. 내가 그만 한 눈은 갖고 있다."

양득은 그만 읍소했다.

"서방님! 쉰네, 쉰네는……."

아버지 배봉의 사랑방 못지않게 사방을 온통 번쩍번쩍 금빛으로 도배해 놓은 그곳은 오히려 천박해 보였지만 양득 눈에는 임금님 처소로 비쳤다. 그러니 당연히 상전이 무소불위의 권력자로 비칠밖에 없었다.

"양득이 니 듣거라."

"예, 예."

어명 비슷한 소리가 나왔다.

"그래서 내가 운제나 고맙거로 생각하고 있다 아인가베."

하늘같은 은총을 입어 어쩔 줄 모르겠는 간신배가 내는 소리가 나왔다.

"어이쿠! 우찌 지 겉은 종눔한테 그라십니꺼?"

지나치게 멋을 부리느라 혼란스럽기까지 한 창살무늬 방문 위로 얼핏 나무 그림자 같은 게 스쳤다.

"좌우지간 그렇다 쿤께네?"

점잖게 꾸짖는 소리였다. 사실 양득만 한 심복을 얻기는 쉬운 일이 아니었다. 억호 말은 허위나 가식이 아니었다.

"그러이 내가 내리려는 상賞은 사양하지 말거라. 흐음!"

"예, 서방님."

급기야 양득은 방바닥에 머리를 처박고 흐느끼기 시작했다.

"이 은덕은 죽어도…… 흑흑."

그 방 모든 사물이 그런 양득을 물끄러미 바라보고 있었다. 그 주인에 그 종이다, 그렇게 여기는 듯했다.

"허, 남자가 울어쌓기는? 내 앞으로도 양득이 닐로……."

한데, 그러던 억호가 어쩐 셈인지 별안간 입을 딱 다물었다. 공기마저도 확 바뀌는 분위기였다.

"……."

이상한 낌새를 느낀 양득이 얼른 고개를 들고 상전 안색을 살폈다. 그리고 다음 순간, 그는 그만 머리끝이 쭈뼛 곤두서면서 오금이 저려왔다.

'가, 각중애 와 저, 저라노?'

억호의 그 표정!

양득은 오줌이 찔끔 나오려 했다. 아니, 어쩌면 벌써 바지에 저렸는지도 모른다.

'저, 저기 사람 어, 얼골 맞는 기가?'

돌연 사납게 변한 억호 얼굴은 사람이 아니라 악마를 방불케 했다. 평소 그의 포악스러운 성질을 누구보다 잘 알고 있는 양득으로서는 간담이 철렁 내려앉는 기분이 아닐 수 없었다. 잘잘못을 떠나 자기 심사를 거슬렀다 싶으면 요절을 내고야 마는 인간이 억호였다.

"서, 서방님! 해, 해나 쉰네가 무, 무신 죄를?"

양득은 무작정 머리통을 조아리며 용서부터 비는 자세로 나갔다. 석고대죄하는 모습이었다. 이럴 땐 그게 최상의 방책이란 걸 이미 깨친 그였다. 그렇지 않았다면 오늘날까지 이런 상태를 유지해오지 못했을 것이다. 세상에 공짜로 주어지는 건 없는 것이다.

"이? 이?"

하지만 억호가 해 보이는 언동은 갈수록 더 태산이었다. 주먹으로 자기 앞에 넙죽 엎드려 있는 양득의 등짝을 사정없이 내리치든지, 아니면 벌떡 일어나 발로 턱을 거세게 걷어차려는 기세였다.

"아, 서, 서방님! 지, 지발…….."

양득은 그야말로 숨넘어가는 소리로 손바닥까지 싹싹 비벼가며 극구 애원하기 시작했다. 자신이 무슨 죄를 지었든지, 아니 죄가 있든 없든 간에, 지금 그 순간 중요한 것은 그저 관용을 베풀어주기만을 바라는 일이었다. 어쩌면 죽을 수도 있겠다는 굉장한 위기감이 엄습했다. 거꾸로 매달아도 사는 세상이 나았다.

"사, 사, 살리만 주이소오!"

그런데 뒤미처 억호 입에서 터져 나오는 말이 양득을 한층 더 두렵고 당혹스럽게 만들었다. 무슨 엄청난 저주를 퍼붓는 소리였다.

"니, 니눔 그 덩더리!"

"예?"

방금 내가 무슨 소리를 들었나? 싶은 양득에게 억호는 한 번 더 외쳤다.

"덩더리!"

"지, 지 덩더리예?"

양득은 자신도 모르게 등을 더욱 크게 접었다. 그러자 영락없는 굼벵이 형상이었다. 그 순간, '이 쌔끼가?' 하는 매서운 일갈을 내지르며 바람같이 몸을 일으킨 억호가 오른발을 번쩍 들어 양득의 등짝을 사정없이 내려찍었다.

"으윽!"

한 번 더 도끼로 장작 패듯 하였다.

"에잇!"

"악!"

양득은 짧은 비명과 함께 포수 총에 맞은 짐승처럼 그대로 방바닥에 나뒹굴고 말았다. 그의 두툼한 입술 사이로 오장육부가 뒤틀릴 때 나오는 신음소리가 흘러나왔다. 핏덩이를 쏟아내지 않는 것이 다행일 정도로 심한 사매질이었다.

사람이 맞아 죽는다더니, 너무나도 비참하고 가련한 모습이 차마 두 눈 뜨고 보지 못할 지경이었다. 그렇지만 양득은 흡사 어떤 초인적인 힘이라도 발휘하듯이 이내 번개같이 곧바로 일어나 앉았다. 그러고는 그의 머리맡에 산처럼 우뚝 서 있는 억호 바짓가랑이를 덜덜 떨리는 두 손으로 붙들고 늘어지기 시작했다.

"자, 잘몬했심니더, 서방님!"

무조건 용서를 빌었다. 필사적인 몸부림이었다.

"잘몬했심니더! 잘몬했심니더!"

양득은 대체 자신이 무슨 잘못을 저질렀는지도 모른 채 그냥 잘못했다는 소리만 미친 사람 모양으로 고하고 또 고했다.

"자, 잘몬……."

그에게 잘못이 있다면, 그것은 상전들이 악귀가 되어 그렇게 시뻘건 눈알로 목을 매달고 찾아 헤매던 운산녀 사업소를 가까스로 알아내어 보고해주었다는 그 한 가지 사실밖에 없었다. 한데도 억호는 분노를 이기지 못하는 목소리로 고함쳤다.

"이 손 몬 놓것나?"

하지만 양득은 벼랑 끝에 매달린 사람보다도 더 두 손아귀에 힘을 주며 애걸했다.

"지, 지발……."

"엎어진다!"

겁에 질린 양득이 함부로 잡고 흔들어대는 바람에 몸의 중심을 놓치고 크게 비틀거리며 억호가 소리 질렀다.

"내 니눔 손목때기를!"

손목이 잘려나갈 위기까지 느낀 양득은 정신이 십 리는 나갔다.

"서방님! 다, 다시는 아, 안 그라것심더."

억호가 또 발길질하려는 동작을 취하며 말했다.

"이거 놔라 안 쿠나?"

그래도 풀려나지 못하자 상체를 잔뜩 숙여 아래를 내려다보며 울부짖듯 했다.

"손! 소온!"

"예! 예!"

양득은 그제야 정신이 돌아와서 급하게 상전 바짓가랑이를 놓아주었다. 그러고는 또다시 방바닥에 머리를 처박고 이번에는 죽은 양 그대로 가만히 있었다. 그런 그에게서는 작은 숨소리도 없었다.

"젠장, 인삼 녹용을 혼자 쌔비(훔쳐) 뭇나(먹었나)?"

억호가 몸의 균형을 바로잡으며 투덜거렸다.

"……."

여전히 돌사람이 되어 움직이지 않고 있는 양득이었다.

"내 니눔 기운이 센 줄은 진작부텀 알았지만도, 에나 장난이 아이거마."

도로 자리에 털썩 주저앉으면서 억호가 조금은 꺾인 목소리로 한 말이었다.

"으이싸."

억호는 인부들이 힘쓸 때 내는 소리를 내며, 조금 전 거칠게 일어서는 바람에 저만큼 한쪽 옆으로 밀려난 진홍빛 비단 방석을 다시 끌어당겨서는, 펑퍼짐한 엉덩이 밑으로 쑤셔 박듯 집어넣었다.

"으흠!"

제 딴에는 점잖은 기침을 했지만, 아직도 억호 양반 앉음새는 어색해 보이기만 하였다. 곧은 백 살을 먹어도 출생 성분만은 어쩔 수 없는 모양이었다.

'후~우.'

양득은 내심 한숨을 돌렸다. 살았구나 싶었다. 그래 이번에도 어떤 말이나 행동을 하지 않고, 그저 죽여주십시오. 소인, 오로지 내리시는 처분대로 따르겠습니다, 하는 자세로 한참 가만히 있기만 했다.

"이눔아, 그 대갈빼이 고마 몬 치키들것나, 으잉?"

그런데 다음 순간, 억호는 넌더리가 난다는 목소리로 다그치듯 그렇게 명했다.

"예?"

어리둥절해하는 양득 머리를 또 후려치는 말이었다.

"고 골통!"

사랑채 마당에서 거위 울음소리가 났다. 또 우리에서 탈출한 놈이 있는가 보았다. 행여 주인들이 알기 전에 얼른 붙잡아 다시 우리 속에 가두기 위해 종들이 소리 죽여 가며 바삐 움직이고 있는 모습들이 양득 눈앞에 그려졌다.

"그래도야?"

"아, 예……."

양득은 뒷골이 덜렁덜렁 흔들릴 정도로 황급히 머리를 들어 올렸다. 그 바람에 눈앞이 어지럽기까지 했다. 그런 양득 귀에 이런 알 수 없는 억호 말이 떨어져 내렸다.

"양득이 니, 차후로는 절대 내 앞에서 방금맨치로 대갈빼이 그리 팍 수구리지 마라, 팍 수구리지 마. 알것나?"

"예?"

양득은 또다시 어리둥절해지고 말았다. 종놈이 자기 상전 앞에 머리를 숙이는 것은 극히 당연한 일이었다. 마땅히 취해야 할 행동이거늘, 그것을 하지 말라는 것이다. 혹시라도 그런 식으로 처신하지 않고 감히 고개를 뱀 대가리나 수숫대처럼 빳빳이 치켜들었다간, 저 임술년의 농민군이나 병인년의 천주학쟁이같이 당장에 목이 뎅겅 날아갈 것이다.

"아즉도 이눔잇!"

멍청한 표정을 짓고 있는 양득에게 이번에는 싸움소가 뿔로 들이박는 시늉까지 하며 억호가 잔뜩 신경질을 부렸다.

"당장 그리하것다꼬 안 고하고?"

양득은 바로 옆에 땅불이 떨어진 것만큼이나 소스라치게 놀랐다.

"고, 고하것심니더, 서, 서방님!"

그런데 거기까지는 괜찮았다. 문제는, 바로 그다음에 양득이 행한 동작이었다. 그는 하도 오랫동안 몸에 깊이 밴 버릇이 돼버린 탓에, 그 말을 하면서 또 그만 자신도 모르는 새 억호에게 머리통을 조아려 보였던 것이다.

"요 망헐 눔!"

어느 틈에 손에 집어 들었는지 알 수가 없었다. 거기 탁자 위에 얌전하게 놓여 있던 문방사우가 허공을 날았다. 그것들은 한 치 어긋남도 없이 정확히 양득의 커다란 머리를 가격했다.

"어이쿠!"

양득은 금방 죽는 소리를 내며 두 손으로 머리를 감싸 쥐었다. 어디를 어떻게 잘못 맞은 것일까? 그의 굳은살 박인 손바닥에 당장 끈적끈적한 기운이 묻어났다.

'피, 피가!'

양득은 속으로 외마디를 질렀다. 입 밖으로는 내지 못하고 그대로 안으로만 삭여야 하는 가슴 뭉클한 설움과 고통이었다. 그러나 서러워하지도 말고 고통스러워하지도 말아라. 그게 종놈 신세 아니더냐? 천한 것의 올바른 처신 아니더냐?

'아픈 바람에 무신 소리를 내모 안 되는 기다.'

자칫 신음이나 불평불만 비슷한 소리만 내도 더욱 무서운 형벌이 가해질 것을 오랜 경험을 통해 익히 알고 있었다.

"내가 방금 대갈통 수구리지 말라 캤는데?"

억호는 엄명을 어긴 종놈을 어찌지 못해 야단이었다. 또 집어 던질 것이 없나, 하고 방안을 두리번거리는 그의 눈빛은 영락없는 광인의 그것이었다.

"서방니임!"

양득은 더한층 필사적으로 나갔다.

"다, 다시는 아, 안 그라것심니더!"

손으로 제 목과 팔다리를 내리치는 흉내까지 지어 보였다.

"하, 한 분만 더 그라모, 지, 지 손으로, 칼로 지 모가지를 탁 짤라삐 것심니더! 팔하고 다, 리도 그래삐것심니더!"

그래도 억호는 분을 삭이지 못했다.

"내, 내, 니눔, 니눔을!"

그가 몸을 있는 대로 들썩이는 바람에 벽에 높직이 걸린 진경산수 액자가 금방이라도 방바닥으로 떨어지지 않을까 위태로워 보였다.

"서방니임! 서방니임!"

그저 애타게 상전을 부르는 간절한 종놈 목소리는 천장을 뚫고 하늘에까지 가 닿을 것 같았다. 그러자 하늘이 감복한 걸까, 누구도 어쩌지 못할 것으로 보이기만 하던 억호 마음을 조금은 돌려놓은 듯했다. 그는 혼잣말을 했다.

"하기사 뒤지도(뒈져도) 제사상에 찬물 한 그럭 올리줄 사람도 없는 니눔이다."

양득은 내심 안도의 숨을 쉬면서도 상전의 변덕에 그저 멍할 따름이었다.

"……."

대관절 억호는 납작 엎드린 양득의 등짝에서 무엇을 보았기에 그토록 괴이한 반응을 나타내었던가? 설혹 미친 사람이라 할지라도 그렇게 하는 이면에는 반드시 무슨 연유가 있을 터였다.

그렇다면? 그것은 바로 꼽추 달보 영감 등짝에 솟아 있는 혹이었다. 잘 자다가 일어나 생각해도 이빨이 뿌득뿌득 갈리는 늙은이였다. 제 명命에 갈 때까지 두고 보지 않을 작정이었다. 몸에 돌덩이를 매달아 산

채로 남강에 수장시켜버릴 것이다.

"아즉 총각딱지도 몬 뗐제?"

"예?"

양득은 정신이 오락가락하는 정도가 아니라 완전히 빠져나가 다시는 몸 안으로 들어오지 못할 사람으로 보였다. 여전히 이해할 수 없는 분노가 가라앉은 것까지는 더 바랄 것이 없을 만큼 좋았는데, 이제 별놈의 소리까지 다 하는 상전이었다.

"어이구, 아입니더, 서방님."

양득은 너무 황감해서 고하는 소리였는데, 억호는 그걸 어떻게 받아들였는지 굵은 목을 갸우뚱했다.

"머라? 해나 니눔이?"

양득 얼굴에서 무엇을 알아내려는 빛이 엿보였다.

"소, 소인 마, 말씸은⋯⋯."

양득이 얼굴이 빨갛게 되어 크게 더듬거렸다. 억호는 서까래가 무너져라, 웃어 젖힌 후 말했다.

"그라모 그렇제."

자기가 잠깐 착각한 것이다.

"하기사 니눔한테 우찌 그런 재조가 있것노? 재조라 캐봤자 무식하거로 기운 쓰는 거하고⋯⋯."

상전인 나에게 무조건 충성을 다 바치는 것, 하고 말하려다가 그건 그만두었다. 공연히 놈에게 간담을 키워주어 좋을 것은 하나도 없다는 계산에서였다. 세 살 먹은 아이도 제 손에 것 안 내놓으려는 세상에서, 맹물도 거저 주어서는 안 된다고 생각하면서도 말은 번드르르 했다.

"양득아, 너모 그리 서러버하지 마라."

억호는 세상에서 최고로 아랫것들을 잘 보살펴주는 상전인 양 굴었다.

"운젠가 니놈한테도 기회가 올 끼다."

무슨 기회 말이지? 하고 또 낯이 붉어지는 양득이었다.

"이 억호가 몽달구신 하나 맨들었다쿠는 소리는 안 들을란다."

천천히 일어나 방문 쪽으로 발을 옮겨놓았다.

"아부지한테 가서 먼첨 말씀드리야 되것다."

매스꺼울 만치 부드러워진 목소리로 말했다.

"그동안 양득이 니는 내가 다시 부릴 때꺼지 니 방에 가서 푸욱 쉬고 있거라. 심이 마이 들었을 끼다."

"예, 흑흑."

억호 그림자같이 얼른 일어난 양득이 보리 까끄라기처럼 까칠한 손등으로 눈물을 쓱쓱 훔쳤다. 억호는 양득보다 앞서 사랑방을 나갔다.

그 시각, 배봉은 머릿속으로 하판도 목사에게 줘버린 춘화를 그려보고 있었다.

몸 상태가 영 예전 같지 못했다. 꽁지수염 반능출에게서 구입한 그 비싼 그림책을 하 목사에게 괜히 주었다는 후회가 막심했다. 차라리 돈이나 다른 무엇을 주었어야 했는데 하필이면 그 기똥찬 것을 줄 건 또 무어냐.

'한 치가 오데 있노, 반 치 앞도 몬 내다보는 요 빙신아!'

그게 있으면 이럴 때 굉장히 요긴하게 써먹을 수 있을 것이다. 물론 어쩔 수 없는 일이긴 했다. 그 당시는 따로 선택의 여지가 없었다. 하지만 아직도 미련만은 남아 있었다.

'인자는 천상천하의 이 임배봉이도 에나 다 됐는갑다.'

자고 일어나 보면 어제 다르고 오늘 다르게 눈이 침침해지는데 북망 산천은 저만큼 훤히 보이는 성싶었다.

66

'앞으로 갈 데는 거게 한군데밖에 없다 아이가.'

이러다간 기방 출입도 끊어야 하지 않을까 엄청나게 애간장이 탔다. 여생을 무슨 낙으로 살아가나? 불어나는 건 재물인데, 줄어드는 건 젊음이라. 전신만신 비단을 친친 감아도 시든 수세미외 같은 몸뚱어리를 어이할꼬.

'그거는 마 그렇고, 에핀네라쿠는 요년은 시방 이 시상에 있는 기가, 없는 기가?'

말 그대로 코빼기는커녕 그림자조차 보기 힘들었다. 그렇다고 뭐 아쉽고 애달파할 것은 파리 뭐만큼도 없었다. 그래도 가다 생각이 나곤 하니, 이런 게 세상 부부란 것인가? 전생의 원수가 현생에서 부부로 만난다더니만, 그 말이 딱 들어맞는 모양이구나 싶다. 빌어먹어도 자자손손 빌어먹을. 내세에서는 제발 하고 서로 안 만났으면 좋겠다. 제 년은 더 그런 심정이겠다.

그런데 까마귀 날자 배 떨어진다고, 배봉이 촉새 같은 운산녀 상판대기를 떠올리며 방에 엎드린 채 끙끙대고 있을 때, 그 운산녀 소식을 물고 억호가 달려온 것이다.

"머라?"

배봉이 처음에 보인 반응은 전차에 받친 사람 그것이었다.

"인자 된 깁니더, 아부지."

눈 밑의 큰 점까지 웃고 있지 않나 여겨지는 억호 얼굴이었다. 아무래도 그의 속마음은 그 점에 먼저 드러나는 게 맞는지도 모르겠다.

"그런께 양득이가 고것들 있는 데를 알아냈다, 그 말이가?"

찬 서리 맞은 배춧잎만큼이나 축 처져 있던 배봉 몸에 홀연 대단한 기력이 철철 넘쳐 보였다. 예전 기력을 되찾은 모습의 그는 그게 정말이냐고 재차 확인했다.

눈곱이 끼고 게슴츠레하던 두 눈에도 광채가 확 살아났다. 변신도 그런 변신은 세상 어디에도 흔치 않을 것이다. 그리고 그것이야말로 아버지인 그를 억호가 가장 두려워하고 경계하는 부분이기도 했다.

"우찌?"

평생 속고만 살아온 늙은이가 그곳에 있었다. 사실로 치자면 속이고만 살아온 위인이었다.

"아부지도 놀래 자빠지시것지예?"

꼭 놀라서 뒤로 자빠지기를 바라는 어조의 아들 말에 배봉은 앞서 보다는 목청을 한 단계 낮추었다.

"시방 내가 놀래고 안 놀래고 하는 그기 중요한 기 아이다."

억호는 자기 방을 확대해 놓은 분위기를 풍기는 사랑방을 부러움과 시기 섞인 눈빛으로 슬쩍 훑어보았다.

"안 믿기실 낍니더. 지도 그랬은께네예."

억호는 자신의 공치사를 내세울 요량으로 심복 양득을 한껏 추켜세웠다.

"양득이 아이모 누도 해내지 몬할 일 아입니꺼?"

그러나 배봉은 네 시키먼 속셈 내 다 안다는 듯, 아들 그 말에는 아무 대꾸도 하지 않고 집어삼킬 기세로 캐물었다.

"오데라 쿠는데? 엉, 오데?"

닭 잡아 겪을 나그네 소 잡아 겪는다고, 진작 알아냈으면 더 큰 손해를 보지 않아도 됐을 텐데, 하는 말투였다.

억호는 자기 몸값을 최대한 크고 높게 올릴 수 있는 소리에 맞장구를 쳐주지 않는 아버지가 은근히 야속하고 싫어졌다.

'부모라쿠는 사람이 우째서 장마당 저 모냥이고?'

그러자 하늘을 붕 날아가고도 남을 지금 그 상황에는 너무나 걸맞지 않게, 바로 박히지 못한 못은 저리로 가라 할 정도로 삐딱한 그의 성미가 또 도지기 시작했다.

'만호가 와갖고 이런 소식 전해줬다모 저라까이?'

억호는 지나치게 화려하여 오히려 천박한 느낌마저 드는 방안 황금빛 장식품들을 모조리 부숴버리고 싶다는 충동을 억누르며 굼벵이 기어가는 속도로 물었다.

"아부지 생각에는 거가 오데 겔심니꺼?"

배봉은 가는귀먹은 사람같이 했다.

"으잉?"

"한분 알아맞히보이소."

사랑채 연못이 있는 곳에서 잡새들 소리가 무척 요란했다. 아마도 물을 먹기 위해 또 한꺼번에 날아든 모양이었다. 언젠가 그게 시끄럽고 귀찮다고 그 연못을 메워버리라고 종들을 닦달하기도 했던 배봉이었다. 물론 그러지는 않은 덕분에 그 연못은 아직도 건재했지만, 배봉 그 성깔에 언제 또 갑자기 그렇게 나올지 모르겠다.

"머라쌌고 있노?"

배봉이 깜깜한 밤에 길바닥에서 오물 밟은 사람처럼 발끈했다.

"시방 우리가 수리지끼 할 때가, 으잉?"

억호는 한술 더 떴다.

"아부지는 안주 그거를 잘 모리시는가베예."

"안주? 안주는 술집에 가서나 찾아라 고마."

배봉이 동업에게 줄까 생각했던 그 문방사우는 여전히 그 방 문갑 위에 방치당한 몰골로 놓여 있었다. 억호는 무슨 판소리 사설 읊조리듯 했다.

"급할수록 삥삥 돌아가라 캤고, 찬물도 호호 불어감서 마시라 캤심니더.”

마당 가 정원수를 스치는 바람 소리가 갈 길을 재촉하는 것으로 들렸다.

“삥삥? 호호?”

배봉은 도끼눈을 한층 가느다랗게 떠 보이며 자못 수상쩍다는 목소리로 물었다.

“양득이가 진짜로 찾아낸 기 맞는 기가?”

매우 언짢아하는 기색이 되었다. 억호는 대꾸할 하등의 가치도 없다는 듯 시큰둥한 표정을 지었다.

“아, 내가 닐로 몬 믿어갖고 하는 소리가 아이다.”

입귀를 일그러뜨리며 배봉은 화살을 양득에게로 돌렸다.

“해나 양득이 고눔이 오데서 머를 잘몬 알아갖고 그라는가 싶어갖고 이란다.”

억호는 역시 아버지가 나보다 한 수 위구나! 하고 느꼈다. 그러자 다시 다급하고 심각한 목소리가 나왔다.

“상촌나루터 쪽입니더, 아부지.”

일순, 배봉의 둥글넓적한 중앙집중식 얼굴에서 눈코입이 더욱 한가운데로 몰렸다. 확인하는 말소리에 작두날이 섰다.

“상촌나루터?”

“예, 비화 고년이 장사하는 데지예.”

“허, 죽어도 그냥 곱기 썩어 죽지 몬할 고 두 년이 같은 곳에서 나란히 사업을 하고 있다, 그 말이제?”

배봉이 하는 그 소리는 억호 귀에, 마침 그물 하나에 큼직한 두 마리 물고기가 한꺼번에 걸려들었구나! 하는 뜻으로 들렸다.

“일이 잘될라쿤께 참말로 희한빠꼼하거마는!”

당장 만세 삼창이라도 하려는 모습으로 쾌재를 부르는 배봉이었다. 거금을 주고 구입한 희귀종 난도 신이 나서 화분 속에서 몸을 흔드는 것 같았다.

"퍼뜩 해치웁시더, 아부지."

둥근 창을 통해 스며들어오는 빛살이 약간 환상적인 분위기를 자아내고 있었다.

"상촌나루터 전체를 확 불살라삐리까예?"

억호가 특유의 잔인한 웃음기를 띠며 말했다.

"부울?"

그렇게 반문하는 배봉 눈이 불보다 더 충혈된 상태였다. 한쪽 눈에는 금방 닦아낸 눈곱이 그새 또 끼어 있다.

"고것들 모돌띠리 타죽거로요."

그 말끝에 억호는 두 번 다시는 떠올리기 싫은 기억 하나가 되살아났다. 임술년 농민군 반란이 일어났을 때 그 폭도들 손에 의해 하루아침에 잿더미로 화해버린 그들 옛집이었다. 그런데 당시의 집과 지금의 집을 비교해보다가 이런 마음이 되었다.

'그 덕분에 근동에서 최고로 쳐주는 이리 크고 멋진 집도 새로 지잇다 아이가.'

그러고 보니 생각할수록 참 기분 좋은 과거였다. 새로운 집만이 아니었다. 결과적으로는 전화위복이었다. 복수를 해야겠다고 별러 여러 가지 짓을 자행했다. 일일이 나열할 수는 없지만 한 가지만 거론하자면, 도주한 농민군 놈들에 관한 정보를 관아에 제공해주었고, 그 대가로 많은 이득을 취할 수 있었던 그들이었다.

사병私兵들

"흐흐흐."

억호가 잠깐 그 생각에 빠져 있는데 배봉이 소름 돋을 정도로 징그러운 웃음소리를 흘리고 나서 단속하는 말이었다.

"너모 급하거로 설치쌌지 마라. 인자 상촌나루터가 지옥 구디이가 돼 삐릴 날도 올매 안 남았다꼬 보모 되는 기다."

억호 사랑방과 마찬가지로 그 의미도 전혀 모르면서 표구만 멋지게 하여 벽에 떡 걸어 놓은 액자 속 한자들이 몸을 움츠리는 양상이었다. 어지간한 집 한 채보다도 비싼 백자와 청자도 장식대에서 아래로 굴러 내릴 것같이 위태위태하게 느껴졌다.

"우짜까예, 아부지?"

억호는 달아오른 쇳덩이를 내리치는 대장장이처럼 어깨에 잔뜩 힘을 집어넣고 말했다.

"시방 당장 쳐들어가갖고 고것들을 작살내삐립시더."

"……."

한데 배봉은 가타부타 아무러한 말도 없이 억호 얼굴을 물끄러미 바

72

라보기만 했다. 그 눈빛이 야릇했다.

"와예, 아부지?"

좀 기분이 나빠지는 바람에 손바닥으로 자기 얼굴을 가리듯이 쓸면서 억호가 물었다.

"지 얼골에 머가 묻었어예?"

그러자 점이 점이 아니라 얼굴에 무엇이 묻어 있는 것처럼 비쳤다.

"묻기는 머가 묻어? 허연 쟁반매이로 칼끗는데. 풍년 두부 겉거마는."

말은 그렇게 하면서도 배봉은 속으로 기가 찼다.

'내가 호로자슥을 키왔다, 때호로자슥을.'

비록 그 둘의 나이 차이는 그렇게 많이 나지는 않지만 아무리 그렇다 손 치더라도 명색 어머니였다. 그것도 어제오늘 막 들어온 것도 아니어서 지금쯤은 서로 간에 손때 발 때가 묻을 법도 하였다. 그런데도 치목과 싸잡아 '고것들'이라. 하긴 고년은 그런 소리 들어도 백번 천번 싼 년이긴 하지만, 내가 말하는 것과 자식놈이 말하는 것은 다르다.

'자아, 우짠다?'

배봉 머릿속이 팽이채를 맞은 얼음판 위의 팽이같이 빠르게 돌아가기 시작했다. 왕년의 관록이 다시 살아나는 순간이었다.

'기회를 놓치삐모 그담에는 위기가 온다 캤제.'

그렇지. 실수 없이 행해야 한다. 철저히, 완벽하게.

'지 이름자매이로 구름 낀 산 아이가. 운산녀? 누가 붙이준 것인지는 몰라도 이름 한분 잘 지이줬거마는. 흥!'

운산녀가 어떤 요물이냐. 통발의 가는 댓조각 사이를 잘도 쏙쏙 빠져나가는 미꾸라지 같은 년이다. 자칫하면 다 잡은 물고기를 놓쳐버릴 수도 있다. 그래, 방금 억호 저놈이 한 말마따나 급할수록 돌아가고 찬물도 불어가며 마셔야 한다. 그런 식으로 하지 않으면 발이 허방에 빠지고 입을 델 수도 있는 것이다.

"우선에 안 있나."

배봉의 시커먼 입속이 열렸다. 아궁이 같았다. 늘 운산녀에게 이빨이 부실하다고 조롱을 당하는 그였다.

"심 세고 몸 날랜 것들 몇 눔부텀 차출해라."

그 '차출'이라는 말이 사안事案의 크고 다급함을 일깨워주고 있었다. 그뿐만 아니라 평소 그답지 않게 이런 '토'까지 달았다.

"안 그라모 도로 당할 수도 있은께네, 우짜든지 잘 알아갖고 말이다."

그 방을 가득 채운 온갖 장식품들이 그 숫자만큼의 넘어야 할 산이나 건너야 할 강으로 비치고 있었다.

"도로 당할 수도 있다, 그 말이지예?"

온 고을이 알아주는 개망나니 억호도 바싹 긴장하는 빛을 띠었다. 막연하게 구상만 했던 것과 막상 실행에 옮기는 것과의 차이가 이렇게 큰 줄은 몰랐다. 그것은 결코 수월하게 처리할 수 있는 대상들이 아니라는 이야기도 되겠다.

'요런 일로 상대하는 데는, 기집년보담도 사내눔이 더 안 버겁것나.'

사내눔, 치목을 너무나도 잘 꿰뚫고 있기 때문이었다. 어릴 적에 항상 그들 형제를 쫄쫄 따라다녔던 치목 자식 맹쭐은 그다지 신경이 쓰이지 않는데, 나이깨나 훌친 그가 오히려 더 만만찮게 다가왔다. 썩어도 준치, 바로 그 준치가 치목이었다. 그렇지만 억호는 아버지 앞에서는 전혀 그런 내색을 하지 않고 필요 이상의 자신만만한 티를 내며 물었다.

"그런 염려는 붙들어매시고예, 그런께네 우리 집 종들 중에서 말이지예?"

"종들 아이모?"

74

배봉이 퉁을 주는 소리로 되물었다

"오데 가서 그런 늠들 구해올 수 있는 기가?"

억호는 보기 우스꽝스러울 만큼 목을 움츠렸다.

"그, 그거는 아이고예."

북쪽 벽에 붙여 세워놓은 열두 폭 병풍에 그려진 십장생들이 너나없이 그들 대화에 귀를 기울이는 모양새였다. 실제 경치라고 착각할 정도로 멋지게 그려진 그 고가의 진경眞景 병풍이 싫증 난다고 얼마 전에 새로 바꾼 병풍이었다. 하여튼 그 방에 있는 것들은 하나같이 수명이 짧았다. 돈 많은 것도 화근이었다.

"내가 무담시 함 해본 소리다. 그러이 멤에 걸어놀 필요사 한 개도 없다."

벌써 몇 번이나 자리를 고쳐 앉으면서 배봉이 말했다. 그 역시 자식 앞에서 대범한 척해 보이고는 있었지만 여간 긴장된 상태가 아니라는 증거였다.

"예, 압니더, 아부지."

억호는 스스로 힘을 북돋워 주기 위해서 용감무쌍한 호위무사처럼 굴었다.

"새로 모울 시간도 없지만도, 시방 우리가 사뱅매이로 부리고 있는 늠들보담 더 좋을 것들은 없다."

그러면서 못 버리는 추한 습성인지 끝이 짧고 무딘 손가락으로 두 콧구멍을 번갈아 가며 후비는 배봉에게 억호가 물었다.

"양득이를 행동대장으로 삼는 기 좋것지예?"

"두말하모 입 아푸다."

배봉 머릿속에 오래전 남강 백사장 투우장에서 비화네 천룡과 갑종 결승전을 치를 때 해귀를 부리던 양득이 떠올랐다. 그러자 억호가 부러웠다.

'내한테는 우째 양득이 그눔 겉은 심복 하나가 없으꼬?'

아들이 경쟁상대로 여겨지기까지 했다.

'오데 그거 한 가지만 그런 것가? 저눔 새 에핀네 해랑이매이로 이쁜 마누래는 와 없고. 내 새끼지만도 에나 열불이 나서 몬 살것다.'

그런 불만을 품어보는 배봉에게 억호가 또 물었다.

"아부지는 우짜실랍니꺼?"

부모에게 묻지 않고 언제나 제멋대로 처신하는 아들에게 익숙한 배봉은, 질문 내용보다 질문하는 그 자체부터 생경했다.

"우짜다이?"

이물질이라도 들어갔는지 계속 눈을 끔벅거리는데, 억호가 이건 대단히 위험하고 중요한 사안이란 듯 듣기 으스스할 만큼 착 가라앉은 목소리로 확인했다.

"직접 가실랍니꺼, 아이모?"

"아, 그 말이가? 내는 또 무신 소리라꼬."

배봉이 끙, 하고 앓는 소리를 냈다. 그러고는 '새 며느리 친정 나들이'라는 말을 떠올리듯 하였다.

"내 멤 겉으모 같이 가고 시푸다."

"그란데예?"

'저 새끼가야?'

자식놈이란 게 제 아비 속내를 명경 알 들여다보는 것처럼 빤히 들여다보면서도 묻는다 싶어, 배봉은 배알이 크게 뒤틀렸지만 억지로 목소리를 가다듬었다.

"하지만도 인자는 내 몸이 통 이전 겉지를 몬하고, 또오…….."

억호가 애당초 그럴 줄 알았다는 얼굴로 끝까지 듣지도 않고 일방적인 통보하듯 하였다.

"마, 아부지는 그냥 요대로 가마이 집에만 앉아 계시소. 아시것지예? 그리 안 하고 따라나서시모 무담시 짐만 돼……."

그러다가 급히 입을 다물었다.

'저 성깔!'

억호는 속이 크게 뜨끔해져서 배봉을 몰래 훔쳐보았다. 그가 아끼는 유리 재떨이를 콱 집어 들었다가 도로 슬그머니 내려놓고 있었다.

'늙어갖고 운제나 철이 들랑고? 아이다. 저승에 가갖고도 몬 고칠 끼다.'

억호는 내심 끌끌 혀를 찼다. 주름살이 이랑 모양으로 죽죽 간 뭉툭한 아버지 손가락에 파들파들 경련이 일고 있었다. 어릴 적 개울에 가서 애먼 개구리를 잡아 땅바닥에 패대기치던 기억이 났다.

억호는 일어날 생각을 했다. 늙은이 탕국 냄새 맡아가며 더 함께 있어봤자 이득 될 게 하나도 없었다. 천둥 번개는 미리 알아가며 피하는 게 상책이다.

"급해서 고마 나가보것심니더."

"내는 가마때기맹캐 가마이 집에 있것는데, 아들아."

서둘러 자리에서 몸을 일으키는 억호에게 배봉이 뼈 있는 한소리 했다.

"이거 하나는 똑바로 맹심해라. 독아지 안에 들간 쥐새끼 잡을라쿠다가 독아지 깨는 그 정도가 아이고 고마 손까락꺼지 물리는 수도 있다쿠는 거."

"압니더."

그러면서 몸을 돌려세우는 억호 등짝에 배봉의 말이 또 들러붙었다.

"우짜든지 고것들이 무신 내미 맡기 전에 후딱 덮쳐야 하는 기다."

또 자식을 못 믿는다 싶어 확 짜증이 덮치는 억호였다.

"누가 내미를 피우는가예?"

억호는 코를 씰룩거려 '큼큼' 냄새를 맡는 시늉을 해가며 핀잔주는 투로 말했다. 그가 거기 들어오기 전에 배봉이 피운 담배 연기 냄새가 아직도 방 안에 남아 있는 듯했다.

"그런께네 내가 이약하는 요점은 오데꺼지나……."

"쉬시소."

억호는 무정하리만치 아버지 방을 싹 빠져나왔다. 그가 나오는 기척을 듣고 될 수 있는 한 서로 마주치지 않으려고 부리나케 달아나는 종들 뒤통수를 째려보면서 또 속으로 구시렁거렸다.

'늙으모 다린 데로 가야 할 양기가 입에만 오른다더이, 요 바쁜 판에 무신 씰데없는 잔소리를 저리키나 짜다라 늘어놓노?'

이렇게 뭉그적거리고 있다간 운산녀와 민치목의 수명이 다한 후에야 가게 생겼다. 역시 흘러가는 세월 앞에서는 장사가 없다더니, 웃통 벗어 젖히고 호랑이를 때려잡을 기세로 굴던 아버지도 이제 늙기는 늙었구나 싶었다.

'부모가 동구 밖 정자나모매이로 장 그 자리에 그대로 있는 줄 알모 안 된다더이.'

그렇지만 서럽고 안됐다는 마음보다도 드디어 이 억호가 동업직물을 접수할 그날이 멀지 않았구나! 하는 뿌듯한 기분부터 앞장섰다. 그러자 더욱 이번 기회에 운산녀와 민치목을 단단히 조져야 한다는 생각이 강렬해졌다. 완전 끝장을 내버릴 것이다. 장차 내 몫으로 돌아올 그 많고 아까운 재산을 고것들에게 빼앗길 수는 없는 것이다.

자기 처소로 돌아오자마자 억호는, 땅바닥이 움푹 패어질 만치 대빗자루로 사랑채 마당을 싹싹 쓸고 있는 행랑아범을 시켜 양득부터 오게 하였다. 그러자 곧 급한 호출이 떨어질 줄 알고 미리 대기하고 있던 양득이 득달같이 달려왔다.

"대령했심니더, 서방님."

양득도 억호 못지않게 바짝 긴장된 낯빛을 풀지 못했다. 상대는 꼬리가 아홉 개도 넘게 달린 백여우와 산적 두목도 비실비실 피해갈 불곰이다. 섣불리 얕잡아 보았다간 되레 이쪽에서 크게 당할 수도 있는 것이다.

'운산녀 곁에 딱 붙어앉아갖고 몸띠에 좋은 것만 처묵었나?'

치목이 비록 나이는 좀 먹었지만 일 대 일로 맞붙었을 때 과연 제압할 수 있을지는 의문이었다. 조금 전 억호도 그런 생각을 했지만, 양득 역시 맞장을 뜬다면 오히려 그의 젊은 자식 맹쭐이 좀 더 수월하다고 여겼다. 물론 이제는 맹쭐도 '맹물'로 봐서는 안 될 만큼 버거운 존재로 부상하고 있긴 했다.

'그거는 그렇다 치자.'

양득으로서는 한 가지 더 궁금한 게 있었다. 대단히 중요한 일이었다. 하지만 워낙 민감한 일인지라 선뜻 물어볼 수도 없는 노릇이었다. 오랫동안 그의 수족이 되어 움직여온 심복이지만, 아직도 양득은 상전 억호 속내를 짚어내기가 쉽지 않았다. 그것은 소라고둥처럼 한참 돌아들어가 도무지 그 밑바닥까지는 도달할 수 없는 아주 기분 나쁜 성질의 것이었다. 가다 새벽 봉창 두들기듯 갑자기 이래라 저래라 무슨 일을 시킬 땐 더 그랬다.

'내가 그의 심복은 아이지만도 안 있나.'

어쨌든 간에 그것은 그가 평생 종살이를 하고 있는 주인집 작은 서방님인 만호와 연관된 사안이었다. 명색 아내인 상녀와 무남독녀 은실이를 비복들이 옆에서 지켜보기에도 민망할 정도로 복날 개 잡듯이 심하게 후려잡는 폭군인 만호였다. 거두절미하고, 큰 서방님이 이번 거사에 그 작은 서방님을 동참시킬지의 여부였다.

양득은 오래전부터 피부로 느껴오고 있었다. 세상에 단 둘뿐인 그들 형제 사이의 눈에 보이지 않는 무서운 알력과 투쟁이 그것이었다. 피상속인인 아버지 배봉의 신임을 얻어내기 위해서 암암리에 서로를 경계하고 모략하고 깎아내리려 한다는 것을 잘 알았다. 그리하여 자칫 그것으로 인해 내부 균열이 생겨 동업직물 몰락을 자초하지나 않을까 주제넘게 우려되기도 하는 양득이었다.

'참말로 더러븐 기 돈인 기라. 마이나 있나, 시상에 딱 둘이밖에 없는 한 행재간이 돼갖고 서로 재산 한거석 차지할 끼라꼬, 열흘 굶은 개떼매이로 해쌌는 거 보모 내가 다 기가 찬다.'

그런 양득의 내면을 훤히 꿰뚫어 보기라도 했는지, 억호가 무척 진지한 얼굴로 대뜸 이렇게 물어온 것이다.

"은실이 아부지는 우짜꼬?"

양득은 그만 속이 뜨끔했다.

"예? 예."

호랑이보다 무서운 상전 눈치부터 살폈다.

'내가 입을 잘몬 뻥긋하모 머고 나발이고 없다.'

묻는다고 해서 섣부르게 잘못 고해 올렸다간 그 즉시 어떤 불호령이 떨어져 내릴지 알 수 없었다. 언제나 그래왔다. 억호가 물어도 양득은 절대 먼저 자기 의견을 입 밖으로 내비치지 않았다. 그것만큼 무지몽매하고 위험한 짓은 없었다.

'가마때기매이로 그냥 가마이 있는 기 안 다치는 일인 기라.'

억호 또한 비록 지금처럼 물음을 던져도 언제나 아퀴는 스스로 지었다. 제아무리 천한 종이라 할지라도 상대 기분을 조금이라도 헤아린다면 그래서는 안 될 것이다. 그렇지만 어쨌든 이번 일만은 성미가 불 칼만큼 급한 그도 선뜻 결정을 내리기가 여간 힘들지 않은 모양이었다. 제대로 임자를 만난 격이었다.

"우짜지?"

양득 눈에 지금 그 방 사물들이 일어서지도 앉지도 않은 어정쩡한 자세로 있는 모양새로 비쳤다.

"우짜모 좋을꼬, 우짜모?"

새벽달 보려고 초저녁부터 기다릴 사람이 연방 고추를 부는 품이 그랬다.

'하기사 내라도 저라컷다.'

양득은 그런 상전이 지켜보기 딱하면서도 십분 이해가 되었다. 아버지에게 좀 더 확실한 보증서를 받아낼 수 있는, 하늘이 내려준 흔치 않은 기회였다. 그러니 이럴 때 그 혼자 공을 세우고 싶을 것이다.

'하지만도 그거는 잘됐을 때 일인 기라.'

그러나 만에 하나, 이번 작전이 실패로 돌아간다면 그 반대급부는 가히 치명적일 수밖에 없을 것이다.

'안전을 생각하모 그거는 아이다.'

그 반면에 동생 만호와 함께 움직였다가 실패하면 혼자 타격을 입는 일은 없을 것이다. 그렇지만 공은 절반으로 팍 줄어드는 셈이 되니, 그야말로 호랑이 가죽은 욕심이 나고 호랑이는 무섭다는 격인 것이다.

"양득이 니 생각은 우떻노?"

이쪽에서 입을 열기도 전에 또 물어왔다.

"니도 사람이모 생각이 있을 거 아이가?"

그 말을 듣자 양득은 순간적으로 머릿속에서 운산녀와 치목을 잊었다. 그리고 그 빈자리를 메우기 위해 달려드는 또 다른 무언가가 있었다.

'사람이모…….'

그랬다. 상전은 말했다. 너도 사람이면 생각이 있을 게 아니냐고.

'시방 저 이약은…….'

양득은 가까스로 자신을 추슬렀다. 그 바람에 그의 낯빛은 한층 검붉어 보였다. 방금 그 말이 무엇을 의미하는지 모르지 않았다.

너는 사람이 아니다.

억울했다. 분통이 터지려 했다. 그렇다면 이날 이때까지 내 목숨보다도 귀하게 모셔왔던 억호는 양득 자신을 사람이 아니라 다른 무엇으로 보아왔다는 얘기였다.

'지가 사람이모 우찌 내한테 저런 말을 할 수 있노?'

양득은 피가 배일 정도로 입술을 깨물었다. 그때 억호가 또다시 말했다.

"니 생각을 묻고 있다."

평소 세 번, 아니 두 번도 묻는 성질의 억호가 아니었다. 그러니 이제 양득으로서도 무슨 대답이든 하지 않을 수 없는 형편이었다. 그가 사람이든 사람 아니든 그따위 것은 이미 중요한 게 아니었다.

맞다. 사람이든 사람 아니든 살아남는 게 급선무다. 죽은 '사람'보다는 죽지 않은 '사람 아닌 것'이 더 낫다.

― 에나 에려븐 문젭니더.

그렇게 말했다가는, 누가 그걸 모르나? 하고 야단을 쳐댈 것 같아 양득은 지금 억호가 가장 싫어하고 잘하지 못했던 공부 이야기에 빗대기도 했다.

― 과거시험도 이리 심들지는 안 할 낍니더.

그런 양득이 지금도 그저 다치지 않을 답변만을 궁리해내느라 나름대로 무척이나 애쓰고 있었다. 이런 경우에는 그저 두루뭉수리가 최상이다.

"이리 생각하모 이렇고, 저리 생각하모 저렇고예."

한참 만에 고개를 이리저리 돌려가며 궁색하기 그지없는 소리만 계속해서 늘어놓고 있는 양득이 짜증 났는지, 구름 낀 하늘처럼 잔뜩 찌푸려지는 억호 얼굴이었다.

"그런 기 오데 있노? 그랄라모 생각 하나마나!"

"……."

양득은 자신도 모르게 또 고개를 숙이려다가 얼른 바로 했다. 아까 영문도 모른 채 호되게 당했었다. 억호는 난제를 앞에 놓고 끙끙거리는 학동 같았다.

"시상일이 와 이리 더럽거로 복잡하노?"

한숨까지 폭폭 내쉬었다.

"안 그라모 누가 멀쿠나?"

양득이 느끼기에는 지금 거기 사랑방을 장식하고 있는 물건들이 더 복잡했다. 대체 쓸데도 없을 것 같은 것들을 무엇 때문에 저렇게 많이도 사들여 놓았는지 욕심이 목구멍까지 차 있는 상전이었다.

"지기미!"

욕지거리를 내뱉고 나서 억호는 담배를 피워 물고는 '후~욱' 하고 길게 내뿜었다. 방 안이 금세 매캐한 푸른 담배 연기로 자욱했다.

"요눔의 담배 맛은 우째서 이리키나 싱겁노? 소곰이라도 푹푹 마이 넣어갖고 상구 더 독하거로 안 맨들고?"

제 담배 피는 모습도 건사하지 못했다.

"멋대가리 없거로 긴 담뱃대 주디에 떡 물고 뻐꿈뻐꿈 피워대는 기생년들 좋아라꼬 요리 해논 기가, 머꼬?"

담배가 순하다고 기생까지 들먹이며 불평을 터뜨리면서도 연방 줄담배였다.

양득은 계속 터져 나오는 기침을 참느라고 얼굴이 벌게졌다. 눈알이 막 쓰렸다. 땅벌이 몹시 따갑게 쏘고 날아간 느낌이었다.

'아, 시방 이리쌌고 있으모 안 된다.'

양득은 조바심이 일기 시작했다. 하지만 억호는 세상 담배란 담배는 죄다 피워 없애버릴 작심이라도 했는지 그저 허공으로 연기만 날려 보냈다.

양득은 시간 가는 게 너무 아깝고 마음에 걸렸다. 정말 어렵사리 알아낸 저들 은신처였다. 그들이 낌새를 채고 피신해버리면 모든 게 도로 아미타불이 되고 만다. 무슨 일이든 일이 잘못되면 무조건 종들에게 책임을 묻는 게 그 집안 내력이었다. 참으로 개도 물고 가지 않을 더럽고 아니꼬운 상전들이었다.

'요분 일도 잘몬되모 물어볼 것도 없이 낼로 족칠 끼다.'

지금까지 그런 경험을 해왔던 것이 한두 번이 아니었다. 종놈이 죽어라 애써서 도랑을 쳐놓았는데, 거기 들어가서 가재를 잡지 못하고 놓쳐버린 것은 상전 자신들임에도, 모든 실패 책임은 고스란히 아랫것들 몫으로 돌아왔다.

'그라모 내사 쎄빠지거로 심든 일 싹 다 해놓고 말짱 도루묵 아이가? 아, 그 정도만이 아이라 캐도?'

온 고을을 떠들썩하게 몰아갔던 언네 사건이 떠올랐다.

'내한테도 지난분에 언네한테 핸 거맹캐 안 한다쿠는 보장도 없제.'

정작 불이야 물이야 서둘러야 할 억호보다도 양득이 더 다급하고 초조한 목소리로 고했다.

"우선에 쓸 만한 눔들부텀 뽑고, 작은 서방님 일은 그때 가갖고……."

이번에도 끝까지 듣지 않았다.

"그거는 내중에 말이제?"

왼쪽 손등으로 오른쪽 눈 아래 박힌 큰 점을 신경질적으로 문지르고 있던 억호가 고개를 끄덕였다. 드디어 결심이 선 모양이었다.

"그기 좋것다. 그리 해삐자."

양득은 내심 안도의 말을 중얼거렸다.

'후, 인자 됐다.'

거기 고급 탁자 위에 장식용으로 놓인 종이, 붓, 먹, 벼루 같은 문구들도 한숨을 돌리는 듯했다.

"그렇것지예, 서방님?"

상전 입에서 행여 또 다른 소리가 튀어나올까 봐 양득이 쐐기를 박았다. 그렇지만 그런 걱정은 더 하지 않아도 될 성싶었다.

"우떤 눔들이 좋을랑가는 양득이 니가 알아서 정해삐라."

"예? 예."

어쩌면 목숨까지도 담보로 해야 할지 모를 그 위험한 일에 가담시키면서도 마치 큰 선심 쓰듯 하는 억호였다.

"니한테 모돌띠리 일임한다."

잔뜩 힘이 들어간 목이 삭정이처럼 탁 부러질까 겁이 날 지경이었다.

"예, 서방님."

아무튼 양득은 신바람이 붙었다. 집안 여종들이 대단히 감탄해 마지 않는, 그의 주특기인 휘파람이라도 '휙휙' 불고 싶었다. 큰 권한을 하사받은 것이다.

"쌔이 나가 봐라."

억호는 다소 피곤한 기색이었다. 몹시 긴장한 데다 없는 머리를 짜내다 보니 그럴 만도 할 것이다. 산 호랑이 눈썹도 그리울 게 없이 모든 것이 풍족한 상전도 그 순간에는 그다지 부럽다고 여겨지지 않는 양득이었다. 행랑채 늙은 종들이 자위하는 투로 하는 말마따나 하늘은 참 무섭도록 공평하구나 싶어지기도 했다.

"그라모 쉰네는 나가서 준비하겄심니더."

선천적으로 담배를 싫어하는 양득은 담배 연기에 쫓기듯이 서둘러 그곳에서 나왔다. 꼭 안개가 낀 것처럼 자욱해진 공간이었다. 그 탓에 어쩐지 음산하고 간악한 무엇인가가 튀어나오지 않을까 오싹한 기분마저 드는 그였다.

'그눔하고 그눔, 그라고 또……'

이런 일에 적당한 종이 누구누구인가는 벌써 그의 머릿속에 집합되어 있었다. 그는 함께 행동할 동지들을 찾으러 나갔다. 그가 키우는 해귀를 연상시킬 만큼 기운 넘치고 거침없어 보였다.

"후~우."

양득을 내보낸 억호는 줄곧 줄담배 연기를 천장으로 뿜어대고 있었다. 불같은 그의 성미가 용납하지 않는 일이었다. 그 연놈들 사업소를 알아내기 전에는 찾기만 하면 곧바로 달려가서 요절을 내리라 작심했는데, 막상 행동으로 옮기려 하니 이것저것 발목을 휘어잡는 게 하나둘이 아니었다.

'까악, 까악.'

사랑채 용마루 위에서는 까마귀들이 자꾸자꾸 울어댔다. 한두 마리가 아니고 어림잡아도 여남은 마리는 족히 되지 싶었다. 지붕 가장 높은 곳에 있는 저놈의 수평 마루를 당장 싹 헐어버리든지 해야겠다고 생각했다.

"후여! 후여이!"

광대 패 놀음판을 펼쳐도 될 정도로 넓은 마당에서 들리는 소리였다.

"저, 저눔들이 사람들 머리 우에 앉아갖고?"

억호 심부름을 간 행랑아범에게서 비를 받아 마당을 쓸던 키 작은 늙은 종이, 재수 없다며 빗자루를 치켜들고 그 미물들을 쫓아버리려고 욕

설과 함께 발돋움하고 있었다. 젊은 시절에 시비가 붙었던 누군가에게
아랫도리를 너무도 심하게 걷어차여 사내구실을 하지 못한다고 알려진
노복이었다. 그래선지 그가 애먼 새들에게 하는 욕설도 의미가 있었다.

"저노무 까마구들! 씨를 콱 말리삘라!"

그로부터 얼마 지나지 않아서였다. 도자기처럼 은은한 빛이 새어드는
한지를 바른 방문 밖에서 쩌렁쩌렁한 양득의 목소리가 들려왔다.

"서방님! 모도 대령시킷심니더!"

그러자 담배 연기가 확 걷혀 보이는 건 억호의 환시에서만 비롯된 것
이 아니었다.

"온냐, 알것다."

억호가 높직한 대청마루 끝에 우뚝 나와 섰다. 언제나처럼 제 딴에는
위엄 있어 보이려고 노력하는 모습이었다. 하긴 덩치만 보면 그렇게 해
도 될 만했다.

"흠."

화단에서 자라는 나무 이파리는 미동조차 없었다. 집채와 뜰을 오르
내릴 수 있는 섬돌 아래 양득을 포함해 모두 다섯 명의 건장한 종들이
서 있었다.

"으~흠."

억호는 한 번 더 과장되게 위엄 있는 헛기침 소리를 내면서 비밀리에
행동할 그자들을 찬찬히 내려다보았다. 동업직물 집안의 그 많은 사병
가운데서도 가장 체격이 좋고 또 싸움 기술이 뛰어난 자들이었다.

"모도 똑바로들 섰나?"

맨 앞에 선 양득이 손을 들어 뒤쪽의 종들을 하나하나 가리키면서 부
하 장병이 대장에게 보고하는 식으로 했다.

"신강이, 점석이, 홍갑이, 차돌이 그라고 소인 양득이, 이상 다섯 맹

입니더!"

"어, 그래, 그래."

억호 입가에 흐뭇한 미소가 감돌았다. 그럴 때 보면 그는 영락없는 배봉 판박이였다.

"그냥 보기만 해도 내 멤이 상구 든든타."

원님이 기생 점지하듯 했다.

"니! 니! 또, 니!"

"……."

그는 비장한 각오를 그대로 드러내 보이기 위해서 입을 한일자로 꾹 다물고 있는 한 사람 한 사람에게 일일이 눈을 맞추었다.

"내는 너거들만 믿것다."

그 말이 떨어지기 무섭게 양득이 얼른 부동자세를 취하며 큰 소리로 말했다.

"옛! 서방님."

그러자 나머지 종들도 일제히 복창했다.

"옛! 서방님."

그 소리는 거기 사랑채 덧문 창호지를 한번 흔들고는 대문 양쪽 옆에 선 대추나무 가지 위로 새처럼 날아올랐다. 하지만 담장 가까이 붙어선 벽오동은 잎사귀 하나도 건드리지 못하는 것으로 보였다. 예로부터 봉황을 상징하고 '출세목'이라며 매우 상서로운 나무로 여긴다는 벽오동이 옥봉리 향교 근방에 심겨 있는 것을 본 억호가, 바로 그날로 자기 사랑채 마당에도 떡하니 심어 놓고 각별한 애정을 쏟는 나무였다.

"모도 양득이한테서 대강 이약은 들었을 끼다."

억호는 그 고을 성안 곳곳에 있는 높은 장대에 올라서서 부하들을 호령하는 장수라도 된 양 근엄한 목소리로 지시했다.

"눈곱만 한 실수라도 있으모 절대 안 될 것이라."

그러고는 짐짓 주변을 각별히 조심조심 살피는 시늉과 함께 종들 귀에 들릴락 말락 목소리를 낮추었다.

"뭣보담도 구신도 모리거로 극비리에 행해져야 하는 기다."

그 집을 에두르고 있는 높직한 담장이 거대한 철옹성으로 보였다. 모반을 꾀하는 자가 쑥덕쑥덕하는 것 모양으로 굴던 억호는 홀연 또다시 목청을 돋우었다.

"무신 뜻인고 알것나?"

"옛!"

이번에는 다섯이 동시에 대답했다. 그 서슬이 관졸만큼이나 시퍼렇게 보였다.

"그라고 양득이 니는……."

억호는 양득에게만 따로 무슨 말인가를 하려다가 금방 생각이 바뀌었는지 모두를 향해 명했다.

"시방 막 바로 떠나거라."

왕이 모든 병사들이 지켜보는 앞에서 진군에 나서는 최고 장수에게 위임장을 내리는 것같이 행세했다.

"그라고 시방 이 시간부텀 모든 것은 반다시 양득이가 내리는 지시에 따라야 할 것이야."

그 말의 여운은 넓은 사랑채 안을 감돌아 매복 작전에 투입된 군인처럼 자취를 감추었다.

"옛! 서방님."

양득을 제외한 네 명의 장정들이 사랑채 서까래가 한순간에 와르르 내려앉을 만큼 우렁찬 목소리로 대답했다. 자신을 주체하지 못할 정도로 기운들이 흘러넘쳐 보였다. 저 고려 무신 시대 무인들이 그러할까 싶을 정도였다.

'역시나 젊다쿠는 거는 에나 좋은 기라.'

억호는 그들에게서 한창 원기왕성 하던 때의 자기들 형제를 다시 보는 기분이었다. 거의 매일같이 방탕한 생활로 점철된 지난 세월이었다. 든든한 배경이 되는 아버지 배봉이 없었다면 불가능했을 일이었다.

'객관적으로 판단해 보모 잘몬 살아온 거는 맞다.'

그런 생각이 드는 것은 이제야 세견이 든다는 증거인지 모르겠다. 어쩌면 아내 분녀가 죽고 재취로 맞아들인 해랑의 입김이 크게 작용한 결과일 수도 있었다. 하여튼 그래도 뭔가 얻은 것은 있겠지, 하고 좋은 쪽으로 보려고도 했다.

그것도 내 복이 아닐까? 그래, 복이 없어 봐라, 지리산 중놈이 가져다 줄 것인가 말이다. 그러고 보면 이 억호가 전생에 착한 일을 많이 했던 게 틀림없다. 그리고 내세에는 더 높고 귀한 신분으로 환생할 게 확실해.

어쨌든지 간에 지금은 동업직물 후계자로서 경영수업을 착실히 쌓아가고 있는 그는 이런 당부 말도 잊지 않았다.

"성공한 다음에는 너거들이 시방꺼지 기경도 하지 몬한 후한 상을 내릴 것이니, 그 점은 아모 염려하지 말거라."

사랑채 마당에서는 참새들이 주워 먹을 게 뭐가 그렇게도 많은지 종종걸음으로 다니면서 소리도 요란하게 방정맞을 정도로 땅을 쪼아대고 있었다.

'짹짹, 짹짹.'

지금 그 같은 상황이 아니었다면 벌써 종들에게 잡혀 참새구이가 되고 있을 것이다.

"고맙심니더, 서방님."

소꼬리보다 나은 닭 머리가 된 양득이 대표로 고했다.

"그라모 소인들, 시방부텀 행동을 개시하것심니더."

그는 또 잊어버린 걸까, 앞으로 절대 내 앞에서는 수그리지 말라던 머리통을 억호에게 깊숙이 숙여 보인 후에 종들을 돌아보며 명했다.

"자, 출발이다! 모도 내를 따르라."

억호는 이번에는 허리 굽힌 양득에게서 꼽추 달보 영감을 떠올리지 않았다. 아주 독하게 마음을 다져 먹고 있는 데다가 그만큼 지금 상황이 촉박하고 긴장된 탓일 게다. 운산녀와 치목은 나루터에서 노질하던 늙은 꼽추와는 비교도 할 수 없을 정도로 강한 적수가 아닐 수 없었다. 방심했다간 역으로 당할 공산이 컸다.

'발목때기에 바퀴를 달았나?'

누구든 그렇게 느끼게끔 양득을 선두로 하여 모든 행동대원들은 정말 순식간에 바람같이 사랑채 문간을 빠져나갔다. 그러자 마당은 더 휑하니 넓어 보였다. 참새들은 좋아라 더 활개를 칠 것이다. 하지만 평소 같으면 시끄럽다고 야단일 억호가 짹짹거리는 그 소리도 귀에 들어오지 않는 모양이었다.

'그라모 인자부텀 내도 시작한다.'

사병들이 가고 있는 광경을 뒷짐 지고 끝까지 지켜보고 있던 억호도 곧 어딘가를 향해 급히 갈 채비를 서두르기 시작했다. 저만큼 두리둥실 뭉게구름 피어오르는 하늘 높은 곳에서 빙빙 맴돌고 있는 솔개가 그의 마음을 한층 황황하게 이끌었다. 정원수들도 문득 모의하듯 수런거리는 소리를 내었다.

'암만캐도 그리하는 기 맞것제?'

조금 전 혼자 담배를 피우며 그는 결정을 내렸다. 만호도 이번 일에 가세시키기로 했다. 좋든 싫든 어쩔 도리가 없었다. 만호를 제외시켰다간 아버지에게서 큰 꾸지람을 듣게 될 것은 자명했다. 그 중요한 거사에 왜 동생을 동참시키지 않았느냐고 호되게 질책할 것이다. 네놈 그 엉큼한 속을 안다고, 자식을 해산하고도 산모가 미역국조차 제대로 먹지 못한 게 네놈이었다고, 비위를 있는 대로 뒤집어 놓을 사람이었다.

습격하는 자의 심리

"성!"

그로부터 얼마 지나지 않아서였다.

"불렀수?"

억호가 보낸 종에게서 전갈을 받은 만호가 행랑채와 중문 등을 부리나케 지나 헐레벌떡 사랑채 마당으로 뛰어 들어왔다. 씩씩거리는 멧돼지를 방불케 했다.

"불렀다."

억호 답변이 매우 짧고 무미건조했다. 할 수 없이 부르기는 했지만 퍽 못마땅한 감정을 억지로 감추고 있다는 증거였다. 만호는 그런 억호를 힐끔 바라보며 다른 말은 더하지 않고 숨을 고르듯 하였다.

"헉헉."

상세한 전후 사정이야 알 리 없지만, 만호도 어떤 예감이 들었는지 모르겠다. 만약 그런 느낌이 없었다면 제 형이 부른다고 해서 그렇게 막바로 달려올 동생이 아니라는 생각을 억호는 했다. 솔직히 의절을 해버리고 싶은 놈이었다. 건방지게 형처럼 낯바대기에 점을 박아갖고 말이다. 저놈은 없고 나 혼자만 얼굴에 점이 있다면 고을 사람들로부터 점박이 형제라고 놀림을 당하지 않아도 될 것이란 아쉬움을 늘 품고 있는 그였다.

"아이고, 되라(힘이 들어라)."

엄살만은 아닌 성싶은 만호 그 말에 억호는 속으로 빈정거렸다.

'그 몸으로 안 그러모 그기 더 이상하제.'

그동안 더욱 비대해진 만호는 너무 숨이 차 그 자리에 곧 쓰러질 사람 같아 보였다. 집 밖까지는 인력거를 타고 왔을 텐데, 대문간에서 내려 그곳까지 달려오는데도 그렇게 막 헐떡거리는 꼬락서니를 보니 억호는 정말 한심하고 기가 찼다. 저놈을 가담시키지 말걸 그랬나 하고 후회도 되었지만 이제 와서 다시 돌아가라고는 할 수 없었다. 돌아가라고 해도 순순히 따를 만호도 아니었다.

'도로 늙은 아부지가 더 안 낫으까?'

하지만 형이 무슨 생각들을 굴리고 있는지 짚어낼 수 없는 만호는 숨이 좀 가라앉은 후 억호에게 다그치는 투로 물었다.

"우, 운산녀 이, 일 땜이라 캤소?"

억호는 시큰둥한 소리로 대답했다.

"하모."

억호는 종에게 심부름을 시키면서 상세한 이야기는 해주지 않고, 단지 안방 큰 마님 일이 화급하니 어서 오라는 말만 전하라고 했었다. 그이상은 절대로 금물이었다. 의심 많고 영악한 운산녀는 집안 곳곳에 자기의 '귀'와 '눈'을 박아 놓았을 것이다. 상전 면전에서는 간이라도 빼내어 바칠 것처럼 하는 아랫것들이 상전 없는 데서는 어떤 언행들을 하는지 잘 알고 있는 억호였다.

그러나 약삭빠른 만호는 억호가 벌써 운산녀 은신처를 알아냈을 거라고 짐작했다. 그래서 또 형에게 한발 뒤졌구나 싶어 아주 께름칙하고 기운도 싹 빠졌지만, 이제부터라도 좀 더 열심히 뛰면 만회할 기회는 충분히 있으리라, 나름대로는 통발을 재고 그렇게 달려온 것이다.

"시간이 없다."

역시 그가 예상했던 대로 형은 불벼락이 떨어진 것처럼 했다.

"무신 시간이 없……."

하고 물으려는 동생은 안중에도 없었다.

"세세한 이약은 내중에 하고, 우선 거로 얼릉 가보자."

억호는 버선발로 내닫을 기세였다.

"각오 단디 해라."

말도 빨라지고 호흡도 빨라졌다.

"시방쯤 양득이하고 몇 눔이 아모도 모리거로 달리가고 있을 끼다."

만호가 잔뜩 기대에 찬 얼굴로 급히 물었다.

"거가 오데요?"

억호가 이번에도 짤막하게 대답했다.

"상촌나루터."

그 말을 듣는 순간이었다.

"사, 상촌나루터요?"

만호 또한 배봉이 그랬듯 더없이 놀라는 얼굴을 했다. 등잔 밑이 어떻다더니, 엎어지면 코, 아니 무릎 닿을 그곳에?

"그렇다."

억호는 공치사하듯, 아니면 주도권은 이미 내가 잡고 있다는 것을 주입해 주듯 하였다.

"그러이 후딱 가자."

'혼자 그라든지.'

그러잖아도 선두를 빼앗긴 데다 사뭇 명령조로 나오는 형이 기분 나빠 속으로 그렇게 내뱉으며 서 있기만 하는 동생이었다.

"머하노?"

종놈 부리는 형세로 나왔다.

"인력거꾼부텀 퍼뜩 불러라."

억호 독촉에 만호가 조금 전 억호처럼 시큰둥한 얼굴로 말했다.

"내가 타고 온 인력거는 집 밖에 그대로 있거로 해놨소."

억호는 속으로 이 새끼 봐라? 싶으면서도 입으로는 이렇게 말했다.

"잘했다."

그러자 만호는 주도권을 내게 넘기라는 주장이라도 하는 양 말했다.

"한 대 더 올 끼요."

억호는 한방 얻어맞은 사람 꼴이 되었다.

"한 대 더?"

만호는 대단한 선심이라도 쓴다는, 아니 작전권을 제 손아귀에 거머쥐려는 것처럼 나왔다.

"야, 그거는 성 끼요."

억호는 뇌꼴스럽기는 했지만 어쨌든 시간은 좀 더 앞당겼다 싶었다.

"더 잘했다."

만호가 짚둥우리 같은 몸을 돌려세우며 입속으로 뇌까렸다.

"안께 다행……."

그들이 인력거 한 대가 대기하고 있는 솟을대문 바깥으로 나왔을 때, 마침 기다렸다는 듯이 큰길 저쪽에서도 다른 인력거 하나가 급히 달려오고 있는 게 눈에 띄었다. 바퀴 두 개가 사람 발 두 개보다 더 서두르는 듯했다.

"가자!"

큰 체구가 무색할 만큼 인력거 쪽으로 날렵하게 몸을 날리며 억호가 말했다.

"니도 얼릉 타라."

그 다급하고 중차대한 작전상황 속에서도 만호는 삐딱한 어조로 구시렁거렸다.

"안 타라 캐도……."

매력 없는 살찐 오리 모양으로 뒤뚱거리며 인력거에 올랐다.

"상촌나루터로 가자! 급한께 최대한 퍼뜩!"

억호가 자기 인력거꾼에게 내지르는 그 고함소리가 이쪽 인력거에 타고 있는 만호 귀에도 들렸다. 우렁찬 목소리가 여전히 기운 철철 남아도는 그를 말해주고 있었다. 만호는 잠시 후에 벌어질 일들을 생각하자 점점 긴장감에 휩싸이기 시작하면서도 어쩐지 온몸에서 맥이 풀리는 느낌이었다.

'이라다가는 모든 운영권을 성한테 모돌띠리 뺏기삐는 거 아이가?'

두 대의 인력거는 드넓은 들판을 씽씽 달리는 야생마처럼 무섭게 빠른 속도로 질주하기 시작했다. 하늘 밑구멍이라도 찌를 일이 있는지 높이 치솟은 솟을대문이 좌우로 행랑채 지붕을 아래로 거느리고는 그 광경을 멀거니 바라보고 있었다.

점박이 형제가 탄 인력거는 앞서거니 뒤서거니 다투듯 해가면서 상촌나루터를 향해 곧장 나아갔다. 휘날리는 인력거 휘장이 동물 갈기를 연상케 했다.

수심 깊은 강폭이 점점 더 넓어지고 있었다. 대단한 물줄기였다. 고니 형상의 아름다운 유람선을 띄우는 촉석루 앞 남강 변과는 달리 그곳은 물놀이를 하기에는 너무나 위험한 곳이었다.

어쨌거나 이제는 하류 쪽으로 한참을 저어 내려온 나룻배들도 하나둘 씩 보이기 시작했다. 인력거는 전쟁터로 가는 수레나 전함처럼 돌진을 계속했다. 무심한 풍경들이 휙휙 옆을 지나쳤다.

"됐다, 서라!"

이윽고 억호가 인력거를 멈추게 한 곳은, 큰길 양쪽 가에 무척이나 오래된 편백나무 두 그루가 흡사 상촌나루터 파수꾼처럼 서 있는 지점 이었다. 비늘 모양의 조그만 잎들이 그날따라 창이나 칼을 꽂아놓은 것 같이 위험하고 날카로워 보였다.

억호 입에서 더없이 긴장된 소리가 흘러나왔다. 미련스러울 만큼 간 담이 퉁퉁 부은 그도 지금은 누가 옆에서 코만 크게 훌쩍여도 소스라칠 새가슴이 되어 있었다.

'고것들이 바로 요 있었다이?'

그 위치에서는 운산녀와 민치목이 운영하는 목재상과는 거리가 별로 멀지 않았다. 그래서 금세 어디선가 그들이 모습을 드러낼 듯했다. 드디 어 현장에 도착했다는 사실에 억호 가슴이 벌써부터 그물망에 든 물고 기만큼이나 파닥거렸다. 이건 그냥 재미 삼아 하는 단순한 싸움판과는 그 성질이 철저히 달랐다. 저쪽에는 인간백정이라고 소문이 나 있는 치 목도 있는 만큼 어쩌면 목숨까지도 왔다 갔다 할 수 있는 일이었다.

"다 왔는가베?"

억호가 탄 인력거가 멈춰 서자 만호가 탄 인력거도 나란히 섰다. 커 다란 두 바퀴에 불이 날 정도로 질주해온 그 수레도 가쁜 숨을 몰아쉬는 것처럼 보였다. 실제로 인력거가 일으킨 흙먼지는 수레가 내뿜는 입김 을 연상케 했다.

"여 있다, 받아라."

"고맙심더, 헤헤."

만호가 인력거꾼들에게 품삯을 지불하고 있는 동안 억호는 재빨리 나무쪽으로 걸어갔다. 그러고는 아름드리 나무둥치에 몸을 감추고는, 어둠 저편을 잔뜩 노려보고 있는 살쾡이 눈을 방불케 하는 샛노란 눈알을 부지런히 굴리며 주변을 살펴보기 시작했다. 그동안 자주 보아오던 그곳이 지금은 전혀 다른 곳으로 비쳤다.

'하매 피비린내가 폴폴 안 나나.'

그렇게 생각하는 그의 전신에서는 엄청난 살기가 뿜어져 나오고 있었다. 어쩌면 우리가 예상하는 것보다도 한층 더 크고 무서운 사건이 기다리고 있을지도 모르겠다는 느낌이 강하게 다가왔다. 강물 소리가 높아졌다가 낮아졌다가를 반복하고 있는 것으로 들렸다. 아마도 그것은 그의 심장이 그 정도로 불규칙적으로 뛰고 있는 데서 오는 환청일 수도 있었다.

'운제부텀 활동을 개시하는 기 좋으꼬?'

억호 시선이 서녘 하늘가를 향했다. 황혼이 한창이었다. 세상이 온통 붉은색으로 옷을 바꿔 입고 있었다. 그게 그의 눈에는 핏빛으로 보였다. 이제 곧 피를 보게 될 것이다.

"성."

인력거꾼들을 돌려보내고 만호가 아주 낮은 소리로 부르며 막 억호 가까이 와 섰을 때였다.

"쉿!"

얼른 주의를 주며 억호가 손가락으로 어느 한 방향을 가리켰다.

"오데?"

만호 눈이 억호 손가락 끝을 따라갔다. 적잖게 떨리는 게 수전증 환자를 떠올리게 하는 손이었다.

"씨발!"

억호는 용기를 얻기 위해선지 욕설부터 내뱉은 후에 억지로 소리를 낮추어 꼭 얕은 비명 지르듯 했다.

"저, 저 봐라, 저게다!"

"저게?"

만호 음성도 단말마에 가까웠다. 억호가 땅바닥에 깔리는 목소리로 말했다.

"들킬라."

"흡."

만호는 마른침을 꿀꺽 삼켰다.

"조심해라."

억호가 한 번 더 주의를 주었다.

"오데 있는데?"

만호는 아직 발견하지 못한 모양이었다.

"안 숨고 머하노?"

억호가 팔을 뻗어 만호 옷자락을 급하게 잡아당겨 큰 나무둥치 뒤로 확 끌어들이며 염탐꾼들이 속삭이듯 말했다.

"비이제?"

강물도 숨을 죽이는지 조용했다.

"안 비이나?"

"……."

순간적이지만 만호도 숨을 쉬지 않는 사람으로 비쳤다. 보이든 안 보이든 이미 그들이 목표로 삼은 곳의 지척에 와 있었다.

"조선목재다."

무슨 암호인 양 그렇게 입속으로 곱씹는 억호 음성에는 무척이나 위험하면서도 스산한 기운이 실려 있었다.

"조, 조선목재?"

만호도 억호와 마찬가지로 나무 뒤에서 짧고 굵은 목만 조금 내민 채 그쪽을 훔쳐보면서 되뇌었다.

"조선목재, 조선목재."

억호가 이제 그만하라는 어조로 말했다.

"하모."

그곳에는 검은 글씨체로 '조선목재'라고 쓰인 큰 간판이 거창하게 내 걸려 있었다. 한눈에도 대단한 목재상으로 보였다. 그리고 여느 목재상 들과 마찬가지로 거기도 커다란 두 개의 대문짝이 나란히 양쪽으로 붙 어 있었지만, 그것들은 형식적인 문으로 거의 닫지 않고 밤낮으로 열어 두는 상태가 아닐까 싶었다.

또한, 이만큼 떨어진 곳에서 봐도 그 넓은 마당 안에는 온갖 목재가 수북이 쌓여 있어 그 엄청난 규모를 알 정도였다. 건축에 쓰이는 나무 재료들이 산과 바다를 이루었다. 그런 가운데 수많은 거래꾼이 끊임없 이 드나들고 있어 돈이 눈에 보이는 성싶었다. 강 물결 옆에 돈 물결이 었다.

"우리가 고것들 위장술에 빙신매이로 고마 속아 넘어간 기라."

억호가 너무나 분한지 이빨 갈리는 소리로 지껄였다.

"이리 큰길가에 저리 큰 간판을 떠억 붙이고 있을 줄 누가 알았것노?"

개가 오줌 갈기듯 발아래 땅바닥에 침을 찍 뱉으며 또 욕설이었다.

"지기미!"

그 소리는 더러운 누더기가 나뭇가지에 걸려 대롱거리는 느낌을 자아 내었다.

"하모요."

만호도 자못 화가 치민다는 투였다.

"우리는 조것들이 오데 한 구석지에서 도독괭이매이로 따악 숨어갖고 그 짓을 하고 있을 줄 알았지, 저리 확 드러내놓고 있을 줄 우찌 알았것소."

그러고 나서 자칫 목재상까지 들릴 정도로 언성을 높였다.

"그냥 콱!"

억호는 그동안 감쪽같이 속아온 게 너무나도 억울하여 주먹으로 옆에 서 있는 편백나무 둥치라도 쥐어박을 험악한 기세였다.

"우리가 시방꺼정 요 앞을 몇 분이나 지내댕깃노 말이다!"

그의 얼굴 점까지 벌게지는 모양새였다.

"몇 분이 머요?"

만호 낯짝도 마찬가지였다.

"수도 몬 세거로 댕깃는데."

억호는 그 초조하고 긴장된 속에서도 형편없는 난봉꾼 아니랄까 봐 이런 소리도 했다.

"지 에핀네 치매 밑이 더 어둡다쿠디이, 에나다."

그러더니 이제 막 자기들이 왔던 방향을 바라보며 다급한 목소리로 말했다.

"저, 저, 오, 온다!"

만호는 불침 맞은 사람같이 크게 몸을 움찔하였다.

"누, 누?"

억호는 계속 눈을 그쪽에 둔 채 입으로는 셈을 하듯 했다.

"양득이하고……."

만호 눈길도 얼른 거기를 향하더니 확인했다.

"다섯 눔을 출동시킷소?"

억호가 조금 염려되고 걱정스러운지 되물었다.

"와? 다섯 눔 갖고는 모지라까?"

만호가 간덩이 큰 것처럼 굴었다.

"아이요."

"그라모?"

눈을 끔벅거리는 억호였다.

"너모 마이 와서 그런 기요."

"너모 마이?"

따지듯 하는 억호에게 만호가 말했다.

"안 그렇소. 백야시 한 마리하고 불곰 한 마리 잡는데, 성하고 내꺼정 합치모 사냥꾼이 일곱이나 안 되요."

억호는 모르는 소리 한다는 투였다.

"아이라."

만호는 무시당했다는 얼굴이었다.

"야?"

편백나무 잎사귀가 술렁거리는 소리를 내었다.

"아이라, 아이라."

억호가 아니라는 말을 여러 번이나 반복하면서 얼굴 점이 흔들릴 정도로 고개를 세게 흔들었다.

"만사 철저한 대비가 최고 아이것나."

만호가 상을 찌푸렸다.

"자존심이 상해서 그라요."

억호는 끼룩거리는 물새 같은 소리로 말했다.

"머라?"

보부상 몇 사람이 지친 모습을 하고서도 아주 떠들썩한 소리를 내며 그들 앞을 지나갔다. 그 소리가 바짝 긴장하고 있는 그들 귀에 심히 거슬렸다.

"성은 자존심도 없소?"

"이거는 자존심 놓고 따질 일이 아이다."

"아이모요?"

"우리 목심도 보장 몬 할 판인 기라."

그들 형제가 그런 상황을 맞아 그렇게 길게 말씨름을 벌이고 있는 것도 몹시 긴장하고 있다는 증거일 것이다. 그 말을 듣자 만호도 오싹해지는 모양이었다.

"목심……."

그때 막 불어온 강바람 속에는 오랜 세월에 걸쳐 강에 빠져 죽은 혼들의 울부짖음 같은 소리가 섞여 있는 느낌이었다. 붉은 피 냄새도 묻어나는 분위기였다.

"큼큼."

억호가 축농증 환자들이 내는 콧소리를 내자 만호 또한 목젖이 울리도록 마른침 삼키는 소리를 냈다.

"꿀꺽."

세로로 길게 갈라진 편백나무 껍질은 놀 빛처럼 적갈색을 띠고 있었다. 얼핏 눈에 든 그 수피가 엄청나게 큰 그 나무 키만큼이나 강한 위압감을 주었다. 붉은빛은 소뿐만 아니라 사람도 흥분케 이끄는 마력이 있는가 보았다.

"하기사 듣고 보이 그것도 그렇소."

지나다니는 사람들이 발걸음을 좀 더 재촉하고 있는 것으로 보였다. 아직도 그날 하루의 일을 모두 마감하지 못한 이들의 서두름이 전해지는 광경이었다.

"그렇제?"

왠지 자꾸만 흔들려 보이는 사물들이 흡사 너울거리는 강물 위에 떠 흐르고 있는 것처럼 느껴지고 있었다.

"야."

평상시에는 형과 의도적으로 엇나가는 언동을 서슴지 않는 만호도 이번에는 수긍했다. 그런 동생을 본 억호는 한층 긴장되어 그답잖게 말이 제대로 되지 않았다.

"그러이……"

그때다. 점박이 형제를 발견한 양득이 나머지 종들을 데리고 잽싸게 나무 밑으로 왔다. 놀랄 정도로 일사불란해 보였다. 개인이 사사로이 부리는 사병들이라기보다도 엄격한 군사 훈련을 받은 관병官兵에 더 가까웠다.

"저게가 맞는 기제?"

억호가 마지막 점검하는 말로 양득에게 두 번 연속으로 물었다.

"그렇제?"

그런 형을 바라보는 만호 얼굴이 한층 딱딱하게 굳어졌다.

"예, 서방님."

양득이 입으로는 얼른 대답하면서도 눈으로는 그곳에 내걸린 간판을 매섭게 노려보았다. 행동대장다운 면모였다.

"……"

그는 만호를 보고도 별다른 반응을 나타내지 않았다. 형제가 함께 행동할 줄 미리부터 알았다는 기색이었다.

"시방 안에 있으까?"

이번에는 만호가 물었다. 그가 언제나 가식적으로 행동하는 종들 앞이지만 지금은 어쩔 수 없이 크게 떨려 나오는 말소리였다. 그도 방금 억호가 그랬듯 재차 물었다.

"없으까, 안에?"

"……."

아무도 대답이 없자 그는 세 번째로 물었다. 보통 때 같으면 어림 일 푼어치도 없을 일이었다. 단 한 번의 물음에도 즉시 답이 없으면 곧장 주먹과 발이 나가는 그였다.

"오데 안 나갔것제?"

그러자 양득이 여전히 시선은 그 표적물에 둔 채 건성으로 대답했다.

"머 그럴 낍니더."

자신이 직접 모시는 상전 억호에게 하는 것보다는 훨씬 덜 공손한 태도였다. 아니, 무시라고까지는 할 수 없을지 몰라도 그냥 시건방지다는 그 정도가 아니었다. 그것을 깨닫지 못할 리가 없는 만호는 기분이 매우 나빴다.

'저 종느무 쌔끼가?'

열불이 돋쳤다. 속으로 이를 갈았다.

'난주 내가 우리 집안 주도권만 잡아 봐라. 양득이 니눔부텀 젤 먼첨 손봐줄 끼다. 감히 오데서 내한테 고따우로 처신을 해?'

그 양득에게 다시 억호가 물었다. 만호에 비하면 한결 차분한 어조였다.

"양득이 니가 이약하던 그 밀실은 오데쯤이고?"

밀실, 외부인이 출입할 수 없도록 한 비밀스러운 방을 일컫는 말이 나오자, 그곳 정황은 그때까지보다 좀 더 긴박하고 위태로운 쪽으로 흘렀다.

"예, 서방님. 밀실은……."

양득이 새끼줄이나 수세미만큼이나 거칠어 보이는 손가락을 들어 목재상 저 가장 안쪽 왼편을 가리켰다.

"정문을 들어서갖고 요리조리 꺾어 저짝으로 상구 삥 돌아가모 바로 거 있심니더."

그러자 단지 점박이 형제뿐만 아니라 넷이나 되는 다른 사병들도 그곳을 빨리 보고 싶은 심정인지 하나같이 그곳에 눈을 박았다. 기대와 긴장감이 서로 엇갈리는 눈빛들이었다. 그것을 본 양득이 서두르지 말고 침착하라는 듯 천천히 일러주었다.

"여서는 쪼꼼도 안 비일 낍니더."

생생한 입목立木을 무단으로 벌목하여 반출하는 일도 서슴지 아니할 운산녀와 치목일 거라는 생각도 억호는 해보았다. 나무로 치자면 썩고 병든 나무라고 치부할 그들로 말미암아 다른 나무들도 성해 나지 못한다는 억울함도 맛보았다.

'하매 시상에서 싹 없어져삐야 할 것들이 독풀매이로 살아남아 설치고 안 있나.'

그는 누구와 싸우기 전이면 으레 그렇듯, 이번에도 왼쪽 손등으로 오른쪽 눈 밑의 크고 검은 점을 한 번 쓰윽 문지르고 나서 이빨 가는 소리로 투덜거렸다.

"대매로 콱 때리쥑일 고것들이 몇 년 동안이나 저 밀실 안에서 시시덕거리고 있었다, 그 말이제?"

편백나무 가지를 때리며 지나가는 바람이 내는 것과 비슷한 소리로 말했다.

"우리를 비웃어 감시로. 내 참 더럽고 애니꼽아서."

양득을 비롯한 사병들은 말없이 듣고만 있었다.

"그런 거는 내중에 생각해도 될 끼고……."

만호가 지난날 억호와 함께 아버지 방으로 몰래 들어가 장롱 아래에 감춰둔 춘화를 꺼내 둘이 들여다보던 그때처럼 독촉했다.

"시방은 행동이 먼첨인 기라. 그러이 성, 쌔이 덮치자요!"

하지만 억호는 솥뚜껑 같은 손을 천천히 내저으며 보채는 아이 달래 듯이 이렇게 말했다. 그것은 만호가 미리 계획한 작전 전개와는 상반된 반응이었다.

"쪼꼼만 더 있다가."

만호는 집안 종들 보는 앞에서 제 의견이 받아들여지지 않은 것이 창피하기도 하고 화도 났다.

"쪼꼼만은 머가 쪼꼼만이요?"

허공을 향해 주먹을 휘둘렀다.

"그냥 콱 때리잡아삐모 되제. 복날 냇가에서 개 잡는 거매이로."

공기 속에 수런거리는 듯한 바람 소리가 묻어나고 있었다. 밤이 가까워지면 강가는 항상 그런 분위기를 이루어내곤 하였다.

"아인 기라."

아주 차분한 목소리로 억호는 동생을 다독거렸다. 오늘 통솔은 내가 한다는 것을 은근히 주지시키려는 의도로 보였다.

"인자 올매 안 가서 어둠이 깔릴 끼다."

억호는 남강 건너 산 능선 위에 아슬아슬하게 걸려 있는 해를 눈어림으로 대중하며 단호한 어조로 말을 이었다.

"그때 우 쳐들어가자."

예전 선비들이 잠을 잘 때 꼭 품고 잤다는 죽부인처럼, 아버지가 평소 애지중지하는 편백나무 베개를 나도 하나 마련해야겠다고 생각해 보는 억호를 향해 만호가 또 고집을 부렸다.

"그라다가 조것들이 고마 눈치채서 오데로 휑 달아나삐모 우짤라꼬 그라요?"

그러더니 남강이 흐르고 있을 목재상 서쪽 저 뒤편 하늘 위를 날고 있는 흰빛과 잿빛 물새들을 올려다보면서 윽박지르듯 했다.

"저 새들맹커로 훌쩍 달아나삐모, 새이가 책임 다 질 자신 있는 기요?"

억호가 꼬부장한 눈으로 만호를 째려보았다.

"채애기이임?"

만호는 껄렁패처럼 시비조로 말꼬리를 길게 늘이는 억호를 힐끔 보고 나서 혼자 입으로 구시렁거렸다.

"그랄 자신이 없으모 내한테 지휘권을 넘기든지."

광택이 있고 내수력이 강하여 재목으로 용도가 넓은 편백나무에 놀빛이 일렁거렸다. 조선목재 안에도 편백나무를 많이 베어다 놓았을 것이다. 물론 더 좋은 다른 것도 왕창 쌓아놓았을 것이다.

"말이라꼬 다 말이 아이라쿠는 거 모리나?"

억호는 목재를 잔뜩 실은 마차가 목재상 정문을 통해 안으로 들어가고 있는 것을 분노와 증오에 찬 눈길로 바라보며 말했다.

"이기 누가 책임지고 안 지고 할 일이가?"

그만 욱하는 표정이었으나 옆에 있는 종들을 의식해서인지 불끈 치솟는 격한 감정을 억지로 자제하는 눈치였다.

"다린 눈도 있고 한께 우리 인자 고마하자."

형이 그렇게 타이르면 그 정도에서 좀 그치면 좋으련만, 만호는 무슨 억하심정에서인지 옆에 서 있는 죄 없는 편백나무 껍질이 벗겨지도록 주먹으로 세게 쥐어박으면서, 완전히 반대를 위한 반대를 하는 사람 행세를 했다.

"일이 잘몬돼갖고 안 있소, 난주 아부지가 머라쿠모 내사 모리요."

"허? 잘몬돼? 말을 해도?"

"그기 겁나모 내 말대로 쌔이 움직이든지."

상전들 말다툼에 끼어들지는 못하고 사병들은 무척 곤혹스럽고 난감하기 그지없는 빛을 띤 얼굴로 서로 마주 보기만 했다.

"니 자꾸 이랄 끼가, 방정맞거로?"

급기야 억호가 버럭 고함을 내질렀다.

"겁은 누가 겁이 난다 말이고?"

일에 착수하기도 전에 미리 힘부터 소진해버릴 형편이었다. 몇 번을 강조해도 넘치지 않겠지만 그만큼 이제 그들이 하려는 일이 위험하긴 했다. 그렇지만 만호는 일촉즉발의 상황에서도 사병들이 지루함을 느낄 만큼 물고 늘어지는 면을 보였다.

편백나무 이파리가 흡사 싸리비로 쓸듯 바람에 쏠리고 있었다. 밤이 점점 가까워지면서 바람기가 좀 더 살아나고 있었다. 거사의 시간도 임박해지고 있었다.

"겁도 안 나는데 그라요?"

"조심하자, 그 소리다, 내 말은."

"조심 두 분만 하모 눈깔 빠지것소."

"머라꼬?"

그때 그런 자리에서 벌어질 수도 없고 또 벌어져서도 안 될 일들이 이어졌다. 종들이 지켜봤을 때 그들 형제의 최종 목적은 운산녀와 치목 제거가 아니라 공적을 차지하는 것에 있는 듯싶었다.

"이 자슥이 증말?"

"이 자슥이라이?"

분위기가 더없이 험악해지자 종들이 몸을 사렸다. 평소 그런 주인들이긴 하지만 이렇게 중요한 거사를 코앞에 두고 엉뚱한 불이 붙고 있었다. 편백나무도 한층 더 불안하여 커다란 몸뚱어리를 옹송그리는 것 같았다.

"작은 서방님!"

끝내 그대로 있다가는 안 되겠다 싶었는지 양득이 제 신분에 걸맞지 않게 점잖은 말투로 끼어들었다.

"고마 큰 서방님 말씀대로 하이시더."

"머라?"

당장 만호 얼굴이 분노로 벌겋게 달아올랐다.

"시방 이 쌔끼가 눌로 훈개하는 것가? 내 니눔부텀 우쨰삐야 되것다."

그러나 양득은 훈계까지는 아니어도 조금도 물러서려는 빛이 아니었다.

"상눔 말이라도 맞으모 그리해야지예."

오히려 한술 더 떴다.

"상전 말이라도 아인 거는 아인 깁니더."

만호는 그만 억장이 무너지는 표정이었다.

"이, 이 개노무 쌔끼가?"

만호는 옆에 둘러서 있는 다른 종들을 홱 돌아보면서 당장 양득 이놈을 어떻게 하라고 명령을 내리려는 눈치였다. 하지만 그건 마음뿐이지 실천에 옮기지는 못했다. 그는 퍼뜩 깨달았던 것이다. 지금 거기 동원된 종들은 만호 자신보다도 형 억호의 지시를 더 따를 것들이라는 사실이었다. 양득과 가까이 지내는 종들이었다.

'제길 헐, 우짤 수 없다. 요분에는 죽은 머매이로 가마이 있을 수밖에.'

만호는 포기했다. 그 기색을 읽은 억호 얼굴에 득의만면한 빛이 떠올랐다.

'니눔이 암만 엥엥거림서 설치대도 내한테는 안 된다 고마.'

그때 또 양득이 대장을 모시는 부관의 자세로 억호에게만 말했다.

"운제 쳐들어갈 낀고 맹녕만 내리시이소."

그의 목숨까지 버릴 각오를 하고 있다는 걸 보여주려고 했다.

"그라모 목심을 걸고 따리것심니더."

"……."

그런 양득을 한참이나 아무 말 없이 집어삼킬 듯 노려보는 만호 눈초리가 여간 감사납지 않았다. 조선목재 것들을 어찌하기 전에 네놈부터 어떻게 해버리겠다는 빛을 노골적으로 내비치기까지 했다.

그렇지만 억호는 물론이고 양득도 모르는 척 공격 대상인 목재상 쪽만 지켜보았다. 다른 사병들도 마찬가지였다. 비라도 내리는 날이면 촉촉하게 젖은 나무 냄새가 관에서 풍겨 나오는 송장 냄새처럼 깊이 배여 있을 것 같은 음산하고 을씨년스러운 분위기가 풍기는 곳이었다. 한마디로 기분 나쁜 곳이었다.

낮 동안 떠나갈 듯 그렇게 북적대던 상촌나루터도 이제 서서히 조용해지고 있었다. 어느 틈엔가 강가에는 나룻배 몇 척도 무슨 포로처럼 묶여 있었다. 하지만 아직도 꽤 많은 사람과 소달구지며 말이 끄는 수레 등이 주변을 오가고 있었다. 앉은뱅이 걸인과 젊은 중, 큰 가마도 지나갔다. 아무래도 조금 더 사람들 발길이 뜸해질 때까지 기다릴 필요가 있었다.

"아까도 내가 이약했지만도……."

잠시 후 양득이 다른 사병들에게 나지막한 소리로 당부했다. 비록 종 신분이지만 그는 통솔력 있는 장수 기질을 갖추고 있었다.

"모도 멤 단디 묵고 있어야 할 끼다."

그러자 어깨가 남달리 넓고 탄탄해 보이는 신강이 말했다.

"아모 염려 말라꼬. 쪼끔 아까 작은 서방님이 말씀하신 거매이로 복날 개 잡듯기 딱 때리잡을 낀께네. 내 개 잡는 솜씨 안 아나."

각진 얼굴이 녹슨 가마솥을 닮아 검붉은 홍갑이도 한마디 했다.

"우리가 오데 이런 일 한두 분 핸 기가?"

이번에는 두세 명이 한꺼번에 말했다.

"하모, 맞다. 한거석 해왔다."

점박이 형제는 듣고만 있었다. 그 순간에는 바람도 편백나무 꼭대기에 있는 까치둥지에 깃을 들인 듯 고요하기만 했다.

"미이주시고(먹여주시고) 재이주시는(재워주시는) 값을 해야제, 값을."

"안 그래도 요새 몸이 근질근질했던 참이라."

씨름꾼 못지않게 우람한 체구를 가진 점석과, 이름 그대로 몸매가 아주 야물어 보이는 차돌이, 그들도 그렇다는 표시로 자신만만하게 고개를 끄덕여 보였다.

"너거들을 몬 믿는 거는 아인데……."

그런 종들을 믿음직한 눈길로 가만히 지켜보고 있던 억호가 격려인지 경고인지 분간이 잘되지 않는 소리로 천천히 입을 열었다.

"치목이 그자의 저항이 만만찮을 끼다."

"잘 알것심니더, 서방님."

사병들이 말했고 편백나무 이파리도 알았다고 고개를 끄덕이는 양 흔들거렸다.

"놈은 곰맹캐 심도 쎄고, 몸도 날다람쥐매이로 상구 날래다."

좀 더 경각심을 높여주려는 의중으로 보였다.

"내가 아즉꺼지 직접 한분 붙어는 안 봤지만도, 넘들한테 패한 적이 없는 천하제일 쌈꾼 아인가베."

"예."

어쩐지 술렁거리는 느낌을 주는 강바람 끝에 묻어나는 편백나무 향기가 진했다. 억호는 목을 뒤로 젖혀 옆으로 나란히 퍼진 나뭇가지를 올려다보며 또 말했다.

"그자가 나이 좀 묵었다꼬 별로 봤다가는 도로 이짝에서 당할 수도 있다, 그 말이제."

노을이 떨어지고 있는 반대 방향으로 무리 지어 날아가고 있는 것은 비둘기였다. 걸신이 들렸는지 막 먹어치우는 습성도 그렇거니와 유독 오물을 많이 쏟아대는 그 새를 억호는 별로 좋아하지 않았다.

"방심, 방심하지 마라, 이건 기라."

거듭되는 억호 말에 만호도 그냥 있을 수 없었는지 한소리 던졌다.

"모도들 하매 겪어봐서 잘 알것지만도, 운산녀도 여자라꼬 그냥 시퍼(얕잡아) 보모 안 될 끼다. 생긴 거만 여자제, 여자가 아인 기라."

"……."

사병들은 서로 얼굴을 마주 보며 잠자코 듣기만 했다.

"지가 데꼬 있는 종년 몸띠를 칼로 싸악 도리냈다쿠는 그런 섬뜩한 소문꺼지 날 정도로 독한 인간인께네 더 이약해 머하것노."

그 말을 들은 사병들 얼굴에 해괴한 빛이 서렸다.

"남자보담도 여자가 한도 마이 품고, 또 머꼬, 질투심도 짜다라 있어 갖고 그라는지는 잘 몰라도 말인 기라."

만호 말을 듣는 억호 뇌리에 문득 언네 모습이 떠올랐다.

'독새 겉은 년.'

끝까지 아버지를 해치려 한 공범을 불지 않고 그 지독한 고문을 당한 끝에, 결국 여생을 앉은뱅이로 살아가야 할 기구한 팔자의 종년이었다. 나 같으면 그런 고통스럽고 참담한 꼴로 연명하지 않고 남강에 뛰어들든지 비봉산 나뭇가지에 목을 매달 것이다.

'그라이 똥은 똥인 대로 살아가야제, 지가 무신?'

114

하여튼 바로 지금, 이 순간에도 자기를 그렇게 만들어버린 이쪽에 원한과 복수의 칼을 갈아대고 있을 것이다.

'그러이 고년 일은 다 끝난 기 아인 기다.'

해랑의 권고를 받아들여 일단 가매못 안쪽 마을에 있는 꺽돌과 설단의 집에 보내놓기는 했지만, 여전히 마음은 뒤를 보고 그대로 통시에서 나온 것처럼 영 홀가분하지 못했다.

'우리가 해랑이를 너모 믿는 거는 아이까?'

그랬다. 어쩌면 이번에는 모두가 언제나 감탄해 마지않는 해랑이의 그 판단이 아주 크게 잘못되었는지도 모르겠다는 불안하고 초조한 감정이 날짜가 흘러갈수록 짙어지고 있었다. 언네는 결코 그대로 있을 종내기가 아니었다.

'아, 내가 시방 머하고 있노?'

자꾸만 엉뚱한 데로 달아나려고 하는 마음의 고삐를 바투 쥐며 억호는 덕석같이 커다란 머리통을 흔들었다. 어쨌거나 언네 일은 나중에 가서 생각하기로 하고 우선 당장에는 저 두 연놈부터 깨끗이 처리하는 게 급선무였다.

드디어 해가 서산머리로 꼴깍 넘어갔다. 이제 세상은 아주 잠깐 갑자기 밝아졌다가 곧장 어둠의 늪으로 자맥질할 것이다.

선불 맞은 호랑이

운명의 시간은 남강 물처럼 쉼 없이 흐르고 있었다.

조금 전까지 조선목재 정문을 뻔질나게 드나들던 거래꾼들 발길도 다소 뜸해지고 어느 순간 거기 목조건물 한쪽에 불이 켜졌다.

그러자 붉은 빛살이 약간 희미하게 흘러나오는 그 목재상은 왠지 모르게 더할 나위 없이 음울하고 괴기스러운 분위기를 자아내었다. 금방이라도 마귀가 튀어나올 듯싶었다. 잠시 후 그 속을 오가는 사람 그림자들도 완전히 끊어졌다. 적막한 공기가 감돌고 있었다.

그러고도 꽤 많은 시간이 지나갔다. 침을 마르게 하는 순간들이었다. 마침내 야생고양이 눈알처럼 노랗게 번득이는 억호 눈이 양득을 향했다. 나무 밑은 더 어두웠고 그런 탓에 사람 얼굴도 잘 보이지 않았다.

"……."

입을 꾹 다문 채 자기 얼굴을 향하고 있는 상전의 그 눈길을 받은 양득이, 두꺼운 가슴팍이 불룩해지도록 숨을 있는 대로 몰아쉬고 나서 어둠 속에 묻혀 있는 일행들을 돌아다보았다. 그러고는 들릴락 말락 하는 낮은 소리로 말했다.

"자, 가자꼬."

드디어 그들은 어둠에 녹아 들어가 어둠의 일부가 되어 그림자처럼 움직이기 시작했다. 과연 양득이 각별히 가려 뽑은 행동대원들답게 똑같이 민첩하고 기운이 넘쳐 보였다. 저 정도면 대궐 담장을 넘어도 될 것이다.

'이짝으로!'

이제 양득은 일절 말은 하지 않고 행동으로만 지시했다. 어둠은 무척 좋은 엄폐물이었다. 강물 소리가 좀 더 가깝게 들려왔다. 그것은 자연이 내지르는 아우성과도 같았다. 어쩌면 다음에 어떤 일이 벌어질 것인가를 알고 내는 비명인지도 모른다.

'내 뒤를……'

미리 짜놓은 각본대로 양득이 맨 앞장을 서고 종들이 나란히 나아갔다.

'젠장, 와 이리 떨리쌌노?'

'해나 오늘이 내 제삿날이 되지는 안 하것제?'

그 숨 막히는 순간에 그런 별별 생각들을 하면서 점박이 형제는 그 뒤를 바짝 따라붙었다. 모두 덩치들이 엄청난 탓에 그건 곰들의 대이동을 방불케 하였다. 그렇지만 청설모처럼 잽싸 보였다.

'저짝으로!'

상전이고 종이고 간에 신분과는 관계없이 모두가 앞쪽에서 신중하게 이끌고 있는 양득의 소리 없는 손짓을 그대로 따랐다. 지금부터는 작은 말소리는커녕 숨소리도 크게 내어선 안 되었다. 발각되면 그다음에 올 일은 더 말할 필요도 없었다.

'퍼뜩!'

어느 찰나, 홀연 양득이 아주 재촉하는 동작을 취해 보였다. 움찔하던 그들은 광대 패 놀이마당을 방불케 할 정도로 대단히 널찍한 마당을 재빠르게 가로질러 곧장 안쪽으로 잠입하기 시작했다. 마침내 적진으로 발을 들여놓은 셈이었다.

'조심!'

모두는 야생동물 같았다. 네 콩이 크니 내 콩이 크니 하던 점박이 형제도 마찬가지였다.

'조심!'

붉은 불빛이 아슴푸레하게 밝혀져 있는 곳. 아마 경비실이거나 직원이 그날 있었던 거래 장부를 정리하는 사무실 같은 곳을 바람 지나듯 지나갔다. 누구도 작은 발소리 하나 내는 실수를 저지르지 않았다. 아무도 그 은밀한 움직임을 감지하지 못할 것이다. 그땐 비대한 만호 몸도 작고 가벼운 지푸라기로 변해 보였다.

"......."

침묵의 행진이었다. 규모가 크고 괴괴한 목재상은 을씨년스러운 분위기를 풍겼다. 달은 아직 뜨지 않았다. 지금 그 안에 누가 얼마나 있는지는 모르지만, 소리 죽여 움직이는 그림자들을 전혀 눈치채지 못하여 문을 열고 밖을 내다보는 자는 하나도 없었다. 마당 양쪽으로 아주 높직하게 적재해 놓은 목재들에 가려진 탓에 더 그랬는지도 모른다. 살아 있는 나무는 한 그루도 눈에 띄지 않았다.

'고 연놈들하고 딱 맞는 분위기거마는.'

붉은 꽃봉오리나 푸른 잎사귀 하나도 매달지 못한 채 숨을 쉬지 못하는, 깡그리 죽은 나무들만 모아놓은 그곳을 본 억호 느낌이 그랬다.

'이짝!'

이번에도 양득이 턱짓으로 가리키는 그대로 침입자들은 일사분란하게 한참 안쪽의 왼편 모퉁이를 비호같이 얼른 돌아 들어갔다.

그러자 마침내 그곳에는 그들이 표적 삼고 온 밀실이 짙은 어둠 너머로 깊이 몸을 감춘 도둑고양이 모양으로 잔뜩 웅크리고 있는 게 보였다.

"흡."

"험."

무리 속에서 꿀꺽 마른침 삼키는 소리와 억지로 참느라고 애쓰는 얕은 기침 소리가 났다. 아직도 불을 밝히지 않은 탓인지 어딘가 음침하고도 괴기스러운 공기가 그 밀실 주위를 감돌고 있었다.

'요것들이 아즉 불도 안 키고 캄캄한 데 앉아갖고 뭣들 하고 있는데, 이리 아모 소리도 안 나는 기지?'

억호 생각이었다. 너무나 조용해서 지금 안에 아무도 없는 게 아닐까 의심스럽기도 했다. 그와 동시에 그만 돌아 나오고 싶다는 어처구니없는 충동도 일었다.

'해나 헛다리짚은 거는 아이까?'

그렇지만 양득이 하는 행동을 눈여겨보니 그는 지금 운산녀와 민치목이 밀실에 있다는 확신을 갖고 있는 듯했다. 실수가 없도록 철저히 확인했을 것이다. 실패로 돌아갈 경우 자신에게 어떤 철퇴가 가해질지도 충분히 알고 있을 것이다.

'우쨌거나 종눔으로 살아가기는 아까븐 눔 아인가베.'

그런데 말이 밀실이지 밖에서 보기에는 그저 평범하게 지은 별채라고 하는 게 더 어울릴 만했다. 게다가 거기는 온갖 잡동사니를 모아두는 창고를 세우기에 더 마땅할 장소였다. 아무튼 큰 건물 뒤편에 숨듯이 하고 있어 금방 사람들 눈에 띄지 않을 곳임은 분명했다. 두 연눔도 바로 그런 점을 십분 감안했을 것이다. 그런 곳을 용케 알아낸 양득이 생각해볼수록 정말 대단했다.

'양득이 저눔, 성이 심복 삼을 만 안 하나.'

만호 생각이었다.

'요분 일 끝나모 내도 저런 눔 하나 후딱 맹글어야것다.'

그러자 뭔가 형에게 크게 뒤지고 있다는 조바심 비슷한 감정이 솟아났다. 새 형수가 된 해랑에 비해 아내 상녀는 여러모로 부족한 점이 많다는 불만을 가진 그이기도 했다. 그러니 양득보다 더 잘 부릴 수 있는 심복을 반드시 찾아서 수족 삼을 것이다.

'와 진즉 그런 생각을 하지 몬했제?'

이윽고 양득이 그 건물에 유일하게 달려 있는 작은 문 앞으로 바투 다가섰다. 그런 다음 아까처럼 가슴이 불룩해지도록 숨을 깊숙이 몰아쉬고 나서, 팔을 뻗어 거기 문짝의 손잡이를 쥐고는 가만히 잡아 비틀어 보았다.

"……."

꿈쩍도 하지 않았다. 보나 마나 안에서 단단히 걸어 잠근 모양이었다. 또 그뿐만 아니라 손잡이도 굉장히 튼튼한 재료로 만든 성싶었다. 양득이 그 정도로 기운을 썼으니 여느 손잡이 같으면 곧바로 떨어져 나올 수도 있었다. 만약 이중문이라면 더 낭패가 아닐 수 없었다. 요령부득, 독 뚜껑을 열지 못해 독 안의 쥐를 잡지 못할 형국이었다.

점박이 형제 눈이 어두운 허공 속에서 소리 없이 서로 마주쳤다. 모두 적잖게 난감해하는 표정들이었다. 자세히 보이지는 않았지만 둘의 얼굴에 박혀 있는 점들이 씰룩이는 것도 같았다. 사위는 갈수록 그 점만큼이나 검은 장막을 둘러치고 있었다.

'요꺼정 왔는데…….'

그런데 양득은 점박이 형제가 우려하는 그런 사실까지도 사전에 알아낸 모양이었다. 그래 만약을 대비해서 준비해왔을 것이다. 그의 크고 투박한 손에는 언제 꺼내 들었는지 짙은 어둠 속에서 번쩍이는 무슨 쇠붙이 하나가 들려 있었다. 아마도 굳게 닫힌 문을 딸 수 있는 연장일 것이다. 양득은 그의 장기인 휘파람이라도 휘익 불고 싶을지 모른다.

"꿀꺽."

누군가 또 마른침 삼키는 소리를 내었다.

"흐~읍."

숨을 들이마시는 소리도 났다.

'아!'

억호는 속으로 감탄사를 올렸다. 만호와 나머지 종들도 마찬가지였다.

'우짜모!'

양득의 솜씨는 귀신같았다. 안쪽에서 아주 단단히 채워놓은 것 같은데도 그는 그다지 큰 힘을 들지 않고 문을 따는 데 성공했다. 사내들 심장이 너나없이 함부로 뛰놀았다.

"……."

양득이 입을 굳게 다문 채 억호를 돌아보았다. 번뜩이는 눈빛이 시퍼렇게 날 선 비수가 되어 어둠을 가르고 있었다. 벌써 오싹 살기가 전해지는 눈빛이었다.

'시작해라!'

억호가 굵은 고개를 끄덕여 어서 행동을 개시하라는 신호를 보냈다. 그와 때를 같이하여 양득이 벌컥, 문을 열어젖혔다. 그 순간, 비명들이 칠흑 같은 어둠을 뚫고 솟아나왔다.

"옴마야!"

"누, 누고?"

침입자들은 말이 없었다. 움직임도 없었다. 먹물을 닮은 어둠만 출렁일 뿐이었다.

"헉!"

숨통을 죄이는 듯한 소리가 뒤를 이었다. 극도의 공포를 느낀 동물에게서 들을 수 있는 소리였다. 그것은 침입자들이 버티고 선 출입문이 있는 곳에서 가장 멀찍이 떨어진 저 안쪽 어딘가로부터 들려오고 있었다. 하지만 거리가 좀 떨어져 있다고 해본들 밀실 안이었다. 저 뒤쪽에 비상 탈출구라도 있다면 또 모르겠다.

그때다. 누군가가 성냥불을 확 켰다. 신강이었다. 그 불에 초를 갖다 대어 촛불을 밝힌 사람은 점석이었다. 번개같이 빠른 동작으로 그 초를 받아 쥔 양득이 안쪽을 향해 불을 비추었다.

침입자들 눈이 어느 정도 어둠에 익숙해졌다. 그제야 그곳이 밀실이라는 실감이 났다. 방금 밖에서 보았을 때 보다 훨씬 넓었고, 한눈에 봐도 무척 고급스러운 실내 장식이었다. 금방 무너져 내릴 허름한 창고로 보였던 바깥 모양과는 천양지차였다.

점박이 형제 보기에는 아버지 방을 그대로 옮겨 놓은 게 아닌가 싶을 지경이었다. 거기는 배봉을 겨냥한 운산녀의 큰 적개심이 고스란히 드러나 보이는 실내였다. 양득을 비롯한 종들도 그랬지만 특히 점박이 형제는 눈앞의 광경을 도저히 믿을 수 없었다.

'조 연놈들이!'

'하! 우찌 저리?'

밀실 저쪽에 굉장히 화려해 보이는 비단 휘장이 양쪽으로 매우 기다랗게 드리워져 있고, 남녀는 그 휘장 내부에 놓인 울긋불긋한 빛깔의 커다란 침대 위에 함께 누워 있었던 게 분명했다. 그것은 왕의 침실을 연상케 했다. 어쩌면 그들은 이른 초저녁부터 황제 황후 놀이를 하고 있었는지도 모른다.

여럿이나 되는 침입자들이 불시에 덮치자 소스라치게 놀라 벌떡 몸을 일으킨 남녀는, 그 시각에 아무것도 걸치지 않은 몸뚱이들이었다. 양득을 비롯한 종들은 더 말할 것도 없고, 천하 난봉꾼 점박이 형제도 바보

같이 입을 헤벌린 채 멀거니 바라보기만 했다. 그들 단골 기방에서도 쉽게 볼 수 있는 장면이 아니었다.

'이거는 밀실이 아이고 아방궁이거마.'

당장 그곳에 불을 싸질러버리고 싶은 억호 생각이었다.

'둘이 완전히 넘은 아이라쿰서 우찌?'

만호는 그들이 먼 친척뻘 된다는 사실을 새삼 상기했다.

"누?"

그러나 어둠 속에서 너무나도 졸지에 당하는 일이라 그들은 아직도 침입자들 정체를 제대로 알아차리지 못한 모습이었다. 그리고 그 누가 뭐래도 그들은 거기 밀실의 엄연한 주인이고, 앞에 나타난 자들은 무단 침입을 한 외부인이라는 그런 인식들이었을 것이다. 똥개도 제 동리에서는 반은 먹고 들어간다는 말도 있지 않은가 말이다.

"너것들은 누고, 엉?"

그 지극히 비현실적이고도 허위적인 것으로 받아들여지는 사태가 긴 듯 짧은 듯 이어진 후에, 더없이 겁에 질리긴 했지만 날카로운 기운을 완전히 잃어버리지는 않은 운산녀의 고함소리가 터져 나왔다.

"요기가 오덴 줄 알고 감히?"

치목도 어긋나게 나서 보기 흉한 그의 이빨을 드러낸 채 마구 으르렁거리는 어감을 담은 그 특유의 목소리로 나왔다. 선불 맞은 호랑이 뛰듯 했다.

"뒤질라꼬 환장한 것가?"

하지만 그것은 잠시였다.

"흥! 아즉도 우리가 눈고 모리것는가베?"

침입자들 저 뒤쪽에서 그런 소리가 들려오는 순간, 운산녀와 치목은 그만 귀를 의심했다. 그 목소리…… 이럴 수가?

"인자 우리 얼골도 잊아쁜 모냥이제? 사내 기집이 환장을 하기 되모 눈깔에 아모것도 안 비인다더이 그 말이 한 개도 안 틀리거마는."

역시 침입자들 저 뒤편으로부터 날아오는 귀에 익은 음성이었다. 운산녀와 치목은 똑같이 이게 꿈이 아닌가 했다.

'시상에 이런 일이!'

'구신 장난인가?'

그리고 그때쯤 그들은 또 알아보았다. 무리들 맨 앞에 버텨 서서 금방이라도 와락 달려들 자세를 취하고 있는 덩치 큰 자가 억호 심복 양득이라는 것을. 그러자 다른 자들 얼굴도 조금씩 눈에 들어왔다. 모두가 집에서 부리고 있는 종들이다.

'이, 이……'

하지만 침입자들 정체를 확실하게 알게 되자 그들은 더욱 온몸이 쪼그라들었다. 더한층 눈앞이 놀놀해졌다. 단순한 좀도둑이나 일면식도 없는 강도가 아니었다. 차라리 그런 자들이라면 결국은 돈이 목적일 것이니 까짓 수중에 있는 대로 몽땅 집어주면 무마될 수도 있을 터였다.

그런데 그게 계모라면 자다가도 북북 이를 가는 전처소생들과 그들의 명을 따르는 하수인들이었다. 배봉이 알게 되는 건 시간문제였다.

'치~익!'

누군가 또 성냥을 긋고 촛불을 켰다. 불을 밝힌 초가 세 자루나 되었다. 밀실 안은 한결 훤해졌다. 그러자 실로 꼴불견스러운 거기 광경이 좀 더 또렷하게 비쳤다. 종들 가운데 누군가가 끌끌 혀를 차며 말했다.

"허, 참말로야."

그때 양득이 언제 주워들었는지 그 두 사람에게 옷을 휙 집어 던지면서 마치 상전이 하인에게 명하듯 했다.

"먼첨 옷부텀 좀 입으라꼬."

"……."

그래도 움직임이 없었다.

"눈이 시서 몬 보것다."

그 안을 휘익 둘러보았다.

"요리키나 잘 꾸미놓고 손님 대접이 이래갖고 쓰것나?"

운산녀는 그 와중에도 혓바닥을 콱 깨물어 자진해버리고 싶었다. 곧바로 종놈들이 손에 들고 있는 초를 와락 빼앗아 촛불을 몸에 붙여 분신자살이라도 하고픈 심정이었다. 오랫동안 집에서 짐승같이 부리던 종놈한테서 이런 소리를 들어야 하다니.

이건 아니다. 보통 땐 내 앞에서 입을 벙긋하기는 고사하고 네발 달린 짐승처럼 슬슬 기면서 고개도 제대로 들지 못하는 것들이 아닌가. 도대체 사내놈이 맞기는 한지 확인을 해보고 싶은 충동까지 느끼기도 했는데 말이다.

'내 이눔을, 이눔을.'

그러나 어쩌겠는가? 부리지 못할 게 없는 그런 귀신일지라도 뾰족한 재간이 없는 것이다. 그래도 옷이라도 입으라고 던져주니 그나마 감지덕지할밖에. 하지만 운산녀는 허둥지둥 옷을 챙겨 입으려다가 또 한 번 너무나 참담했다. 나도 그렇거니와 저 인간이 하는 몰골이라니.

'맹색이 사내라쿠는 기.'

치목이 뒤섞여 있는 남녀 옷가지 속에서 제 옷을 가려내려고 허둥거리는 꼬락서니는, 더러운 쓰레기더미 속에서 고기 뼈다귀라도 하나 찾아내려고 설치는 비루먹은 개와 하등 다를 바가 없어 보였다.

'저라다가…….'

자칫 그는 치마저고리를 자기 몸뚱어리에 꿰찰지도 모른다. 아니, 실제로 그는 운산녀의 치마를 손에 들고 입으려 하고 있었다.

"시방 머하는 기요?"

운산녀 입에서 공포와 수치를 떠나 짜증과 원망 서린 소리가 튀어나왔다.

"그거는 내 옷이오, 내 옷!"

그래도 치목은 운산녀 옷을 손에 쥔 채로 그게 제 옷이라고 보는지 더 듬거렸다.

"내 옷이……."

운산녀가 달려들어 빼앗으려고 했다.

"쌔이 이리 안 주고 머하요?"

다른 사람들 눈에는 설쉰 무처럼 한창때가 다 지난 계집이라 할지라도, 그래도 여전히 여자라고 벌떡 일어나려다가 집 없는 달팽이 모양으로 얼른 몸을 옹크리며 앙칼지게 쏘아붙였다.

"내 옷이라 캐도?"

그러자 뭣 모르는 중처럼 하고 있던 치목은 비로소 깨달은 모양이었다.

"아, 그, 그런가?"

흡사 징그러운 벌레를 내팽개치듯 서둘러 그것을 손에서 놓아버렸다.

'저 인간이?'

운산녀는 자신의 신체가 강제 폐기되는 것과 다를 바 없는 느낌을 접했다. 사내에게서 버림받는 한심한 계집 꼬락서니가 이러겠거니, 여겨졌다. 거짓말 같지만 아주 순간적으로 운산녀는 거기 밀실에 침입한 점박이 형제와 종들 존재를 잊을 정도였다.

'흥! 여자한테 충분히 그런 상처를 줄 수 있는 인간이 민치목이제.'

공연히 함께 당하고 있는 애꿎은 치목만 죽이고 싶도록 같잖고 싫어졌다. 나아가 그것은 곧장 자기혐오로 이어졌다.

'조따우 인간을 사내라꼬 내가 믿고 있었다이.'

여하튼 그 볼썽사나운 장면들을 연출하면서도 잠시 후 남녀는 제 저고리 제 바지를 바로 꿰찼다. 하지만 그들로서는 정작 그때부터가 시작이었다. 진짜 시련이 뱀처럼 아가리를 벌린 채 기다리고 있었다.

"이것들을 꿇이앉히라!"

억호 입에서 저승사자 목소리가 나왔다.

"물팍을 탁 뽈라트리갖고. 알것나?"

그것은 동헌 마당에서 중죄인을 취조하는 원님이나, 못된 탐관오리를 문초하는 암행어사 음성처럼 서슬 시퍼렇게 들렸다.

"예, 서방님."

"에라이."

사병들이 한꺼번에 득달같이 달려들어 거칠게 남녀를 바닥에 꿇려 앉혔다. 그것은 어설픈 어릿광대 놀음으로 비쳤다.

"놔라, 이거 놔라, 이눔들아!"

한데 상황이 그런 지경에 이르렀는데도 운산녀 기갈은 여전했다. 화톳불보다도 더 벌겋게 달아오른 얼굴로 패악을 부렸다.

"오데다가 감히 더러븐 손목때기를 갖다 대는 기고?"

어쩌면 그녀는 침입자들 정체를 알게 되자 내심 약간 안도하는 것처럼도 보였다. 아무리 그래도 내가 명색이 저희들 새어머니이고 상전인데 설마 나를 어쩌랴, 낯가죽에 철판 깔고 그렇게 아주 뻔뻔하게 생각하는지도 모른다. 그러지 않고서야 이런 말까지 할 수는 없을 것이다.

"눈깔이 안 썩었으모 낼로 몰라보지는 않을 끼고."

억호는 얼굴의 점을 씰룩거리며 그런 운산녀를 잡아먹을 듯이 노려보았다.

'요년이 더 퍼뜩 뒤질라꼬 약 쓰나.'

그에 비해 치목의 반응은 달랐다. 그는 꼼짝없이 하나뿐인 목숨을 내

놓지 않으면 안 될 절박한 정황임을 간파했다. 그냥, 너 살아라, 하고 순순히 풀어줄 점박이 형제가 아니었다. 치목 자신과 빼닮은 구석이 많은 그들이기에 누구보다도 그들 속성을 깊이 잘 아는 치목이었다. 그야말로 속곳 벗고 함지박에 든 꼴이었다.

'해필이모 이런 상황에서……'

그는 참 억울했다. 놈들이 한둘이라면 한번 붙어볼 자신이 있었다. 죽기 살기로 싸우면 전혀 길이 없어 보이지도 않았다. 그렇지만 하나만 해도 버거울 산적 같은 놈들이 무려 일곱이었다. 지금 여기서 저항한다는 건 스스로 제 수명을 재촉하는 결과밖에 낳지 않을 것이다. 그는 물 건너온 범같이 한풀 꺾인 모습을 보였다.

'으, 분해도 할 수 없는 기라.'

일단은 고분고분 따르기로 마음먹었다. 알량한 자존심이 목숨보다도 소중할 수는 없었다. 무저항으로 나가다가 기회를 봐서 달아날 작정이었다. 물론 나중에 기필코 복수는 해줄 것이다. 그것도 자신이 당한 것보다 몇 곱절 더 보태서 갚을 것이다.

'이리 죽으모 억울해서 안 되제.'

하늘이 무너져도 뭐가 어쩐다고 하였다. 황토밭 여우가 도와줄 때도 있다고 하질 않던가. 재수가 좋으면 목재상에서 일하는 건장한 인부들이 달려와서 구해줄 수도 있을 것이다. 단골로 거래하는 장사꾼이 찾아왔다가 떼강도가 들어온 사실을 알고 경찰서에 신고하지 말라는 법도 없었다. 포기하는 그 순간 모든 것은 끝장이 난다. 하지만 그의 마음은 이내 반대 방향으로 기울어졌다.

'아인 기라. 그런 요행은 몬 생길 기다.'

그런 자각과 함께 치목은 그 희망을 접어야 했다. 어느 누구든 절대 그곳으로의 출입을 엄금시켜오고 있다는 데 생각이 미쳤다. 밀실은 비록 같은 목재상 안에 자리를 잡고 있기는 했지만, 그들을 제외한 다른 사람들에게는 그림자조차도 얼씬거리지 못할 금지 구역으로 돼 있었다.

'지 손으로 지 무덤을 판 기라.'

언젠가 한 번은 여사장 운산녀의 그 엄명을 어기고 제멋대로 거기까지 들어왔다가 그만 그날로 해고가 돼버린 직원도 있었다. 그 소문이 나자 모두는 일절 그곳으로의 발길을 딱 끊었던 것이다. 적막강산이 새로 하나 생긴 셈이었다.

그러면 큰소리를 막 쳐서 구원을 청해 본다. 그것도 아니었다. 고함을 질러본들 목재상 다른 건물들과는 거리가 한참 동떨어져 있는 탓에 그들 귀에 들릴 리도 만무했다. 결국, 방금 판단했던 대로 그들 스스로 최악의 함정을 파고 만 꼴이 된 것이다.

'아아, 내 인생은 여꺼지밖에 없는 것가.'

치목의 곰같이 굵은 고개가 광풍에 꺾인 대궁처럼 아래로 축 처져 내렸다. 사병들이 겁을 먹이려는 듯 억호 앞쪽만 비워두고 두 인질을 빙에워쌌다. 그러자 뇌옥 벽이 둘러싸고 있는 형상이었다. 쥐새끼는 고사하고 바람 한 점 빠져나갈 틈도 없어 보였다.

"내 성질은 굳이 말 안 해도 잘 알 끼고."

드디어 억호의 취조가 시작되었다. 비록 목소리는 낮았지만 듣는 사람이 오싹 소름 끼칠 만큼 징그럽고 잔혹한 느낌을 주었다.

"좋게 말로 할 때 들어라. 알것제? 말로 할 때 말이다."

으름장부터 단단히 질러놓은 다음에 다짜고짜 캐물었다.

"올매나 빼돌릿노?"

"……"

하지만 운산녀는 아예 들은 척도 하지 않았고, 치목은 '무슨?' 하는 눈빛으로 억호를 빤히 올려다봤다. 독 장수 구구는 독만 깨뜨린다고, 허황한 계산만 하다간 되레 손해만 보게 된다는 것을 모르는 모양이었다.

"요것들이야?"

만호가 치목의 눈을 사정없이 쥐어박을 것같이 주먹을 휘둘러 보이며 억호보다도 한층 더 심하게 을러대었다.

"너것들 둘이서 작당해갖고 처묵은 우리 돈 말이닷!"

이번에도 묵묵부답이었다. 그들의, 내 배 째라, 하는 식의 무반응이 만호 성깔에 불을 붙였다. 그는 악을 써댔다.

"돈! 도온!"

그곳 밀실 천장을 뚫고 나가 하늘 밑구멍이라도 찌를 기세였다.

"지기미! 돈도 모리나?"

치목이 모가지 꺾인 허수아비 모양으로 머리통을 팍 떨어뜨렸다. 하지만 그건 반성하는 빛이 아니라 빠져나갈 방법을 모색할 시간을 벌려는 수작이었다. 그 사실을 모를 억호가 아니었다.

"순순히 말로 대접해갖고는 안 되것다."

그는 양득에게 눈짓을 했다.

"예, 서방님."

양득이 얼른 크고 투박한 손을 뻗어 치목의 머리칼을 세게 움켜쥐더니 그대로 뽑아버릴 것처럼 확 끌어올렸다. 그건 땅속에 묻혀 있는 무나 고구마 뿌리를 캐내는 형용이었다.

"악!"

치목이 모가지를 뽑히듯 고통스러운 비명을 올렸다.

"고만 몬 두것나?"

그 광경을 보고 있던 운산녀가 발작을 일으키는 것처럼 꽥 소리를 질렀다.

"너것들? 처묵은?"

그녀는 만호가 했던 말을 상기시키면서 오히려 자기를 내려다보고 있는 사람들을 죄인 취급하는 어투였다. 도둑의 때는 벗어도 화냥의 때는 못 벗는다는 소리는 바로 운산녀를 두고 이르는 말일 게다.

"아모리 시방 시상은 윤리 도덕이 땅바닥에 다 떨어진 시상이라 쿠더라도, 우쨌든 내가 너것들 에민데, 낼로 보고 머라?"

그러자 모두들 실로 어이없다는 소리를 내며 일제히 운산녀를 바라보았다.

"허!"

"저, 저?"

"시방 머라쿠는 기고."

그런 현장을 들켰음에도 어떻게 저따위 말을 나불댈 수 있는지 내 콧구멍이 콱 막힌다는 표정들이었다. 평상시 고을 사람들 사이에 그 이름값을 한다고 '구름에 덮인 산' 만큼이나 비밀에 싸인 여자라는 소리가 떠도는데, 지금 그 순간에 보니 그 출생 성분이 천민도 그런 천민이 다시 없었다.

"윤리 도덕? 윤리 도덕이라……."

그러나 그따위 씨알도 먹혀들지 아니할 엉터리 짓거리에 호락호락 넘어갈 억호가 아니었다. 그는 도리어 웃음기를 실실 뿌려가며 좀 더 능글능글하게 나왔다. 하긴 그게 그의 전공이기도 했다. 하지만 그런 말을 할 줄은 그곳 어둠을 몰아내고 있는 촛불들도 내다보지 못했을 것이다.

"우짜모 우리 고을에 생식기 없는 여자가 둘이 될 수도 있것거마는."

"……."

일순, 그 안은 그것만 없을 뿐 아니라 사람 자체가 없는 것처럼 더없이 조용해졌다. 그게 지난날 질투심에 눈이 뒤집힌 운산녀가, 배봉과 함부로 놀아나는 종년 언네를 어떻게 했다는 그 섬뜩하고 추잡한 괴문에서 비롯된 말이라는 것은 거기 모르는 사람이 없었다. 그리고 억호는 충분히 그런 짓을 자행하고도 남을 만큼 모질고 독한 인간이라는 것도 잘 알고 있었다.

운산녀도 거기까지 생각이 미쳤는지 더 이상 뭐라 입을 열지 못했다. 또한, 희미한 촛불 아래서 봐도 지금까지와는 다르게 여간 창백해지는 얼굴이 아니었다. 사실 이제는 모든 게 끝장났다는 자포자기에 빠져버린 그녀였다. 어쩌면 그녀 자신도 언네처럼 앉은뱅이로 만들어버릴 수도 있었다. 생식기도 없고 다리도 쓰지 못하는 여자였다.

"요새 시상은 모든 기 하도 빨라져갖고, 지가 이승에서 지은 죗값을 저승에 가서 받는 기 아이라 이승에서 바로 받는다 쿠데?"

협박 섞인 억호 빈정거림이 떨어지기 무섭게 차마 입에 담지도 못할 상소리가 또 운산녀 머리 위로 쓰레기더미같이 떨어져 내렸다.

"한 분만 더 고 수챗구녕 겉은 주디이를 벌로 조잘거리싸모, 니년 가래이부텀 쫙 찢어삘 끼다. 그래갖고 지내가는 개한테 던지준다 고마!"

이번에는 만호였다. 그 소리에는 인간말짜 억호조차 그만 가슴이 서늘해지지 않을 수 없었다. 물론 억호 자신도 속으로는 그보다 더한 소리도 할 수 있었지만, 입 밖으로까지는 끄집어내지 못했다. 아까 그 이야기를 할 때도 차마 직설적으로는 하지 못하고 언네에 관한 소문을 끌어와 에둘러 이야기했던 것이다.

'아즉 내가 덜 독한 긴가?'

어쨌거나 만호 저놈은 참으로 누구도 갖지 못할 개망나니가 맞구나 싶었다. 그러자 내가 정말 조심하고 경계해야 할 대상은 운산녀나 치목보다도 내 동생 저놈일지도 모른다는 생각이 들었다. 억호는 좀 더 잔인해지는 마음이었다. 아니, 철저하게 잔인해지려고 굳게 작정했다.

'내 앞길에 방해물이 되모, 계모고 동상이고 없다.'

살인마의 최후

운산녀는 두 번 다시는 입을 떼지 못했다.

미친 늑대도 도망치게 할 것들이었다. 돌이킬 수 없는 이런 불순한 꼬락서니를 보이지 않았을 때도 어미 대접을 손톱만큼도 하지 않은 개차반들이었다. 그런데 그 결정적인 현장을 들켜버렸으니 더 말해서 뭣하랴. 그렇지만 운산녀 정곡을 더더욱 세게 콱 찔러온 것은 만호의 그런 극한 욕설보다도 그다음에 이어지는 억호의 이런 빈정거림이었다.

"어, 가마이 있거라. 거게 두 사람이 본래 우떤 관계였더라? 그냥 예사 관계는 아이었던 거 겉은데……."

가늘게 찢어진 눈으로 운산녀와 치목 얼굴을 동시에 훑어보았다.

"해나 친척 아이었나?"

그러더니 종들에게 고개를 돌려 짐짓 물어보는 어조로 이랬다.

"내가 잘몬 안 것가, 친척뻘인 줄 알았더이."

촛불이 나비 날개처럼 너울거렸다. 그러자 밀실 벽에 비친 사람 그림자들이 유령의 징그러운 손아귀 같아 보였다.

"하기사 뭐에 미친 기집에게 쓸 약은 시상천지 오데도 없다쿠더라마는."

입으로 그런 말을 지껄이면서 억호는 머릿속에 떠올리고 있었다. 정말이지 이제 꿈에도 다시 떠올리기 싫은 지난 임술년에, 농민 놈들이 성까지 함락하고 관리들을 처단하는 등 기세등등할 때, 운산녀는 민치목 집에 피신해 있었다는 사실이었다.

당시 아버지는 자기 죽마고우인 호한을 배신한 몰락 양반 소긍복의 집을 은신처로 삼았고, 만호와 그는 단골 기생집을 찾아 희희낙락했었다. 도망을 다니는 그 아슬아슬한 때 숨어서 맛보는 주색잡기는 더 쏠쏠했었다.

그 기억 끝에 문득 이런 의혹이 확 일었다. 어쩌면 운산녀와 치목은 그때 이미 선을 넘었던 게 아니었을까. 물론 치목 아내 몽녀와 자식 맹쫄의 눈이 있어 그게 욕심대로 쉽지는 않았을 것이다.

'시간이 그리 짜다라 지났다모…….'

억호 마음속에서 잔혹한 악마성이 뱀 대가리처럼 고개를 빳빳이 치켜들기 시작했다. 그런 상상만으로도 열불이 치솟아 환장할 것 같았다. 그렇다면 오래전부터 한통속이 된 저것들이 우리 집안 재산을 얼마나 많이 뒷구멍으로 싹 빼돌렸겠는가 말이다. 아직까지 우리 집 기둥뿌리가 흔들리지 않은 게 다행이다 싶었다. 아니다. 어쩌면 눈에 보이지 않는 밑 부분부터 썩어 들어가고 있는지도 모르겠다.

"으, 몬 참것다."

억호는 홀연 종들에게 사납게 명했다.

"조 연눔을 안 뒤질 만큼만 쳐라!"

급기야 억호도 '연눔'이었다. 되새겨보면 볼수록 오늘날까지 기만당하고 조롱당했다는 게 너무 억울하고 분통이 터졌다.

"예, 서방님."

양득이 다른 종들에게 턱짓으로 한 번 더 상전의 그 지시를 하달했다. 그때를 기다리고 있던 종들이 황야의 굶주린 늑대 무리처럼 한꺼번에 우우 덤벼들어 그 둘을 말 그대로 복날 개 잡듯이 마구 구타하기 시작했다. 주먹으로 때리고 발로 차고 머리로 떠받고……

"억!"

"애고! 애고!"

남녀는 벌레같이 밀실 바닥을 구르면서 금방 죽는 소리를 냈다. 아마도 태어나서 그렇게 심한 몰매는 처음 당할 것이다.

'퍽!'

'따~악!'

평소 양반연하는 것들에게 심한 반감과 엄청난 피해의식을 품고 살아가는 한이 서린 천민들이었다. 인정사정이 없었다. 밀실 안은 완전히 도살장을 방불케 했다. 그곳의 모든 물건이며 촛불들도 몸을 사리는 것 같았다. 얼마 안 가서 포로들은 쭉 뻗어버렸다.

"해나 죽어뻔 거는 아이것제?"

만호가 약간 겁먹은 얼굴로 양득에게 물었다.

"안 뒤짓다."

억호 입이 양득 입보다 먼저 열렸다.

"독한 것들은 그리 퍼뜩 안 죽는다."

파리나 모기 목숨을 다루고 있었다.

"심이 끊어졌으모 고만이고."

그러면서 시체처럼 쓰러져 있는 남녀 몸 위에 대고 잔뜩 돋운 가래침을 소리 나게 '퉤퉤' 뱉었다. 촛불 하나가 꺼질 듯하다가 간신히 다시 살아났다.

"산짐승도 이것들 시체는 더럽다꼬 안 뜯어묵을 끼다."

죽어도 싼 것들이었다.

'오데서 요런 짓들을?'

먼 친척이라고는 해도 친척 간이었다. 늦바람이 용마름 벗긴다는 말도 틀렸다. 보나 마나 젊은 시절부터 제멋대로 놀아난 그들일 것이다. 아버지가 차마 자식들에게 상세한 이야기는 들려주지 못하는 눈치였지만, 운산녀가 호한의 죽마고우인 소긍복과도 불륜의 관계였다는 사실을, 종종 아버지 언동을 통해서 은연중에 느끼고 긴가민가하던 그들 형제였다.

하지만 치목이 운산녀 사주를 받고 소긍복을 살해했다는 사실까지는 여전히 모르고 있었다. 그건 배봉도 마찬가지여서, 그 또한 그 고을 다른 사람들이 알고 있는 것같이 긍복이 만취하여 남강에 실족사한 것으로 알고 있었다. 그러니까 아직도 그 사건에 관해 알고 있는 사람들은 나루터집 식구들뿐인 것이다.

"요것들을 우짤 끼요, 성?"

잠시 생각에 잠겨 있는 억호에게 만호가 물었다.

"우짜기는? 아부지한테 넘기야제."

억호는 남강 왜가리가 내는 소리처럼 '웩' 하고 또 가래침을 돋우면서 더 먹고 자시고 할 것도 없다는 투로 대뜸 그렇게 대답했다. 그러자 일부러 죽은 체하고 있었던 것일까, 남녀가 동시에 몸을 움찔했다.

"이것들잇!"

종들 가운데 누군가 발로 남녀 등짝을 세차게 걷어찼다. 차돌이었다. 짧은 비명이 터져 나왔다. 그건 참으로 구경하기 어려운 가관 중의 가관이었다. 천해 빠진 종놈이 하늘 같은 쥔 마님에게 그런 말과 그런 행동이라니. 천지개벽도 유분수였다.

그때 운산녀가 그렇게 지독한 구타를 당하고도 아직도 기운이 남았는

136

지 꼭 네발 달린 짐승 모양으로 바닥에 납작 엎드린 채 고래고래 소리를 지르기 시작했다.

"이 짐승만도 못한 것들아!"

촛불이 같잖다는 듯이 깜빡거렸다. 운산녀 목소리는 유치하리만치 모아놓은 장식품들에 부딪혀 도로 그녀에게로 돌아가는 것 같았다. 얼핏 해랑이 자기 처소에 수집한 물품들과 비등비등해 보였다.

"너것들이 감히 상전한테 이랄 수가 있는 기가?"

운산녀는 이빨이 부러져 나가지 않나 싶을 정도로 뿌득뿌득 갈아댔다.

"함 두고 보자!"

순간, 차돌이 흠칫했다. 사실 그동안 죽으라면 죽는시늉까지 해가면서 떠받들어 모셔온 마님이었다. 그런 노예근성이 몸에 깊이 배어 있어 자신도 모르게 몸을 떨었을 것이다. 그것은 신경질 날 정도로 슬픈 종의 자화상이었다.

"짐승?"

그러나 양득은 달랐다. 비록 같은 종신분이었지만 그는 조금도 꿀리는 기색이 없었다. 그뿐만 아니라 더 나아가 그는 운산녀에게 따지려 들었다.

"누가 짐승만도 못한 기고?"

그들 머리 쪽에 쭈그려 앉았다.

"내중에 함 두고 볼 끼 아이고, 우선에 함 이약해보자."

치목은 여전히 숨이 넘어간 양 반응이 없고, 운산녀가 또 마지막 발악처럼 굴었다.

"양득이 이누움! 니눔이?"

분노의 불길이 타오르듯이 촛불이 펄럭거렸다. 그 불빛을 받아 검붉은 얼굴을 한 양득이 목소리도 높이지 않고 응대했다.

"와? 양득이 니눔이 와?"

그러자 운산녀는 네 활개를 벌리고 뒤로 벌떡 넉장거리할 여자같이 하였다.

"온냐, 좋다! 난주 두고 봐라."

양득이 다른 종들을 돌아보며 말했다.

"두고 봐랍신다아!"

주걱턱을 덜덜 떨면서 운산녀가 저주를 퍼부었다.

"내 꼭 니눔을 쥑이고 말 끼다!"

운산녀와 양득이 서로 대거리하는 꼴을 철저한 방관자가 되어 지켜보고 있던 억호가 천천히 명했다.

"저 연눔을 일으키 세우라."

"예."

종들이 일제히 달려들어 몹시 거칠게 남녀를 일으켜 세웠다. 그렇지만 둘 다 금방 다시 쓰러지려는 모양새로 크게 비틀거렸다. 이번에는 가장이 아닌 듯했다. 하긴 몸뚱어리가 무쇠덩이라도 배겨내기가 쉽지는 않을 것이다.

"물팍을 꿇리라."

최대한 모욕감을 맛보이려고 작심한 억호였다. 종들은 더욱 신이 난 목소리였다.

"예, 서방님."

다시 무릎을 꿇렸다. 그러자 서 있을 때와는 다르게 그들 남녀의 키는 그다지 큰 차이가 나지 않아 보였다. 그것은 치목이 더 많이 웅크린 탓일 수도 있었다.

"저게 으자 한 개 이리 가지 오이라."

억호는 거기 둥근 탁자 주위에 놓여 있는 자주색 의자를 턱으로 가리

컸다. 그 안의 다른 것들도 마찬가지였지만 그 탁자나 의자도 하나같이 아주 값나 보였다.

'흥! 넘의 돈 갖고 원도 한도 없거로 펑펑 썼거마.'

억호는 어떻게 하면 이것들을 좀 더 호되게 다룰 수 있을까 궁리했다.

"서방님, 여게 있심니더."

양득이 서둘러 의자를 대령했다. 억호가 크고 펑퍼짐한 엉덩이를 그 위에 털썩 내려놓자 의자가 비명 내지르듯 크게 삐걱거리는 소리를 내었다. 그는 상체를 약간 앞으로 기울여 바로 앞쪽에 꿇어앉은 치목을 매서운 눈으로 내려다보며 취조할 자세를 단단히 취했다.

그런데 사단은 바로 그 직후에 생겨났다. 그것은 거기 아무도 예상하지 못한 돌발 사태였다. 갑자기 치목이 잔뜩 웅크렸다가 펄쩍 뛰어오르는 무슨 동물같이 그 거구를 홱 위로 솟구쳤다. 그러고는 그 힘찬 반동을 이용하여 억호를 향해 곧장 멧돼지처럼 돌진했다. 누가 어떻게 해볼 틈도 없이 실로 순식간에 벌어진 일이었다.

"헉!"

당장 억호 입에서 숨넘어가는 외마디가 터져 나왔다.

'쿵!'

또한, 그와 동시에 그의 육중한 몸이 의자와 함께 사정없이 뒤쪽으로 나뒹굴어졌다. 완전 무방비 상태에서 고스란히 역습을 당했으니 그 충격은 결코, 적지 않을 것이다.

"에잇!"

그 기회를 놓치지 않고 어느새 일어난 치목이 냅다 출입문 쪽으로 몸을 날렸다. 참으로 비호보다도 날랜 동작이었다. 죽느냐 사느냐 하는 중요한 귀로에서 인간이 내는 가공할 힘은 그렇게 무서운지도 모른다. 치목은 기적을 일으키는 사람 같았다.

그러나 치목은 지지리도 운이 나쁜 사내였다. 아니었다. 양득이 너무 버거운 상대였다. 필사적으로 도주하려는 치목의 다리를 양득이 잽싸게 걸어 넘어뜨렸던 것이다.

"어이쿠!"

말 그대로 뛰는 놈 위에 나는 놈이 있고, 아무 멋모르고 까불다가 임자를 제대로 만난 격이었다. 치목의 거구는 비명과 함께 마치 썩은 짚단 묶음이나 고목같이 맥없이 픽 쓰러졌다. 엎어진 그의 등판이 타작마당만큼이나 넓어 보였다.

"잡아랏! 놓치모 안 된다!"

양득의 다급한 명령이 떨어지는 것과 때를 같이하여 무려 다섯이나 되는 종들이 일제히 치목의 몸을 덮쳤다. 그것은 굶주린 하이에나 떼가 큰 곰 한 마리를 공격하는 형용과도 흡사했다. 치목은 한순간에 손끝 하나 달싹할 수 없을 만큼 꽁꽁 결박당한 신세가 되고 말았다. 그 또한 한바탕 돌풍이 휩쓸고 지나간 현장을 방불케 했다.

양득의 부축을 받아가며 가까스로 일어선 억호 입술 사이로 치솟는 화를 삭이지 못하는 소리가 새 나왔다. 지금 그의 분노는 온갖 고급 장식물들이 지저분할 정도로 주렁주렁 매달려 있는 거기 천장을 뚫고도 남을 만했다.

"니눔이 낼로?"

억호는 악마가 저주하는 모습이었다. 사력을 다한 치목 머리통에 정면으로 가격당한 그의 코에서는, 희미한 촛불 밑에서 봐도 섬뜩하리만치 시뻘건 피가 줄줄 흘러내리고 있었다. 함께 어우러진 불빛과 핏물은 기묘한 느낌을 자아내었다.

"흐, 아파라……."

하지만 억호가 더욱 참을 수 없는 것은 몸 다른 부위의 지독한 통증이

었다. 엉덩이뼈가 산산조각 부서져 버린 것처럼 눈물이 찔끔찔끔 솟아
날 정도로 엄청나게 아팠으며, 오른쪽 어깻죽지는 예리한 갈고리로 사
정없이 찍어 내린 듯싶었다. 제정신을 차리지 못할 만큼 머리가 띵했고
매스꺼운 속은 금방 왈칵 토할 지경이었으며 온 육신이 큰 칼로 저미듯
이 욱신거렸다.

"이 쌔애끼! 좋다! 내 니눔을……."

억호는 양득이 부리나케 제 자리에 바로 놓아준 의자에 다시 몸을 내
려놓으며 저승사자 형상으로 무섭게 명했다.

"저눔을 죽을 때꺼정 매 쳐라!"

운산녀가 비명을 질렀다. 비단 찢어지는 소리였다. 동업직물 비단을
너무도 많이 꿀꺽한 탓에 그럴지도 모르겠다.

"오데서 소리 지리노?"

신강이 대뜸 덤벼들어 투박한 손바닥으로 운산녀 입을 거칠게 틀어막
았다. 행여나 입이 뭉개져 버리지 않을까 우려될 정도였다.

"흐흐흐."

만호가 징그러운 웃음소리를 냈다.

'야~옹.'

도둑고양이일까? 밀실 지붕 쪽에선가 그런 소리가 내려왔다. 누가 지
붕 위에 올려놓았을 리는 없겠지만 얼핏 어린아이가 내는 울음소리였
다. 그 소리는 그곳 분위기를 한층 더 음산하고 섬뜩하게 이끌었다.

"얍!"

"맛 좀 봐라!"

"이기 오데서 감히 우리 서방님을?"

점석과 홍갑, 차돌이 합세하여 또다시 치목에게 무차별 폭행을 가하
기 시작했다. 촛불도 몸을 사리면서 까무룩 꺼질 듯했다.

"이, 이것들아아……."

치목은 처음에는 반사적으로 좀 저항했지만 이내 잠잠해졌다. 그로선 속수무책일 수밖에 없었다. 양득이 각별히 가려 뽑은 종들은 소수 정예 부대 못지않은 행동대원들이었다.

지옥이 따로 없었다. 차마 두 눈 뜨고는 볼 수 없는 엄청난 매질이 도무지 그칠 줄을 몰랐다. 인간만큼 독하고 비정한 동물이 다시 있을까. 피가 튀고 살이 멍들고 뼈마디 부러지는 소리가 났다. 호두알 바스러지 듯이 머리통이 으깨어지는 듯한 소리도 들렸다. 탁자 위에 촛농을 떨어 뜨려 그 위에 붙여 세워놓은 세 개의 촛불들도 너무나 끔찍한지 파르르 떨고 있었다. 고양이 울음소리는 끊어졌다가 이어지기를 반복했다.

얼마나 그런 참혹하고 처절한 시간이 지나갔을까? 이윽고 천 길이나 되는 까마득한 지옥 골짜기에서 들려오는 것 같은 소리가 났다.

"됐다. 인자 고만해라."

억호 지시에 종들은 비로소 하던 동작을 멈추었다. 그러자 그 안 가득 홀연 묘지 같은 정적이 몰려들었다. 아니다. 거기가 바로 무덤이었다.

─죽었다.

모두의 머리를 세차게 후려치는 생각이었다.

"으, 흐……."

그때쯤 운산녀도 날뛰다가 그만 지쳐 한쪽 구석에 짐짝마냥 아무렇게 나 내팽개쳐진 채 겨우 숨만 쉬고 있었다. 쌍 가래톳 섰던 눈은 헛거미 가 잡힌 듯 아물거렸으며, 그야말로 눈썹만 뽑아도 똥오줌이 나올 정도 로 더 이상은 견뎌내지 못할 만큼 더없이 쇠잔해진 육신이었다.

─죽었다.

또 한 번 모두의 머릿속을 울리는 소리였다. 양득을 비롯한 종들은 하나같이 핏기 가신 얼굴들로 그림자처럼 서서, 이제는 꼼짝도 하지 않고 있는 치목의 몸뚱어리를 망연히 내려다보고 있을 뿐이었다.

"성……."

그 질식할 것만 같은 공기를 해뜨리고 무엇인가에 잔뜩 목을 졸린 듯한 만호의 목소리가 실낱처럼 가느다랗게 흘러나왔다.

"주, 죽었는갑소……."

"……."

억호는 아무 말이 없었다. 언제부턴가 그는 의자에 등을 기댄 채 두 눈을 꼭 감고 앉아 있었다. 그 모습이 세상을 등진 수도승이나 생각할 수 없는 돌처럼 보였다.

그러나 겉보기와는 달랐다. 그때 그의 머릿속은 온갖 사념들이 지옥 골짜기를 가득 메운 채 우글거리는 독사 무리처럼 득시글대고 있었다.

'이거는 아인데…….'

그랬다. 솔직히 말하자면 죽일 마음까지는 없었다. 그렇다고 온전한 몸으로 그냥 살려둘 수는 없고 둘 다 언네처럼 병신으로 만들어버릴 작정이었다. 그런 후에 운산녀는 집에서 내치고, 치목은 그 고을을 떠나게 할 계획이었던 것이다.

'인자 우찌 되는 기고?'

한편, 억호가 치목의 목숨만은 부지시켜주려고 했던 그 이면에는 또 다른 이유가 있었다. 치목 아들 맹쭐. 어릴 적에는 그들 형제 수족으로 삼아 함부로 부렸지만, 지금은 제법 큰 토건회사 하나를 꾸려가고 있는 어엿한 사장이었다. 뭐 크게 두렵다거나 그렇진 않지만 그래도 그가 마음의 턱에 걸리는 것만은 어쩔 수 없었다. 자기 아버지를 죽인 그들에게 복수의 칼을 벼르게 될 것이 인지상정인 것이다.

'이눔의 성깔 땜에 내도 지 맹대로 몬 살 끼다.'

어쨌든 돈을 되찾을 수 있다면 일단 최고의 목적은 이루어낸 셈이었다. 더욱이 그동안 운산녀와 치목이 사업을 벌여 착착 모은 돈이 엄청날 것이었다. 그 거금을 내 손에 넣을 수 있다는 상상만으로도 반분은 풀리고 흡족했었다.

'사람이 각중애 너모 좋은 일이 있어도 안 된다더이.'

그러나 이제는 돈이 문제가 아니었다. 누가 뭐래도 이건 엄연한 살인이었다. 입이 열 개 있어도 빠져나갈 구멍이 없었다. 살인교사죄로 관아에 붙들려가 무시무시한 망나니 칼에 의해 목이 뎅겅 달아나는 자기 모습이 눈앞에 또렷이 나타나 보였다. 조금 전 그가 흘린 코피와는 비교도 아니게 엄청난 양의 핏줄기가 허공을 향해 쫙 분수처럼 뿜어져 나갈 것이다. 그의 몸 모든 세포들이 일제히 비명을 질러대는 것 같았다.

'아, 안 된다 고마! 그래서는 안 되는 기라.'

억호는 자갈길을 가는 수레바퀴처럼 골이 덜렁거릴 정도로 목을 함부로 흔들어대었다. 그러고는 번쩍 눈을 떴다. 그는 충혈된 눈으로 사색이 되어 있는 운산녀를 바라보았다. 그녀도 이미 죽은 사람 같았다. 조금 전까지만 하더라도 그렇게 기갈을 부리던 여자가, 지금은 극도의 공포에 사로잡힌 나머지 전신을 부들부들 떨어대고 있는 몰골이 지켜보기 민망할 정도였다. 그곳에는 한없이 나약해 빠진 한 인간이 있을 뿐이었다.

'이거는 꿈 아이가, 꿈!'

운산녀는 지독한 악몽을 꾸고 있는 기분이었다. 점박이 형제가 자기들을 순순히 풀어줄 인간들은 아니지만 그렇다고 치목의 목숨을 거두기까지 하리라고 예상치 못했다. 돈이 그들의 목적이라 보았다. 물론 어쩌면 언네에게 그랬듯 치목도 병신으로 만들어버릴지 모르겠다는 두려움은 갖고 있었다.

'내중에 복수를 몬 하거로 말이제.'

그리고 운산녀 자신에게는 그보다는 낮은 체벌이 가해지리라고 믿었었다. 어쨌든 간에 그녀는 법적으로 점박이 형제의 어머니였다. 기실 그런 대접을 받고 못 받고는 별로 중요하지 않았다. 애당초 기대조차 하지 않았다. 신분 보호막만 되어도 더 원할 게 없었다. 성한 몸으로 살아남는 것이야말로 지상 최대의 목표였다.

'내가 너모 안이하거로 대처한 기라.'

그런데 이제는 그게 아니었다. 치목이 죽어버린 마당이었다. 사람이 살아 있다고 해서 꼭 살았다고 할 수 있는 게 아니었다. 게다가 모두 다 끝난 것이 아니었다. 다음 차례는 그녀였다.

'인간사 인과응보라더이.'

도저히 피해갈 수 없는 험한 벼랑 끝으로 내몰린 그 극한 상황 속에서도 운산녀 뇌리에 떠오른 얼굴이 비화 아버지 김호한의 오랜 지기인 소궁복이었다.

'고 인간.'

자기들 꾐수에 빠져 비화 집안을 몰락케 하는 데 가장 큰 역할을 담당했던 동업자. 기방 출입에 미친 남편 배봉에 대한 앙갚음으로 그녀가 접근했던 명색 양반 출신 사내. 그와 함께하면서 맛보곤 하던 신분 상승으로의 확인.

'내가 눈깔에 머시 씌이도 에나 크기 씌잇던 기라. 아모리 증신이 나갔다 쿠더라도 우찌 그런 일을 했노.'

그녀의 사주를 받은 치목이 저 상촌나루터 강가에서 물속으로 밀어넣어 살해한 소궁복이었다. 치목이 그에 대한 죗값으로 천벌을 받은 것이다. 그리고 이 운산녀 또한 이제 똑같은 대가를 치러야 할 순간이 온 것이다.

'아이다. 아인 기라.'

운산녀는 숨쉬기조차 곤란한 공포심과 위기감에 부대끼는 그 와중에도 절대로 그럴 수는 없다고 마음속으로 마구 악바리를 써댔다. 궁하면 통한다 했다.

'내는 살 끼다. 몬 죽는다.'

운산녀는 무슨 일이 있더라도 꼭 살고 싶다는 강렬한 욕망에 사로잡히기 시작했다. 죽기 싫었다. 내가 죽다니.

'치목이하고 이 운산녀는 다린 기라.'

호적상으로 버젓한 자식들인 점박이 형제에게서 어떤 수모를 당하든, 발가락 사이에 낀 때만도 못한 것들이라고 여기는 종놈들에게서 무슨 멸시를 당하든, 아니 그보다 더한 일을 겪더라도 기필코 목숨만은 부지해야 한다고 수도 없이 다짐했다. 독한 년은 끝까지 살아남는다.

'그라모 우째야?'

그러면 무슨 수를 써서 이 절박한 순간을 벗어날 수 있을까 하는 생각에 이르자 그만 커다란 벽 앞에 선 듯 막막해지고 말았다. 나는 아무것도 할 수 없다는 자각, 삶보다 죽음 쪽에 더 가까이 와 있다는 소름 끼치는 실감, 그것보다 더 고통스럽고 무섭고 절망적인 게 또 있을까.

'조 새끼들이 우떤 것들이고?'

맨 처음 그 일을 당할 때부터 했던 생각이지만 점박이 형제가 자기를 그대로 놓아줄 리가 만무했다. 되레 없는 죄라도 뒤집어씌워 생트집 잡을 종자들이었다. 무엇보다도 그녀는 그들이 사람을 때려죽이는 장면을 처음부터 끝까지 죽 지켜본 목격자였다. 살인 현장에 있었다는 게 얼마나 위험한 것인가를 실감케 했다.

'내는 그렇고, 다린 것들은?'

양득을 비롯한 종들은 분명 돈으로 매수할 것이다. 그들에게는 남강 물처럼 넘치는 것이 돈이다. 당연히 협박도 할 것이다. 다시 말하자면 당근과 채찍을 동시에 이용하려 들 것이란 얘기다. 그리고 아주 완벽하게 성공할 것이다.

그렇다면 이 운산녀에게는 어떤 방식으로? 그녀에게는 어설픈 당근이나 채찍 따위를 가지고서는 가능하지 않을 것으로 판단 내릴 것이다. 그렇다면? 결국, 살해……

'우짜노? 우짜노?'

운산녀가 엄청난 두려움과 혼란에 빠져 허둥거리고 있는데 억호 목소리가 그녀 귓전을 때렸다.

"두 눈깔 똑바로 뜨고 잘 봤것제?"

그러면서 자기 두 눈을 부릅떠 보이는 억호가 사람 같아 보이지 않았다. 지옥에서 온 악귀였다.

"인간 겉잖은 짓을 하는 자의 말로가 우떻다는 거를 말이다!"

"……"

억호는 제 얼굴을 운산녀 얼굴에다 바짝 들이대고는 이 세상에 다시 없을 것같이 무서운 표정을 지었다.

"담에는 니년 순선 기라."

입에 자갈이 물린 것 같은 운산녀였다.

"각오 단디 하라꼬."

그러더니만 그는 갑자기 목소리를 부드럽게 확 바꾸었다.

"기다린다꼬 짜다라 지루했디제?"

문득 촛불들이 일제히 크게 흔들거렸다. 절정에 이른 망나니 칼춤을 연상케 했다.

운산녀는 온몸에 소름이 쫙 끼쳐 들었다. 법적인 자식한테서 '니년' 소리를 듣는 것 따윈 아무렇지도 않았다. 어차피 지금까지 살아오면서 점박이 형제는 자신을 그런 식으로 보고 있다는 사실을 알고 있었다. 그러니 개가 되어도 좋고, 쥐가 되면 또 대수랴. 그보다도 우선 당장 지금의 이 고비를 넘길 꾀를 짜내야만 했다.

'돈? 아이모 무조건 싹싹 비는 거?'

가능하다 싶은 건 모조리 떠올렸다.

'그기 아이모 배봉이 고 인간을 들먹거림서 역으로 치고 나가?'

하지만 그 어떤 것도 통하지 않을 성싶었다. 부족한 게 있어야 말이지. 돈은 있을 만큼 있는 것들이고, 저희 아비는 약발을 받게 해줄 정도로 권위를 갖고 있는 것도 아니다. 도리어 부스럼을 긁는 짓이다. 그렇다면 방법은 단 한 가지뿐이다. 치목은 비록 실패로 돌아갔지만, 기회를 봐서 탈출하는 것이다.

'시방 낼로 구할 수 있는 사람은 내밖에 없다 아이가.'

그러나 그건 거의, 아니 완전히 불가능해 보였다. 여럿이나 되는 종놈들이 저리 무섭게 감시하고 있는 판국이다. 하마터면 치목을 놓칠 뻔했던 그들은 두 눈을 부릅뜨고 그녀를 놓치려 들지 않을 것이다. 게다가 지시를 내린 사람은 억호지만, 그것을 직접 행동으로 옮긴 장본인은 종들 자신들인 것이다.

'니들도 벨수 없는 기라.'

종놈들이 관아에 붙들려 가면 목숨을 부지하기가 쉽지 않을 것이다. 특히 점박이 형제가 그네들 전공인 뇌물로 구워삶으면, 관아에서는 그들을 풀어주고 그 대신 힘없는 종들을 죄로 다스려 사건을 마무리 지을 공산도 컸다.

'아아, 다 글러묻다.'

이제 종들은 상전의 명보다 자신들이 살기 위해서라도 그녀를 더욱 철저히 감시하면서, 치목의 죽음에 대해서는 일절 입들을 다물 도리밖에는 없을 것이다. 일이 참으로 고약한 지경에 이르고 말았다. 액운도 이런 액운이 있을까.

그때 만호 음성이 들렸다. 동굴 저쪽에서 웅웅 울리는 듯한 소리였다.

"와 아모 말도 몬 하노?"

종들이 무어라 귓속말을 나누고 있었다. 운산녀 귀에는 잡귀들이 내는 웅성거림 같았다.

"큭큭."

만호는 개가 벼룩 씹는 듯한 기분 나쁜 야릇한 웃음소리를 내었다.

"그래도 지 죄를 알아서 살리 달라꼬 애원할 염치는 없는갑제?"

한데 그 말이 떨어진 직후였다.

"그, 그라모……."

운산녀가 네발 달린 짐승 모양으로 엉금엉금 기어가 만호의 바짓가랑이 끝이라도 부여잡을 여자처럼 하며 읍소하기 시작했다.

"흑, 내, 내가 흑, 그리 말하모, 흑, 사, 살리는 줄 끼가? 흑흑."

그걸 지켜본 신강이 다른 종들에게 말했다.

"오늘 가마이 본께네, 통시 가갖고 밑구녕도 안 닦을 거매이로 칼끗한 줄로만 알았던 상전이라쿠는 기, 에나 똥보담도 치사시럽고 더럽다 아인가베."

홍갑도 입을 열었다.

"조런 행핀없는 것들 밑에서 예, 예, 함시로 살아왔던 시간들이 참말로 아깝고 부끄럽다 고마. 인자 앞으로는 안 그랄 끼다."

"내는 안 있나……."

그런데 차돌도 무슨 말인가를 하려고 할 바로 그때였다. 별안간 양득이 황급하게 오른손 집게손가락을 제 입술에 갖다 댔다.

"쉿!"

귀신의 검은 옷자락처럼 벽에 비쳐 있던 음영들이 움직임을 딱 멎었다. 그런 속에서 또 양득이 말했다.

"무, 무신 소리가 났다!"

"……."

밀실이 모든 것을 빨아들이는 늪을 상기시켰다.

"몬 들었나?"

밀실 안은 공기가 딱 멈춰버리는 느낌이었다. 촛불 심지가 일제히 몸을 낮추는 것처럼 보였다. 금방이라도 출입문이 벌컥 열리고 수도 셀 수 없을 만큼 많은 자들이 소리치며 안으로 들이닥칠 듯한 분위기였다.

새삼스레 거론할 필요도 없이 거기는 그들 영역이 아니었다. 무단으로 침입한 장소였다. 지금은 죽고 포로가 돼버린 신세들이지만, 운산녀와 치목이 외부인인 그들보다 더 힘을 발휘할 수 있는 곳이었다.

"누, 누꼬?"

만호가 그 큰 덩치에 어울리지 않게 가장 겁을 집어먹은 표정이었다.

"우, 우짤 끼고?"

하지만 그런 소리마저 더 낼 수 없을 만큼 점점 더 간담이 오그라드는 빛이었다. 하기야 그를 나무랄 일만도 아니었다. 방금 살인을 친 그들이었다.

"무신 소리가 난 기 맞나?"

억호가 의자에서 벌떡 몸을 일으킬 자세를 취하며 양득에게 물었다.

"머를 잘몬 들은 기 아이가?"

그 음성 또한 어쩔 수 없이 사뭇 흔들리고는 있었지만, 만호에게 비하면 훨씬 침착하고 안정감이 있었다.

"아입니더, 서방님."

양득이 흐릿한 윤곽만 비치는 출입문 쪽을 노려보며 잔뜩 낮춘 소리로 대답했다.

"분맹히 들었심니더."

그러자 신강이 팔뚝을 뽐내는 동작을 취하며 점박이 형제에게 말했다.

"서방님들예, 머 신갱 쓰실 꺼 있심니꺼? 쪼꼼도 걱정하시지 마이소. 누든지 모돌띠리 없애삐리모 되지예."

홍갑도 질세라 남달리 두꺼운 가슴팍을 쑥 내밀었다.

"맞심니더. 우떤 것들이라도 싹 해치삐지예 머. 소인들만 믿으시이소."

"잠깐……."

양득이 경거망동하지 말라고 손을 들어 그들을 제지하면서 억호에게 물었다.

"나가보까예, 서방님?"

내 절 부처는 내가 위하여야 한다고, 자기가 모시는 주인은 자기가 잘 섬겨야 남도 그를 알아본다는 것을 체득하고 있는 양득다운 모습이었다.

"그, 그래라, 퍼뜩!"

억호에게 물었는데 대답은 만호가 했다. 하지만 만호 그 말이 끝나자마자 억호가 곧바로 말했다.

"아이다."

"예?"

모두가 의구심에 찬 얼굴로 억호를 바라보았다. 어둠에 완전히 익숙해진 그들 눈에 억호 표정이 또렷하게 비쳤다. 비록 적잖게 당황한 기색이지만 마구 서두르는 빛은 어디에도 찾아볼 수 없었다.

'역시나…….'

만호는 그 다급하고 긴장된 순간에도 실감하고 있었다. 예전에도 그랬지만 지금도 형은 자기보다 몇 수나 위라는 것이다. 그러자 웃어야 할지, 울어야 할지 도무지 모르겠는 그런 심정이었다. 그가 허둥거리고 있을 때였다.

"모도 내 이약 잘 듣거라."

억호가 차분한 모습을 보이며 천천히 명령을 내리기 시작했다.

"우선에 저 시체부텀 오데 내삐리도록 하고……."

치목 사체에서 운산녀에게로 눈길을 돌렸다.

"수건 갖고 조년 주디도 틀어막아삐라."

적어도 그 순간에는 그보다 더 완벽한 처리는 없어 보였다.

"예, 서방님."

양득이 즉시 대답하고 나서 다른 종들에게 일일이 지시했다.

"신강이하고 차돌이는 저 침실에 있는 이불 갖고 시체를 싸서 짊어지고, 그라고 점석이, 홍갑이는 저 여자 입을 틀어막고 팔도 뒤로 묶는 기좋것다."

양득은 차마 운산녀를 억호처럼 '조년'이라고 부르지는 못하고 '저 여자'라고 했다. 만일 평상시에 그런 소리를 들었다면 운산녀는 당장 양득의 혓바닥을 뽑아버리라고 길길이 날뛰었을 테지만, 지금은 그 정도의 호칭도 감지덕지해야 할 처지였다. 불륜 현장을 다 들켜버린 마당이니 시장바닥 약장수라도 할 말을 찾지 못할 것이다.

"쌔이 해라."

어쨌거나 순식간에 곰 같은 치목의 몸뚱어리는 꼭 멍석말이 당하듯 이불로 둥둥 말리고, 운산녀는 입이 틀어 막힌 채 양팔은 등 뒤로 단단히 결박 지워졌다.

"가마이 안 있으모 쥑이삘 끼다."

점석인지 홍갑인지 그렇게 을러대지 않았더라도 운산녀는 저항하지 않았을 것이다. 그럴 힘이나 용기도 없었지만, 숫제 가만히 있는 것이 더 낫겠다 여겨졌다. 그만큼 여유가 생겼다고나 할까, 뻔뻔스럽다고나 할까.

'밖에 와 있는 것들은 와 이리 얼릉 안 들오노?'

희망이 생기니 비록 몸은 옴짝달싹할 수 없어도 생각은 아주 자유스
러워졌다.

'왔으모 후딱 들올 일이제.'

운산녀는 끝이 보이지 않을 정도로 까마득하고 캄캄한 동굴 속에 감
금되어 있다가 한 줄기 빛살을 발견한 느낌이었다. 양득이 무엇을 잘못
들은 것은 아닐 것이다. 저놈은 미천한 종놈답지 않게 신중하고 의젓한
구석이 있다는 것을 진작부터 알고 있는 운산녀였다.

'그렇다모?'

양득이 인기척을 들었다면 그녀가 고용한 경호원들일 가능성이 가장
농후했다. 심지어 치목에게도 비밀로 해놓고 있었던 경호원들이었다.
배봉이 만든 사병에서 착상한 것이었다.

그게 아니면 하다못해 사무실에서 거래 장부를 정리하는 송 주사거나
인부 가운데 누구일 수도 있다. 출입금지구역인 그곳까지 왔다면 사업
상 무슨 중대사가 생겼을 수도 있지만, 여하튼 지금 상황으로서는 어느
쪽이든 천주학쟁이들이 언제나 입에 달고 사는 구세주임은 틀림없었다.
그렇게 보면 염라대왕 명부에 그녀 이름은 아직 올라 있지 않은 모양이
었다.

'더 좋은 거는……'

그리고 그녀에게 운이 좀 더 빨리 닿는다면, 그 사람이 벌써 경찰서
로 달려갔을 가능성도 다분히 있었다. 숨을 헐떡거리면서, 도둑이나 강
도가 들었다고 신고할 것이다. 물론 그보다 더 좋은 것은 경호하는 자들
이 이들을 물리쳐주는 것이다. 아무튼 사람이 그냥 앉아서 죽으라는 법
은 없는 것이라고 희망적으로 받아들였다. 아니, 지금 그 같은 상황에서

는 맹목적인 믿음이 더 절실할 수도 있었다.

"인자 우짜꼬예, 서방님?"

양득이 억호에게 다시 명령을 내려줄 것을 원했다. 그러자 억호가 한 치 망설임도 없이 의자에서 힘차게 일어서며 말했다.

"나가자. 앞장은 양득이하고 내가 선다."

그 소리를 듣자 양득을 제외한 나머지 종들과 만호 얼굴에서 핏기가 가셨다. 조금 전에 억호에게 그렇게 큰소리는 쳤지만 지금 밖에서 누가 노리고 있는지도 모르면서 무작정 나갈 일을 생각하니 오금이 막 저렸다. 하지만 그렇다고 독 안에 갇힌 쥐처럼 언제까지 거기 있을 수도 없는 노릇이긴 했다.

"내 말 몬 들었나?"

그 분위기를 본 억호가 치밀한 작전 계획을 알려주는 대장의 모습으로 다시 명했다.

"시체하고 조년은 젤 가온데 세우고, 만호 니는 뒤를 살피라."

그 말을 끝내기가 무섭게 억호는 굳게 닫혀 있는 출입문 쪽으로 홱 몸을 날렸다. 바람이 일 정도로 굉장히 민첩한 동작이었다.

"……."

종들 얼굴에 너나없이 매우 놀랍다는 빛이 살아났다. 지난날 낮이고 밤이고 싸움판에서 뒹굴었던 그 화려한 전력이 지금 같은 결정적인 순간에 고스란히 되살아나고 있었다. 그렇지만 감탄하고 있을 겨를이 없었다. 양득도 서둘러 상전을 따랐다.

'덜컹!'

억호가 문을 확 열어젖혔다. 바로 그 찰나였다.

"헉!"

"아!"

154

무리 맨 앞쪽에 서 있던 억호와 양득이 급히 두 손으로 얼굴을 가렸다. 거의 반사적인 행동이었다. 강한 불빛이 눈을 부시게 했던 것이다.

'횃불이다.'

출입문 밖에 바짝 붙어 서서 안에서 침입자들이 나오기를 기다렸다가 일시에 불을 붙인 게 틀림없었다. 어느 틈에 준비했는지는 모르겠지만 나못대(火)에 기름을 먹인 불을 켠 것이다. 일순, 억호 머릿속을 재빠르게 훑고 가는 생각이 있었다.

'운산녀가 부리는 갱호원들이닷!'

억호는 자기 장기인 발차기로 맨 앞에 서 있는 자의 얼굴을 냅다 걷어찼다. 그러자 '억' 하는 짧은 외마디 소리를 내면서 그자가 뒤로 벌렁 나가떨어졌다. 마치 허수아비나 썩은 나무토막 같았다.

그건 눈 깜짝할 사이에 벌어진 일이었다. 양쪽에서 운산녀를 꼭 잡고 있는 점석과 홍갑, 이불에 말린 치목의 시체를 옮기고 있던 신강과 차돌, 그들도 그 장면을 제대로 보지 못했다. 맨 뒤에 서 있는 만호는 더 말할 것도 없었다.

"이얍!"

명장名將 밑에 약졸弱卒 없다고 했다. 양득의 활약상도 단연 돋보였다. 그 또한 손에 쥔 횃불을 높이 치켜들고 있는 자와 그 옆에 서 있는 자, 이렇게 두 사내를 한꺼번에 거꾸러뜨렸다. 주먹과 발을 동시에 날린 것이다.

"악!"

당한 자들 눈에는 아마 번쩍! 하는 번갯불이 보였을 것이다. 지난날 비봉산 정상에 있는 두 그루 고목 밑에서, 그의 상전 억호를 비방하고 다니는 호적수 꺽돌과 혈투를 벌이던 솜씨가 그대로 나타나 보였다. 행동대장으로서 조금도 손색이 없었다.

"이 쌔끼들!"

만호도 덩칫값을 하느라 육중한 체구를 앞세운 완력으로 밀고 나갔다. 힘으로는 어느 누구에게도 밀리지 않을 자신이 있는 그였다. 힘이 보배요, 무식한 놈이 용감하다,

"한 눔도 놓치모 안 된다!"

"잡아랏!"

"생포하지 몬하모 쥑이도 좋다!"

그러나 밖에 숨어 있던 자들도 경호원 출신답게 결코, 호락호락하지만은 않았다. 그들은 운산녀를 구출하기 위해 그녀를 데리고 있는 점석과 홍갑을 집중 공격했다. 그런 일에는 이력이 붙은 듯 무척 능숙해 보이는 자들이었다. 그 바람에 점석과 홍갑은 어쩔 수 없이 붙들고 있던 운산녀를 놓고 싸우기 시작했다.

'삭, 사삭!'

'휙, 휘익!'

붉은 횃불 아래 검은 그림자들이 아주 어지럽게 움직이고 있었다. 그것은 흡사 공연장에 쳐놓은 커다란 장막에 비친 음영과도 같았다.

"안 되것다."

억호가 치목 사체를 양쪽에서 든 신강과 차돌을 노리고 있는 상대들 앞으로 나서며 급히 명했다.

"너거는 그거 들고 먼첨 가라!"

그 소리는 어두운 밤하늘로 솟아올랐다.

"예."

신강과 차돌은 억호가 막아주는 틈을 타서 서둘러 그곳을 벗어나기 시작했다. 그 동작이 야생동물을 떠올리게 했다.

"가지 마라!"

그때 그것을 본 한 놈이 그렇게 소리 지르면서 급히 뒤를 따르려는 것을 본 양득이 그자 등짝을 발로 찍었다. 그러자 상대는 끽소리도 하지 못하고 땅바닥에 그대로 맥없이 픽 꼬꾸라졌다.

"이 쌔끼! 오데로 따라갈라꼬?"

양득이 기세 좋게 말했다. 다른 경호원과 상대하면서 그러는 그는 뒤통수에도 눈이 달려 있는 것 같았다.

"거 서라!"

그런 고함소리와 함께 또 다른 한 놈이 추격하려는 것을 이번에는 만호가 얼른 가로막고 싸웠다. 둘의 실력이 비등비등했다. 그곳은 들소같이 거친 사내들 온몸에서 마구 뿜어져 나오는 매서운 살의와 열기로 가득 찼다.

"내 말 들어라!"

신강과 차돌이 그곳을 무사히 빠져나간 것을 확인한 억호가 나머지 일행들에게 큰 소리로 말했다.

"모도들 기회 봐서 요령껏 여서 나가라!"

그러더니 또 한 번 더 작전을 지시하였다.

"시방부텀 각자 행동인 기라!"

그 명령을 신호로 하여 침입자들은 하나둘씩 목재상 바깥쪽을 향해 황급히 빠져나가기 시작했다. 그것을 본 운산녀의 경호원들이 저희들끼리 무슨 말을 주고받더니 부리나케 뒤쫓으며 붙잡으려고 안간힘을 다했다.

'쿵! 쿵!'

도주하는 자들과 잡으려는 자들의 발소리가 한데 뒤섞여 지축을 울렸다. 거기 적재한 목재들이 일시에 와르르 무너져 내릴 것 같았다.

"퍼, 퍼뜩 뛰라!"

"자, 잡아라! 노, 놓치모 안 된다!"

그러나 쫓고 쫓기는 양쪽 누구도 미처 몰랐다. 수건으로 입을 틀어 막히고 등 뒤로 돌아간 손목이 노끈으로 묶인 여자 하나가, 사내들이 정신없이 싸우고 있는 사이에 이미 그곳에서 자취를 감추어버렸다는 사실이었다.

유자 빛 달이 숨바꼭질이라도 하는지 구름장 뒤로 숨었다 나타났다 하는 밤이었다. 남강 위를 스쳐온 갈기 세운 바람 끝이 고추만큼이나 매웠다.

상촌나루터는 가을날의 심연처럼 그렇게 깊어가고 있었다.

기록하는 여자

쓰나코의 기록장.

그것은 갈수록 분량이 늘어나고 있었다.

그것을 집어넣은 가방도 그만큼 더 불룩해졌다. 그것을 보면 먹지 않아도 배가 부를 것 같았다. 하지만 정작 그 가방 주인은 갈수록 더욱 심한 허기를 느끼는 성싶었다. 하지만 그건 과욕과는 거리가 멀어 보였다.

쓰나코가 언제나 한쪽 어깨에 비스듬히 걸치고 다니는 그 가방은 바탕도 끈도 똑같이 검은색이었다. 왕눈은 그게 흰색이면 좋겠다는 생각이 들곤 했지만, 사람마다 각자의 취향이 있기에 간섭할 수 없다는 걸 모르지 않았다. 어쩌면 쓰나코뿐만 아니라 일본인들은 그런 계통의 색을 더 선호하는지 알 수는 없었다. 그녀가 검은색 옷을 입고 있을 때는 사람과 가방의 구분이 제대로 되지 않았다.

그런가 하면, 크고 검은 바윗돌 하나가 작고 검은 돌멩이 한 개를 운명처럼 몸에 달고 다니는 게 아닌가 싶어지기도 했다. 그렇게 느껴지는 이유는 보는 사람의 마음이 그 정도로 어둡고 무겁다는 데서도 찾을 수가 있을 것이다. 기록장에 대한 그 여자의 애정은 눈물겹기도 하고 무섭기조차 하였다.

'대체 가는 곳마당 머를 저리 짜다라 써쌌고 있는 기꼬? 저라다가 필기구가 모도 몸살이 나것다 고마.'

왕눈 눈에 비친 쓰나코는, 일본 전역을 글로 쓸 때까지 그 일을 멈출 사람 같지가 않았다. 아니었다. 일본 땅이 전부 다 끝나고 나면, 그다음에는 조선 땅이나 중국 땅으로 건너가 기록하는 작업을 계속할지도 모를 노릇이었다. 그리고 그렇게 해서 만든 그 자료들을 장차 무엇으로 사용하려고 하는지는 알 수 없어도, 여하튼 왕눈의 큰 눈에 비친, 열심히 낱장을 넘기고 기록을 하는 쓰나코 모습은 자기의 그 작업에 거의 광적인 집착마저 나타내고 있었다.

'누한테 시집갈랑고 모리지만도, 저런 여자를 지 아내로 맞이한 남자는 에나 골치깨나 아푸것다.'

왕눈은 점점 더 쓰나코가 두려워졌다. 비록 그 추락물 사건으로 시간 관념을 잃어버린, 시간 기억 상실증에 걸려버린 그였지만, 그 밖의 모든 것은 지극히 정상이었고, 그리고 그게 도리어 그의 비극이랄 수도 있었다. 그는 혼자 상념에 잠기곤 했다.

'한 분 한다모 끝꺼지 하는 기, 비화 누야하고 가리방상하다 아이가.'

정말이지 그 자신의 의지와는 조금도 상관없이 어쩌다가 그만 이역만리 일본 땅에 와 있어도 불쑥불쑥 떠오르는 사람이 그에게 잘 대해주던 비화였다. 그렇지만 비화보다도 한층 더 가슴에 꼭꼭 들어앉아 있는 사람은 옥진이였다.

'하기사 옥지이도 그런 점에서는 하나도 안 빠지제.'

어느 날, 왕눈은 뭔지 모르지만 한참이나 기록을 끝낸 쓰나코에게 물었다. 그건 흔치 않은 일이었다.

"해나 구생신俱生神이라꼬 들어봤심니꺼?"

"무슨 신이라고요?"

쓰나코는 왕눈의 예상대로 그것에 대해 전혀 모르고 있는 것 같았다. 사실 그 신에 대해서 알고 있는 사람은 많지 않을 것이었다. 왕눈 자신도 자칭 염라대왕 신봉자라고 떠벌리고 다니는, 아무리 봐도 정신 한구석이 허물어져 있는 듯한 동네 사내에게서 들은 신이었는데, 무서우면서도 호기심을 자아내는 '기록'에 관한 내용이었다.

"내 양쪽 어깨를 함 보이소."

왕눈의 그 말에 쓰나코는 귀신을 떠올렸는지 약간 겁에 질린 눈빛으로 물었다.

"가, 갑자기 무, 무슨 말씀이세요?"

그녀의 가녀린 어깨에 걸쳐져 있는 가방이 쭈르르 밑으로 흘러내릴 것처럼 보였다. 이젠 제발 나를 좀 놓아주라고 사정하는 듯싶었다.

"그, 그기 아이고예……."

왕눈은 하지 말았어야 할 말을 했다고 후회했지만, 이왕 내친걸음이라고 생각했다.

"잘 보이소. 아모것도 안 비입니꺼?"

억지로 눈을 크게 뜨고 왕눈의 어깨를 한참이나 바라보는 쓰나코 입에서는 극히 당연한 대답이 나왔다.

"아, 아무것도 보이지 않는데요?"

왕눈은 또다시 그만두고 싶었지만, 이참에 그녀의 기록에 관해 조금이라도 더 알아야겠다는 의욕이 앞섰다. 어떨 땐 그것을 모르는 이런 상태로는 계속 그녀와 함께 있을 수가 없지 않을까 하는 의구심마저도 들곤 하는 그였다. 너구리도 들 구멍 날 구멍 판다고 하는데, 사람인 내가 아무 준비도 없이 지낼 수는 없다고 생각했다. 어떻게든 결말을 지어야 한다는 조바심이 이는 그였다. 세월은 더 이상 그를 '울보 재팔'로 내버려 두지 않는 모양이었다.

"누든지 사람이 시상에 태어나모예."

왕눈은 탐색하는 눈빛을 보이는 쓰나코보다 더 긴장되는 자신을 느꼈다.

"그 사람하고 같이 나서 장 그 사람 양쪽 어깨 우에 있음시로……."

"예?"

쓰나코 눈동자가 딱 고정돼 있었다. 형겊으로 만든 인형 눈 같았다. 그러자 또 옥진이 떠올랐다. 겁을 집어먹거나 심각하거나 할 때면 언제나 그런 모습을 보이는 옥진이었다. 어린아이처럼 도리질하며 자신도 모르게 '기록'이라는 말에 힘이 들어가는 왕눈이었다.

"낮이고 밤이고 간에 그 사람이 착한 일 하는 거하고 악한 일 하는 거를 모돌띠리 기록해갖고예, 그 사람이 죽고 난 담에 말입더, 염라대왕한테 아뢴다쿠는 두 신이 바로 구생신이라 쿠데예."

"염라대왕?"

왕눈의 이야기를 듣고 머릿속으로 아무리 그 그림을 그려봐도 도무지 그려지지 않는 쓰나코였다. 그녀는 왕눈을 처음 보는 사람처럼 빤히 쳐다보면서 물었다.

"저, 궁금한 게 하나 있는데요, 혹시 제가 항상 기록하는 것을 보고 그 구생신 이야기를 할 생각을 하신 건가요?"

역시 솔직한 여자였다. 왕눈도 솔직하게 나갔다.

"예, 맞심니더."

그러자 잠시 혼자 무슨 골똘한 생각에 잠겨 있던 쓰나코가 이해되지 않을 만큼 심각하고 진지한 목소리로 청했다.

"두 신이라고 하셨는데, 좀 더 자세히 들려주실 순 없나요?"

"예? 그, 그."

쓰나코가 적극적으로 나오자 왕눈은 그만 당혹스러워졌다. 솔직히 그건 반미치광이 같은 사내에게서 들은 이야기로서, 왕눈 스스로 헤아려봐도 보통 사람들에게서는 쉬 공감을 얻어내기가 어려울 터였다. 심지어 자칫 이상한 사람으로 오해받을 소지도 있었다.

"내도 잘은 모리는데예……."

발뺌을 하려고 그렇게 얼버무리는데 쓰나코는 더 바싹 죄어왔다.

"재팔 씨가 그것에 관해 알고 있는 데까지만이라도요."

일본 공기가 우리 조선 공기와 비슷하면서도 뭔가 확연하게 다르다는 묘한 기분이 드는 순간이었다.

"예, 알것심니더."

어쩔 도리 없었다. 처음에 그 말을 끄집어낸 목적과는 다른 방향으로 대화가 진행되고 있었지만 도로 거둬들일 수도 없는 상황이었다.

"우리 사람 왼짝 어깨에는 남신男神이 있고예, 또 오른짝 어깨에는 여신女神이 있다 쿠더마예."

그렇게 들려주면서도 왕눈은 지금 내가 무슨 이야기를 하고 있나 어이가 없었다. 아직도 꿈을 꾸고 있다는 몽롱한 의식 상태 속으로 더 들어가고 있는 기분이었다.

"어머, 그래요?"

쓰나코는 별안간 무척 흥미를 품는다는 표정이 되었다. 어쩌면 평상시 말수가 너무 드문 왕눈이 보다 많은 말을 하게 할 요량으로 과장되게 그러는 것일 수도 있었지만, 어쨌든 왕눈으로서는 그 때문에라도 계속 이야기를 할 수밖에 없었다.

"그 이름은 말입니더."

왕눈은 왼쪽 어깨의 남신은 동명同名, 오른쪽 어깨의 여신은 동생同生이라고 한다는 것까지 들려주었다. 그러자 쓰나코가 문득 한숨을 내쉬며 하는 소리가 왕눈의 가슴을 찔렀다.

"저에게도 동생이 하나 있었으면 정말 좋겠어요. 아, 참. 재팔 씬 동생이 있다고 하셨죠? 상팔이라고 했던가요."

왕눈은 저만큼 보이는 왜송 위로 조선소나무가 겹쳐 보이는 환시에 빠졌다. 왜송보다는 잎도 무성하지 못하고 어딘가 좀 약해 보이지만 여러 갈래로 뻗어 나간 가지가 무척이나 멋이 있는 조선소나무였다.

"예."

왕눈의 눈시울이 금방 붉어졌다. 그리운 형제. 때로는, 늘 붙어 다니며 귀찮게 구는 탓에 '개 발에 진드기 떼어 내치듯' 하고 싶은 동생이었지만, 머나먼 타국에 와서 생각하니 그 밉상스러웠던 짓거리마저도 못 견디게 그리웠다. 왜 그때 좀 더 잘해 주지 못했을까, 백 번을 뉘우쳐도 소용이 없는 일이었다.

'특히 내가 상팔이한테 핸 그 몬된 짓을 생각하모 너모 멤이 아푸다.'

아직은 어렸던 시절에 그들 형제는 서로 내가 '양반'이라고 우겨가며 싸울 때가 많았다. 제대로 아는 것도 없으면서 그냥 양반이면 다 훌륭하고 좋다고 여기는 풍조가 어린 사람들에게도 그대로 통용되고 있는 데서 생겨난 다툼이었다.

'니가 자꾸 글싸모 내한테도 생각이 있다.'

어쨌거나 형을 이기려는 동생이 너무나 가소롭고 밉살스럽게 느껴진 그는, 한 가지 꾀를 고안해내고는 크게 선심이라도 쓰듯 했다.

"좋다! 그라모 니가 양반 해삐라."

그 말을 들은 상팔은 내가 이겼다고 받아들였는지 두 팔을 높이 치켜들면서 큰소리로 환호성을 질렀다.

"우와, 내가 양반이다아!"

그 모습을 지켜보고 있던 그는 잔뜩 목소리를 낮추어 으스스한 느낌을 자아내도록 험한 인상을 지어 보였다.

"그 대신에, 내는 머가 되는고 하모…….."

"……."

상팔이 팔을 치켜든 채로 입을 다물고 왕눈을 쳐다보았다. 그의 두 눈에 약간 무섬증을 타는 빛이 서려 있었다. 왕눈만큼은 아니어도 역시 같은 부모한테서 태어난 형제지간의 피는 못 속인다고, 상팔 또한 여느 아이들보다 눈이 큰 편이었다.

"니가 양반이모, 내는 안 있나."

한 번 더 변죽을 울리고 난 왕눈 입에서 나온 말이었다.

"영노, 영노다!"

"머?"

순간, 상팔이 바보 얼간이 표정을 지었다. 아마 그로서는 처음 들어보는 말일 것이었다. 사실 왕눈도 바로 얼마 전에 통영 바닷가 마을에서 그 동네로 이사를 온 경칠이라는 아이를 통해서 우연히 알게 된 것이었다.

"새이야, 새이 니는 머라꼬?"

상팔이 벌을 받는 것처럼 들고 있던 팔을 아래로 내리며 물었다. 왕눈은 그 험악한 낯빛을 풀지 않고 말했다.

"니는 모리제? 모릴 기다."

상팔이 바로 걸려들었다.

"갈카조라, 성아."

평소 상팔은 지나치게 호기심이 많은 게 약점이라면 약점이었다. 그는 상놈이 양반에게 달라붙듯 하였다.

"영…… 머라캤노?"

왕눈은 속으로, '양반보담도 그기 더 좋으모 니는 또 그거 할 기라꼬 떼를 쓰것제?' 하고 지레짐작하며 대답했다.

"노, 영노."

이번에는 제대로 알아들었다.

"영노? 그기 머신데? 목사 영감 쌌는데, 영감보담 더 높은 기가?"

왕눈은 경칠에게 들은 그대로를 전했다.

"머든지 잘 잡아묵는 괴물인 기라."

계속 그렇게 하는 것도 생각보다 힘이 들어서 왕눈은 험한 인상을 지웠지만, 상팔은 여전히 무섭다는 빛을 띠었다.

"괴, 괴물?"

"하모."

이번에도 왕눈은 경칠의 입을 빌려 말했다. 솔직히 경칠이 들려준 것 말고는 그 역시도 아는 것이 전혀 없었던 것이다.

"영노라쿠는 그 동물은 안 있나, 양반 백 맹을 잡아묵으모 하늘에 올라 용이 되제."

"머라꼬?"

이제 상팔은 숫제 바보 천치로 보였다. 그것도 너무너무 무서워 쥐구멍이 있으면 거기로 숨어 들어가고 싶어 하는 멍청이였다. 왕눈은 내가 동생에게 너무 심하게 하는 것이 아닌가 싶은 마음이 들지 않은 것은 아니었지만 그렇다고 그냥 멈출 수도 없었다. 자칫하면 동생에게 놀림감이 될 수도 있는 것이다.

"내가 영노다!"

왕눈은 아까보다 더 험악한 표정을 만들면서 말했다.

"내는 하매 양반 아흔아홉을 잡아묵다. 그래서 양반 하나만 더 잡아묵으모 하늘로 가서 용이 될 수 있다아!"

그리고 나서 상팔이를 매섭게 노려보며 또 금방 말했다.

"시방 내 앞에 양반이 하나 있다. 쪼꼬만 새끼 양반이다."

그는 '히히히' 하고 요상한 웃음소리를 내며 두 손을 상팔 쪽으로 내밀어 붙잡을 것같이 하였다.

"잡아묵자아아……."

그 순간, 상팔은 하얗게 질린 얼굴로 비명을 질렀다.

"으악!"

그리고 왕눈이 어떻게 해볼 틈도 없었다. 상팔은 온몸을 덜덜 떨면서 뒷걸음질을 치는가 했더니 그만 뒤로 벌렁 나자빠지고 말았다.

"사, 상팔아!"

아주 당황한 왕눈이 동생을 내려다보았을 때 그의 뒤통수에서 벌건 피가 흘러나오고 있었다. 하필이면 넘어진 거기 땅 위에는 크고 뾰족한 돌이 박혀 있었던 것이다.

"하이고! 이, 이 일을 우짜노?"

"피, 피부텀 머, 멈춰야 하는데……."

"쎄이 으원한테로 안 옮기모 에나 큰일 나것소."

그 소식을 들은 집안 어른들과 동리 사람들이 달려와 난리가 났다. 왕눈은 그 큰 눈에도 보이는 게 없었다. 동생 상팔이는 괴물 영노에게 잡아먹혀 죽어가는 신세가 되고 말았다고 보았다.

'미안타, 상팔아이.'

상팔은 다행히 목숨은 건졌지만, 그 후유증으로 그의 뒤통수에는 영노의 이빨 자국과도 같은 큰 상처가 남아 지워지지 않았다.

그날은 백 명을 채우기 위한 마지막 양반 그리고 용이 되지 못한 영노가 있었다. 이제는 그 양반도 영노도 탈놀음을 통해서만 기억 이편으로 일으켜 세울 수 있을 거라고 자위하는 왕눈의 귀에 와 닿는 목소리가 있었다.

"죄송해요."

쓰나코가 왕눈의 얼굴을 외면하며 말하고 있었다. 심성이 싹 잎같이 여린 여자라는 것을 다시 한번 실감케 해주는 모습이었다.

"아, 아입니더."

왕눈은 슬퍼지는 마음을 억누르기 위해 좀 더 크고 빠른 소리로 입을 열었다. 그 또한 그가 일본에 와서 터득한 삶의 지혜라고 할만했다.

"그런데 동명은 그 사람의 착한 행위를 기록하고예, 동생은 그 사람의 악한 행위를 기록한다 쿠더마예."

쓰나코가 머릿속에 그 말을 기록해두려는지 잠시 입속으로 되뇌더니 다소 두려운 빛이 서린 얼굴로 말했다.

"재미도 있지만, 무섭기도 한 얘기군요."

섬나라라는 선입견 때문인지는 모르나 대기 속에는 늘 짭짜름한 갯내가 스며들어 있는 것 같았다.

"예, 내도 그렇심니더."

그리고 나서 왕눈은 어디선가 본 적이 있는 염라대왕 그림을 떠올렸다.

"그렇게 되면 죄를 많이 짓고 죽은 사람은 꼼짝없이 지옥으로 갈 수밖에 없겠네요."

그렇게 말하면서 어깨를 파르르 떠는 쓰나코였다.

왕눈이 그 생각을 하기 시작한 것은 바로 그때부터였다. 혹시 쓰나코라는 저 여자는 내 오른쪽 어깨에 있는 동생이라는 그 여신이 아닐까. 내가 지금 참으로 허무맹랑하기 이를 데 없는 망상의 포로가 되고 있다는 것을 부정하지 못하면서도 그는 자꾸 늪으로 빠져드는 심정이었다.

'그 여신은 사람의 악한 행위를 기록해갖고 염라대왕한테 아뢴다 안 쿠나.'

그러자 왕눈은 그만 쓰나코가 무서워졌다. 저 여자는 나를 지옥으로 보내기 위해 나에게 접근해왔던 게 아닌가 싶었다. 이건 그냥 막연하게 해보는 추측이 아니었다. 저 여자와의 첫 만남에서부터 지금 그 순간까지를 돌아볼 때 너무나 석연찮은 면이 많았다. 모든 게 수수께끼였다. 아니, 함정이었다. 그렇지 않고서야 이런 일들이 내게 주어질까 싶었다.

'내가 계속 저 여자하고 같이 있다가는 큰일 나것다.'

도망쳐야 했다. 오늘날까지 아무것도 모르고 저 여자가 하자는 대로 다 따라 해왔다. 죽은 후에 지옥에 갈 줄도 모르고 말이다. 하긴 나는 살아 있는 몸으로 이미 지옥을 경험하고 있는지도 모른다.

'해나 서몽瑞夢이까!'

문득, 간밤 꿈이 떠올랐다. 그가 어디론가 가고 있는데 그 길에 여우가 지나가고 있었다. 그러자 곧장 그의 귀에 이런 옛말이 들려오고 있었다.

'사람이 길을 가다 여우가 지나가는 것을 보면 누가 죽는다.'

그런데 그 누가 바로 그 자신이라는 섬뜩한 생각이 드는 것이다. 그리하여 어찌나 무서웠던지 마구 도망치기 시작했는데, 이건 또 웬일인가? 그 여우란 놈이 그의 뒤를 쫓아오는 것이다. 마치 네가 죽을 때까지 따라가겠다는 것 같았다. 그건 영락없이 그가 죽을 꿈인 것이다.

왕눈은 소스라치게 깨달았다. 쓰나코가 그 여우라는 사실이었다. 여우 쓰나코였다. 그렇다고 보면 모든 의문은 다 풀린다. 만남에서부터 지금까지의 비밀의 문이 열리고 그 안이 투명하게 드러나 보인다.

'우째서 인자사 그거를 알았을꼬?'

그의 애간장이 타는 소리가 나고 냄새가 풍기는 듯했다.

'그란데? 그라모? 이라고 있을 끼 아이다.'

그렇지만 막막했다. 너무나도 막연했다. 여우가 지나가는 길에서 벗어나 어디로 달아날 것인가? 없다. 그를 받아줄 곳은 어느 곳에도 없다.

'그렇다꼬 염라대왕 앞에 끌리가서 심판을 받을 때꺼정 요리 살아?'

그건 아니었다. 사후死後를 뻔히 내다보면서도 미련스럽고 못나게 말이다. 아, 어떡하나? 저 여자와 헤어질 수도 없고, 안 헤어질 수도 없다. 아니다. 내게는 그 어떤 작은 선택권마저도 주어지지 않는다.

그때 쓰나코가 뜻밖의 말을 던져왔다.

"그 이야기를 듣고 나니, 재팔 씨가 나의 동명이 아닐까 하는 생각이 들어요."

"예?"

왕눈은 잠시 헷갈렸다. 내가 그녀의 동명이라면? 그렇다면 그녀의 착한 행위를 기록해두었다가 그녀가 죽은 후에 염라대왕에게 그것을 아뢰게 될 그 남신?

그런데 쓰나코는 정말 그렇게 생각하는지 아주 느꺼워하는 목소리로 다시 말했다.

"저는 왜 알지 못했을까요? 우리 재팔 씨야말로 이 쓰나코를 극락으로 보내주실 고마운 남신이었군요?"

왕눈은 그만 어쩔 줄 몰라 했다. 그녀의 말은 오라가 되어 그의 전신을 친친 감아오는 것 같았다.

"나, 남신⋯⋯."

그는 영노는 될 수 있을지언정 그런 존재는 불가하다고 보았다.

"내, 내가 신이라이?"

그는 그녀를 여우라고 보고 있는데 말이다. 쓰나코가 오른손을 자기 왼쪽 어깨에 얹어놓으며 말했다.

"바로 여기가 재팔 씨 자리군요."

그 순간, 왕눈은 누가 시키기라도 했는지 자신도 모르게 왼손으로 자기 오른쪽 어깨를 만지며 말하고 있었다.

"그라모 쓰나코 자리는 바로 여깁니꺼?"

아까부터 구름이 정물처럼 꿈쩍도 하지 않고 있는 하늘에 새 한 마리가 날고 있었다. 괭이 소리를 내어 우는 게 갈매기가 아닐까 싶었지만, 갈매기는 아니었다.

"호호호."

쓰나코가 자지러지게 웃어댔다. 할 소리는 아니지만, 광녀 같았다. 혼이 나가면 남자든 여자든 왜 웃는지 모르겠다는 생각을 왕눈은 오래 전부터 해왔다. 그 웃음 뒤에 꼭꼭 숨겨져 있는 실체는 울음일 거라는 짐작과 함께였다.

'그라모 내가 울보인 거는 안 미치서?'

울보라고 놀림을 받던 지난날의 그의 모습이 뒷걸음질을 쳐서 눈을 찌르는 바람에 또 눈에서 눈물이 솟으려 했다.

쓰나코의 웃음은 길게 가지는 않았다. 하지만 그보다도 더 왕눈을 당혹케 하는 야릇한 일이 벌어졌다. 그녀는 홀연 찬 기운이 일어날 만큼 정색한 얼굴이 되더니 큰 소리로 그를 부른 것이다.

"재팔 씨!"

왕눈은 일본에 와서 습관이 돼버린 듯 이번에도 깜짝 놀랐다.

"예?"

쓰나코가 얼음처럼 싸늘한 목소리로 경고하듯 말했다.

"이제 막 하신 그 말씀, 취소한다고 말해 줘요."

그녀 어깨에 매달린 가방도 왕눈을 매섭게 노려보는 것 같았다. 가방 끈이 그의 목을 죌 올가미로 변하고 있었다.

"그럼 재팔 씬 지금까지 저를 그런 여자로 봐왔단 그런 얘긴가요?"

쓰나코 말에 왕눈은 속내를 들킨 것 같아 어쩔 줄 몰라 하며 부정했다.

"아, 아입니더."

쓰나코는 무슨 말인가를 하려다 입을 다무는 눈치였다.

"아."

왕눈은 지금 입고 있는 일본 옷과 신고 있는 일본 신이 너무나 부자연스럽게만 느껴지고 있었다. 이제는 어느 정도 익숙해졌다고 믿고 있었는데 사실은 그런 게 아닌 모양이었다.

"그, 그런 거는 아이고예."

"아니면요."

두 사람 사이에는 한참 동안 눈에 보이지 않는 벽이 가로막혀 있었다. 쓰나코도 왕눈과 마찬가지로 좁은 공간 속에 갇혀 질식해버릴 사람으로 비쳤다. 마음만 내키면 가지 못할 곳이 없는 무한한 자유의 공간을 누리고 있는 여자라고 보아왔는데 그게 아닌 것 같았다.

'내가 무담시 씰데없는 소리를 한 기라.'

왕눈은 또다시 후회했다. 설혹 쓰나코가 동생이라는 여신이라고 해도 상관없다고 보았다. 어차피 나는 지옥에 갈 것으로 생각해오고 있었다. 부모와 형제를 버리고 집을 나와 버린 놈이 어떻게 극락에 갈 수 있겠는가 말이다. 지옥 중에서도 최고로 고통스러운 지옥으로 나가떨어질 것이다.

"그럴 가능성은 희박하겠지만요."

새의 날갯짓에 떠밀린 걸까? 영원히 움직이지 않을 성싶던 구름이 자리 이동을 시작하고 있었다.

'내가 구름이라모…….'

또다시 유아적인 그런 감정에 휩싸이는 왕눈이었다.

"그래도 만약 제가 극락이라는 곳으로 가게 되더라도 절대 혼자서는 안 가요. 반드시 재팔 씨와 함께 갈 거예요."

"음."

왕눈은 가슴이 한없이 먹먹해져 왔다. 내가 크게 잘못 알고 있는 것인가. 쓰나코는 동생이 아니라 나의 동명인 것이다. 아, 나의 동명 쓰나코다.

날개로 바람을 일으켜 구름을 떠민 새가 왜송 가지 위, 아니 조선소나무 가지 위로 훌쩍 내려와 앉았다. 마치 자신의 소임은 다 끝났다는 듯, 왕눈이 고향 땅에 살 때 남달리 잘 분다고 알려져 있던 그 휘파람 비슷한 소리를 내고 있었다.

'휘이익~.'

그런데 그런 일이 있고 나서 쓰나코는 갈수록 극락에 관해서 병적일 만치 강한 호기심을 드러내기 시작했다. 그렇다고 그녀가 독실한 불교 신자 같아 보이지는 않았다. 하지만 일본 3대 사찰 가운데 하나라고 하는 젠코지(보광사善光寺)를 향해 가는 도중 내내 그녀는 끝없이 극락세계를 이야기했다. 걸신들린 사람이 옆에 있었다.

"아미타불이 살고 있다는 그곳은 말이죠."

"예."

왕눈에게는 부모와 형제 그리고 옥진과 비화가 살고 있는 곳이 바로 극락이었다. 아니, 나 같은 놈만 없으면 다 극락이었다.

"정말 그렇게 안락하고 걱정 없는 세상이 있다면, 있다면."

"……."

그런 세상은 없다고 소리를 질러대고 싶은 충동에 빠지기도 하는 왕눈이었다. 그러거나 말거나 쓰나코의 말은 갖가지 새들의 날갯짓을 담고 있었다.

"풍조風鳥, 그러니까 극락조極樂鳥라고 들어보셨는지 모르겠지만, 있죠?"

불교뿐만 아니라 다른 종교도 믿어본 적이 없는 왕눈으로서는, 과연 극락이라는 곳이 실제 있는지, 또 지옥이라는 곳이 실제 있는지, 그런 곳에도 새가 살고 있는지, 그 어떤 것도 알 수가 없었다. 하지만 무려 천

삼백 년도 넘는 오랜 역사를 지닌 유명한 사찰이라는 말을 들으니 어서 젠코지라는 그곳을 보고 싶은 마음이 들기도 했다.

'아, 그 절에 더 가고 싶거마.'

불현듯 비화가 아주 존경하는 진무 스님이 주지로 있는 '비어사'라는 절이 떠올랐다. 그는 한 번도 그 절에 가본 적이 없었다. 진무 스님께서는 아직도 살아 계시는지 아니면 이미 입적하셨는지 모르겠다. 그래도 그 절은 그대로 있을 것이다.

왕눈더러 너의 그 커다란 눈이 네 운명을 결정할 것이라던 노스님이었다. 스님은 벌써 내다보고 계셨던 것일까. 왕눈이 전혀 뜻하지 않은 일본 여자 쓰나코를 만나 조선도 아닌 일본 곳곳을 다니면서 이국인과 이국 풍물을 그의 두 눈에 담게 되리란 것을. 그의 운명을 결정지을 그 커다란 눈, '왕눈'에 말이다.

"책에서는 미리 읽어보았지만 말이죠."

젠코지라는 절에 대한 쓰나코 관심은 한정 없어 보였다. 새삼스러운 자각도 아니지만, 그 집착에는 온 세상 사람이 고개를 절레절레 흔들 판이었다.

"실은 나도 오늘 처음 가보는 절이에요. 그 절은……."

왕눈이 보기에 쓰나코는 비록 초행길이기는 해도 그 절에 관해서 훤하게 꿰뚫고 있는 것 같았다. 물론 지금까지 둘이 함께 다녔던 다른 여행지들도 마찬가지이긴 했다.

그녀는 일단 한번 목적지가 정해지면 사전에 철저히 정보를 수집하는 듯했다. 교통편은 말할 것도 없고 숙박시설이며 그 지방 특산품 가게, 명물 음식점에 이르기까지 정말 신기할 정도로 모르는 게 없었다.

'대체 저 여자는 전생에 뭣이었을까?'

또다시 그런 의문을 품어보는 왕눈이었다.

"지금 우리가 걸어가고 있는 이 참배 길을 쭉 따라서 가면요."

젠코지 경내로 들어갈 수 있다는 것이다. 길을 떠나려거든 눈썹도 빼놓고 가라는데, 저 여자는 가방에 무엇을 저렇게 많이 넣고 다니는지 모르겠다는 생각과 함께, 이런 헐렁한 상상을 끼워 맞춰가며 왕눈은 바닥을 내려다보았다.

'이 길이 한거석 이약해쌌는 그 극락으로 통하는 길은 아이것제.'

돌층계가 무수히 깔린 길이었다. 쓰나코가 책에서 미리 읽었다는 내용에 따르자면, 그 돌층계는 자그마치 7,777장인데, 아들을 잃은 어떤 대상인大商人이 공양을 위해 기부한 것이라고 하였다.

'아들을 잃은……'

조금 전 그 이야기를 들었을 때 왕눈은 그만 큰 두 눈에 눈물이 핑 돌았다. 부모님 얼굴이 떠올라서였다. 당신들은 어쩌면 아들이 죽었다고 생각하고 있을지도 모른다. 안 죽고 살아 있는데 이렇게 오랫동안 소식이 없을 리는 없다고 눈물을 짓고 있을 것이다.

'내가 에나 이래도 되는 기까?'

그리고 그 대상인처럼 거창한 기부는 하지 못해도, 고을 어디에 있는 조그만 암자 같은 곳에다가 자식의 명복을 비는 조그만 기부라도 했을 수 있었다.

'부모님이 돌아가실 때꺼지도 고국에 몬 돌아가모 우짜노.'

일본에 처음 올 때처럼 돌아갈 때도 저 밀항선을 타야 되지 않을까 싶었다. 하지만 말이 쉽지 아무나 밀항자가 될 수 있는 것도 아니었다. 쓰나코 도움을 받지 않으면 단 한 발짝도 움직일 수 없는 처지였다.

아니다. 꼭 돌아가려고 마음먹으면 가능성이 전혀 없지는 않겠지만, 아무것도 이뤄놓은 게 없는 이런 상태로는 그러고 싶지 않았다. 그리고 그것은 얄팍하고 알량한 자존심 따위와는 차원이 다른 것이었다. 시간

관념이 없으면 없는 대로 그의 몸은 그 자신도 의식하지 못하는 가운데 세월의 흐름 속에 내던져져 있었다고나 해야 할까.

"아, 저기!"

약간 들떠 보이는 쓰나코 말에 고향에 가 있던 왕눈 마음이 돌아왔다.

"보세요."

이윽고 젠코지 입구가 저만큼 보이기 시작했다. 거기 자라고 있는 나무들의 초록 잎들이 약간씩 바람에 흔들리는 게 시야에 들어왔다. 방문객들에게 어서 이리 오라고 손짓하는 모양새였다. 그 속마음까지야 완전히 짚어낼 수 없지만, 왕눈이 겉으로 보기에 이 나라는 사람도 사물도 모두가 친절이 몸에 배어 있었다. 조선국 안에서도 무뚝뚝하기로 알려져 있는 경상도 사람들 속에서 살아온 그였기에 더 그런 느낌을 받게 되었는지도 모른다.

"크네예."

왕눈 말에 쓰나코도 말했다.

"맞아요."

똑바로 바라보이는 젠코지는 지붕이 굉장히 웅장하게 다가왔다. 왕눈은 고향의 성안에 있는 누각의 지붕이 생각났다. 지금 그가 보고 있는 일본 사찰의 지붕은 휙 날아가는 형상으로 하늘로 뻗어 올라간 조선의 그 지붕보다는 좀 무겁고 복잡해 보였다. 서로 다른 지붕을 머리에 이고 살다 보니 두 나라 사람들이 그렇게 다른가 싶기도 했다.

'우짜모 사람도 저리 마이 왔으까!'

어쨌거나 경내는 수많은 참배객으로 붐비고 있었다. 젊은 사람들보다는 나이 든 이들이 좀 더 많이 눈에 띄었다. 어쩌면 일본인은 조선인보다 수명이 긴 게 아닌가 여겨지기도 하는 광경이었다. 우리나라 사람은 나이를 먹으면 채신머리없이 이곳저곳 막 돌아다니지 아니하고 골방에 앉아 점잖게 담뱃대나 툭툭 두드린다는 게 왕눈이 지니고 있는 일종의 고정관념이었다. 지금은 세상이 많이 달라지고 있다고는 해도 그랬다.

"이 안에는요."

이윽고 본당으로 들어서면서 쓰나코가 기대에 찬 얼굴로 말했다. 사원에서 본존을 모시어 두는 전당이라는 선입견 때문인지는 모르겠으나 왕눈의 마음도 달라졌다. 고국에 있을 때 야소교 신자들이 소위 영적 사목을 맡은 사제를 가리켜 본당 신부님이라고 하는 소리를 들었던 기억도 아슴푸레 났다.

"일본에서 가장 오래되었다는 불상이……."

쓰나코의 자상한 설명에 왕눈도 순간적이나마 다른 모든 것을 잊었다.

"예에."

그것은 일본 본토에 불교가 맨 처음으로 전해질 무렵에 들어온 것으로 알려져 있는 일광삼존一光三尊 아미타불이라고 했다. 또한, 그 중심 불상 좌우 양편에는 관음보살과 세지보살을 협시挾侍로 거느리고 있다는 것이다.

'일본 불교나 서양 야소교나 내하고는 아모 상관도 없다 아이가. 자기들이사 안 믿고는 몬 살든가 말든가.'

왕눈은 또 한 번 진무 스님이 주지로 있다는 비어사를 되살려보다가 가슴이 먹먹해졌다. 내가 잊지 못하는 고향의 모든 것들은 너무나도 머나먼 곳에 있었다. 어쩌면 극락이나 지옥보다도 더 멀었다.

"그리고 또 저건요."

"아, 예."

"특히 말이에요."

"예."

쓰나코는 왕눈에게 열심히 설명해주면서 다른 한편으로는 무슨 글인가를 무척 부지런히 적어나갔다. 왕눈은 이번에도 퍽 궁금해졌다.

'머가 저리 쓸 끼 짜다라 되꼬?'

그녀는 대단히 심혈을 기울여 소상하게 기록하는 빛이 역력했다. 일본 글을 전혀 모르는 왕눈이 보기에도 달필이었다. 원래부터 글을 쓰는 데 소질이 좀 있었는지는 모르겠지만 그렇게 오랫동안 글을 써왔으니 이제는 관록이 붙을 만도 했다.

'비화 누야도 그랬다 아이가.'

그들 모두가 아주 어렸던 시절이었다. 비록 남자아이들처럼 서당에 다닐 수는 없지만 자기 아버지에게 배웠다며 가느다란 나무꼬챙이나 끝이 뾰족한 돌 같은 것으로 땅바닥에 언문(한글)을 써 보이던 비화였다. 단순한 선과 동그라미와 네모 등등으로 잘도 이루어내는 글자들이 매우 아름답고 신비스러워 보이기까지 하였다. 그래서 비화 누이는 마술을 부릴 줄 아는 사람이 아닐까 싶을 지경이었다.

"우와! 에나 에나 잘 쓴다야!"

온 동네 꼬맹이들이 지르는 소리를 듣고 마침 그 옆을 지나가던 어른들이 걸음을 멈추고 서서 비화가 땅 위에 써놓은 글자를 보더니 감탄해 마지않았다.

"여자 신동이 났거마, 여자 신동이!"

"한석봉이가 와서 봐도 고마 놀래서 뒤로 자빠지겠다 아인가베?"

그런데 참 알 수 없는 일이 있었다. 왕눈은 어쩌면 남들보다 훨씬 더 크게 볼 수 있는 그의 '왕눈'으로 보면서도 고개를 갸우뚱하지 않을 수 없었다.

'옥지이가?'

왕눈이, 아니 다른 사람들도 다 그렇게 알고 있겠지만, 비화와 옥진은 모두가 시샘할 만큼 부러워하는, 그야말로 '친자매'도 저리로 가라 할 사이였다. 게다가 그들 부모 또한 무척 가깝게 지낸다는 사실도 모르는 이가 없었다.

그리하여 그날 비화가 쓴 글을 보고 가장 좋아하고 기뻐한 사람이 옥진이었다. 하지만 그것은 사실 아무것도 모를 동네 조무래기들이 놀라고 감탄한 그때까지만, 딱 그때까지만이었다.

길을 가던 어른들, 특히 점잖게 차려 입은 선비풍의 남자들이 칭찬을 아끼지 않은 바로 그다음 순간부터 옥진은 달라졌다. 너무나 달라지고 있었다. 그리고 옥진의 그런 변화를 발견한 사람은 왕눈 자신뿐이었다. 비화가 쓴 글자를 보며 놀라면서도 줄곧 옥진에게서 눈을 떼지 않고 있었던 그였다. 심지어 비화마저도 그 사실을 깨닫지 못하고 있는 듯했다.

그렇다면 옥진은 어떻게 했던가? 한마디로 맨 처음과는 완전히 다른 사람으로 바뀌었다. 어느 한순간 얼음덩이로 만든 사람처럼 싸늘해진 얼굴로 변하고 있었다. 더군다나 한창 어른들 칭찬을 받고 있는 비화를 훔쳐보듯 하는 그 눈빛이라니! 어쩌면 아직도 어린 여자아이가 그런 묘한 눈빛을 만들어낼 수가 있을까.

'오, 옥지이가 마, 맞는 기가?'

왕눈 또한 어리기는 마찬가지였지만 그래도 그 눈빛이 무엇을 의미하고 있는가 하는 그 정도는 알 수 있는 나이였다. 물론 옥진이 아니라 다른 여자아이였다면 그렇게는 몰랐을지도 모르지만, 적어도 옥진은 왕눈이 그때까지 이 세상에서 가장 많이 보아왔던, 다시 말해 최고로 마음에 두고 있던 선망의 대상이었기에, 옥진의 작은 눈빛 하나까지도 놓치지 않을 수 있었던 것이다.

'눈, 저 눈.'

그때는 느끼기만 했었고 무슨 말로 그 눈빛을 표현해야 할지 잘 몰랐지만, 나중에 더 자라서 곰곰이 되새겨보니 그것은 바로 '질투'와 '시기'

라는 이름의 칼이요, 창이었다. 온 세상이 다 그렇게 할지라도 옥진 그녀만은 그래서는 아니 될 짓을 옥진 그녀가 먼저 하고 있었던 것이다. 그러니 왕눈으로서는 그 큰 눈을 한층 크게 뜨고 망연자실 옥진을 바라보고 있었을 수밖에 없었다.

'와 우째서?'

그랬다. 왕눈은 그 당시에도 그랬지만 지금까지 모르고 있는 것이다. 비화와 옥진, 아니 이제는 해랑이다, 그 해랑과의 사이에서 벌어지고 있는 저 무서운 암투를. 나루터집과 동업직물의 사생결단을.

아니, 한 가지는 확실해졌다. 그러니까 비화가 여자 신동이라는 소리를 들었던 그날부터 비화를 겨냥한 옥진의 독화살은 이미 시위를 떠나고 있었다는 그 사실이었다. 그리고 그는 알 리가 없다. 아직도 날아가고 있는지, 아니면 날아가다가 중도에 꺾여버렸는지, 아니면 벌써 과녁에 박혔는지⋯⋯.

비화는 모르고 있었지만, 옥진과는 장차 모든 것을 걸고 싸우지 않으면 안 될 운명의 길로 내려서고 있었던 것이다. 그리고 그것을 오래전에 내다보고 있었던 사람이 바로 시간관념을 잃어버린 채 일본 땅에서 오랫동안 배회하고 있는 왕눈이었다.

"재팔 씨!"

왕눈을 현재로 돌린 사람은 비화도 옥진도 해랑도 아닌 일본 여자였다. 진무 스님조차도 전혀 예측할 수 없었을 일본 여자였다.

"와! 정말 사람들도 많다, 그죠?"

"예."

쓰나코가 주위 사람들 시선은 조금도 아랑곳하지 않고 함성을 질러대고 있었다. 매년 엄청난 숫자의 신도들이 방문한다는 명찰名刹에 걸맞게 시간이 갈수록 그곳은 방문객들이 자꾸 늘어나고 있었다. 이러다가는 그 나라 사람들은 단 하나도 빠지지 않고 모조리 오는 것이 아닌가 싶을 지경이었다.

'극락이 좋기는 좋은갑다.'

결국, 아주 잠시 떠났다가 또다시 왕눈 마음이 귀결되는 곳은 부처나 예수, 다른 어떤 신이 와도 번복시킬 수 없는 것이었다.

'내는 옥지이하고 같이 있으모 그기 극락일 낀데.'

그런데 그 와중에도 왕눈 마음 저 밑바닥에 가장 인상 깊게 자리 잡은 것은 본당 아래 '성지聖地'라고 불리는 지하도였다. 땅 밑에 낸 길이라는 사실부터 특이했다. 그냥 흔한 동굴도 아니었다. 어쩌면 하늘 위에도 길을 내지 않을까 싶었다.

'아아, 우떤 길이라도 옥지이한테로 갈 수 있는 길이 내사 최고 좋것다.'

왕눈은 내심 한숨 섞어가며 소원했다.

"책에서 보니까……."

책을 들먹이는 쓰나코의 그 말이 책을 많이 접해보지 못한 왕눈은 왠지 모르게 버겁게만 와 닿았다. 그리고 그런 순간만큼 둘 사이에 강한 이질감을 느낄 때도 없었다. 두 사람 국적이 다른 데서 오는 낯섦보다도 한층 더 심했다.

'갤국 우리 두 사람은 영원히 함께할 수 없으이 그리 알아라쿠는 기까?'

어차피 기대도 큰 꿈을 가진 것도 아니지만, 아니 이쪽에서 거부할 수도 있지만, 그래도 가슴 한구석이 씁쓰레해지는 것은 어쩔 수 없었다.

"이 지하도 중간 어디쯤 가면 말이에요."

왕눈과 함께하는 시간이 늘어나면서 쓰나코의 조선말 실력은 더 높아지고 있었다. 물론 그전에도 왕눈이 믿을 수 없을 정도로 조선말을 잘

구사하고는 있었다. 앞에서 걷던 쓰나코는 희고 얇아 보이는 손바닥으로 거기 어둠침침한 벽을 가만가만 더듬으며 무언가를 열심히 찾는 눈치였다.

"젠코지 여래如來와 연결되는……."

왕눈은 쓰나코가 무엇을 찾는지 알 수는 없었지만, 그녀가 어서 그것을 찾을 수 있기를 바라면서 속으로 중얼거렸다.

'사람은 자기가 찾는 거를 다 찾을 수 있다모 올매나 좋것노. 아이다, 다가 머꼬? 그 반, 아니 반의 반도 몬 그라는 기 시상 이치다.'

그러면서 여전히 거기가 길이라고 믿어지지 않는 어두운 지하도 속에서 얼마를 더 가고 있는데, 어느 순간인가 쓰나코가 문득 반가운 소리를 냈다. 동굴 속에서 울리는 그 음성이 다른 사람으로 느껴졌다.

"아, 여기 있네요!"

그러고 나서 한다는 소리가 기이했다.

"열쇠예요, 열쇠."

"예?"

왕눈은 더없이 멍해지고 말았다. 그건 부엌 살강 밑에서 숟가락을 얻은 것처럼 그다지 신기한 것이 아닌데도 대단한 일인 양 자랑하는 것과는 거리가 멀었다. 왕눈은 두 눈을 끔벅거리며 물었다.

"그기 와?"

열쇠라니? 그건 자물쇠를 여는 쇠붙이가 아니냐? 그 컴컴한 벽면에 열쇠가 붙어 있다는 사실도 그렇거니와, 도대체 그 열쇠로 무엇을 하려는지 알 수가 없었다.

'설마 열쇠 갖고 머를 기록할라쿠는 거는 아일 기고.'

그런 되지도 않은 의문을 품는 왕눈 귀에 쓰나코의 말이 들렸다. 그건 실체는 없고 그림자만 있는 어떤 물체가 내고 있다는 착각을 주었다.

"여기 이 열쇠를 만져 봐요."

"예?"

"제 말이 잘 안 들리는 거예요?"

"아, 아니……."

왕눈은 엉겁결에 손을 내밀었다. 그러자 손끝에 무엇인가가 잡혔다. 그것은 어린 시절 산으로 놀러 가서 아이 주먹 하나가 들어갈 만한 크기의 구멍을 발견하고 재미 삼아 손을 집어넣었다가 하마터면 큰일이 날 뻔한 기억을 떠올리게 했다. 그 구멍은 뱀 구멍이었다. 그는 자신도 모르게 몸을 움찔하였다.

"이, 이거는?"

그러자 그믐밤 같은 어둠 속에서 이런 소리가 또 들렸다.

"그 열쇠를 만지면 극락으로 갈 수 있대요."

이번 음성은 풍선에 매달려 둥둥 떠서 흐르고 있는 어감을 풍겼다.

"극락……."

왕눈은 그 절까지 오는 도중에 쓰나코가 계속해서 극락 운운하던 말이 문득 되살아났다. 그렇다면 이게 극락의 열쇠란 말인가? 지옥의 열쇠는 아니고?

'텍도 아인 소리다.'

왕눈은 그만 피식 웃음이 터져 나오고 말았다. 그렇긴 해도 수십 미터나 돼 보이는 본당 기둥과 굉장한 높이의 입구 등은, 이 절이 무척 대단한 절이구나! 하는 생각을 들게는 하는 곳이었다. 하여튼 인종도 작고 집도 작고 그 밖의 모든 것들이 전반적으로 작다고 여겨지는 그 나라에서 그렇게 큰 것도 흔한 게 아니긴 했다.

그들이 인왕상仁王像 앞에 섰을 때였다. 조금 전부터 약간 심각한 표정을 짓고 있던 쓰나코가 왕눈의 눈을 들여다보면서 장난기 서린 목소리로 말했다.

"두 눈을 비교해볼까요?"

"예?"

어리둥절해하는 왕눈이었다.

"누구 눈이 더 큰지 말이죠."

그렇게 말하는 쓰나코 눈도 큰 편에 속하였다.

"사람 눈하고 금강역사 눈하고……."

그런 혼잣말 비슷한 소리와 함께 왕눈은 웃으면서 퍽 무섭게 부릅뜬 인왕상 눈을 쳐다보았다. 그 눈이 말하고 있었다.

'네놈 눈도 대단하구나.'

왕눈도 속으로 말해주었다.

'당신 눈도 대단하거마.'

어림잡아 보통 사람 키 세 배 가까이 돼 보이는 인왕문仁王門을 천천히 빠져나왔다. 불법의 수호신인 인왕을 좌우에 안치한 절의 문답게 어쩐지 몸이 오싹해진다는 느낌이 또 들었다. 무슨 종교든 사람은 종교 앞에서 주눅이 들게 마련일까. 우리 부모님은 무엇을 믿었는지 도무지 기억이 나지를 않는다. 간혹 옥황상제님과 용왕님을 이야기했던 것도 같다. 어쩌면 무신론자였는지도 모르겠다.

그때다. 부처님 공양供養 말고 배고픈 사람 밥을 먹여라. 왕눈 귀에 근처 어디에선가 그런 소리가 들려오는 듯하여 그는 자신도 모르게 얼른 주위를 두리번거렸다. 전신에 쫙 소름이 끼쳤다. 그것은 무섬증에서 오는 것과는 그 성질이 다른 것이었다.

'저거는…….'

그건 전혀 생각지도 않았던 사람의 목소리였다. 바로 그가 살던 옆 동네에 살면서 가다 한 번씩 그의 동네에 왔다가 못된 아이들의 놀림감이 되기도 하던 그 미치광이 사내의 음성이었던 것이다.

'부처님 공양 말고 배고픈 사람 밥을 먹여라.'

실제로 그 미치광이 사내는 큰소리로 그런 말을 하고 다니기도 했는데, 나중에 들으니 불가佛家에 들었다가 득도得道하지 못한 괴로움과 좌절감에 빠져 그만 철저히 미치고 말았다는 것이었다. 그런데 왜 남의 나라인 일본에 와서까지 그런 환청에 시달리고 있는 것인가. 쓰나코 덕분에 나는 '배고픈 사람'은 면하고 있는데 말이다. 그 미치광이 사내는 배가 많이 고팠던 것일까. 그러면 부처님은 늘 포만감을 느낄 만큼 많이 먹어 살이 푸둥푸둥 찐 상태인가. 아무리 먹어도 늘 배고픔에 시달린다는 그런 지옥에 나가떨어질 생각을 하고 있었다.

"아, 이 지방 특산물을 팔고 있네요."

"특산물."

잠시 후 들려온 쓰나코 말에 왕눈이 잡념을 떨치듯 숙였던 고개를 드니 저만큼 토산품 가게들이 머리를 맞대고 있는 게 눈에 들어왔다. 사람들이 조금만 들끓는다 싶으면 어느 곳이나 가리지 않고 가게를 여는 게 아마 일본 사람들 생리이자 상업에 대한 밝은 눈을 말해 주는 게 아닌가 싶기도 했다. 적어도 왕눈의 판단에 비추어 장사에 관한 한 이들을 따라갈 나라가 없었다.

'장사.'

왕눈은 만약 내가 다른 것을 하지 않고 장사를 하게 되면 어떤 장사를 하는 것이 좋을까 궁리해보았다. 일본에 와서 늘어난 게 공상과 한숨이었다. 그리고 그 둘은 항상 어깨동무를 하고 있었다.

'내 곁은 사람은……'

어차피 그 자신은 많이 배우지 못한 몸이다. 그러니 아무래도 관리가 될 수는 없을 테고, 부모와 마찬가지로 뼈 빠지게 땅을 파거나 막노동을 해봤자 입에 풀칠하기도 쉽지 않고, 그렇다면 장사치로 나가는 길밖에는 없지 않을까 싶기도 했다.

'사람은 누라도 안 묫고는 몬 산께네.'

그렇게 짚어보면 장사 중에서는 비화가 운영하는 나루터집처럼 '먹는장사'가 그중 낫지 않을까 여겨졌다. 밑천도 다른 업종에 비하면 적게 들어도 되겠고, 일단 값이 싸고 음식 맛이 좋다고 소문만 나면 멀리서도 손님들이 찾아들 것이다.

그때, 왕눈이 음식점을 머릿속에 그리고 있다는 것을 알기라도 하는지, 쓰나코가 저만큼 가게 한 곳을 보면서 말했다.

"우리 저기 가서 뭘 좀 먹을까요?"

시장기를 느낄 정도의 시간이 흐르긴 했다.

"예."

왕눈이 바라보니 만둣가게였다. 가게 문짝에는 하얀 천 조각이 길게 처져 있고, 거기에 일본 글로 무어라 적혀 있었다. 여느 가게들과 마찬가지로 규모는 그렇게 크지 않아도 뭔가 아기자기한 분위기를 풍기는 게 다양한 종류의 만두를 파는 곳 같았다.

"들어가요."

쓰나코가 손으로 왕눈 등을 밀었다.

"예."

그들이 그쪽으로 다가가자 약간 꺼진 이마에 흰 두건을 두르고 흰옷을 입은 가게 주인이 무척 반갑게 손님을 맞이했다. 백색 복장을 한 탓인지 상대적으로 피부가 다소 검어 보이는 사십 대 사내였다. 그리고 얼핏 봐서는 조선인과 별로 차이를 보이지 않는 외모였다. 두건과 옷이 흰빛이어서 그런지도 모른다.

"맛이 괜찮네요."

"……."

"그렇죠?"

"예."

"어서 많이 드세요."

"……."

"드실 만하죠?"

"예."

언제나처럼 그런 일방적인 대화가 이어졌다. 그것은 왕눈의 시간은 '화석'이 돼버린 것과 거의 유사한 성질의 것이었다. 멈춰버린 시간이었다. 그렇지만 여행이라는 이름 아래 끊임없이 돌아가는 공간이었다. 그런 엇박자도 없을 것이다.

왕눈은 꿈에서조차 상상하지 못하고 있었다. 배봉과 점박이 형제 그리고 동업이 사토의 미망인인 미찌꼬와 만나기 위해 거기 일본에 왔을 때, 미찌꼬가 모는 차 안에서 우연히 쓰나코와 같이 길을 걸어가고 있는 그를 발견한 억호에 의해 한바탕 혼란스러운 일이 벌어졌다는 사실을 어찌 알까. 물론 그 일은 억호가 잘못 본 것으로 결말이 나긴 했다.

"자, 이것도 맛 좀 보세요."

"내만 자꾸 주지 말고……."

"그럼 그쪽에서 저한테 한번 줘 봐요."

"……."

이곳저곳 많이 걸어 다니느라 적잖게 허기진 까닭도 있겠지만 그날따라 만두 맛이 유별나게 좋았다. 평소 과식하는 편이 아닌 쓰나코도 만두를 여러 개나 먹었다. 그래도 식성이 좋은 왕눈에게 비하면 절반도 먹지 못했다.

"극락으로 갈 수 있다고 하는 그 열쇠를 만졌을 때 기분이 어땠어요?"

만두를 배부르게 먹고 입가심으로 녹차까지 마신 후에 쓰나코가 물었다.

"그, 글씨예."

왕눈은 선뜻 대답하지 못했다. 솔직히 말해 별다른 느낌이 없었다. 일본인들 미신은 형편없고 특별하구나 하는 생각만 잠깐 들었을 뿐이었다.

"만약 정말로 어딘가에 극락이 있다면⋯⋯."

쓰나코는 호기심 많은 어린 소녀 모습으로 눈을 반짝이며 말을 이었다.

"그곳 사람들은 무엇을 하며 살아갈까 너무너무 궁금해요."

"내도 그렇거마예."

하지만 왕눈이 더 알고 싶은 건 지옥에 있는 사람들이 어떻게 살아갈까 하는 쪽이었다. 왕눈에게 늘 생각을 많이 한다고 투정 부리듯 할 때는 언제고 이런 말도 했다.

"또 무슨 생각들을 하는지도요."

'그냥 하루하루가 언제나 즐겁고 아무 근심 걱정 없이 살아가지 않을까요? 그러니 무슨 생각을 할 필요가 있을까요?'

그렇게 얘기하고 싶었지만, 왕눈은 입을 열지는 않았다. 그 대신 꿈에서라도 나타나기를 갈망하고 있는 옥진과 함께라면 지옥에서 살아도 극락같이 행복하지 않을까 하는 생각만 머릿속에 가득 찼다.

그러면 쓰나코와 함께하는 이 순간은 어떤가? 그러자 또 눈알이 쓰려오면서 머리가 지끈거리는 왕눈이었다. 그 해답이 담긴 상자는 극락의 열쇠로도 열기 어려운 자물쇠로 꼭꼭 채워져 있을 것만 같았다.

"일본 사람들은 말예요."

필기구가 들어 있는 가방을 잠깐 내려다보고 나서 쓰나코가 말했다. 자기 나라 사람들을 두고 '일본 사람들'이라고 하는 게 왕눈 귀에는 매우 생경하게 들렸다. 그녀 몸에 조선인 피가 흐르고 있다는 사실을 모르지 않으면서도 그랬다.

"아까 우리가 둘러보았던 저 젠코지를 두고 말이죠."

다른 좌석에 앉아 있는 손님들을 둘러보고 나서 말을 계속했다.

"일생에 꼭 한번 가볼 만한 그런 곳이라고들 해요."

머릿속으로는 투박하지만 어쩐지 정이 가는 조선 뚝배기를 떠올리면서 손가락으로 일본 찻잔을 만지작거리던 왕눈이 물었다.

"와 그리 이약하지예?"

"그건……."

잠시 생각한 끝에 그녀가 대답했다.

"아마도 가장 일본다운 곳, 일본의 역사와 문화가 깊이 서려 있다고 보기 때문이 아닐까 싶어요."

지난날 부산 부두에서 밀항선을 탔던 기억을 상기시키려는지 이런 말도 했다.

"왜 조선에도 그런 곳이 있잖아요."

왕눈은 쓰나코가 무엇을 가르치는 어투로 곧잘 입에 올리곤 하는 그 역사니 문화니 하는 따위 말들이 여전히 생소하기만 했다. 그가 잘못 알고 있는지는 모르겠지만 살아가는 것과는 좀 거리가 있는 게 아닌가 했다. 그렇지만 이제 거부감은 처음보다 훨씬 덜했다.

'여자가 학동들을 갈카주는 훈장이 될라쿠는 거도 아일 끼고.'

어쨌든 간에 아련한 목소리로 그렇게 이야기하는 쓰나코는 가장 전형적인 일본 여자로 비쳤다. 그녀 어머니 노요리에가 일본 도자기 원조元祖인 이삼평의 후예라는 사실을 염두에 두어서인지 조선 여자처럼 보일 때도 있었다. 여하튼 그 양면성을 동시에 갖춘 여자라는 게 쓰나코의 개성이 아닐까 여겨졌다.

'그거는 그렇고…….'

왕눈은 마음속으로 생각해 보았다. 우리 조선인들이 일생에 꼭 한번 가보고 싶어 하는 곳은 어딜까. 쉽게 판단을 내릴 일도 아닌 성싶었다.

한성? 제주도? 중국? 미국이나 영국? 아니면 달이나 별?

왕눈이 스스로 곱새겨 봐도 너무 엉터리다 싶어져 가만히 있는데, 쓰나코가 또 가방에서 서둘러 필기구를 꺼내더니 무언가를 아주 급하게 적어나가기 시작했다. 그럴 때 그녀는 본연의 모습을 되찾고 있다는 느낌을 주었다.

아마도 무슨 기발하고 새로운 착상이라도 떠올라 그것이 사라져버리기 전에 어서 글로 남겨두어야겠다고 작정한 모양이었다. 그녀의 그런 모습은 어쩐지 지켜보는 사람 마음을 야릇하게 이끌었다. 왕눈은 내심 중얼거렸다.

'암만캐도 글 쓰는 일을 직업으로 삼을랑갑다.'

그러자 그녀가 한층 더 신기하게 비쳤다. 글 하는 선비라면 남자라는 그런 관념을 지닌 왕눈이었다. 글 하는 여자 선비. 그것은 아무리 짚어 봐도 아귀가 맞지 않는 소리 같았다. 치마를 입은 채 양발을 괴고 서안 앞에 붙어 앉아 서책을 이리저리 뒤적거리고 있는 여자 모습은 상상으로라도 쉬 그려지지 않았다. 손가락에 골무를 끼고 바느질을 한다거나 부지깽이를 들고 부엌 아궁이 앞에 쪼그리고 앉아 밥을 짓는 모습만 떠오르는 것이다.

'하기사 요새는 시상이 마이 배꿨제.'

이제 갈수록 여자들도 서책을 가까이하고 있다는 현실을 모르는 바는 아니었다. 하지만 여자가 공부한다고 해봤자 대체 뭘 어디까지 하겠느냐는, 비아냥거림까지는 아니라 할지라도 하여튼 가슴에 와 닿는 무엇인가가 달랐다.

'이상타. 이전에 비화 누야가 나모 꼬챙이나 돌삐이로 땅바닥에 글씨

를 쓰고 있는 거를 봤을 적에는 이런 기분이 안 들었다 아이가.'

그때 그들 옆자리에 앉아 있던, 한눈에도 부부로 보이는 초로의 남녀 손님이 주인에게 무슨 말인가를 했다. 그러자 주인이 크게 웃고 나서 고개를 끄덕이며 그 말을 받았는데 왠지 자랑스러워하는 얼굴이었다. 가만히 듣고 있던 쓰나코가 작은 소리로 통역해주기 시작했다.

"지금 저들은요."

어느 좌석에선가 의자 삐걱거리는 소리가 나더니 이내 조용해졌다. 또 다른 좌석에서는 들릴락 말락 낮은 웃음소리가 흘러나왔다. 하나같이 다른 사람들에게 방해가 되지 않긴 해도 그게 더 신경을 긁어놓기도 한다는 경험을 왕눈은 가지고 있었다.

"이 고장은 일본의 지붕으로 불리는 '주오 고지'를 점령하고 있다는 이야기들을 나누고 있어요."

왕눈은 기와집과 초가집이 한데 어우러져 무척 안온하고 평화로워 보이는 고향의 성내 '안골' 동네가 두 눈에 선연히 나타나 보여 가슴이 착잡해졌다.

"일본의 지붕."

쓰나코는 또 귀를 기울이고 있다가 다시 입을 열었다.

"아하, 일본 동쪽 문화와 서쪽 문화의 영향을 동시에 받는 식으로 발전해왔다는 그 소리도 하고 있군요. 그래서 이곳 문화는……."

또 문화였다.

"예에."

가방끈 짧은 왕눈으로서는 어려운 말이기도 하려니와, 알고 싶지도 않고, 알아도 그다지 도움이 될 성싶지 않은 내용이었다. 아무리 시간관념이 사라진 그라고 할지라도 왠지 초조하고 불안한 마음은 날이 갈수록 심해지고 있어 모든 게 귀찮을 따름이었다.

그런데 흰옷이 꽤 잘 어울리는 주인은 신바람이 붙어 손님에게 잠시도 쉬지 않고 무슨 소리인가를 떠벌리기 바빴다. 원래 말이 대단히 빠른 사람 같은데, 제 딴에는 기분 좋은 소리를 하니까 한층 더 빨라지는 게 아닌가 싶었다. 그래서 일본말을 거의 알지 못하는 왕눈에게는 그저 호들갑스럽고 벌이 윙윙대듯이 귀가 따가운 소음으로만 들렸다.

'일본 남자들은 와 말하는 거하고 행동하는 거를 우리나라 남자들맹캐 좀 묵직하이 몬 하까?'

그런 생각이 들다가도 회의가 일었다.

'해나 우리나라 남자들이 잘몬하는 긴가?'

혼자 속으로 반문해보다가 마음의 고개를 내젓기도 했다.

'그거는 아일 끼다. 남자라쿠모 우리나라 남자들매이로 해야제.'

그러나 그러면서도 왕눈은 인정하지 않을 수 없었다. 일본 장사꾼이 손님들 관심을 끄는 솜씨 하나만은 알아줘야 한다.

'그라모 내는?'

그게 언제가 될지는 알 수 없지만 나도 나중에 장사를 하게 되면 저렇게 될 수 있을까 내심 가늠해보니 솔직히 자신이 없었다. 하지만 노력하면 안 될 게 뭐가 있겠느냐고 입술을 깨물기도 했다. 성공하여 귀향하기 위해서는 그보다도 몇 배나 어렵고 힘든 일도 감수해야 마땅할 것이다.

금의환향이란 게 어디 임배봉 가문에서 하는 동업직물의 비단옷 하나척 걸치는 것처럼 쉬운 것이겠는가 말이다. 그건 그렇고, 그놈의 집구석은 어째서 망하지도 않나? 아니지. 어쩌면 내가 없는 사이에 그렇게 돼버렸는지는 알 수가 없지.

'에이, 고 점벡이 행재들 싫어갖고 더 생각 안 하고 시푸다.'

그럼 비화의 나루터집은? 상촌나루터에 있는 그 가게는 더 많이 번창해 있으면 좋겠다. 비화 누이는 언제나 이 석재팔이를 친동생보다 더 살갑게 대해주었다. 나이가 많든 적든 세상 남자들은 모두가 그녀를 좋아할 것이다. 같은 여자들도 마찬가지일 것이다.

"여름에는 꽃이 많이 피고······."

나가는 손님보다 들어오는 손님이 더 많은 만둣가게였다.

"겨울에는 눈이 많은 고장이 여기래요."

왕눈은 쓰나코 말을 입속으로 되뇌어보았다.

"꽃, 눈······."

하지만 여름과 겨울뿐만 아니라 봄, 가을 등 네 계절에 대한 순환의 감각을 제대로 느낄 수 없는 사람이 왕눈이었다. 그의 시간은 흐르지 않는 웅덩이 물처럼 영원히 한 자리에 그대로 머물러 있는 것만 같았다.

"그리고 그 꽃은 말예요."

"예."

쓰나코 입술은 꽃봉오리가 벙그는 것을 바라보고 있는 성싶었다. 그 입술 사이로 흘러나오는 말들은 꽃씨가 되어 세상을 꽃밭으로 가꿔줄 듯했다.

"그 눈은 또 어떤가 하면요."

꽃밭뿐만 아니라 눈밭도 왕눈 눈앞에 그려졌다. 어쨌거나 그렇게 들려주면서 쓰나코는 자신이 한 소리를 다시 그대로 글로 옮겨 놓는 것 같았다. 혹시나 필기구를 꽉 쥐고 있는 손가락이 그만 뭉개져 버리지나 않을까 심히 우려가 될 판이었다.

'하여튼 에나 독한 여자다, 독한 여자. 내 곁은 사람은 백 분을 죽었다가 깨나도 저리는 하지 몬할 기다.'

쓰나코의 극락은 글 쓰는 곳이 아닐까, 왕눈은 얼핏 그런 감상에 잠기었다. 나의 극락은 옥진이다, 하는 생각과 더불어서였다.

일경日警과 앞잡이

점박이 형제가 양득을 비롯한 집안 사병들을 거느리고 조선목재를 기습한 날로부터 정확하게 만 나흘이 지나서였다. 해가 네 번을 떴다가 지고, 달그림자도 그 숫자만큼 드리워졌다가 스러졌다.

또 상촌나루터였다. 낙동강으로 흘러 들어가는 남강에서 가장 오래되고 최고로 번창한 나루터였다. 콩나물국밥으로 아주 유명한 나루터집에서 발생한, 일본인 칼잡이에 의해 너무나도 잔혹하게 자행된 손 서방이라는 조선인 피살 사건의 충격이 채 가시기도 전에, 이번에는 강가 무성하게 우거진 나무숲 속에서 어떤 시신 하나가 발견되었다. 꽃무늬가 현란한 비단 이불에 멍석말이를 당한 것처럼 둘둘 말린 상태로 숨이 끊어져 있는 거구의 사내였다.

"저, 저기 사, 사, 사람 시, 시체가!"

맨 처음 그 소름 끼치는 현장을 목격하고 세상에 알린 사람은, 잠깐 강바람을 쐬러 나왔다가 소변이 마려워 그 숲으로 들어갔던 근처 주막집 주인 남자 박 씨였다. 그곳 본토박이인 그는 거칠고 까무잡잡한 피부에 덧니가 보기 싫게 나 있는 중년이었다.

다른 사람들은 잘 모르겠지만, 그는 과수댁 밤골 댁과 홀아비 한돌재가 우여곡절을 겪고 한 살림을 꾸리며 개업한 밤골집이 그곳에 문을 열었을 당시에, 기존의 다른 주막집 주인들과 합세하여 돌재에게 은근히 으름장을 놓으면서 괴롭히던 장본인이기도 하였다. 비화 시가집이 있는, 그러니까 재영의 고향 새덕리에서 농사를 짓던 돌재가, 지난 임술년 농민항쟁 당시 농민군 꽁무니를 따라다녔다는 사실까지는 알지 못하고 있었다.

"그, 그, 그기……."

그날 박 씨는 나무숲 속에 있는 웬 고급 이불을 발견하고는, 대체 이게 뭔가 하고 무심코 손으로 들춰보다가 그만 숨이 넘어가도록 기겁하고 말았다. 그 화려한 비단 이불 안에는 온몸이 상처투성이인 채로 숨겨 있는 덩치 큰 사내가 들어 있었던 것이다. 박 씨 자신보다 체구가 배나 더 돼 보이는 거구였다. 만약 자기 집 대문 앞에 업둥이로 버려진 강보에 싸인 갓난아이였다면 박 씨는 그렇게까지 경악하지는 않았을 것이다.

"뭐라고? 다시 말해 보라고."

"또 사람이 죽었다고?"

"혹시 엉터리 신고는 아니겠지?"

그 신고를 받고 출동한 사람들은, 그곳 경찰서의 일본인 차베즈 총순總巡과 조선인 석 순검巡檢 그리고 이번에 발령을 받아온 일본인 신참 순검 모리였다.

"제길 헐!"

그들은 살인 사건 현장에 나타나자마자 수사할 생각은 하지 않고 무작정 투덜거리기부터 하였다. 그것은 직무유기까지는 아니라 할지라도 경찰로서의 본분을 망각하는 행태가 아닐 수 없었다.

"도대체 왜들 이러지? 무엇 때문에 이러냐고? 여기 상촌나루터는 부정 탄 곳이군 그래. 너무너무 형편없는 곳이라니까! 벌써 싹 없애버렸어야 했어."

아주 다부진 몸집에 단추 구멍만 한 눈에는 독기 하나만 시퍼렇게 살아 번득이는 차베즈 총순이 몹시 신경질적으로 고개를 흔들며 불만을 터뜨렸다. 독설을 내뱉는 게 완전 몸에 밴 자였다.

"어째서 사람들이 이렇게 잘 죽는 거야, 엉? 재수 없게."

그에게서는 왠지 모르게 아슬아슬하고 위험하기 그지없는 기운이 전해졌다. 그뿐만 아니라 갈수록 천성에 불이 붙는지 악담도 제멋대로 퍼부어 대었다.

"이곳 인종들뿐만 아니라 집도 나무도 새도 보기 싫어 죽겠어."

그의 눈에 보이는 것들은 모조리 추방해버리지 못해 안달 나 하는 모습이었다.

"모두 저 강물에 떠내려가 버리라고 해."

그러자 키가 난쟁이같이 작은 데다가 수수깡처럼 깡마르기까지 한 석순검이, 허리를 있는 대로 굽혀가면서 아부 섞인 맞장구를 치기 시작했다. 그보다 잘 어울리는 조화도 없을 것이다.

"그런께 말입니더. 에나 재수 옴 붙은 데 아입니꺼?"

그는 알아먹기 힘든 지독한 지역 사투리를 쓴다고 항상 퉁을 주는 차베즈 총순에게 시종 그 사투리를 써가며 알랑거렸다.

"시방 저 강에 둥둥 떠서 댕기는 나룻배들을 모돌띠리 한데 모다갖고 확 불을 싸질러서 없애삐고……."

사체가 들어 있는 이불 위로 칙칙한 빛깔의 낙엽 한 장이 굴러내리고 있었다.

"더럽거로 짜다라 우 널려 있는 조 딱 보기 싫은 가게들도 싹 다 문을 닫거로 맨들든가 해야 안 합니꺼."

한참을 그러자니 제풀에 목이 타는지 뱀처럼 혓바닥을 날름거려 보기 징그러울 만큼 툭 튀어나온 거무튀튀한 색의 입술을 핥았다.

"저대로 놔놓다가는 또 무신 일이 벌어질랑가 구신도 모리지예."

석 순검은 쉴 새 없이 나불거리고 나서 모리 순검에게로 튼튼해 보이지 못하는 고개를 돌려 동의라도 구하려는 투로 물었다.

"안 그런 기요, 모리 순검?"

그러자 모리 순검은 벌레라도 삼킨 듯한 떨떠름한 표정을 지었다.

"그야 뭐……."

그자는 불도그같이 험상궂게 생겨먹은 상판대기에 근골이 늠름한 체구임에도 불구하고 아직 경찰 경험이 일천日淺한 탓인지, 하고많은 사고 중에 하필 살인 사건이라는 것부터가 도무지 마음에 내키지 않은 기색이었다. 그는 그곳에 당도한 순간부터 폭이 넓고 위로 향한 입을 연방 삐쭉거리고 있었다.

"저 인간들은 또 뭐야?"

차베즈 총순은 경찰이 현장 검증을 하는 동안 저만큼 무리 지어 모여서 계속 뭐라고 웅성거리고 있는 나루터 사람들에게 괜한 신경질을 부렸다. 승진이 자기 뜻대로 되지를 않아서인지, 조선인이라면 무조건 패악을 부리고 싶어서인지, 아니면 또 다른 까닭인지, 아무튼 그자는 사람의 주검을 앞에 놓고도 꼭 짐승 한 마리 죽어 있는 것으로 대하듯 예사로 여기는 품이 무척 비인간적이면서 가소롭기 짝이 없었다.

"대관절 사람이 죽은 데서 뭘 얻어먹을 게 있다고, 양아치 떼같이 우우 몰려와서 떠들고 야단 난리들이야, 야단 난리들이긴?"

그곳 인적 드문 남강 변에 지천으로 깔려 있는 자갈돌이나 모래알이라도 콱 씹은 것 같은 낯판이었다.

"그리들 할 일이 없는 게야?"

그래도 흩어질 생각을 하지 않고 그 현장을 지켜보는 동안에 힐끔힐끔 자기를 훔쳐보고 있는 조선인들을 향해 막가파식으로 나갔다.

"그렇다면 끌고 가서 사역使役을 시켜?"

그걸 본 석 순검이 이번에도 주인에게 살랑살랑 꼬리 치는 개처럼 굴었다.

"천분 만분 지당하신 말씀입니더. 할 일도 없는 것들이 아즉 사람 시체를 기경도 하지 몬한 모냥이지예?"

그러다가, 부조扶助는 않더라도 젯상이나 치지 마라느니 어쩌니 혼자 씨부렁거리더니, 동족이라고 할 수도 없을 만큼 너무나 몰인정하게 나왔다.

"하매 제삿밥 얻어묵으로 온 것도 아이고……."

차베즈 총순은 끝까지 듣지도 않고 '쩝쩝' 소리 내어 입까지 다셔가며 말했다.

"아 참, 이 고을 헛제삿밥인가 하는 게 별미라며?"

그러자 석 순검은 또 그에게 밥을 사주어야 할 빌미 하나를 주고 말았다는 생각에 아주 후회하는 낯빛이면서도 입은 반대로 놀았다.

"하모, 그렇심니더. 여 그 헛제삿밥, 벨미도 그런 벨미가 없지예. 에나 구신도 묵어보모 고마 팍 졸도할 낍니더."

여전히 상을 찡그리고 있는 모리 순검도 들으라는 투로 말했다.

"운제 지하고 헛제삿밥 잘하는 집에 같이 한분 가입시더."

그 말이 떨어지기 바쁘게 차베즈 총순은 그곳에 유람이라도 나온 것처럼 굴었다.

"나는 지금 바로 가고 싶은데?"

석 순검은 입으로야 무슨 선심을 못 쓰겠냐 하는 심사로 응했다.

"그라모 그리하시든가예."

차베즈 총순과 석 순검이 그때 그 현장에서는 도무지 어울리지 않은, 해서는 안 될 온갖 소리를 서로 지껄여대고 있는 그 옆에서, 모리 순검은 크고 네모진 머리를 절레절레 흔들어 댔다. 그러고는 뭉뚝한 코로 냄새라도 맡으려는지 '킁킁' 하는 이상한 소리를 냈다. 공기 속에 섞여 있는 것은 분명히 시신 썩는 냄새였다. 그것은 강가 물때 냄새와는 비할 바가 아니었다.

"아이고오오……."

그때 높고 애절한 여자 통곡 소리가 들리더니 한 무리의 사람들이 도착했다. 그곳에 있던 사람들이 그들을 눈여겨보면서 여러 말로 수군거리기 시작했다.

"아, 유족들인가베."

"그런 모냥이제. 인자사 알았는갑네?"

"안 그렇것나. 이리 후미진 데서 죽어 있으이."

"참말로 올매나 기가 차것노. 쯧쯧."

"하모, 안 그러까이?"

비보를 전해 들은 민치목 아내 몽녀와 아들 맹쭐이 달려온 것이다.

"이, 이, 이기 무, 무신 이, 일고?"

남편 생존 시에 눈빛이 몽롱하다고 늘 구박받던 그녀가 지금은 매우 달랐다. 남편 사망 소식에 환장한 탓인지 보기에도 섬뜩할 정도로 샛노랗게 번뜩이는 눈동자였다. 그전부터 몽녀를 잘 아는 사람들도 그녀를 제대로 알아보지 못할 정도였다. 머리카락은 말할 것도 없고 옷맵시도 아주 제멋대로 헝클어져 있는 상태였다.

맹쭐 눈도 다르지 않았다. 온 세상을 송두리째 집어삼키고도 남을 만치 무섭게 부릅뜬 그의 눈에는 절간 사천왕상마저 그만 질려버릴 판국이었다. 힘줄이 불거지도록 꽉 쥐고 있는 그의 두 주먹은 부르르 떨렸으며, 무릎이 금방이라도 팍 꺾이면서 땅바닥에 엎어지지 않을까 위태로워 보였다.

그리고 다른 사람들도 몇 더 있었다. 그들 모자와 함께 온 일행들은 맹쭐이 사장 자리를 꿰차고 앉아 있는 '만부토건' 직원들과 그곳에서 공사를 떼어 일하는 인부들이었다. 그 사람들도 믿어지지 않는다는 표정이었다.

"어이, 모리! 확인시켜."

차베즈 총순이 신참 모리 순검에게 짧게 명령했다. 일단 기본적인 절차부터 밟아야 하는 것이다. 강물이 흐름을 딱 멈추고 나무들이 한층 수런거리는 소리를 내는 듯했다.

"하, 하이……."

하지만 명령을 받고도 모리 순검이 계속해서 머뭇거리고 있자, 차베즈 총순은 부하에게 무시당했다고 여기는지 버럭 언성을 높였다.

"뭘 하고 있어?"

강물과 모래밭 위를 오가며 내는 물새들 울음소리가 장송곡처럼 들렸다. 차베즈 총순은 발로 모리 순검의 정강이를 걷어차려는 기세로 다그쳤다.

"어서 시키는 대로 하지 않고?"

"……."

그런데 모리 순검은 상관에게 복명복창하는 대신에 석 순검부터 바라보았다. 그런 일은 조센진인 네가 해야 당연하지 않으냐는 빛이었다. 비록 네가 나보다도 몇 년 먼저 경찰 밥을 먹었다고 할지언정, 나는 어디까지나 위대한 일본국 지배민족이고 너는 어디까지나 식민 백성인 조센진이다, 그런 얼굴이었다.

'조 쪽바리가야?'

200

눈치코치라면 절집에 가서도 젓국을 얻어먹을 석 순검이 그것을 알아차리지 못할 리가 없었다. 하지만 그는 모리 순검의 눈길은 아예 모른 척하고 잠자코 상관 차베즈 총순을 바라보기만 했다. 위계질서를 바로잡아 달라거나, 아니면 구원을 요청하는 눈치였다. 그 어느 쪽이든 간에 결코 좋아 보이는 경찰 자세는 아니었다.

"으흠."

헛기침 소리를 내더니 차베즈 총순이 씩 웃었다. 무척 재미있어하는 표정이었다. 내가 누구 손을 들어주는 것이 더 이익이 될까 잠시 수지타산을 해보는 기색이던 그가 이윽고 선고를 내렸다.

"모리가 햇!"

"예?"

"네가 하라니까? 제 이름도 잊은 거야?"

"흐……."

모리 순검은 철석같이 믿었던 동족에게서 심한 배신감을 느끼는 빛이 역력했다. 그는 불도그처럼 튼튼한 두 다리를 약간 비틀거리기까지 했다. 차베즈 총순은 다소 꼬부장한 눈으로 그 다리를 째려보며 일깨워주듯 하였다.

"이건 어디까지나 신참이 할 일이라고."

언제나 강심으로부터 생겨나 부는 듯하던 바람이 이날은 나무숲에서 처음 일어나 하늘로 막 치솟는 것 같았다.

"그, 그래도……."

더듬거리는 모리 순검을 퍽 고소하다는 눈빛으로 보고 있는 석 순검을 힐끗 보고 나서 차베즈 총순이 골 먹이는 소리로 말했다.

"그거 알아, 몰라?"

모리 순검은 잔뜩 화가 난 탓에 말도 오락가락하고 있었다.

"알, 몰……."

시신 썩는 냄새가 물씬 풍기고 있었다. 그것은 상한 물고기에서 나는 냄새와 크게 다를 바가 없게 느껴졌다.

"뭐든 알아서 나쁠 건 없다고. 정신 건강을 위한 보약을 먹는다고 생각하도록."

차베즈 총순은 어쩌면 전생에 화장장에서 유골을 추려내는 인부였는지도 모른다. 그러지 않고서는 저런 언행을 해 보일 수가 없는 것이다.

"으으."

모리 순검은 더 무어라고 하지는 못하고 이 앓는 소리를 내며 입술만 꾹 깨물었다. 그게 사실인지 거짓인지 알 수는 없지만, 하여튼 기분 팍 잡치는 소리였다.

"조선 속담에, 찬물도 아래위가 있다고 그러더군."

차베즈 총순은 모두가 틀어막고 싶은 코를 되레 크게 벌름거리며 쐐기 박았다.

"누군 안 그랬는 줄 알아? 나도 신참 땐 똑같았어."

자기는 크게 출세한 사람인 척 모리 순검을 향해 거만하게 고개를 까딱 해 보이면서 한수 가르쳐 준다는 식이었다.

"억울하면 너도 빨리 고참이 되라고."

모리 순검을 향해 혀를 쏙 내밀어 보이는 석 순검이었다.

'까~악, 까~악.'

죽음의 냄새를 맡은 까마귀들이 다른 곳으로 가지 않고 계속 나무숲 위에서 선회하고 있었다. 기분 나쁜 울음소리를 사람들 머리 위에 저주처럼 떨구었다.

"헤……."

석 순검 입이 연방 헤벌어졌다. 간간이 뇌물을 써온 약발이 큰 효과를 보는 순간이었다. 모리 순검은 세상에 그런 법도 있는가 하고 계속 강력하게 항의하는 기색이었다. 그는 조금만 더 열이 돋치면 제 주인을 콱 물어뜯을 불도그 같아 보였다.

조센진을 놔놓고 위대한 일본 제국 황국신민인 나를 시켜? 날 물로 봐?

짧은 순간이지만 자기들 사이에 살벌한 공기가 감돌았다. 하지만 결국 모리 순검은 어쩔 수 없었는지 석 순검을 한 번 매섭게 노려보고는, 시신이 있는 쪽으로 몸을 돌려세우며 다른 사람들 귀에도 들릴 만큼 크게 이를 뿌드득 갈았다. 그의 이빨은 한번 물면 절대로 놓지 않는다는 불도그 이빨을 닮았는지도 모르겠다.

'석 순검 이놈, 앞으로 두고 보자. 나를 이러고도 네놈이 무사할 줄 아느냐?'

모리 순검 얼굴에는 그런 말이 씌어 있었다. 그 표정을 읽은 석 순검은 속으로 쾌재를 부르며 중얼거렸다.

'요 신빼이(신출내기)야, 운젠가는 차베즈 총순도 내 밑에다 둘라쿠는 내다, 이눔아. 니 까짓 기 오데서?'

기실 법으로 따지고 들자면, 시신부터 옮기는 게 우선순위였다. 아무래도 제대로 사람 취급도 받지 못하는 조센진 시신이니 그런가보다 여겨져서, 모리 순검은 내심 쓴웃음을 지으며 자위했다. 내가 일본인으로 태어난 게 얼마나 축복받은 거냐고.

'흥, 조센진! 석 순검 네놈도 나중에 이렇게 안 될 줄 알아?'

그렇지만 다른 한편으로는, 아무리 초동수사에서부터 현장을 철저히 보존하기 위해서라고 하더라도 이건 너무나도 심하다 싶기도 했다. 바로 이런 게 대한제국 치안을 책임지겠다고 나선 우리 일본국 경찰의 본디 모습인가? 그렇다면 이것이야말로 국제적인 사기가 아닌가. 아시아의 질서를 바로잡는 종주국이 되겠다고 만천하에 공포한 것도 허위와 위선의 탈을 둘러쓴 행위일 수도 있는 것이다.

그러다가, 내가 아직은 신참이라 뭘 잘 몰라서 그렇지 우리 일본국이 이렇게 하는 데는 필시 무슨 이유가 있을 걸, 하는 생각도 품어보는 그였다. 그는 다시 한번 크고 네모진 머리통을 세게 흔들더니, 넓적한 코를 벌름거리고 폭이 넓은 입을 꾹 앙다물기도 하였다.

"이리들 와서 보시오."

이윽고 모리 순검은 여전히 충격에서 벗어나지 못하고 있는 유족들을 시신이 놓여 있는 어둠침침한 나무숲 안쪽으로 불러 모았다. 그러고는 고개를 모로 틀어 억지로 외면하며 손가락으로 시신 얼굴을 덮어 놓은 이불자락 끝을 조금 들어 보였다. 그 순간, 유족들의 오열이 터져 나왔다.

"어이쿠, 여보!"

"아, 아부지요!"

몽녀가 절구통 허리를 흔들어가며 마구 몸부림을 쳐대면서 계속 남편을 부르고, 맹쭐은 주먹에 피가 배여 나도록 옆에 있는 나무둥치를 꽝꽝 쥐어박거나 싸움소처럼 머리로 막 들이박았다. 근처 숲속에 숨어 있던 새들이 놀라 푸드덕, 날아오르는 소리가 났다.

"확인들 끝났스무니까? 그럼……."

그러면서 모리 순검은 한 손으로 약간 들추어 보였던 이불 한쪽 귀퉁이를 다시 본래대로 해놓고 얼른 뒤로 돌아섰다. 다른 한 손으로 코끝을 감싸 쥐고 있었다.

"총순님!"

어쨌거나 상사의 명령을 수행한 모리 순검이 차베즈 총순에게 다가가며 제 딴에는 무슨 대단한 사실을 알아내기라도 한 얼굴로 말했다.

"저 사람들 하는 것을 보니 유족이 맞는 것 같네요."

차베즈 총순이 심드렁하니 대꾸했다.

"뭐 그렇겠지."

듣고 있던 석 순검도 따라 했다.

"그렇것제."

강바람이 갈수록 좀 더 거세지고 있었다. 그 속에는 원귀가 내는 소리도 섞여 있는 것 같았다. 모래 먼지가 자욱하게 허공으로 날아올랐다가 허무한 생명체처럼 흩어졌다.

"그렇⋯⋯."

모리 순검이 상관 행세를 하려는 석 순검을 또다시 한참 째려보고 나서 억지로 마음을 추스르는 소리로 차베즈 총순에게 물었다.

"어떡할까요?"

차베즈 총순이 큰 선심이라도 쓰듯 대답했다.

"조금만 더 시간을 주어. 마지막이잖아."

그러나 그 소리는 유족들 울음소리에 파묻혀버렸다. 그것은 그들 세 식구가 들어가 있는 나무숲이 온몸으로 울부짖는 듯한 느낌을 주었다. 죽음 앞에 무엇이 더 끼어들 여지가 있겠는가. 가족과의 사별만큼 아프고 충격적인 게 다시 있을까. 한 번 가면 다시 돌아올 수 없는 것은 단지 강물만이 아니었다.

"아이고! 아이고!"

"으흐흐흐, 으흐흐흐."

도대체 세상 어떤 놈이 무엇 때문에 이런 짓을 했단 말인가? 왜? 왜? 왜? 하늘이 보이지 않고 땅이 보이지 않고 사람이 보이지 않았다. 지금 눈을 감고 있는가? 여태 꿔본 적이 없는 악몽인가? 아니, 꿈일지라도 이런 꿈일 수는 없었다.

"여보오!"

"아부지이!"

이런 것이 바로 핏줄이고 가족이었다. 살아 있을 때는 저 인간, 콱 죽어버렸으면, 하는 악담을 함부로 퍼붓기도 했고, 나이 더 들어 늙어만 봐라, 그때 가서는 내가 당한 만큼 반드시 되돌려줄 것이다. 그런 반감까지도 품었던 대상이 남편이요, 아버지였다. 하지만 그 모든 것은 사람이 눈을 감기 전에 하던 짓거리였다.

"허, 각중애 바람은 와 이리 심하거로 불어쌌노?"

"하모, 여게가 아모리 강가라도 그렇거마는. 자연도 아는 기 좀 있는 모냥이제?"

"저 모래 문지(먼지) 좀 봐라꼬. 나모들도 픽픽 안 쓰러질 꺼 겉나."

"사람은 더 그리 될 꺼 매이다."

만부토건 직원들끼리 낮게 주고받는 이야기들이었다. 나중에는 이런 섬쩍지근한 소리도 나왔다.

"한을 품고 갔을 낀께."

"한? 한을?"

"우리라 캐도 안 그렇것나. 함 생각해 봐라꼬."

"그라모 시방 이 바람은?"

"아, 그런 이약하지 마라꼬."

"맞거마는. 안 그래도 몸이 오싹해서 달아나삐고 싶은데……."

"내도 죽을 거 겉애서 너모 무섭다."

역시 직접 당한 당사자들이 아닌 남들은 다 그렇고 그런 게 세상인심이었다. 이미 죽은 사람을 앞에 놓고 지켜보면서 무섭다는 그따위 잡소리들이나 함부로 나불거리고 있었다. 그래서 옛날부터 죽은 사람만 섧다는 소리가 나온 건지도 알 수 없었다.

'씨~잉.'

시간이 지날수록 심해지는 강바람 끝에는 맞아 죽은 원혼의 울음소리가 추녀에 매달린 차가운 고드름처럼 매달려 있는 듯했다. 세상에 맞아 죽은 것만큼 분하고 더러운 죽음도 없을 것이다.

"애고, 애고."

몽녀는 치맛자락이 허리께로 말려 올라간 채로 그냥 맨바닥에 퍼질러 앉아 그런 소리를 내며 손바닥으로 땅을 치고 또 쳤다.

"씨팔! 니기미!"

맹쭐은 눈알이 벌겋게 되어 온갖 욕설과 함께 그의 눈앞에 보이는 모든 것들을 모조리 죽여 버릴 것같이 굴었다. 아버지는 그가 넘을 수 없는 장벽이었지만 또 다른 한편으로는 외적을 막아주는 그 고을 성곽의 북동쪽에 파놓은 대사지 같은 해자이기도 하였다.

"헛! 헛!"

만부토건 직원들과 인부들은 연이어 헛기침하기도 하고, 짐짓 퍽 숙연한 모습으로 침묵을 지키기도 했다.

"우우."

그러던 어느 순간이었다. 맹쭐이 미친 사람 모습을 보이기 시작했다. 짐승이 내지르는 듯한 괴성을 내면서 경찰들 앞으로 달려가더니 당장 멱살이라도 틀어잡을 사나운 기세로 이렇게 물었다.

"누요? 누요? 우떤 눔이 울 아부지를 저리 맹글었소, 야?"

그 고함소리는 온 상촌나루터를 송두리째 뒤흔들어 놓을 만했다.

"어? 어?"

"허~억!"

그 서슬에 울던 아이도 울음을 뚝 그치게 한다는 무서운 왜경들이 그만 비칠비칠 뒤로 물러서고 있었다. 독기가 오를 대로 올라 더없이 위험천만한 맹쭐의 행동에는 그자들이 떠받들어 모시는 일본 천황도 겁을 집어먹을 정도였다.

"이 보소!"

그러나 맹쭐은 안색이 하얘지는 그들에게 더 바짝 다가서며 악바리를 써댔다. 이미 그의 얼굴은 사람의 그것이 아니었다.

"말 안 해줄라요? 안 해줄라요?"

그의 분노와 절망은 강물도 역류시킬 정도였다. 아까부터 시신이 들어 있는 나무숲 위에서 빙빙 날아다니고 있던 까마귀들도 잠시 피신했는지 보이지 않았다.

"말하소, 얼릉! 얼릉!"

맹쭐의 극심한 다그침에 급기야 차베즈 총순이 버럭 화를 냈다. 아마도 그는 조센진에게 그토록 호되게 당한 적이 한 번도 없었을 것이다.

"지금 누구에게 이러는 거야, 엉?"

치목 사체가 유기돼 있는 곳을 날카로운 눈빛으로 흘끗 보면서 고함쳤다.

"아비하고 같이 죽고 싶어?"

그런 으름장부터 놓은 후 나도 너처럼 환장하겠다는 듯 목에 핏대를 세웠다.

"살고 싶지 않아 약 쓰는 거야, 죽을 약?"

모리 순검도 불도그같이 떡 벌어진 어깨에 잔뜩 힘을 집어넣고 거구를 내세우며 맹쭐에게 위협을 가했다.

"이 봐! 정신 차리라고. 대체 우리가 뭘 잘못했다고 이러는 거야?"

그는 나루터 사람들이 웅성거리며 모여 있는 쪽을 흘끗 보고 나서 사뭇 강압적인 어조로 말을 계속했다.

"우리도 지금 범인을 찾고 있다고. 알겠어?"

그래도 맹쫄은 막무가내였다. 완전히 이성을 놓아버린 상태였다.

"살리내! 살리내!"

모래가 풀썩 먼지를 일으키고, 강물이 멈칫 흐름을 멈추는 듯했다.

"울 아부지 도로 살리내!"

어느 틈에 목이 쉴 대로 쉬어버린 맹쫄은 그렇게 외치더니 끝내 석 순검에게 달려들어 그의 멱살을 억세게 거머쥐고는 함부로 이리저리 흔들어대기 시작했다.

"캑캑."

체구가 왜소한 석 순검은 숨이 막히는 소리를 내면서 맹쫄이 흔드는 그대로 따라 움직였다. 바람에 속절없이 흔들리는 허수아비 꼬락서니였다. 하지만 그런 광경은 오래가지 않았다.

"밋토모나이(꼴사납다)!"

그런 외침과 함께 차베즈 총순이 어느새 허리춤에 차고 있던 권총을 빼 들고는 맹쫄의 몸을 정면으로 겨누며 소리쳤다.

"콱 뒈지고 싶어?"

싸늘하고 시커먼 총구는 정확히 맹쫄의 이마를 향하고 있었다. 그자의 손가락이 조금만 움직여도 지상의 생명 하나가 사라질 일촉즉발의 험악한 순간이었다.

"……."

일순, 그곳 공기가 돌변했다. 금방이라도 '탕' 하는 굉음과 함께 총알이 튀어나올 것같이 아슬아슬하고 살벌하기 그지없는 분위기가 와락 몰려들었다.

백정이 소를 잡듯이 조센진 목숨 하나쯤이야 하고 정말 방아쇠를 잡아당길지도 모른다. 그럴 수도 있는 족속들이었다. 걸핏하면 죄 없는 조선인을 폭도로 몰아 죽이거나 잡아 가두는 게 습성화 돼 버린 자들이었다.

강바람이 말 그대로 광풍이 되어 드세어지고 있었다. 꼭 치목의 시신을 싸고 있는 이불을 날려버릴 것 같았다. 아니, 치목의 시신을 거두어 가기 위한 듯했다.

"어서 그 손 놓지 못하겠어?"

차베즈 총순이 보기만 해도 섬뜩한 권총을 맹쭐 이마 쪽으로 좀 더 가까이 가져가며 매섭게 을러대었다.

"내가 셋까지 세기 전에 놓지 않으면 그대로 쏴버릴 테닷!"

그것은 그냥 단순한 위협만은 아닌 것으로 보였다. 맹쭐을 어떻게 하지 않으면 그들이 목숨을 잃을 위기와 맞닥뜨릴지도 모를 상황이었다.

"하나!"

마침내 차베즈 총순의 입에서 죽음을 부르는 첫 번째 소리가 나왔다. 그와 동시에 거기 운집해 있는 조선인들 사이에서도 경악과 공포의 비명이 터졌다.

그러나 그 극한 지경에 이르렀는데도 맹쭐은 석 순검 멱살을 잡고 있는 손을 놓지 않았다. 그렇게만 하고 있으면 아버지 목숨 줄을 놓치지 않을 수 있다고 생각하는지도 몰랐다. 그의 어머니 몽녀 또한 아들더러 제발 그 손 빨리 놓으라고 소리치지 않았다. 바로 눈앞에서 벌어지고 있는 장면이면서도 사람들은 믿을 수가 없었다.

그건 아무래도 두 가지 측면에서 그 연유를 찾을 수 있지 않을까 싶었다. 우선, 그야말로 청천벽력과도 같은 일을 당한 탓에 그때 그 자리의 상황 파악이 제대로 되지 않았을 가능성이 컸다. 그다음으로는, 도리어 상황 파악이 너무나 잘된 까닭에 우리도 더 살고 싶지 않다는 자포자기가 그들 모자를 그런 식으로 몰아갔을 공산도 배제할 수가 없는 것이다.

"……."

어쨌거나 침묵의 시간은 흘러갔고 차베즈 총순은 두 번째로 죽음을

210

부르는 소리를 내고 있었다. 그 소리는 틀림없이 첫 번째보다도 더 크고 더 많이 흔들리고 있다는 느낌을 던져주었다.

"둘!"

모래밭에 반짝거리던 햇빛이 무수한 비수처럼 날카롭게 튀어 올랐다. 끝내 차베즈 총순이 날린 탄알들이 아닌가 여겨졌다. 치목 사체를 품고 있는 나무숲이 조금 전 맹쭐이 그랬던 것처럼 '우우' 하고 짐승 같은 소리를 토해내고 있었다. 어쩌면 치목이 벌써 짐승으로 환생한 것일까.

'셋!'

분명 첫 번째는 물론이고 두 번째보다도 더 크고 더 많이 흔들릴, 세 번째, 그러니까 마지막으로 죽음을 부르는 그 소리는, 아직은 나오지 않고 있었다.

"참으시소, 민 사장님."

"암만 슬프고 화가 나도요. 이라모 안 됩니더."

"그렇지예. 우짜든지 퍼뜩 증신부텀 채리시소."

"먼첨 해야 할 일은 이기 아입니더."

"하모요, 그러이…….."

그 절체절명의 순간에 만부토건 직원과 인부들이 모두 나서서 맹쭐을 뜯어말렸다. 그곳 상촌나루터 사람들 몇몇도 합세하였다. 하늘을 나는 새와 남강 물고기의 도움도 절실한 순간이었다.

"……."

그러고 있는 조선인들을 차베즈 총순과 모리 순검은 긴장감을 늦추지 않은 얼굴로 아무 말 없이 바라보고 있었다. 석 순검은 맹쭐에게서 벗어나기 위해 팔다리를 버둥거리기에 바빴다. 한심하고 무능하기 그지없는 반역자가 거기 있었다.

그때쯤 몽녀는 몽롱한 눈빛으로 땅바닥에 그대로 퍼질러 앉아 있었다. 치목이 살아생전 그렇게도 구박하던 그녀의 눈빛 그대로였다. 아니다. 그보다도 더 몽롱한 눈빛이었다. 이제 아내가 두 번 다시는 보지 못할 남편도, 이제 두 번 다시는 아내의 몽롱한 눈빛을 보지 못할 것이다.

"흠."

아무튼, 여러 사람이 그렇게 나오자 맹쭐은 그제야 약간 제정신으로 돌아오는 모습을 보였다. 어쩌면 그도 감당하기 힘든 현실 앞에 기력이 쇠진해져서 더 이상 무슨 행동을 하지 못할 단계에까지 다다른 것일 수도 있었다. 그는 슬그머니 석 순검 멱살을 풀어놓았다.

"후우."

석 순검은 겨우 숨을 돌리더니 너무 창피스럽기도 하고 화도 치솟는지 버럭 고함부터 내질렀다. 이미 다 구겨버린 체통이었지만 조금이라도 만회해보려는 의도가 엿보였다.

"내 이노무 쌔끼를 당장!"

그는 옷 허리춤에 차고 있던 벚꽃 나무로 만든 방망이를 뽑아 꼬나 쥐고 맹쭐을 후려칠 태세를 취했다. 비록 체구는 왜소하지만, 그동안 먹어왔던 경찰 밥이 무색하지 않게 제법 공격적이고 위협적이었다. 하긴 범죄를 다루는 현장에서 여러 해를 굴러먹었으니 영 허깨비나 맹탕은 아닐 것이다.

"쌔끼? 눌로 보고……."

어릴 적부터 점박이 형제를 쫄쫄 따라다니면서 노상 싸움판을 뒹굴었던 맹쭐도 반사적으로 대결 자세로 들어갔다. 거의 무의식적인 상태에서 나오는 동작에 가까워 보였지만 참 꼴불견이 아닐 수 없었다. 석 순검이야 그렇다 치더라도 유족으로서 그가 할 언행은 아닌 것이다.

"……."

둘은 말없이 서로를 노려보았다. 여차하면 상대를 후려치려는 그들에게서는 빈틈이 거의 보이지 않았다. 실로 어이없게도 살해당한 시체를 바로 가까이 버려두고 경찰과 유족이 난데없는 난투극을 벌일 형편이 되었다. 피살자가 보았다면 막 통곡할 것이고, 살인범이 보았다면 참으로 요절복통할 노릇이었다. 하지만 어쩌면 그게 모든 것들이 뒤죽박죽인 그 시대의 민낯이었을 수도 있었다.

"민 사장님!"

"참으소, 참아. 지발 참아라 안 쿠요?"

"민 사장이 이라시모 돌아가신 선친께서……."

또다시 맹쭐 일행들이 나섰다. 거친 공사판을 전전하는 건장하고 우락부락하게 생겨먹은 그들은 그 사태를 무마시키려고 애썼다. 법 위에서 노는 왜놈 경찰들을 건드려 좋을 건 하나도 없었다. 돌부리를 차면 발부리만 아픈 것이다.

"석 순검도 그만두라고. 위에 알려지면 좋을 게 하나도 없어."

잠시 후 짧고 작지만 보기만 해도 으스스한 권총을 다시 허리에 차면서 차베즈 총순이 경각심을 심어주는 어조로 말했다. 모리 순검은 저깟조센진 하나 바로 제압하지 못하는 석 순검을 비웃기라도 하는 투로 내뱉었다.

"이래서 조센진은 대일본국 경찰이 되어서는 안 된다니까?"

석 순검이 방망이 끝을 모리 순검에게 획 향했다.

"신참이모 신참걸이 안 굴고?"

그것을 보고 있던 맹쭐이 자기를 말리고 있는 일행들에게 큰 소리로 말했다. 비로소 온전한 정신을 약간 되찾은 모습이었다.

"내가 무신 일이 있어도, 꼭 내 아부지를 쥑인 눔을 찾아내서 복수할 끼라!"

여전히 넋을 빼놓고 주저앉아 있는 그의 어머니를 보는 게 너무나도 고통스럽고 힘이 드는지 고개를 돌려 외면하면서 또 목청을 높였다.

"모도 두고 봐라꼬. 내 몬 그라모 지내가는 개 속으로 빠짓다."

그러자 돌쟁이(석공)처럼 양쪽 옆머리를 빡빡 밀어 절벽과 유사한 자가 입을 열었다.

"하모, 그래야지예. 민 사장님, 우리도 심이 닿는 대로 도우것심더. 그러이 쉽지는 안 하더라도 오늘은 지발 진정하시고…….'

걸때가 크고 눈썹이 먹물을 묻힌 듯 짙은 자도 말했다.

"민 사장님 선친 웬수는 하늘 두 쪼가리 나도 반다시 갚을 수 있을 낀께네, 시방은 너모 억울타도 꾹 참고 견디시야 합니더."

팔뚝이 여자 허리통만큼이나 굵어 보이는 자도 끼어들었다.

"민 사장님이 이런 식으로 하모 복수도 몬 하지예."

그들이 하는 소리를 염탐꾼처럼 가만히 듣고 있던 차베즈 총순이 모리 순검 귀에다 대고 살짝 말했다.

"노가다들이 의리는 있다더니 정말 그렇지 않나?"

"노가다들…… 인가요?"

모리 순검은 탐색하는 눈빛으로 그렇게 물었다. 자기는 잘 모르겠다는 눈치였다. 역시 그는 아랫것임에 확실했다.

"나중에 알아보라고. 틀림없을 테니까."

한쪽 눈을 찡긋하며 차베즈 총순이 고참의 표본인 양 말했다. 그러고는 짐짓 샛바람에 게 눈 감기듯 몹시 졸리는 모양을 해 보이는 그였다. 조금 전 권총을 꺼내 들었던 것과는 달리 여유가 넘쳐 보였다. 조선인 중에는 그자가 예사로 보아 넘길 인물이 아니라는 걸 가슴 서늘하게 깨달은 이도 있을 것이다.

"……"

모리 순검은 입을 봉했다. 차베즈 총순은 눈썰미 매운 경찰 베테랑이었다. 맹쫄과 그의 일행들을 한 번 보고는 즉시 그들 신분까지 간파해낸 것이다. 나도 어서 저런 관록을 쌓아야겠다는 각오를 다지며, 모리 순검이 제 딴에는 한껏 낮춘 소리로 입을 열었다.

"어쨌든 조센진 놈들이 제법이네요."

그렇지만 그 소리는 가까이 있는 조선인들 귀에 다 들렸다. 모두가 불을 담아 부은 듯이 낯이 벌겋게 달아올랐다. 그들 또한 '쪽발이'라는 말을 그놈들에게 내뱉고 싶지만, 가까스로 참고 있는 표정들이었다. 그랬다가는 곧바로 연행당할 것은 불문가지였다. 조선인은 쥐꼬리만 한 혐의가 있어도 다짜고짜 수갑을 채우는 왜경들이었다. 총칼로 막 을러대고 방망이로 후려치는 것은 일상화된 관행이었다.

한데, 다음 순간이었다. 그곳에 있는 일본인 경찰이나 조선 백성들이 전혀 예상하지 못한 일이 벌어졌다. 그것은 맹쫄과 함께 온 사람 중에서 그때까지 있는 듯 없는 듯 누구도 눈여겨보지 않은 사람 하나가 앞으로 나서면서부터였다. 뜻하지 않은 그의 출현과 개입은 지금까지의 분위기를 완전히 바꾸어 버리기에 충분한 것이었다. 누군가의 입에서 이런 소리가 새 나왔다.

"어?"

천만뜻밖에도 그자는 일본 사람이었다. 일본인 경찰들도 적잖게 경악하는 빛을 드러냈다. 거기 조선인들 가운데 자기들과 동족인 일본인이 섞여 있었다. 그것은 뭔가 다채로운 상황을 만들어낼 계기처럼 다가왔다.

그 일본인이 일본 경찰에게 일본말로 무어라고 하는 것을 크게 뜬 눈으로 지켜보는 조선 사람들은 공연히 부쩍 긴장부터 되었다. 안 그래도 알아듣지 못하는 말은 사람 심사를 편치 못하게 만드는 법인데, 지금 그곳 분위기를 놓고 볼 때 더할밖에 없었다.

"아, 그럼 당신이!"

차베즈 총순이 더없이 놀란 목소리로 확인하고 있었다. 그 소리를 할 때 그는 자기네 말을 쓰지 않았는데, 아마 그것은 그 일본인이 조선인들과 같은 일행이라는 선입관에서 비롯된 게 아닐까 싶었다. 실로 영악한 자였다.

어쨌든 차베즈 총순은 아직 본인은 직접 만나보지 않았지만, 그의 이름은 익히 들어 알고 있었다는 기색이었다. 그는 악명 높은 일경 아니랄까 봐 더럽게 매서운 눈초리로 한 번 더 캐물었다.

"당신이 어떻게?"

당신 같은 사람이 어떻게 조선인들과 어울리고 있냐는 말투였다. 그것은 힐난으로 들리기도 하고, 그 의도를 밝히라는 요구로 들리기도 했다. 바람도 그게 궁금했는지 잠깐 불기를 멈추고 귀를 기울이는 성싶었다. 잠깐이지만 거기가 살해당한 사체가 유기되어 있는 장소라는 사실이 잊히고 있는 분위기였다.

"그럴 사정이 좀……."

그러면서 일단 일본 경찰에게 자기 신분을 밝힌 그 일본인은, 맹줄에게 성큼 다가가서 그의 몸을 두 팔로 꼭 껴안아 주기도 하면서 위로의 말을 건네기 시작했다.

"얼마나 분하고 또 슬퍼시겠스무니까? 하지만 어쩌겠스무니까?"

나무들이 일제히 고개를 비스듬히 기울어 그 일본인을 바라보는 것 같았다. 바람에 쏠린 탓이겠지만 그렇게 받아들여지지 않는 순간이었다.

"참으셔야 하무니다. 참으셔야 하무니다."

그 일본인은 강조할 때 같은 말을 되풀이하는 것이 큰 효과를 드러낼 수 있다는 사실을 익히 알고 있는 모양이었다.

"……."

216

광마처럼 날뛰던 맹쭐이 온순한 양같이 가만히 있었다. 그 일본인은 혹시 동물원 조련사 출신이 아닐까 그런 추측도 하게 할 정도였다.

"그래야 복수, 복수를 할 수 있스무니다."

조선인들로서는 경계심을 늦추어서는 안 될 정도로 조선말에 능숙한 일본인이었다. 그가 자기 나라의 식민지로 있는 조선의 말을 열심히 배운 그 이면에는 분명히 불미스럽고 위험한 의도가 숨어 있을 것이다.

"다른 원한도 다 그렇겠지만 특히 부모님의 원한, 그 원한을 갚으시려면……."

그는 진심으로 위해주는 것같이 행세하였다. 그러자 드디어 맹쭐이 그의 위로에 크나큰 감명을 받았는지 더듬더듬 그자 손을 찾아 잡으며 감사의 뜻을 표했다.

"증말 고맙심니더. 잘 알것심니더."

일본인은 한층 정을 담은 목소리였다.

"고맙기는요? 아니무니다. 제가 당연히 해야만 할 일이무니다."

맹쭐이 이번에는 고개까지 숙여 보였다.

"아, 더 감사합니더."

두 사람은 서로 손을 꼭 마주 잡고서 한참을 흔들었다.

모두는 고개를 크게 갸우뚱하는 심정으로 그 야릇하고 기묘한 광경을 무연히 바라보았다. 그러자 지금까지 그곳에서 벌어졌던 모든 일이 전부 허위와 위선과 거짓의 탈을 쓰고 있었던 게 아닌가 하고 의아스러울 지경이었다.

낙숫물은 떨어진 데 또 떨어진다

　잠시 후 맹쭐은 도로 모래밭에 주저앉았다. 기진맥진한 기색이 역력했다.

　그것을 지켜본 그 일본인도 맹쭐의 그림자같이 그의 옆에 쪼그리고 앉았다. 마치 언제까지고 가까이서 도와주겠다는 약조처럼 보였다.

　그때 저만큼 강 쪽에서 거기 숲 쪽으로 날아오고 있는 물새는 수중에서 헤엄을 잘 치는 가마우지였다. 검은 몸빛에 도는 청록색이 대단히 인상적인 놈이었다. 그런데 끝이 굽은 기다란 부리가 왠지 섬뜩한 느낌을 주었다. 차베즈 총순이 가지고 있는 권총의 총구처럼 비쳤다. 문득 시신 썩는 냄새가 바람 속에 뭉클, 묻어나는 듯했다.

　"어이구, 어이구우."

　그런 가운데 졸지에 집안의 기둥인 지아비를 잃은 여자의 애달픈 울음소리는 커졌다가 잦아졌다가를 되풀이하고 있었다. 바람도 불었다가 멈추었다가 하였다.

　가마우지는 다른 곳으로 날아가지 않고 사람들 머리 위에서만 시종 빙빙 돌았다. 놈도 시신 썩는 냄새를 맡았을까. 물고기 사냥에 뛰어난 놈이니까 때로는 인간 사냥도 하고 싶은 게 아닌지 알 수 없었다.

"지가 죽원 사장님의……."

얼마나 시간이 지났을까, 맹쭐 입에서 나온 말이었다. 죽원, 죽원웅차.

그렇다. 일본인 토목기술자. 그 고을에 복음을 전파하러 온 호주선교회가 계획하고 있는 근대식 병원 공사를 맡기로 돼 있는 업자, 바로 그 죽원웅차였다.

"아니무니다, 아니무니다. 그런 말씀하시면 제가 너무 서운하무니다."

맹쭐이 그 경황 중에 느끼기에도 죽원웅차는 그새 조선말 실력이 굉장히 불어나 있었다. 저런 식으로 나가다가는 외양마저도 조선인과 잘 구별이 되지 않을 날이 올지도 모른다. 그리고 어쩌면 그게 그가 바라고 있는 것일 수도 있겠다. 돈을 벌기 위해서라면 그보다 더한 것도 마다하지 않을 위인이었다.

"이 사람은 처음 만날 때부터 우리 민 사장님을 남이 아니라……."

그자는 어느 날인가 맹쭐이 그의 패거리들과 함께 교회 신자들과 비신자들을 상대로 싸우는 광경을 지켜보다가, 맹쭐의 뛰어난 싸움 솜씨를 보고 접근하여 긴밀한 관계를 유지해왔다. 조선 땅에서 자기 뜻을 마음껏 펼치려면 맹쭐 같은 조선인이 필요하다는 아주 간악하고 치밀한 계산속에서였다.

'총칼보다도 더 위력이 있을 수 있지. 흐흐.'

죽원웅차의 그 의도는 고스란히 맞아떨어졌다. 그는 내내 회심의 미소를 지우지 못했다. 그즈음 그 고을에 들어와 있는 호주선교회가 옥봉리 교회 옆 부지에 근대식 대형 병원을 건립할 계획이 착착 진행되고 있었다. 아직 의료시설이 태부족한 곳이었다.

'몸이 아픈 사람들에게 병원보다 더 고마운 데는 없으니…….'

그의 포부는 몸서리쳐질 만큼 지대했다. 불이라도 꿀꺽 삼킬 대단한 야심가였다.

'그것만 완공되었다 하면, 여기 이 고을 사람들뿐만 아니라 인근에 사는 조선 백성들도 손아귀에 휘어잡는 건 시간문제야.'

물론 그 이면에는 호주선교회의 또 다른 목적도 있었다. 바로 전도 사업이었다. 의료 활동을 통해 조선인들 환심을 사면 전도가 훨씬 더 수월할 것은 자명했다. 그들 눈을 통해 본 조선인들은 정에 약했고 남을 잘 믿었다. 그들 입장에서 보면 그보다 큰 허점이나 약점은 없었다.

한편, 가장 어려운 병원 설계도는 '켐프'라는 호주 건축가가 작성하기로 돼 있다고 했다. 그러니까 남들이 다 차려놓은 밥상에 달랑 숟가락 하나만 들면 되는 격이었다. 이런 횡재가 또 어디 있겠는가 말이다.

"내가 조선 땅에 와서 민 사장님 같은 사람은 아직 본 적이 없스무니다."

죽원웅차는 코흘리개 수준이라고 치부하는 맹쭐을 제 손바닥 위에 올려놓고 실컷 가지고 놀았다. 그건 결코 싫증 나지 않는 놀음이었다.

"와 우리가 진즉 몬 만내고 인자사……."

맹쭐은 운명의 신을 원망하는 기색이었다. 그러면 죽원웅차는 입술에 침도 묻히지 않고 잘도 주절거렸다.

"우리 두 사람, 전생에 형제였던 게 확실하무니다."

그들 대화는 갈수록 가관이었다. 그야말로 국경을 초월한 사나이들의 우정이라고 속을 만하였다.

"다음 시상에서도, 아시것지예?"

"호오, 전생과 내세!"

죽원웅차와 맹쭐은 보는 이들이 시샘할 정도로 의기투합했다. 기생방을 돌아다니며 술과 여자를 매개로 하여 더더욱 돈독해졌다. 심지어 일본 야쿠자들이 의형제를 맺을 때 한다는 바로 그 방식으로 그들도 의형제가 되었다. 서로가 모자라는 부분을 메우기에 그렇게 좋은 활용 대상이 없었다.

'또 이리 좋은 기회가 오다니!'

그런 죽원웅차이기에 맹쭐 부친이 누군가에 의해 살해되어 상촌나루터 강가 나무숲 속에 유기遺棄되어 있다는 이야기를 듣자, 이것저것 가릴 것 없이 곧 함께 그리로 달려왔던 것이다.

"야? 울 아부지가?"

"하늘이 무너질 이런 일이!"

그것은 그가 맹쭐의 토건 사무소에서 호주선교회가 세울 근대식 병원 공사 동업에 관한 이야기를 한창 나누고 있을 때 받은 비보였다. 그때 그는 당사자인 맹쭐보다 훨씬 더 충격을 받고 슬픔과 실의에 젖는 모습으로 가장했다.

"어찌하무니까? 아아아, 하느님도 무심하시무니다. 어떻게 우리 민 사장님같이 착하게만 살아오신 분에게 이런 시련과 역경을 준다는 것이 무니까?"

거미처럼 음흉한 그에게는 검은 속셈이 도사리고 있었다. 이런 기회에 대단히 의리가 있는 척 맹쭐을 조금 도와주면, 약간 둔하고 단순한 맹쭐은 지금까지보다 한층 더 그 자신의 일에 협조하리라는 것이다. 적어도 맹쭐은 내가 준 밥 먹고 내 발뒤축을 무는 개는 아닐 거라고 보았다. 하지만 그러면서도 한편으로는 내심 맹쭐을 조롱하고 경멸하기도 하였다.

'피는 물보다 더 진하다는, 제 나라 속담도 모르는 인간이군 그래. 나야 뭐 손해 볼 게 조금도 없지만 말이야.'

그런가 하면, 차베즈 총순은 또 그 나름대로 잔머리를 이리저리 굴러

보고 있었다. 그는 타국인 조선 땅에까지 와서 토건 사업을 하는 죽원옹차의 재력과 마당발을 염두에 두었다. 조선인의 일에 거기까지 따라와서 부탁을 해올 정도라면, 뒷조사 해보나 마나 저 피살자 아들도 이 지역에서는 제법 콧방귀깨나 뀌는 신분일 것이 확실했다.

'유지有志, 그래 지방 유지 말이다.'

그러자 자기 나라 일본의 가마쿠라 시대 이후에 쇼군將軍이 정무를 맡아보던 곳, 바로 저 막부幕府까지 떠오르는 그였다.

'내 앞길이 훤하게 뻥 뚫리려나. 이렇게 좋은 기회를 놓칠 수야 없지.'

차베즈 총순은 맹쫄 얼굴을 그의 눈에 익혀두기 위해 한동안 자세히 바라보기도 했다.

'나중에 두고두고 후회하지 않으려면 멋진 연기가 필요해.'

그렇게 자신을 다독거려가면서 죽원옹차와 자기들 말로 한참 더 무어라 이야기를 나눈 차베즈 총순은, 일행들에게 둘러싸여 앉아 있는 맹쫄에게로 천천히 다가갔다. 그러고는 제 딴에는 벌써 매우 큰 친근감과 호의를 품고 있다는 태도로 나왔다.

"민 사장님이라고요?"

생김새라든지 신분과는 전혀 어울리지 않게 나긋나긋한 목소리였다. 그래 속이 메슥거릴 지경이었다.

갑자기 바람의 방향이 바뀌고 있었다. 그는 죽원 쪽을 한번 보고 나서 말했다.

"방금 죽원 사장님께 말씀 잘 들었스무니다."

그는 망연자실, 모래밭에 퍼질러 앉은 채 멍하니 자신을 올려다보고 있는 맹쫄에게 다시 말했다. 조금 전에 죽원옹차가 그랬던 것 못지않게 대단한 의리가 전해지는 음색이었다.

"조금도 염려하지 않으셔도 되무니다."

"……."

맹쭐뿐만 아니라 그의 일행 모두도 멍한 표정을 지우지 못했다. 꼭 여우 두레박 쓴 것 같았다. 차베즈 총순은 상대방이 입을 열든 말든 계속 혼자 말했다.

"세계에서 가장 뛰어난 저희 대일본국 경찰이 최대한 빠른 시일 내에 기필코 범인을 잡아내겠스무니다."

자연스럽게 흘러가는 강물처럼 전혀 막히는 구석이 없이 술술 잘도 뽑혀 나오는 말이었다. 죽원웅차 만큼은 아니어도 그의 직분과 연관되는 이야기를 원활하게 하는 데는 이력이 나 있는 게 아닌가 싶었다.

"대일본국 경찰……."

죽원웅차는 의미심장한 미소를 띤 얼굴로 차베즈 총순의 말을 되뇌며 혼자 크게 고개를 끄덕이고 있었다.

"이 차베즈 총순의 모든 명예를 걸고 약속할 수 있스무니다."

그래도 맹쭐은 차베즈 총순의 진의가 무엇인지 파악이 제대로 되지 않는 모습을 보였다. 그때 일행 중에서 누군가가 손가락으로 맹쭐의 등짝을 쿡 찔렀다. 그러자 맹쭐이 꿈에서 깬 듯 얼른 일어나 차베즈 총순의 손을 덥석 잡으며 말했다.

"증말 고맙심니다. 그리만 해주시모 지도 앞으로 갱찰서에서 하는 모든 일에 맨발 벗고 나서것심니다."

차베즈 총순의 손을 잡은 자기 손에 한껏 힘을 주었다가 그의 손을 천천히 놓아주면서 말했다.

"이 민맹쭐의 모든 맹애를 걸고 약속할 수 있심니더."

저만큼 강의 수면 위로 어른 팔뚝만 한 잉어 한 마리가 몸을 솟구쳤다가 '첨벙' 하는 큰소리를 남기고 도로 물 아래로 잠수하고 있었다. 어쩌면 그놈도 물 밖에서 벌어지고 있는 일이 궁금했는지도 모른다.

"허, 우리에게 협조를 말이무니까?"

차베즈 총순은 자기가 했던 말을 그대로 따라 하는 맹쭐이 마음에 쏙드는 모양이었다. 흐뭇한 표정을 지으며 일본인 특유의 것인 양 헤프고 간사한 웃음을 터뜨렸다.

"헤헤헤."

조선인들 귀에 몹시 거슬리는 웃음이었다. 그러거나 말거나 차베즈 총순은 팔을 쭉 뻗어 이번에는 그가 맹쭐의 손을 찾아 잡으면서 이런 소리도 잊지 않았다.

"감사, 감사하무니다. 하하. 오늘 정말 훌륭하신 동지 두 분을 만났스무니다."

연방 모래톱을 쓸어내리는 물살이 물보라를 일으켰다가 허연 거품만 뿜어내고 스러져 갔다.

"무신 말씀을?"

맹쭐이 뭐라고 하거나 말거나 차베즈 총순은 이번에도 제 할 말만 쏟아내었다.

"참으로 민 사장님께 거는 기대가 크무니다. 우리 앞으로 잘해봅시다."

"……."

아직도 사태 파악이 제대로 되지 않는다는 얼굴로 입을 다물고 있는 만부토건 직원들과 인부들을 휘익 둘러보며 동질감을 드러내듯 하였다.

"아니, 다 잘될 것이무니다. 믿으셔도 되무니다. 하하."

이번에는 모리 순검과 석 순검 쪽을 보면서 너희들도 들으라고 강요하는 목소리로 말했다.

"천하에 나쁜 놈들 같으니라고! 하필이면 민 사장님같이 이렇게도 효성이 지극한 분의 부친을 저렇게 하다니?"

치목이 이불에 싸여 누워 있는 나무숲에서 무슨 소리가 난 것 같았다. 혹시 귀신이 내는 소리가 아닐까, 거기 누군가는 그런 생각도 했을 것이다.

"잡기만 하면 재판정까지 데리고 갈 필요가 어디 있어? 그 자리서 내가 가지고 있는 이 총으로 즉각 '탕탕' 골통을 박살 내버릴 것이다!"

차베즈 총순이 거기까지 말했을 때 감격한 맹쭐의 입에서는 급기야 흐느낌이 흘러나오기 시작했다.

"흑."

드디어 약발이 먹혀들기 시작한다고 본 차베즈 총순은, 비장감까지 실린 목소리로 지겨울 정도로 했던 말을 또 반복했다.

"이 차베즈의 이름을 걸고 조속한 시일 내에 반드시 처리하겠스무니다."

맹쭐보다도 죽원웅차 입이 먼저 열렸다.

"말씀만 들어도 고맙스무니다."

언제 그리 모여든 걸까, 조금 전까지는 한 마리밖에 없었던 가마우지였는데 이제는 떼를 이루어 하늘을 새까맣게 뒤덮고 있었다. 그중 가장 낮게 날고 있는 놈은 발가락 사이에 있는 물갈퀴까지 보였다. 그것은 놈의 먹이가 되는 물고기들에게는 당연히 그럴 테지만 사람 눈에도 썩 유쾌해 보이지는 않았다.

지금쯤 그의 육신을 떠난 치목의 혼은 어디를 어떻게 떠돌고 있을는지. 남강은 또 무엇 때문에 저토록 쉬지 않고 멍이 든 것처럼 시퍼런 몸을 이끈 채 물고기가 퍼덕이듯 내닫고 있을까.

'시방쯤 노식이 그놈도 오데 있다가 여게로 막 달리오고 있것지.'

맹쭐의 아들, 노식도 뒤늦게 그 비보를 접하고 헐레벌떡 현장을 향해 달려오고 있을 것이다. 그리고 아무리 매정한 저승사자들이라도 노식이 와서 마지막으로 할아버지를 볼 수 있도록 망자를 데리고 가지는 않을 거라고 생각하는 맹쭐의 마음속을 흐르는 강은, 불같이 뜨겁다가 얼음처럼 차갑다가 하였다.

그로부터 며칠이 지나갔다.

아버지 치목의 장례를 치르자마자 맹쭐은 범인을 찾아 복수하려는 일념에 완전히 혈안이 되었다. 죽원웅차도 더욱 적극적인 모습으로 나왔다. 아니, 어쩌면 당사자인 맹쭐보다도 그가 한층 더 서두르는 것 같아 보였다.

죽원웅차가 그러는 까닭은 불문가지였다. 그로서는 경찰이라는 튼실한 권력의 줄 하나를 잡을 수 있는 절호의 기회였던 것이다. 그는 너무나도 흥분하여 발이 땅에 닿아 있지 않은 기분이었다. 땅에 발을 딛고 살아가는 모든 인간들이 하나같이 못나고 우습게 보이기까지 했다.

'호랑이 발톱이 부러울까? 독수리 날개가 아쉬울까?'

그건 차베즈 총순도 마찬가지였다. 어디 이런 돈줄을 잡기가 쉽겠는가 그 말이다. 그는 상관인 구찌노부 경무관에게는 일절 비밀에 붙여두기로 마음먹었다. 구찌노부의 인간성을 그 누구보다 잘 알고 있었던 것이다. 모리나 석 순검 정도야 크게 신경도 쓰지 않았다. 그들은 스스로 알아서 무릎에 피가 나도록 빡빡 길 것이었다.

'내 앞을 막을 놈, 어디 있으면 나와 봐. 요절을 내줄 테니까. 흐흐흐.'

얼마 지나지 않아 죽원웅차의 적극적인 주선으로 그들은 수정리의 한 기방에서 만났다. 그 고을 최고 미인들만 뽑아 놓았다고 알려진 일류 기생집이었다. 그건 고작 두 번째 만남이지만 맹쭐과 차베즈 총순은 똑같이 십년지기를 만난 모양으로 행동했다. 진심이 들어있지 않은 불순한 목적의 사귐은 언제나 그렇게 금방 끓어오르는 냄비의 물 같기 마련이었다. 천천히 데워졌다가 느리게 식는 온돌방은 그들과는 한참이나 동떨어진 얘기였다.

"민 사장님! 다시 한번 심심한 조의를 표하무니다."

참으로 안됐다는 표정의 차베즈 총순은 숙연함을 넘어 처절하게까지 느껴지는 모습이었다. 경찰보다는 차라리 광대로 나서는 게 더 미래가 보장될 위인이었다.

"삼가 고인의 명복을……."

조선인의 죽음에 설움이 받쳐 말끝을 잇지 못하겠는 일경 간부였다.

"고맙심니더. 흐……."

맹쭐은 그만 두 눈에 눈물이 핑 돌면서 코를 훌쩍였다.

"지난번에도 그렇게 생각했지만 말이무니다."

차베즈 총순은 맹쭐이 처음 만났을 때보다는 각지다는 인상을 덜 풍겼다. 그렇다고 해서 둥글둥글하다는 이야기는 아니었다.

"이건 절대 그냥 하는 소리가 아닌데, 지켜보면 볼수록 우리 민 사장님은 참으로 남다른 효자분 같스무니다. 하늘이 감동할 것이무니다."

그들 앞에 놓인 술상이 지루하고 싫증 난 나머지 하품을 할 형국이었다. 맹쭐은 과분한 그 말을 끝까지 듣고 있을 수 없다는 듯 말했다.

"아입니더. 효자는 무신 효자?"

솔직히 그도 시인하고 있었다. 자신은 되레 불효막심한 자식이라는 것이다.

"효자, 맞스무니다."

그렇지만 의도하는 바가 있어 계속 고집을 피우는 차베즈 총순이었다.

"우리 위대한 일본국 본토에서도 찾아보기 어려운 그런 효자 맞스무니다. 진심으로 존경, 또 존경하무니다."

그러면서 앉은 자리에서 맞은편 맹쭐을 향해 고개까지 조금 숙여 보이는 것이었다. 원래 부름이 크면 대답도 큰 법이다.

"어이쿠!"

상 저쪽에 앉아 있던 맹쭐이 태장을 맞고 지르는 비명과도 같은 소리와 함께 소스라치듯 벌떡 일어나더니 그에게 넙죽 큰절을 올렸다. 황소가 머리로 무엇을 떠받는 형용이었다. 그러고 나서 맹쭐은 황감해 어쩔 줄 모르겠다는 목소리로 늘어놓았다.

"차베즈 갱사님걸이 높으신 분을 이리 가차이서 뫼실 수 으이, 이거는 그냥 지 개인의 영광일 뿐만 아이라 저희 가문의 영광입니더."

한마디로 그 고장 방언대로 '가가이다(가관이다)' 하지 않을 수가 없었다. 오물통에 빠져서 허우적거릴 가문이었다.

"족보에도 냉기놓고 싶심니더. 자자손손 다 두고 볼 수 있거로 말입니더."

그런 가식의 극치를 달리는 말과 더불어 손등으로 눈물을 닦는 시늉을 하였다.

"돌아가신 지 선친도 지하에서 상구 고마버하고 감객해하고 계실 낍니더."

귀를 쫑긋 세운 채 듣고 있던 차베즈 총순은 방정맞게 비칠 정도로 상반신을 이리저리 흔들어가며 호탕한 웃음과 함께 말했다.

"아아, 무슨 말씀을! 아니무니다, 아니무니다. 하하."

어느 방에선가 그곳 기녀들이 내는 말소리와 웃음소리가 간헐적으로 들려왔다.

"아인 기 아입니더."

맹쭐은 정색까지 하면서 그러다가 문득 생각했다. 지금 차베즈 총순이 해 보이고 있는 저런 모습, 이전에도 가끔 어디선가 본 적이 있었다.

'오데서 봤더라? 안 낯설다 아이가?'

맹쭐은 바로 기억해냈다. 그렇다, 임배봉이다. 그가 아직 어릴 적에 아버지를 따라 가본 배봉과 점박이 형제의 집이다. 운산녀가 아버지와는 친척뻘 된다는 것을 빌미나 핑곗거리로 삼아 드나들곤 했던 그 으리으리한 대갓집이다. 하늘을 찌를 정도로 높은 솟을대문은 어린 그를 너무나 주눅 들게 하였다. 억호와 만호에게 꼼짝하지 못한 데에는 그의 집과는 비교도 되지 않을 그 대저택 또한 한몫했을 것이다.

그런데 맹쭐 눈에 가장 무섭고 버겁게 비친 것은 그게 아니었다. 바로 배봉이 크게 웃어 젖히는 모습이었다. 곰같이 큰 몸을 좌우로 이리저리 흔들면서 세상이 떠나가라 웃는 그는 걸리적거릴 것이 없는, 그야말로 안하무인으로 비쳤다. 심지어 고을 사람들이 몹시 경계하고 두려워하는 그의 아버지조차 배봉의 그 웃음 앞에서는 고양이 앞의 쥐로 변해 보일 지경이었다.

'저 왜놈이 똑 그짝이다.'

바로 그 웃음을 지금 차베즈 총순이 재현해 보이는 것이다. 물론 이제는 맹쭐 그도 장성했고, 또 나름 산전수전 겪어온 터라 상대의 호방한 웃음 따위에 주눅들 그 정도는 아니긴 하지만, 그래도 왠지 모르게 소싯적 그 기억이 자꾸만 그를 약골로 몰아가려는 것이다. 맹쭐은 다른 사람들이 모르게 머리통을 흔들고 심호흡을 크게 하면서 자신을 다독거렸다.

'인자부텀 니가 우리 집안 대들보 아이가. 그러이 대차거로 살아가야 하는 기다. 니 자슥 노식이하고 니 어머이도 누한테 기대고 살아가것노. 오데 그뿌이가? 그래야 원통하거로 돌아가신 아부지도 지하에서 눈을 감으실 수 있을 끼다.'

그때 그런 시간이 오기만 기다리고 있었는지 맹쭐 옆자리에 앉아 있는 죽원웅차가 유치할 만큼 거창한 말로 한껏 분위기를 돋우기 시작했다.

"아아, 정말 기분이 좋스무니다. 이건 대일본국과 대한제국의 미래를 위한 하늘의 깊은 뜻이 아니고 무엇이겠스무니까?"

자줏빛 바탕에 초록색 꽃무늬가 현란한 방석의 귀퉁이를 잡아 제 엉덩이 밑으로 좀 더 바싹 밀어 넣었다.

"공존공생이라나, 한솥밥을 먹는다나, 뭐 그런 것 말이무다."

이번에는 어디선가 기녀들이 자지러지는 소리를 내었다. 그 속에는 그녀들의 진한 화장 냄새도 섞여 있는 것 같았다.

"하늘의 뜻이라."

꼭 애꾸눈처럼 한쪽 눈만 지그시 감고 그렇게 되뇌던 차베즈 총순은 한술 더 떴다. 그도 점점 마음이 붕 뜨는 것 같아 보였다. 어쩌면 약간 다혈질인지도 모르겠다.

"지금 그 말씀, 정말 잘 하셨스무니다. 하하. 그렇스무니다."

거기까지는 그런대로 들어줄 만한데, 이어지는 소리가 망진산 아래 '섭천 쇠'도 웃게 할 판국이었다.

"우리가 서로 뜻만 맞는다면 청국이나 미국도 겁나겠스무니까? 구라파가 무섭겠스무니까? 안 그렇스무니까? 하하, 하하하."

그의 웃음소리는 맹쫄로 하여금 또 한 번 배봉에 대한 기억을 떠올리게 했다. 크게 웃는 그 주둥이에 울음을 처발라버리고 싶던 인간이었다.

"처, 청국하고 미국, 구라파도……."

맹쫄은 굉장히 황당하다는 기분도 들었지만, 괜히 달아오른 그 분위기를 깨뜨리고 싶지는 않았다. 죽원웅차도 똑같은 심정일 것이다. 어디까지나 거긴 든든한 배경을 확인하는 자리였다.

'다 된 밥에 머한다꼬 재를 뿌릴 끼고?'

해와 달을 잡아 끌어내린다고 해도 무어 상관할 게 있으랴. 그뿐만 아니라 지금은 어쨌든 차베즈 총순에게 잘 보여 하루라도 빨리 아버지를 죽인 범인들을 잡아내는 일이 급했다. 그놈들이 그런 용빼는 재주야 있을 리 만무하지만, 행여 차베즈 총순이 얘기하는 그 청국이나 미국, 구라파같이 아주 먼 곳으로 도주해버리면 어쩔 것인가 말이다. 따라가며 벼락을 맞아 뒈질 놈들이지만 내가 쫓아가기에는 역부족, 아니 불가능한 일인 것이다.

'하모, 내 혼자 심만 갖고는 안 될 끼라.'

맹쭐은 확신하고 있었다. 범인은 절대 한 놈이 아니라 여럿이었다. 아버지가 일 대 일의 대결에서는 결코 질 사람이 아니었다. 언젠가 한양의 음식점에서 비화 아버지 호한에게 당한 적이 있기는 해도 그건 어디까지나 싸움 실력의 부족이 아니라 방심했던 탓이라고 보았다. 개망나니 점박이 형제를 상대할지라도 그렇게 쉽사리 무너질 사람이 아니었다. 혹시 가벼운 상처 정도를 입었다면 또 모르겠다. 그렇지만 목숨까지도 잃었다는 사실은 도저히 납득할 수 없는 일이었다.

'그것도 그렇지만도, 또 있다.'

오리무중인 것은 단지 그뿐만이 아니었다. 지금까지 경찰에서 조사한 바에 의하면, 그의 아버지는 다른 어딘가에서 이미 살해되어 그곳으로 옮겨진 것이라 했다. 그렇다면 처음 범행이 행해진 장소가 어디인지 그것부터 밝혀내는 일이 중요했다.

'그거만 알모 어느 정도꺼지는 된 기라.'

그때 죽원웅차가 차베즈 총순 몰래 그의 옆구리를 찌르며 이런 말을 하는 바람에 맹쭐은 퍼뜩 정신이 났다.

"혼자서 무슨 생각을 그리 많이 하시무니까?"

죽원웅차는 앉는 자세가 나빠서인지 그의 엉덩이 밑에 있는 방석이 또 약간 삐져나와 있는 게 맹쭐 눈에 띄었다. 어쩌면 앉아서도 가만히 있지 못하고 자꾸 몸을 놀리는 버릇 탓일 수도 있었다.

"아, 아입니더, 아모것도."

그렇게 얼버무리는 맹쭐 귀에 또 들렸다.

"민 사장님의 억울하고 애통한 그 심정은 우리가 헤아리지 못하는 바가 아니나, 지금은 그보다도 범인을 찾아내어 비명에 가신 선친의 원수를 갚아드리는 일이 더 시급하고 필요하지 않겠스무니까?"

죽원웅차는 젖은 목소리로 말했다.

"그러니 민 사장님, 이제 돌아가신 분 생각은 그만하시고……."

"……."

"공치사 같지만, 우리 민 사장님을 위해 제가 오늘의 이 자리를 마련하느라 무척 노력했스무니다."

이번에는 거문고 소리인지 가야금 소리인지 아니면 그 두 개의 악기가 한꺼번에 내는 소리인지 모를 소리가 났다. 그 분위기와 지금 그들이 주고받는 대화는 전혀 어울리지 않아 보였다. 맹쭐이 주먹으로 눈두덩을 쓱 문지르고 나서 말했다.

"알것심니더. 그리하것심니더."

맹쭐은 조금 전 죽원웅차처럼 방석을 끌어당겨서 자리를 고쳐 앉고 있었다. 누구 눈에도 그건 마음을 다잡는 행동으로 비쳤다.

"천하 대장부가 민 사장님이신데……."

그렇게 상대를 추켜세운 죽원웅차는, 잔뜩 기대에 찬 얼굴을 하고 있는 차베즈 총순을 향해 뭔가 의미 있는 미소를 한 번 지어 보였다. 그러고는 고개를 방문 밖으로 돌리며 세상을 호령하는 황제처럼 호기롭게 외쳤다.

"여기 빨리 음식상 들이라!"

그러자 이내 한 치 어긋남도 없이 완벽한 대칭을 이룬 두 개의 큰 방문이 양쪽으로 좍 열리면서 기녀들의 울긋불긋한 의상이 꼭 꿈결인 양 눈앞에 어른거렸다.

"호오!"

차베즈 총순의 입귀가 찢어졌다. 맹쭐과 죽원웅차는 그전에도 거기 여러 번 와봤던지라 낯익은 기녀도 있었다. 물론 그때는 치목이 죽기 전이라 이날과는 기분부터 달랐다.

"짝이 맞아 좋다."

그 자리를 책임지고 이끌어가려고 마음먹었는지 죽원웅차가 말했다. 기녀들도 셋이었다. 그들은 짙은 화장 냄새를 폴폴 풍겨가면서 사내들 사이에 끼어 앉았다.

그 방 상석인 차베즈 총순 옆자리에 한 마리 나비인 양 살짝 앉은 기녀가 손님들을 향해 살살 눈웃음부터 쳐가며 코맹맹이 소리를 냈다.

"소옥이라 하옵니다. 어느 분 잔부터 채우오리까?"

맹쭐과 차베즈 총순은 말이 없고 죽원웅차가 응했다.

"소옥? 소옥이라."

그 기녀는 자화자찬하듯 하였다.

"괜찮은 이름이라고 사려 되지 않으신지요?"

죽원웅차는 말을 배우려는 사람처럼 굴었다.

"대옥이나 중옥이 아니고 소옥……."

"예에?"

기녀는 필요 이상으로 눈을 크게 떠 보였다. 맹쭐이 느끼기에 어설프기 그지없었다.

"어쨌든 또 좋다."

기녀를 상대로 그런 시답잖은 소리를 주고받던 죽원웅차가 턱을 들어 차베즈 총순 쪽을 가리키며 말했다.

"네 옆에 계시는 분이시다. 조심해서 잘 부어 드려라. 그분이 그냥 보통 분이 아니시니 그런 줄 알고. 흐음."

소옥이 남색 저고리에 감싸인 가느다란 목을 길게 빼 차베즈 총순 얼굴을 들여다보며 간드러진 웃음소리와 함께 아양을 떨었다.

"그냥 보통 분이 아니시면 나라님이신가? 에이, 그건 너무 앞서가는 것 같고, 그럼 고을 군수님? 호호호."

그녀는 아직도 그 손님이 일본 사람이라는 사실을 미처 알아채지 못한 모양이었다. 어제 다른 손님을 모실 때 술을 과하게 마신 탓에 지금까지도 정신이 오락가락하는 건지도 모르겠다.

맹쭐이 쓰레기통 같은 머릿속에서 그러한 잡생각들을 굴리고 있는데, 죽원웅차에게 바짝 붙어 앉은 기녀가 손님들 모르게 소옥을 향해 한쪽 눈을 찡긋해 보였다. 한데도 두뇌가 미모의 절반도 따라가지 못하는지 소옥은 그 눈짓의 의미를 모르고 말했다.

"향미야, 니 옆에 앉아 계신 손님께 그래야지, 왜 날 보고 그러니? 똑같은 여자끼리 참 얄궂기도 해라!"

향미라는 기녀가 답답한지 투박한 그 고을 말씨로 핀잔주듯 했다.

"쪼꼼만 더 있으모 안다 고마."

그 말이 채 끝나기도 전에 술병을 들어 맹쭐의 잔을 채워주려던 기녀가 입을 열었다.

"우리가 이 방에서 쫓겨나려고 그래?"

그녀는 기명妓名이 정하라고 했다.

"자아, 그러면……."

죽원웅차가 자기 앞에 놓인 술잔으로 손을 가져가며 차베즈 총순에게 권했다.

"우리 사업의 번영과 발전을 위해 차베즈 총순님께서 건배 제의를 하셨으면 하무니다."

그 말을 듣는 순간, 때깔 좋은 한복 속에 감춰져 있는 기녀들 몸이 하나같이 움찔했다. 외모로 미루어 그가 일본인이라는 사실을 미리 깨닫고 있던 향미도 마찬가지였다. 그녀 또한 그가 공포의 대상인 경찰 신분일 줄은 몰랐던 것이다.

"……."

시작되기도 전에 술자리 분위기가 냉방에 든 것만큼이나 매우 썰렁해졌다. 맹쭐은 그런 가운데 뼛속 깊이 서늘하게 예감했다. 아무리 여기가 조선 땅이라고 할지라도 조선인인 자신이 일본인들과 함께 무슨 일을 해나간다는 게 결코, 수월치 않을 것이다. 그렇게 하기에는 장벽이 너무 크고 높았다.

'우짜노? 이리 되모 안 되는 기다.'

맹쭐은 느닷없이 지독한 갈증을 느꼈다. 그것은 이성을 잃을 만큼 강한 회의와 두려움을 동반하고 있었다. 그리고 그 모든 것에 앞서 그는 아직도 여전히 아버지의 돌연한 죽음 앞에서 정상적이지 못한 상태였다. 날마다 악몽에 시달려 정신이 오락가락하기도 했다. 그리하여 결코 해서는 안 될 짓을 저지르고 말았다. 그는 차베즈 총순이 건배 제의를 하기도 전에 그만 자기도 모르게 혼자만 먼저 제 술잔을 집어 들고 벌컥벌컥 소리 나게 다 마셔버렸던 것이다.

"……."

아무 말 없이 그것을 노려보는 차베즈 총순 눈에 흰자위가 유난히 많았다. 시퍼런 비수도 꽂혀 있었다.

'헉!'

당황한 사람은 죽원옹차였다. 그들의 신분을 놓고 볼 때 셋이 동시에 잔을 들어도 뭐할 텐데, 시건방지게 저 혼자 먼저 홀짝 잔을 비운 것이다.

'아냐, 이건 아니야.'

죽원웅차는 어쩐지 느낌이 좋지 못했다. 첫 단추를 잘못 끼우고 있다는 기분이었다. 그 소중하고 귀한 자리에서 자칫 돌이킬 수 없는 큰 화를 자초할 수도 있다는 위기감이 확 덮쳤다. 남의 나라에 와서 사업을 하는 자의 날카롭고 예민한 동물적 감각이었다.

"음."

차베즈 총순 얼굴에는 너무나도 언짢아하는 빛이 노골적으로 드러나 보였다. 결국, 좋은 유대관계를 만들어줄 건배는 흐지부지됐고, 각자 자기 시중을 드는 기녀들과 잔을 주고받는 볼썽사나운 꼬락서니들이 되고 말았다.

"더 부어! 더 부어라니까? 잔이 넘치게 말이야."

소옥이 놀랐다.

"예?"

차베즈 총순은 피의자를 닦달하듯 하였다.

"조선 사람이 조선말도 못 알아들어?"

그야말로 남 눈 똥에 주저앉고 애매한 두꺼비 떡돌에 치이는 격이 돼버린 기녀였다.

"그러면 지금부터 일본말을 하란 거야, 뭐야?"

차베즈 총순은 술버릇이 여간 나쁜 것 같지 않았다. 맹쭐 때문에 감정이 크게 상한 탓도 있겠지만 원래부터 그런 쪽일 가능성이 높았다. 동업자를 잘못 선택한 것인지 모르겠다.

"왜 술이 아까워서 그래? 더! 더!"

철철 넘칠 정도로 잔을 가득 채우게 한 술을 소리 나게 마시고는 빈잔도 탁 소리 나게 상에다 내려놓았다. 안하무인이랄까, 실로 꼴불견이 아닐 수 없었다. 언제부터인가 그의 독상獨床처럼 돼버렸다.

"어머? 어머? 호호호."

소옥이 그의 기분을 맞추느라 생고생을 하고 있었다. 답답하고 슬픈 광경이었다. 모든 책임은 맹쭐의 몫일까. 아니, 한 개인이 아니라 국가적인 배경이 도사리고 있는 탓이었다.

"어쩜 이리 호걸답게 술을 드시는지요."

그곳 기방 안이 풍악을 잡히는 대신 술 냄새로 가득 찬 것은 오래지 않아서였다. 또다시 살펴봐도 애당초 잘못 마련한 좌석이 아닐까 싶었다.

"오우, 진짜 멋지셔어!"

소옥은 차베즈 총순보다 더 취한 모양새로 놀았다. 비운의 여자 광대였다.

"저한테도 얼른 한잔 더 줘요. 흐엉."

차베즈 총순에 비하면 죽원웅차는 꽤나 얌전하게 술을 마시는 축에 들었다. 그만큼 술이 세다는 이야기였다. 하여튼 안주도 적당히 먹어가며 천천히 잔을 비웠다.

"이것도 좀……."

향미가 젓가락으로 이것저것 안주를 집어 어린아이 먹이듯 그의 입속에 넣어주기도 했다. 그러면 그는 아주 순진한 술꾼인 양 빙그레 웃으며 좀 부끄럽다는 표정을 짓기도 했다. 하지만 그건 아무래도 잘 포장된 기만과 가식이 아닐까 여겨졌다. 다른 나라 사람들은 여간해선 흉내 내기 어려운 일본인 특유의 상술에서 비롯된 그 무엇이었다.

'누는 너거들만치 술 몬 마시는 줄 아나?'

맹쭐의 평소 주벽은 죽원웅차보다 차베즈 총순에 좀 더 가까웠다. 낙숫물은 떨어진 데 또 떨어진다. 그와 마찬가지로 한번 버릇이 들어버린 주벽은 고치기가 쉽지 않았다. 그뿐만 아니라 그는 아버지 치목이 비명횡사한 원통하고 울적한 처지였다. 그리하여 술기운이 조금씩 오름에 따라 그의 감정도 갈수록 더 격해지는 것은 당연했다. 거기 동석한 두 사람이 워낙 버겁고 함부로 대할 수 없는 자들이라 용케 자제하고 있었지만, 그게 어디까지 이어질지는 좀 더 시간이 지나가야 알 일이었다.

"이몸에게도 한잔 주시와요."

정하라는 기녀도 잘했다. 적당히 요염하고 또 적당히 정숙할 줄 알았다. 그녀는 치마와 저고리가 모두 짙은 노란색이었는데 맹쭐이 좋아하는 색이었다. 그저 기온만 들어맞으면 계절과는 상관없이 한 해에도 여러 번 피고 지는 개나리를 두고, 지조 없는 나무니 병자 같은 얼굴이라느니 하고 싫어하는 사람들도 있지만, 그래도 맹쭐은 세상 모든 꽃 중에서 샛노란 개나리꽃을 가장 좋아했다. 특히 길게 늘어선 개나리 울타리가 보일라치면 당장 달려가서 훌쩍 뛰어넘고 싶은 충동에 빠지기도 했다.

"자, 제 술 한잔……."

"커어, 조오타!"

"아, 잠깐만요."

"어허? 그러는 게 아냐!"

"이, 이것 좀 놔요. 제 손이 술잔인 줄 알아요?"

밀약密約의 그늘

술좌석 시간은 묘했다. 금방 가는 것 같기도 하고, 느리게 흐르는 것 같기도 하고, 정지한 것 같기도 하였다.

그런 가운데 맹쭐은 평상시답지 않게 침묵을 지키며 술만 연방 마셨고, 죽원웅차와 차베즈 총순은 둘이서만 자기들 나라말로 계속해서 이야기를 나눴다.

'말 몬 하고 죽은 구신이 들러붙었나? 둘이 무신 이약들을 저리키나 짜다라 해쌓고 있는 기고? 내는 저것들 눈깔에 안 비이는 모냥이제?'

맹쭐은 자리를 박차고 일어나 소리라도 지르고 싶었다. 나중에는 기녀들까지도 지루하고 싫증을 느끼는 기색들이었다. 뒷간에 볼일을 보러 가는 건지는 몰라도 셋이 번갈아 가며 방문을 들락거렸다. 어쩌면 다른 방에 가서 잠깐 얼굴만 보이고 다시 돌아오는지도 알 수 없었다.

'그랄라모 비싼 돈 주고 기생집에는 와 왔노? 저거들 안방에다가 자리 깔아 놓고 저라모 되제.'

일본말을 거의 알아듣지 못하는 맹쭐은 취중에도 꺼림칙한 심경이었다. 어쩐지 자기 혼자만 따돌리고 그네들끼리만 무슨 비밀스러운 일을 꾀하려는 게 아닌가 하는 의심이 갔다. 심지어 괜히 여기 왔나 후회도 되었다.

'암만캐도 저 두 눔이 같은 쪽바리들이라서 그런갑다.'

나중에는 그런 생각이 고개를 치켜들기도 했다. 그러자 그자들은 그의 아버지 살해범을 빨리 잡아준다는 허울 아래 서로의 이익을 위해서 똘똘 뭉친 게 틀림없어 보였다. 오늘 만난 목적이 불온했다. 가난한 양반 씻나락 주무르듯 나 혼자 계산만으로 주물럭거리고 있다는 기분이 들었다. 맹쭐은 그때까지 들이켠 적지 않은 양의 술이 갑자기 확 깨는 느낌이었다.

'왜눔들이 우떤 눔들이고?'

내가 오히려 이것들에게 단단히 이용을 당하는 것이 아닐까 하는 의혹과 경각심이 불쑥 솟아났다. 그런 나쁜 감정은 순식간에 그의 마음을 온통 점령해버렸다. 가랑잎으로 눈을 가리고 아웅 하는 것들이었다. 기녀들에 대한 감정도 시들해졌다. 내가 이래서는 안 되겠다 여겨졌다.

'하모. 똥개도 지 동네서는 반은 묵고 들간다 안 쿠나.'

공연히 두 눈을 치뜨고 째려보기까지 했다. 속엣것이 도로 목구멍으로 넘어오려고 했다.

'시방은 저눔들이 우리보담 쪼꼼 더 심이 세서, 넘의 나라에 들와갖고 지들 꼴리는 대로 설치는 대고 있지만도, 여는 우리 조선 땅인 기라, 조선 땅.'

맹쭐 머릿속에서 복잡다단한 사념의 실타래가 거기까지 풀려나갔을 때였다. 맹쭐이나 기녀들은 아예 안중에도 없다는 빛으로, 시종 차베즈 총순과 이런저런 말을 주고받으며 대체 무엇이 그렇게 좋고 우스운지 킥킥거리던 죽원웅차가, 참 오랜만에 맹쭐에게 눈을 돌리며 말했다.

"민 사장님, 우리끼리만 자꾸 이야기를 해서 정말 미안하무다."

240

그러나 미안한 기색은 눈 닦고 봐도 없고, 이런 말을 할 때는 곧바로 따귀를 올려붙이고 싶은 심정이었다.

"사실은 지금 민 사장님이 말씀을 하시고 싶은 기분이 아닐 것 같아서……."

맹쭐은 거기가 간지러운 사람 모양으로 두 손을 들어 양쪽 귀를 긁는 동작을 하다가 콱 틀어막았다.

'기분? 기분은 머 말라삐뚤어진 기 기분이고? 통싯간에서 똥작대기 휘휘 내젓는 짓거리 해쌌고 있네?'

실로 가관이 아닐 수 없었다. 말이라도 못하면 밉기나 덜하지. 그야말로 마구 때려놓고 많이 아프냐고 대충대충 달래는 꼴이었다. 이럴 때는 아프다고 해야 하나, 안 아프다고 해야 하나.

"아, 아입니더. 두 분이 그리 정답거로 말씀들 나누시이, 지가 겉에서 보기가 에나 좋다 아입니꺼?"

말 따로 마음 따로 인 맹쭐이었다.

"아, 그렇다면 덜 미안하무니다마는."

정하가 웃는 것도 아니고 우는 것도 아닌 어정쩡한 표정을 지었다. 다른 기녀들에 비해 뭔가 큰 비밀을 지닌 여자 같았다. 맹쭐은 죽원웅차를 힐끔 보며 내심 코웃음을 쳤다.

'머? 덜?'

죽원웅차 말은 아무리 들어도 건성으로 하는 입에 발린 소리였다. 지금 와서 돌이켜 보면 그가 했던 말들이 전부 그랬다. 신뢰성은 파리 뭐만큼도 없었다.

"그러이 지는 아모 상관 마시고예, 하시고 싶은 말씀들 더 나누시소."

겉으로는 그러면서도 맹쭐은 연방 속으로 실소하고 욕을 퍼부었다.

'눌로 에린아로 아나? 요 섬나라 오랑캐 늠들아!'

하지만 그의 입에서는 계속 다른 소리가 나왔다. 그의 입을 빌려 다른 누군가가 말하고 있는 양상이었다.

"죽원 사장님께서는 에나 사려 깊으신 분입니더. 우찌 넘의 입장을 그리키 잘 배려해주실 수 있으신고 모리것심니더."

그쯤 되면 이제는 알몸뚱이로 자갈밭에 아무렇게나 던져 놓아도 살아남을 정도까지 진화한 맹쭐이었다.

'삐리~ 삘리리~.'

그때 어디선가 들리는 것은 어떤 풍류객 손님이 불어대는 것 같은 피리 소리였다. 하여튼 기방이란 곳은 별의별 사내들이 기어드는 '별유천지비인간'임에 틀림이 없었다.

"아아, 그 무슨 말씀을?"

대단히 겸손한 모습으로 고개를 깊이 숙이고 맹쭐이 하는 말을 아주 귀담아듣는 시늉을 하는가 하면, 이런 소리를 하며 입으로 가져가려던 잔을 도로 내려놓기까지 하는 죽원옹차였다.

"이 사람은 그런 사람이 못 되무니다."

마시려던 술을 그대로 상 위에 내려놓는 것은 아마도 그의 술버릇 중의 하나가 아닐까 싶었다. 잔이 비면 그 잔을 채워주려고 주전자를 들던 기녀가 머쓱한 표정을 지은 것도 한두 번이 아니었다.

'잠시도 멤을 놓으모 안 되는 무서븐 눔이다.'

어쩌면 자기는 맑은 정신을 유지하고 상대방을 취하게 하려는 같잖은 술수로도 보였다. 하지만 그런 추측을 해보면서도 맹쭐은 몇 술 더 떴다.

"아입니더. 진짭니더. 방금 그 말씀만 들어도 돌아가신 아부지 땜에 아픈 지 멤이 상구 낫심니더."

죽원옹차는 감복해 마지않는 얼굴로 말했다.

"저 지극하신 효성!"

그러자 차베즈 총순 또한 완전히 풀린 낯빛은 아니지만 그래도 아까보다는 한결 나아진 목소리로 나왔다.

"민 사장님 아버님을 죽인 그놈들은 내 모든 명예를 걸고 무슨 일이 있어도 빠른 시일 내에 모조리 잡아들일 테니 걱정하지 않으셔도 되무니다."

아무래도 술이 그자 마음을 많이 누그러뜨려 놓은 게 아닐까 싶었다. 그런 면에서 보자면 죽원웅차보다 상대하기가 조금은 수월할 듯하지만 그래도 모른다고 경계의 끈을 늦추지 않는 맹쭐이었다.

"그러니 오늘은 다 잊고 술이나 마시도록 하시오."

그 말에 대한 무슨 화답이기라도 하듯 바로 옆방에서 권주가 비슷한 노래가 흘러나오기 시작했다.

정하가 놀란 눈빛으로 맹쭐을 쳐다보았다. 왠지 털빛이 아름답고 피리를 부는 듯이 곱게 우는 피리새를 연상시키는 기녀였다.

소옥과 향미도 적잖은 충격을 받은 표정들로 바뀌었다. 그 방에 아주 잠깐 침묵이 깔렸다. 그녀들도 소문은 들었을 것이다. 하지만 맹쭐이 그 섬쩍지근한 살인 사건과 직접 관련된 당사자라는 사실은 상상도 하지 못했을 것이다.

조금 달아오르려던 기방 공기가 또 썰렁해지려고 하는데, 차베즈 총순이 한 번 더 이런 말을 하였다.

"이 차베즈, 내 이름자를 걸고 이 자리에서 굳게 약속하무니다. 자, 어떻스무니까? 이제 됐스무니까?"

소옥이 희고 앙증맞은 두 손으로 '짝짝' 박수를 쳤다. 그러고는 살짝 그의 품에 안기는 동작을 취하며 알랑거렸다.

"아, 어쩜! 어쩜! 우리 차베즈 총순님 한 번 더 진짜 멋지셔어!"

향미도 자기가 입고 있는 분홍빛 저고리처럼 발그레한 얼굴로 말했다.

"우리 죽원 사장님도 멋지다 아입니꺼?"

정하는 아무 말도 하지 않았다. 얼핏 새치름해 보일 정도였다. 하지만 맹쭐은 무표정해 보이는 그녀 얼굴에서 읽을 수 있었다.

'그래도 저 왜놈들보다는 같은 조선 사람인 민 사장님이 나는 더 좋아.'

정하는 그런 속마음을 바깥으로 드러내 보이려는지 술병을 집어 들어 맹쭐의 잔에 철철 넘치도록 술을 따라준 다음에, 역시 직접 가득 채운 그녀 잔을 잡더니만 우리 둘이서만 건배하자는 눈짓을 살짝 지어 보였다.

맹쭐은 따로 말은 하지 않았지만 정하가 더욱 좋아졌다. 옥진, 아니 해랑의 모습이 정하 몸 위에 겹쳐 보였다. 코도 오뚝하고 입술도 촉촉하게 젖어 보였다. 그러자 술이 자꾸 당기기 시작했다. 꿀물같이 입에 착착 들러붙었다.

'에라이, 내도 모리것다. 술이나 마시자 고마.'

그러나 가슴 한쪽에는 아버지 생각이 차올라 목이 메기도 했다. 살아생전에 그렇게 술을 즐기던 아버지였다. 말술을 들이켜도 끄떡없는 강골이었다. 이 술 한잔 아버지에게 드릴 수 없다는 게 너무나 아프고 슬픈 현실로 다가왔다. 사람이 안 될 놈은 죽어도 사람이 안 된다는데, 맹쭐은 그 정도까지는 아닌 모양이었다.

'누가 낼로 보고 호로자슥이라 캐도, 머라꼬 이약할 입이 없다.'

그 자신이 멋모를 적에 그 고을 의적으로 이름나 있는 '강목발이'를 우상으로 삼아 얼마나 도적질을 많이도 해댔는지 모른다. 그 바람에 아버지의 무쇠 주먹에 된통 얻어맞고 벌레처럼 나뒹굴어지며 골병이 드는가 싶을 때도 있었지만, 지금은 그 괴롭고 힘든 기억마저 그리웠다. 그날로 되돌아갈 수 있다면 얼마나 좋을까 싶었다. 그렇게 맞아도 좋으니 아버지가 다시 살아올 수만 있다면 여한이 없겠다.

"정말 대단한 공사가 될 것이무다. 하하."

이제 술이 꽤 거나하게 오른 죽원웅차가 저 호주선교회에서 옥봉리 교회 옆에다 세우려고 하는 근대식 병원 이야기를 끄집어내기 시작했다.

"그, 그래요?"

놀라는 소리가 이어졌다.

"어머나!"

"교회 옆에 병원을……."

차베즈 총순뿐만 아니라 기녀들도 너나없이 잔뜩 귀를 기울이는 눈치였다. 기실 그것은 누구라도 관심을 가질 큰 사건이 아닐 수 없었다. 근대식 병원이라는 것이다.

"서부 경남에서뿐만 아니라 창원과 마산, 아, 저 충청도와 전라도까지를 통틀어도 그렇게 큰 병원은 없을 것이무다. 하하하."

그런 병원 건립 공사를 그의 회사가 도맡아서 한다는 것을 자랑하느라 죽원웅차는 연방 침까지 튀겨가며 여러 소리를 늘어놓았다. 차베즈 총순이 자못 감탄한 듯 쥐같이 작은 눈을 반짝이며 상다리가 흔들리도록 큰 소리로 말했다.

"하! 하! 그 정도이무니까? 이거 벌써부터 기대가 크구먼."

죽원웅차는 술보다도 꿈에 취한 얼굴이었다.

"기대하셔도 되무니다. 그 병원만 세워졌다 하면, 그야말로……."

차베즈 총순 또한 꼭 자기가 그 고을 토박이이기라도 한 것처럼 굴었다.

"그야말로 이 고을 역사가 바뀌는 게 아니겠소."

죽원웅차는 술과 꿈, 그 두 가지 모두에 취한 목소리였다.

"그렇스무니다. 우리가 이 고장, 아니 조선 역사를 바꾸는 것이무니다!"

차베즈 총순이 우스꽝스러울 만큼 진지한 낯빛을 지었다.

"오, 한 개인의 역사라고 해도 예사로운 일이 아닐 터인데 한 나라의 역사라니!"

둘 다 서로 속닥거리던 조금 전까지와는 달리 조선말로 얘기했다. 맹쭐은 또다시 크게 같잖다는 역겨움이 들었다. 그 훤히 들여다보이는 속 내들이 너무 음흉하고 가증스러웠다. 그들은 갈수록 더욱 죽이 맞았다.

"내, 우리 죽원 사장님을 다시 봐야겠는 걸?"

"저도 우리 차베즈 총순님을 그렇게 봐야겠스무니다."

맹쭐이 부글거리는 심사에 잔을 들려는데 정하가 먼저 잔을 비워내고 있었다. 경성 말씨를 쓰는 소옥이 죽원웅차에게 물었다.

"그렇게 굉장한 일을 하려는 호주선교회가 참 무섭기까지 해요. 정말이에요. 그런데 그 교회의 누가 그 큰일을 주도해서 하려고 하나요?"

그러자 모두가 하나같이 죽원웅차 입을 바라보았다. 맹쭐은 얼마 전에 그 호주 사람 이름을 얼핏 듣기는 했는데 기억이 잘 떠오르지 않았다. 그 당시에는 그다지 큰 관심과 흥미가 없었던 탓이기도 했다.

"에, 그러니까 말이무니다."

죽원웅차는 무슨 엄청난 비밀을 들려주는 사람인 양 행세했다. 그는 '으흠' 하고 점잖게 큰기침을 한 번 하고 나서 목청도 잔뜩 밑으로 가라앉혔다.

"패톤, 패톤 목사라고 하무니다."

그가 깔고 앉았던 방석의 절반이 향미의 방석 위에 비스듬히 걸려 있었다. 잠을 자다가 몸부림을 얼마나 쳐댈는지 상상조차 되지 않는 맹쭐이었다. 잘은 모르겠지만 잠꼬대도 장난이 아닐 것이다. 그런 생각이 들자 그가 하는 말도 잠꼬대로 받아들여졌다.

"호주장로교 총회가 선교구역 시찰자로 이 고을에 파견한 사람이무니다.”

차베즈 총순이 '패톤 목사?' 하고 술 취한 목소리로 되뇌었다. 기녀들도 저마다 그렇게 큰일을 하려는 외국인 이름을 마음에 새기는 눈치였다.

“패톤.”

“선교구역 시찰자.”

다른 방에서 사내와 기녀가 합창으로 사랑가를 부르고 있었다.

“사랑, 사랑……..”

그런데 그 순간까지만 해도 모두 죽원웅차 입에서 기절초풍할 그런 소리가 나올 줄은 알지 못했다. 그건 맹꽐도 마찬가지였다. 죽원웅차는 지금까지와는 완전히 다른 목소리로 이렇게 말했다.

“한데, 그 일에 한 가지 영 께름칙한 게 있스무니다. 에, 이건 정말 입에 올리기도 싫은 소린데, 심심찮게 나도는 소문에 의하면…….”

거기서 으스스한 기분이 느껴질 만큼 음성을 좀 더 낮추었다.

“여기 이 고장에 살고 있는 조선인들이, 앞으로 그 병원이 완공되면 불을 질러버리려고 한다는 것이무니다.”

술자리는 당장 불난 자리처럼 변했다.

“뭐요? 그 병원에 불을 질러?”

차베즈 총순이 소리쳤다.

“어머나! 병원을 왜 태워요?”

“아픈 환자들을 치료해주는 고마븐 곳을 와 없앨라 캐예?”

소옥과 향미였다.

‘헉.’

맹꽐도 심장이 쿵 내려앉았다. 병원에 방화라니? 고의가 아닌 실수로 산에 불을 냈다가 경찰에 잡혀가 곤욕을 치르는 사람은 보았지만, 이건 완전히 성질이 다른 문제였다.

"……."

정하도 적잖은 충격을 받은 빛이었지만 다른 기녀들과는 달리 아무런 말이 없었다. 비록 미천한 신분이지만 가볍게 노는 여자가 아니었다. 길고 하얀 손가락으로 술잔을 만지작거리며 혼자서 뭔가 골똘히 짚어보는 기색이었다. 어쩌면 그녀는 일본과 호주에서 온 이국인들이 조선 땅에서 하는 짓에 대해 반감을 품고 있는 모습이었다.

'똑 이전의 옥지이 겉다.'

문득, 맹쭐은 정하에게서 또다시 옥진을 발견했다. 지금은 해랑이라는 이름으로 배봉가 동업직물 맏며느리로 변신해 있는 억호 재취였다. 가시나무에 가시가 나고, 왕대밭에 왕대 난다는 말도 엉터리지 싶은 일이었다.

'영영 안 깰 꿈이가?'

산적 두목 같은 점박이 억호의 청혼을 옥진이가 수락했다는 사실부터가 아직도 현실로 받아들여지지 않는 맹쭐이었다. 그것도 그녀가 어릴 적부터 친자매같이 지내던 비화의 철천지원수 집안에 말이다. 정말 자다가 일어나 곱씹어 봐도 수수께끼가 아닐 수 없었다. 아무리 별별 일이 다 일어나는 곳이 인간 세상이라곤 하지만 참으로 경악할 사건이었다.

'내사 그날만 떠올리모 기분 팍 잡치는 기라.'

언젠가 비봉산 서쪽 자락 밑에 있는 가매못에 낚시하러 갔다가 우연히 해랑을 만나 집적거렸다가 오히려 망신살 올랐던 기억도 났다. 정말이지 그렇게 낯가죽 두꺼운 년은 세상에 둘도 없을 것이다. 못 먹는 감 찔러나 본다고, 그날 이후로 질투심 섞인 저주와 욕설을 입에 달고 살았다. 그런 형편없는 잡년이니 온 세상이 다 손가락질하는 배봉가의 재취로 들어갔을 것이다. 설혹 가지 나무에 목을 매어야 할 정도로 이것저것

가릴 수 없는 극한 처지나 형편에 내던져졌다 할지라도 아닌 것은 아닌 것이다.

'흥! 운제꺼정 잘사는고 내 두 눈 크기 뜨고 함 지키볼 끼다.'

그런가 하면, 가매못 안쪽 마을에 자리 잡고 있는 꺽돌과 설단의 초가도 떠오르고, 배봉 집안 종년 출신인 언네 모습 또한 삼삼했다. 질투심에 눈이 먼 운산녀가 그녀를 어떻게 했다는 그 무시무시한 괴담은 어디까지가 사실일까. 하여튼 그런 모진 소문의 한복판에 있으면서도 근동 최고 대갓집 마님으로 자리를 굳히고 살아가는 운산녀도 보통 여자는 아니구나 싶었다. 만일 배봉이 아닌 다른 사내가 그녀의 남편이었다면 그는 벌써 쪽박을 차고 길거리에 나앉았을 것이다.

'호래이 잡아묵는 담비 겉은 운산녀도 몬 당하는 거를 보모, 배봉이고 인간은 저러키나 늙어도…….'

이런저런 회상을 하니 비명에 간 아버지가 한층 더 가슴 아프고 복수심에 치가 떨렸다. 어떻게 살아가든지 모두가 두 눈 시퍼렇게 뜨고 있는 마당에, 오직 내 아버지만 없다는 사실이 너무나 또렷한 현실감으로 다가오는 바람에 미칠 지경이었다.

'자슥 도독질하는 몬된 버르장머리 곤치주실 끼라꼬, 운젠가 갈봉이바구가 있는 데꺼정 데꼬 가시기도 안 했다가.'

그 고을에서 좀 떨어진 야산에 있는 갈봉이바위는 겉보기에는 그저 흔하디흔한 바위 같았지만 거기 얽혀 있는 사연은 각별한 것이었다.

'강목발이만치는 몬 돼도 갈봉이도 예사 도독은 아이더마는.'

맹쭐이 한참 동안 헤매던 과거에서 현재로 돌아온 것은, 차베즈 총순이 내지른 고함소리 때문이었다.

"어서 말해보시오, 죽원 사장!"

상 위에 올려놓은 음식물에 침방울이 튀었다.

"허어, 아무리 그래도 그렇지, 세상에, 병을 고쳐주겠다는 그 병원을 무엇 때문에 그렇게 한단 말이오?"

차베즈 총순은 금세 또 사람이 확 달라져서 이번에도 범죄자나 피의자를 신문하고 있는 투였다. 목소리가 크게 떨리도록 흥분한 것을 보니 아마도 직업 근성이 그대로 나타나는 것인지도 모르겠다.

조잘거리던 기녀들이 입을 다물고 겁을 집어먹은 표정들로 변했다. 그래도 그중 나은 게 정하였다.

"그러니까 그게 이런 영문이무니다."

죽원웅차는 잔을 들어 입술을 조금 축인 다음 또 금방 다시 내려놓았다. 벌써 몇 차례나 그렇게 했는지 모른다. 그의 술잔도 감질나 할 것이다.

"에, 말씀드리자면 좀 복잡하무니다."

어쨌든 그는 술을 조금씩 아껴가며 마시는 것처럼 말 또한 무척 아끼는 눈치였다. 남의 나라에 와서까지 사업체를 운영하는 사람이 그깟 술값이 아깝고 말을 못 해 그러는 건 아닐 테고, 그렇게 보면 그자는 자기 속내를 잘 드러내지 않고 상대를 살살 요리하려는 너무나 간특한 인간이 틀림없었다.

"실은 저도 그런 소문이 떠돈다는 소리는 들었지, 실제로 그런 짓을 할 것이라고는 보지 않스무니다."

그러자 차베즈 총순은, 그러면 그렇지! 하듯 고개를 끄덕끄덕하였다.

"맞는 소리요. 잘 보았소."

그의 몸 뒤쪽 벽면에 붙여 세워놓은 꽃 그림 병풍이 무척 조잡스러워 보였다. 그곳이 매우 이름난 기생집이라는 사실이 무색할 형국이었다. 하긴 유흥가는 등급을 매겨봤자 거기가 거기일 것이다.

"그건 할 일 없는 어떤 놈이 퍼뜨린 허무맹랑한 뜬소문이 아니겠소."

"지당하신 말씀이무니다."

소옥과 향미는 젓가락으로 값비싼 안주를 부지런히 집어 먹고 있었다. 그 또한 매상을 올리기 위한 작업이 아닐까 싶었다. 그렇게 보면 음식을 거의 입에 대지 않는 정하는 그 집 주인에게 그다지 환영받지 못할 기녀였다.

"조선 속담에, 발 없는 말이 천 리를 간다고 했소."

제멋대로 그런 비유를 하면서, 차베즈 총순은 이런 소리도 잊지 않았다.

"앞으로 비싼 밥 처먹고 그따위 헛소리나 철철 흘리고 다니는 것들이 있으면 당장 잡아 감옥에 처넣어버리겠소. 어디서 그런 짓을?"

"……."

기녀들 안색이 모두 무 싹처럼 새파랗게 질렸다. 그럴 땐 오직 남편과 자식밖에 모르고 살아가는 순박한 여염집 아낙과 별반 차이가 없어 보였다. 하기야 그만큼 차베즈 총순은 더없이 표독스러운 빛을 뿜어내는 중이었다. 울던 아이도 울음을 뚝 그치게 한다는, 저 전형적인 왜놈 순사의 표상이었다.

'까딱 잘못해갖고 저런 눔 눈 밖에 났다가는…….'

맹쭐도 여간 간담이 서늘해지지 않았다. 계속 이런 식으로 나가다가는 정황이 어디까지 악화될지 알 수 없었다. 그따위 이야기는 이제 그만하고 술이나 마셨으면 했다. 긴장과 고통을 덜어주는 데 술만 한 게 없다고 보았다. 술은 백락지장百樂之長이랬나 뭐랬나. 어디서 주워들었던지, 억호가 늘 해대던 소리였다. 억호가 생각나자 술상을 콱 엎어버리고 싶었다.

'고 호랑말코 겉은 눔!'

맹쭐은 두 손으로 제 머리카락이라도 마구 쥐어뜯고 싶은 충동을 억눌렀다.

'옥지이가 지 서방이라꼬 시방 저 기생들매이로 옆에 따악 붙어 앉아 갖고, 고따우 늠한테 술을 따라주는 모습을 상상만 해도 미치고 팔딱 뛰 것다.'

되새겨볼수록 후회막급이었다.

'내라꼬 몬 할 끼 한 개도 없다 아이가.'

그런데 차베즈 총순이 하는 말을 들은 죽원웅차는, 맹쭐이나 기녀들과는 다른 무언가를 궁리하는지 끝을 흐리는 어투였다.

"그렇긴 하무니다만⋯⋯."

차베즈 총순이 정나미가 똑 떨어질 정도로 이맛살을 잔뜩 찌푸렸다.

"왜요? 내가 받아들이기에도 그 문제는 이제 더 이상 거론할 필요성이 조금도 없을 것 같은데?"

하지만 죽원웅차는 그게 아니었다. 그는 술을 한 잔도 마시지 않은 사람 모습으로 점점 심각한 표정이 되어갔다. 음성도 듣기 위태로울 만큼 사뭇 흔들렸다.

"어쩌면⋯⋯."

"어쩌면?"

차베즈 총순이 말꼬투리를 잡으며 시비 거는 품새로 나왔다.

"실제로 그런 사고가 벌어질지도 모르무니다."

죽원웅차는 몸까지 오싹 떨어 보였다.

"뭐요?"

"⋯⋯."

차베즈 총순의 다그침에 아예 상대도 하지 않으려는지 입을 굳게 다물어버리는 죽원웅차였다. 그러자 차베즈 총순이 아버지 치목 같고 죽원웅차가 그 자신처럼 느껴지는 맹쭐이었다.

'그라고 보이 그렇거마.'

우리 부자는 언제나 그런 모습들로 살아왔다는 깨달음 끝에서 맹쭐은 다시 한번 아버지 부재를 뼈 시리도록 절감하지 않으면 안 되었다. 이런 기분이라면 세상 술을 전부 마셔도 취하지 않을 것이다.

'우리가 무신 이약할라꼬 요 온 기고?'

맹쭐은 정작 아버지 피살 사건에 대한 이야기는 흐지부지 사라지고, 다른 엉뚱한 화제로 돌아가고 있다는 자각이 일면서 즉시 일어나 휑하니 나가버리고 싶었다. 차베즈 총순의 이런 말이 없었다면 실제로 그랬을지 모른다.

"그런 사고가 벌어져요?"

그래도 죽원웅차는 금방 대꾸가 없다가 상대가 상대인 만큼 무슨 말이라도 해야겠다고 생각한 모양이었다.

"예, 제 예감이 그렇스무니다."

차베즈 총순은 그따위 허랑한 소리는 아예 하지 말라는 어조였다.

"예감이란 믿을 게 못 되오."

소옥과 향미가 서로에게 눈짓을 보내더니 손으로 입을 가리고 킥킥거렸다. 왜놈 둘이서 티격태격하고 있는 꼴이 재미있고 고소하다는 표시였다.

"그건 저를 못 믿는다는 것이겠지요."

떨떠름한 표정을 짓는 죽원웅차에게 차베즈 총순이 툭 던지는 말이었다.

"에, 말하자면, 그건 미신과도 같은 거라니까?"

그들이 그러고 있는 동안 이번에는 기녀들이 켜는 악기 장단에 맞추어 사내가 창唱을 하는 소리가 다른 세상에서처럼 들려오기 시작했다. 죽원웅차는 조선 것이면 무엇이든지 미신으로 치부해버리는 자기 나라 일본의 근성을 떠올렸다.

"예감이 어찌 미신과?"

"하하핫!"

남이 하는 말을 마지막까지 듣지도 않고 차베즈 총순이 느닷없이 큰 소리로 웃어 젖혔다. 그러고는 또 한다는 소리가 상대를 깔아뭉개는 언사였다.

"죽원 사장님이 보기보다는 너무 간이 작소?"

"음."

죽원웅차 안색이 붉으락푸르락했다. 소옥과 향미 얼굴에 불안해하는 빛이 서렸다. 하지만 정하는 일본인들이 하는 얘기에는 관심도 없는지 허공 어딘가로 멍하니 눈길을 보내고 있었다. 정물화에 나오는 여자를 방불케 했다.

'상촌나루터에서 살고 있는 안석록인가 바깥석록인가 하는 환재이는, 장마당 우리 고을 풍갱만 그리고 사람은 안 그린담서? 와 그라는 기까?'

맹쭐 뇌리에 편린처럼 잠깐 떠오른 의문이었다.

"그런 배포로 사업은 어떻게 하는지, 원."

이어지는 차베즈 총순의 말에 죽원웅차는 한층 벌레 씹은 상이 되었다. 그는 기녀들 앞에서 사내 자존심이 팍 꺾이는 빛이었다. 차베즈 총순보다는 죽원웅차와 더 친한 맹쭐 역시 매우 기분 나빴다.

'니기미! 갱찰이모 다가?'

맹쭐이 옆에서 지켜봐도 차베즈 총순이 너무하고 있었다. 하지만 차베즈 총순은 철저히 승기를 잡은 사람처럼 굴었다.

"내가 여기 이 고장의 치안을 맡고 있는 한 말이오."

그는 누구 보란 건지 근육질 가슴팍을 쑥 내밀어 보이며 말했다.

"절대로 그런 불미스러운 일은 없을 것이니 안심 푹 공구시오. 어느 간덩이 부은 놈이 감히 그러겠소?"

"예."

하지만 죽원웅차는 여전히 얼굴에 가득히 드리워져 있는 그림자를 지우지 못했다. 몸에 술기운이 들어가도 의기소침해짐을 막을 수 없는 모양이었다.

'우짜모 죽원 사장 짐작이 맞을랑가도 모린다.'

맹쭐은 생각했다. 서양 종교인 기독교를 거부하는 유생들이 그런 짓을 저지를 수도 있고, 유생들이 아니더라도 조선인이면 누구든 일본인 토목기술자가 공사를 한 건물이니 그럴 소지도 없지는 않을 것이다.

'시방 나라 민심이 비미이 나뿌나.'

더럽거나 마음에 차지 않은 일이 있으면 '왜놈 똥'이라는 말로 폄훼할 만큼, 지금 조선 백성들 사이에서 일본인들에 대한 감정은 악화될 대로 악화돼 있는 것이다. 언제 어디서 무슨 대형사건이 터질지 아무도 모른다. 어떤 면에서 그건 당연한 귀결일 수도 있다. 지나치게 크게 분 풍선이 '펑' 하고 터질 수밖에 없는 이치와도 맞닿은 것이다.

"그래서 제가 꼭 차베즈 총순님께 부탁을 드리고 싶은 것이무니다."

죽원웅차는 애당초 쓸개는 없는 사람으로 비쳤다. 이제까지보다 더 공손한 태도로 차베즈 총순에게 술을 권했다.

"저희가 나중에 그 병원 공사를 하게 될 때……."

너도 동업자라는 것을 일깨워주려는지 맹쭐을 한번 본 후에 말을 이었다.

"차베즈 총순님께서 각별히 신경을 좀 써 주십사 해서지요."

드디어 죽원웅차가 차베즈 총순을 그 자리에 모시게 된 이른바 저 '모범 청탁'이 흘러나오기 시작했다.

"하하. 알겠소, 알겠소. 내가 어찌 모르겠소, 죽원 사장."

차베즈 총순이 앉은 자리는 최고의 권좌로 보였다. 그는 자기를 다시 봐달라는 주문인지 기녀들을 향해 작은 눈을 빛내 보이기도 했다.

"저는 총순님만 믿고 있겠스무니다."

죽원웅차는 바닥을 기어가는 목소리였다. 여건이나 상황, 처지에 따라 음성을 시시각각 변화시키는 그 한 가지 재주만으로도 그는 남다른 사업 수완을 발휘할 만했다. 맹쭐은 저런 것도 내가 배울 점이라고 생각했다.

"그 정도도 모르면서 어찌 위대한 일본국 경찰이라고 할 수 있겠는가 말이오."

차베즈 총순은 자기 신분에 대해 볼썽사나울 만큼 자존심을 높게 가지는 위인이었다. 죽원웅차는 그 말이 백번 지당하다는 식이었다.

"저도 그 생각은 하고 있스무니다. 다만……."

차베즈 총순이 죽원웅차 말끝을 일본도로 자르듯 했다.

"아아, 그만하래도 자꾸 그러시오?"

"예? 아, 예."

죽원웅차가 어른 말 잘 듣는 아이처럼 눈을 내리깔았다. 차베즈 총순은 팔로 소옥의 긴 목을 감았다.

"내가 오늘 분에 넘치도록 이렇게 융숭한 대접을 받고 있는데, 어찌 그 은혜에 보답하지 않을 수 있겠소?"

그 말이 떨어지기 바쁘게 죽원웅차는 그저 죽여주십사 하는 모습을 보였다.

"으, 은혜는 무슨?"

그런데 이건 또 무슨 얘긴지 차베즈 총순은 겸손을 떠는 죽원웅차를 가만히 응시하더니 대뜸 한다는 말이 이랬다.

"이거 참 섭섭하무니다?"

"예?"

차베즈 총순의 입에서는 겨울날 아침 텅 빈 논바닥에 하얗게 내린 서릿발 같은 소리가 나왔다.

"죽원 사장 눈에는 이 차베즈가 그 정도 사람으로밖에 안 보인다, 그 말이오?"

병풍에 그려져 있는 나뭇가지에 달린 꽃이 낙화로 바뀌어 보일 죽원 웅차였다.

"아, 아니, 그, 그건 저, 절대 아니고……."

죽원웅차는 여간 송구스럽지가 않아 좌불안석인 사람같이 해 보였다. 기녀들 앞에서 사내 자존심 따윈 헌 게다짝처럼 내팽개쳐버린 듯했다.

'저 해쌌는 꼬라지 좀 봐라. 소름이 쫙쫙 안 끼치는가베.'

맹쭐 눈에 죽원웅차는 타고난 연기자였다. 그런 그에게 차베즈 총순은 기녀 목을 감고 있지 않은 나머지 손을 휘휘 내저어 보였다.

"그러니 아무 염려 마시오. 그저 이 차베즈만 믿고요. 허허, 허허허."

웃음소리가 지겨웠다. 도대체 몇 시간이나 앉아 있은 그 좌석에서 흘러나온 이야기들의 맥이 무엇인지 헷갈리기도 했다.

"제 술 한잔 더 받으시지요."

죽원웅차가 또 얼른 술을 권했다. 소옥이 재빠르게 차베즈 총순의 잔을 채워주었다. 죽원웅차와 소옥의 손발이 척척 맞아 보였다.

'해나 하매 서로 그런 사이?'

맹쭐 눈앞에 그들 둘이 만나는 모습이 그려졌다. 나라야 어떻게 되든지 백성들은 먹고 살아야 하는 것인가 여겨지기도 했다.

"저는 오직 우리 차베즈 총순님만 믿고 있겠스무니다."

했던 말 또 하고 했던 말 또 하면서 죽원웅차는 소옥에게 계속 술을 따르라는 눈짓을 보냈다.

"믿으시오, 죽원 사장. 불은 무슨 불? 아무 일도 없을 거요."

소옥이 교태를 부려가며 은근슬쩍 입에 넣어준 견과류를 다람쥐 열매 먹듯 오물거리며 차베즈 총순이 말했다. 죽원웅차는 한숨까지 내쉬면서 말했다.

"정말 제가 아무 쓸데없는 걱정을 했었는가 보무니다."

어느 방에서 사내가 부르던 창은 끝나고 기녀가 부르는 노랫소리가 은은하게 들렸다. 그 노래를 정하도 아는지 입안으로 낮게 같이 부르고 있었다. 지금 그 술자리는 안중에도 없다는 기색이었다.

"진작 우리 차베즈 총순님을 만나 뵈었더라면 마음 편하게 지냈을 것을, 이날 이때까지 가슴 졸였던 일을 떠올리면 억울하무니다."

죽원웅차 연기는 그야말로 모락모락 피어오르는 연기처럼 끝을 모를 판이었다.

"그래요. 그렇다니까?"

입에서 음식물이 튀어나오는 차베즈 총순이었다. 언제 날아들었는지 모를 작은 날파리가 상 위에서 떠나 휑 날아가 버리는 게 눈에 들어왔다.

"이 사람, 오늘에야 비로소 깨달았는데, 참 못났스무니다. 못났스무니다."

본디 일본 사람들은 그런 말버릇이 있는지, 아니면 그만 그런지는 몰라도, 죽원웅차는 또 되풀이해서 말을 했다. 그것은 곧 엄청난 집착력과 끈기로 연결되는 듯하여 맹쭐은 또다시 가슴이 서늘하고 편하지 못했다.

"이거 너무너무 부끄럽스무니다. 부끄럽스무니다."

허연 머리 비듬이 날리도록 손가락으로 제 뒤통수를 연방 긁적이는 죽원웅차였다. 이제 그의 얼굴에서 불안과 초조의 빛은 거의 찾아볼 수 없었다.

그런데 맹쭐은 이상하게도 필시 죽원웅차가 입에 올린 그런 사건이 발생하리라는 강렬한 예감을 좀처럼 벗어던질 수가 없었다. 그것은 어김없이 다가올, 아니 반드시 다가와야만 할 그 무엇과도 같았다.

'우째서 자꾸 이리 방충맞은 기분이 드는 긴고 모리것다.'

어쩌면 그의 마음 한쪽 구석에 잔뜩 똬리를 틀고 있는 악마성이 혓바닥을 날름거리며 고개를 치켜드는 증거인지도 모르겠다.

맹쭐의 손이 속절없이 허둥거리며 또다시 술잔을 향했다. 얼핏 심한 수전증을 앓고 있는 사람으로 보였다. 하지만 비어 있는 잔이었다.

'요 기생 년이 술은 안 부우주고 머하고 있노.'

그는 옆에 앉아 있는 기녀에게로 시선을 돌렸다. 다시 한번 저 기녀가 해랑이면 얼마나 좋을까 하는 아쉬움을 떨치지 못했다.

'지가 무신 요조숙녀라꼬?'

정하라는 기녀도 맹쭐과 비슷한 느낌을 받아서일까. 술을 따를 생각은 잊었는지 여전히 초점 잃은 눈빛으로 멍하게 앉아 있는 것이다.

'니기미! 복잡타.'

더할 나위 없이 청승맞은 그 모습이 다시 봐도 뭔가 비밀이 많은 여자다. 하지만 적어도 술자리에서는 그런 면을 동정하고 좋아할 사내는 별로 없을 터였다. 하여튼 좀 복잡하고 신경 쓰이는 일은 술과 섞어서 마셔버리고 싶은 게 술꾼들 속성이기도 한 것이다.

'우짜모 에나로 벌어질 수도 있다.'

맹쭐 눈앞으로 시뻘건 불길에 싸인 커다란 신축 병원 건물이 쉴 새 없이 어른거렸다. 그 뜨거운 불기운이 자기 온몸에 고스란히 전해져 오는 느낌을 떨칠 수가 없었다. 이마가 뜨거운 인두에 찔리는 것처럼 지끈지끈 아파왔고, 손발 끝은 무슨 이상한 기류가 흐르고 있는지 자꾸만 찌르르했다.

'누가 가매못에 불을 때고 있는 기가?'

그 고을 사람들이 곧잘 떠올리는 생각을 맹쭐도 해보았다. 아버지를 죽인 범인들을 어서 잡아야 한다는 강박감은 잠시 저만치 물러나 있었다.

네가 관찰사가 맞느냐

모기떼가 오랑캐처럼 극성을 부리고 푹푹 찌는 찜통더위가 온종일 사람을 짜증 나게 만드는 7월 말이다.

담배밭의 담뱃잎에서 나오는 냄새도 힘들게 하거니와, 아이들 피부병과 상처가 덧나기 딱 십상이었다. 노약자도 기력이 한층 더 빠져 드러누운 몸이 방바닥 밑으로 빠져드는 기분에 허공을 향해 손을 허우적거리기도 했다.

그러한 어려운 계절, 권학의 제자로서 준서, 얼이 등과 동문수학하고 있는 철국의 형이 근무하는 그 고을 우편국에서는, 참으로 살점이 떨리도록 분하고도 가슴 아픈 전보 한 통을 그 지역 진영대에 띄우게 된다. 그런 일이 발생할 것이라고는 그곳 누구도 내다보지 못했을 것이다.

2개월 전 통감고시 제75호로 거기 우체소가 폐지되고 통합된 우편국이었다. 땅이 갈라지고 하늘이 무너지는 듯한 그 비보를 접한 진영대는 온통 난리가 났다. 펄펄 끓는 도가니를 방불케 했다. 도대체 있을 수 없는, 아니 있어서는 아니 될 일이 엄연한 현실로서 벌어진 것이다.

"머라? 군부대신?"

"예, 군부대신입니더."

"아, 그래, 이 나라 군부대신이라쿠는 자가 이런 맹녕을 내릿다 말가?"

"전보에 그리 돼 있심니더."

"전보에?"

"예, 우편국에서 보내온 내용입니더."

"대맹천지에 우째 이런 일이?"

"얼간이도 몬 믿을 일입니더."

"이거는 그런 성질이 아이고, 안 믿을 기라꼬."

"그라모 인자부텀 우리는 우찌 되는 깁니꺼?"

"시방 그거를 몰라서 묻는 것가?"

"……."

"물어놓고 와 아모 말이 없노?"

"죄송합니더."

중대장인 정위를 비롯하여 그 아래 부위, 참위, 특무정교, 정교, 부참교 등 20여 명의 하사관, 그리고 상등병, 일등졸, 이등졸 등 186명의 사병들, 그들이 하나같이 치솟는 울분을 이기지 못해 손과 머리로 땅을 때리고 쳤다. 마음은 허공을 걷어찼다.

"어이구, 어이구!"

"해필 와 이런 시상에 살아갖고 요런 꼴을 당하누."

진영대 건물과 연병장이 흔들렸다. 저마다 하늘을 우러러 원망하고 호소하고 통곡했다. 그것 외에는 더할 수 있는 게 아무것도 없었다. 대관절 무슨 끝을 보려고 이런 일이 생겼을까.

"누가 머라 싸도 이랄 수는 없는 깁니더, 하느님!"

"에나 계신다쿠모 지발 머라꼬 말씀 좀 해 보이소!"

"부처님도 그냥 손바닥 내밀고 웃고만 계실랑가?"

기도의 대상이 좀 더 가깝다고 여겨지는 쪽으로 흐르기도 했다.

"모도 이리 쌌는데 조상님들께서는 땅 밑에서 잠만 주무시나, 머하시는고?"

"우리 후손들이 잘몬한 기지, 조상님들은 와 불러오노?"

"니 말도 맞고, 또 니 말도 맞는데……."

"내사 모리겄다, 모리겄어!"

천만 번을 더 말해도 모자랄 이야기지만, 그것은 진영대 아래쪽에 있는 대사지가 발칵 뒤집히는 것보다도 더한 충격이 아닐 수 없었다. 대사교가 와르르 무너져 내리고, 모두가 그 못물에 빠져 너나없이 허우적거리는 것으로 보였다. 개가 겨를 먹다가 말경 쌀을 먹는다지만, 이거 뭔가 안 좋은데? 하고 막연히 느껴지던 현실이 이토록 악화될 줄은 몰랐다고 복장을 쥐어뜯었다.

그건 그러고도 남을 일이었다. 소위 조선 군부의 으뜸 벼슬인 군부대신이란 자가 어떻게 그런 짓을 저지를 수가 있는가 말이다. 1894년 저 허울 좋은 갑오개혁 당시 신설된 군무아문軍務衙門이 이듬해 관제 개혁으로 이름을 바꾼 게 군부였다. 그것은 조선의 병조를 중심으로 한 각종 군사 기관의 관장 업무를 담당하고 군대를 통괄하는 대단히 막강한 부서였다. 바로 그 군부의 수장이 군부대신인 것이다.

그 아래로는 군부 협판과 군부 참의, 참사관 등을 두었으며, 군부의 관료들에게는 통정대부, 가선대부 등의 동서반 관제 외에도 육군참장, 육군부장, 육군정령 등의 군 계급을 겸임케 하였다. 나름대로 체계가 잡혀 있는 것 같아 보였다.

그러나 스스로 제 칼을 가지고 제 목을 내리친 꼴이 되고 말았다. 그 후 대한제국 군대 해산으로 말미암아 가까스로 그 가느다란 명맥만 유지하다가 끝내 완전히 폐지되고 만다. 또 그뿐만이 아니다. 신식 군대의 지휘와 훈련에 필요한 초급장교를 양성하는 대한제국 육군무관학교도 함께 없어져 버리고, 군부의 남은 기능은 궁궐 수비를 위해 새로 설치된 친위대로 이관되는 것이다.

"다 필요 없는 소리지만도 말이다."

그런 망극한 가운데 정위가 탈기하는 목소리로 말했다.

"인자 와서 가마이 생각해보모, 미리부텀 모든 기 싹 다 이리 되거로 안 돼 있었나? 우리가 아모 대비를 안 핸 기……."

끝내 말끝을 맺지 못했다. 그런 그에게서는 마지막 유언도 다 남기지 못하고 절명하는 자의 안타깝고 처절한 모습이 보였다.

"흑."

"아아."

모두가 강풍에 목이 꺾인 허수아비처럼 어깻죽지 사이로 고개를 쿡 처박았다. 나약하기 이를 데 없는 군인들이 거기 있었다. 그것은 제아무리 아니라고 부정하고 싶어도, 그러면 그럴수록 더욱 비참하고 암담한 결과만 낳을 것이었다.

"으흐흐."

정위의 주먹이 맥없이 풀려 있었다. 거미도 줄을 쳐야 벌레를 잡을 텐데, 그 손은 무기는 고사하고 숟가락 하나 들 힘도 없어 보였다. 피는 흐르고 신경은 살아 있는지 의구심이 들 지경이었다.

"왜눔들이 아라사한테 이기고 나서 통감부를 맹글 때……."

그는 부하들 앞에서 숨기려고 해도 울먹이는 목소리를 어쩌지 못했다. 그렇게 입을 열어 말을 할 수 있는 것도 그동안의 군사 훈련을 통해 얻은 강인한 체력과 정신력의 바탕이 없다면 불가능할 것이다.

"그때 안 있나."

누가 봐도 군인의 분위기를 풍기는 정위는 갈수록 입을 열기가 힘이 드는지 연방 가쁜 숨을 몰아쉬었다.

"하매 우리 대한제국 군대 규모가 엄청시리 안 줄어들었던가베?"

웅크리는 정위의 몸은 줄어들고 줄어들어 나중에는 사라져버릴 성싶었다. 그는 낙담과 실의에 잠긴 채 말없이 자기만 바라보고 있는 부하들 얼굴을 외면하였다.

"그냥 줄어든 기 아이고 아예 없는 거매이로 말인 기라."

진영대 위로 하늘에 날고 있는 새들도 하나같이 가까스로 날갯짓을 하고 있는 모습이었다. 그곳 건물이 폐가처럼 되고 연병장에는 군인들 훈련하는 소리가 끊긴 지 오래였다. 그 고을을 감돌아 흐르는 남강에서 성곽 위로 날아오는 물새들 울음소리에는 아우성 비슷한 소리가 위태롭게 매달려 있었다.

"갤국 저 통감부, 통감부를……."

"……."

통감부統監府.

당시 일본은 대한제국의 실질적인 주권행사의 주체가 통감이라고 규정했다. 그 내용은 차마 입술에 묻힐 수도 없을 만큼 실로 사악하고 가증스럽기 그지없었다.

일본국 정부는 그 대표자로서 대한제국 황제 아래에 1명의 통감을 둔다. 그 통감은 전적으로 외교에 관한 사항을 관리하기 위해 서울에 주재하면서 직접 대한제국 황제를 만나볼 권리를 가진다. 또한, 각 개항장과 일본국 정부가 필요하다고 인정하는 지방에 이사관理事官을 배치할 권리를 가지며, 이사관은 통감의 지휘를 받아서 종래의 일본 영사에게 속하던 일체 직권을 집행하고, 그와 동시에 본 협약의 조항을 실행하는 데 필요한 일체 사무를 처리한다.

정위가 부하들에게 말한 통감부라는 게 바로 그런 것이었다.

"예, 그렇심니더."

이마에는 식은땀이 배고 두 눈가가 붉어진 특무정교가 정위의 말을 받았다. 키는 작아도 다부진 체격이 군인다웠다.

"우리 진영대가 대대단위에서 중대단위로 축소되고 만 그때……."

특무정교도 정위가 그랬던 것과 마찬가지로 '그때'라는 말에서 선뜻 더 나아가지를 못했다. 그들에게서는 '그때'의 '때'를 놓쳤다는 강한 아쉬움과 후회가 엿보이고 있었다. 이윽고 이어지는 말이 그것을 잘 입증하고 있었다.

"오늘날의 이런 불행한 사태를 내다봐야 했심니더."

진영대 건물은 아까부터 부동자세를 취하고 있는 군인을 떠올리게 했다. 좀 무미건조해 보이는 듯하면서도 어쩐지 숱한 사연이 짙고 깊게 스며들어 있는 분위기를 자아내고 있는 모양새였다.

"특무정교 그 말이 맞거마는."

체구가 보통이 아닌 참위도 목이 멘 소리로 입을 열었다.

"그래서 시방 여 있는 군대도 진위보병 1개 중대밖에 안 되고……."

대사지에서 불어오고 있는 바람 끝에는 향긋한 연꽃 냄새는 맡을 수 없고 퍼런 물이끼가 썩는 것과 유사한 불쾌한 기운만 묻어났다.

"아모리 그렇다꼬 해도 아입니더."

부참교가 마치 상관에게 항명이라도 하는 부하처럼 조목조목 따지듯이 했다. 몸이 약간 깡말라 보이는 그는, 평소 신경질을 잘 부리는 편이면서도 불의를 보면 참아내지 못하는 올곧은 성품이었다.

"군부대신의 그 해산 맹넝대로 우리가 해산해삐릴 수는 없다 아입니꺼, 예?"

군부대신의 명령이 아니라 지존의 어명이라도 따를 수 없다는 신념이 엿보였다.

"우찌 그랄 낍니꺼? 안 그렇심니꺼?"

그러자 너도나도 입을 모아 한 가지로 말했다. 일치단결된 군대가 어떤 군대인가를 잘 보여주는 현장이었다. 연병장 가장자리에 빙 둘러서 있는 나무들도 다 그렇다고 일제히 고개를 끄덕이는 것 같았다.

"하모, 하모."

"에나, 에나."

군부대신의 대한제국 군대 해산령. 군대가 없는 나라. 그것은 곧 나라도 없다는 그 말이 아니고 무엇이겠는가?

─우리는 그렇게 할 수 없다.

─차라리 자결할 것이다.

─우리는 항복한 군인도 아니고, 포로는 더더욱 아니다.

─끝까지 투쟁하겠다.

그곳 진영대는 무장해제를 거부했다. 무기를 강제로 빼앗기면 싸움을 할 수 없다는 건 삼척동자라도 알 것이다. 그것은 정녕 예사로운 결정이 아니었다. 항명이라는 극단적인 길을 선택한 것이다. 항명이 무엇인가? 바로 상부의 명령이나 통제에 따르지 아니하고 맞서서 반항하겠다는 것이 아닌가?

"모두는……."

또한, 그것만이 아니었다. 거기서 그치지 않고, 전 병사들에게 완전무장을 하고 진영대로 집합하라는 명령을 하달했다. 동으로 가라는데 서로 가는 것. 그 조치는 실로 모든 것을 내건, 참으로 무섭고 두려운 성질의 것이 아닐 수 없었다.

더 이상 앞으로 나아갈 수도 뒤로 물러설 곳도 없는, 운명과 흥망을 걸고 단판걸이로 승부나 성패를 겨루려는, 건곤일척.

—이렇게 죽으나 저렇게 죽으나, 죽는 것은 마찬가지다.

　—죽는 것은 나중 일이고, 지금 당장은 싸우고 볼 일이다.

　—아니다. 합치면 살 길이 보일 것이다.

　—그렇다. 손톱보다도 작은 개미 떼가 집채만 한 구렁이를 이기는 것도 봤다.

　그러나 막상 병사들을 그렇게 모아는 놓았지만, 지금부터 무엇을 어떻게 해야 할지, 아니 솔직히 털어놓아 어떻게 해볼 수도 없었다. 참으로 난감함과 무기력의 연속이었다.

　—우리가 할 수 있는 일이 무엇이냐?

　—할 수 있는 일? 아무것도 없지를 않으냐?

　—없기는? 이럴 때 할 수 있는 게 하나 있지.

　결국, 매일같이 술이었다. 술을 마시는 일밖에는 달리 더 할 일이 없었다. 분노의 술이요, 체념의 술이요, 불투명한 앞날에 대한 불안의 술이었다. 저녁노을도 빨갛고, 아침노을도 빨갛고, 병사들 얼굴도 빨갰다. 그리고 마음들은 서럽게 물든 붉은 낙엽보다도 한층 더 빨갛게 타올랐다가 우물 속으로 미끄러져 내리는 두레박처럼 하릴없이 곤두박질쳤다.

　—왜 이러느냐? 우리가 이러면 안 되지 않은가?

　—누가 그걸 모르나? 하지만 이러지 않으면 어쩔 텐데?

　—그래도 이건 아닌데, 아닌데…….

　그러던 어느 날, 어떻게 보면 군대 기율이 형편없이 무너지고 주신酒神만이 난무하는 무법천지 시국 가운데 이런 가슴 뛸 풍문이 기적처럼 들려왔다. 한성에서 군대 해산을 거부한 시위대가 일본군과 격전을 치렀다는 것이다.

　그건 민족적 자존심이나 염원에서 비롯된 헛소문이었을까. 그것은 아니었다. 그게 바로 시위보병 제1연대 제1대대 박승환 대대장의 자결로 일어난 저 유명한 구한국군 봉기였다. 항일 투쟁 역사를 이야기할 때 결코 빠뜨릴 수 없는 것이었다.

한말 육군참령을 지내던 박승환. 그는 을미사변, 을사조약, 고종 강제 퇴위 등을 저지른 일본에게 부단히 칼을 갈고 있었다. 일본은 한일신협약으로 통감부를 통해 한국 내정을 장악하고, 이후 병합의 최대 장애가 될 수 있는 한국 군대를 해산시킬 것을 순종에게 강요했다. 그리하여 결국 그해 7월 31일 군대 해산의 칙령이 내려졌고, 8월 1일에는 군대 해산식이 강행되고 무기가 압수되었다. 그때 박승환은 병을 핑계로 그 해산식에 참가하지 않았으며, 이런 내용의 유서를 남겼다.

―군인이 나라를 지키지 못하고 신하가 충성을 다하지 못하면 만 번 죽어도 애석함이 없다.

그러고 나서 그는 '대한제국 만세'를 외친 다음 결연히 자결했다. 그 사실이 알려지자 부대 장병들은 무기를 꺼내 들고 일본군과 육박전을 벌여 일본군에게 큰 피해를 주게 되었다. 그러고는 그 전투가 끝난 후에도 약 1개월에 걸친 지방 진위대의 해산 과정에서, 단지 그 고을 진주뿐만 아니라 저 원주 진위대와 강화 분견대 등이 집단으로 항쟁을 벌이고, 더 나아가 수많은 군인이 의병으로 전환하여 의병투쟁의 무력武力이 강화되는 것이다.

온 고을이 뒤숭숭했다.

쑤셔놓은 벌집에서 떼로 튀어나온 벌들이 왕왕거리며 함부로 날아다니는 듯했다. 그리고 그 침에 쏘인 것처럼 모든 것들이 상을 찡그리고 있는 형용이었다.

맥없이 서 있는 나무의 축 처진 잎사귀 사이를 미친 것처럼 마구 오르

내리며 참새들이 유난스레 큰소리로 재재거렸다.

'컹, 컹컹.'

개들도 허연 이빨을 드러낸 채 함부로 으르렁거리면서 제멋대로 설치었다. 세상 개라는 개는 모조리 광견병에 걸려버린 게 아닐까 싶었다.

"어? 어? 이눔의 소가⋯⋯."

달구지를 끌고 가던 소가 길 가운데서 갑자기 무릎을 팍 꿇고 주저앉는 바람에 농군이 땅바닥으로 굴러 내리지 않으면 안 되었다.

"에잇! 에잇!"

수레를 끌고 가던 말이 별안간 미쳐 날뛰는 통에 늙은 마부가 질겁하며 채찍으로 말 잔등을 후려치지 않을 수 없었다.

"하이고, 심이 맥히서 몬 살것다."

어쩌다 부는 인색한 바람 끝에는 불가마 못지않은 열기가 훅 묻어났다. 가매못에서 솟았다는 뜨거운 기운이 그 고을 전체로 퍼지면서 내는 것 같은 바람 소리였다.

'휘~잉.'

그곳 진산鎭山이자 주산主山이 되는 비봉산에서 남강 쪽으로 통할 수 있는, 남북 방향으로 배치되어 있는 그 고을 읍치邑治. 그 중간쯤에 터를 잡고 지방을 여행하는 관리나 사신의 숙소로 사용하는 객사도, 그즈음은 그 엄숙하고 당당한 위용을 상실해버린 듯 너무나 의기소침한 모습이었다. 저러다가 나중에는 없어져 버리지 않을까 우려될 지경이었다.

봉황이 날개를 쫙 펼치고 있는 형상의 비봉산 밑동을 휘감고 내려온 후텁지근한 바람이, 객사인 비봉관에서 외삼문을 나서 넓은 공터로 된 읍내장터를 지나 홍살문 쪽으로 불고 있었다. 길가 버드나무가 머리카락을 풀어헤친 미친 여자나 산발한 죄수처럼 섬뜩해 보였다. 언젠가 가로수는 버드나무에서 다른 나무, 플라타너스나 은행나무 그리고 입에

올리기조차도 싫은 소리지만 일본인들이 좋아하는 사꾸라(벚나무)로 바뀔지도 모른다.

그런가 하면, 바람과 바람도 서로 세력을 다투고 있는지, 거기 남강 나루터에서 몸을 일으켜 성곽 남문을 거슬러 외성의 신북문을 통과하여 홍살문을 겨냥해 오는 바람도 있었다. 산바람과 강바람이 맞부딪는 지점에 서 있는 홍살문의 붉은 칠은 어쩐지 피를 연상케 하였다. 그리하여 바람 끝에는 피비린내가 물컹, 묻어나는 듯했다.

상촌나루터라고 해서 조용할 리는 만무했다. 하루에도 수천 명이 드나드는 곳답게 왕왕 들끓었다. 언제나처럼 가게 입구 계산대 앞에 앉아 있는 재영의 귀에 마당 평상의 손님들이 주고받는 이야기들이 반란군 깃발처럼 어지럽게 날아들었다. 듣고 싶든 듣고 싶지 않든, 들을 수밖에 없는 소리였다.

"장차 이 나라가 우찌 될랑고?"

"우찌 되기는 머가 우찌 돼? 쩝, 하모 입맛 다시는 소리고, 쿵, 하모 뒷베름빡에 호박 떨어지는 소리라 안 캤나."

"큰일입니다. 왜놈들 움직임이 심상치 않아요."

"움직이는 기? 아, 그눔들이 또 머를 우짜는데예?"

"글쎄, 그게 말입니다."

"그게고 저게고 퍼뜩 함 이약해보이소."

"차라리 모르는 게 약이라는 말도 있는데……."

"그래도 무식하거로 사는 거보담은 유식하거로 죽는 기 낫심니더."

나루터집 바로 옆에 붙어 있는 밤골집에서 유명한 매운탕거리를 안주로 하여 한잔 거나하게 걸치고 속 풀이를 하기 위해 온 손님들이 많기에, 그네들 음성에는 불그레한 술기운이 무슨 흔적처럼 묻어 있기 일쑤였다. 어쩌면 진영대 병사들과 마찬가지로 일반 백성들도 술이라도 마시고 한순간이라도 현실을 잊어버리고 싶다는 유혹을 벗어던질 수 없었는지도 모른다.

"그놈들도 귀를 장식용으로 달아 놓은 게 아니니, 한성 소식을 듣지 못했을 리가 없지 않습니까."

"그래서예?"

"혹시 여기서도 한성과 마찬가지로 들고일어나지나 않을까 우려하여 자경대를 조직했답니다."

"자갱대예?"

"예."

자경대가 무엇인가? 바로 자신의 안전과 재산을 스스로 경계하여 보호하기 위해 조직한 단체가 아닌가? 그렇다면 지금 이런 마당에 누가 그것을 만들어야 더 마땅할 노릇인가 말이다. 무엇이 바뀌어도 한참 잘못된 것이다. 더 큰 문제는, 그런 사실을 알아도 어찌할 방도가 없다는 거였다.

"새가 뒤집어 날아가는 소리지요."

"그런 시건방진 새는 총이 있으모 그냥, 탕!"

살상용 무기에 대한 소유 욕구는 사람들 마음을 삭막하고 황량한 사막 한복판에 서 있는 것처럼 몰아갔다. 그때 약간 쉰 목소리가 끼어들었다.

"그거뿐이모 괘안커로요."

역시 투박한 지역 사투리가 물었다.

"또 와예?"

쉰 목소리가 답했다.

"왜눔 통감부의 개가 돼삔 여 갱무서하고 갱남 갱무부도, 시방 모돌띠리 비상갱개 태세에 들가 있다 쿠데요."

경무서와 경남 경무부의 비상경계 태세. 무언가 엄청나게 큰 것이 한

방 터질 것 같은 아슬아슬한 기분이 드는 일이었다.

"허, 그런 데꺼정요?"

언제부터인가 강가 쪽에서 왜가리와 장다리물떼새 울음소리가 서로 경쟁이라도 벌이듯 끊임없이 들려오고 있었다. 그것들이 점령해버린 탓에 다른 물새들은 모조리 달아났는지 기척도 없었다. 인간 세계나 동물 세계나 힘의 논리가 강하게 작용하는 것은 어쩔 수가 없는 자연 현상일 것이다.

"에나 야단 난리거마는."

"우리 진영대가 잘 버텨주어야 할 텐데 말입니다."

"그기 사실인가 아인가는 내 눈으로 직접 몬 봐서 잘은 모리것지만 도, 맨날 술만 마시고 있다쿠던데?"

"허, 술만?"

"모올라, 맨날 마실 술이나 있으까이?"

"술이 다 떨어지모 대사지 못물이라도 떠가서 마시것지 머."

주방에서 나와 평상 손님들에게 콩나물국밥을 내놓다가 그 이야기를 들은 비화가 무겁고 어두운 얼굴로 잠자코 재영을 바라보았다.

"……."

재영은 아내의 복잡하고 안타까운 눈빛을 통해 바로 거기 마당에서 벌어졌던 손 서방 피살 사건을 또 떠올리지 않을 수 없었다. 그것은 기억의 밑바닥에 아무리 깊이 묻어도 송곳이나 칼날같이 밖으로 뚫고 나오는 성질의 것이었다.

'액운도 그런 액운이 있으까.'

그 사람 좋던 그가 나루터집 일에 나섰다가 맞은 비극이었다. 만약 그렇지 않았다면 나루터집 식구 중 누군가가 당했을 것이다.

'개만도 몬한 것들!'

결과는 철저히도 상식을 무시한 채, 혹시라도 하고 그들이 걱정했던 그대로 결정이 났다. 아무리 요즘 세상이 미친년 칼 물고 널뛰는 것같이 되었다기로서니, 그래도 인간이 사는 곳에서 어떻게 그런 일이 있을까. 하긴 요즘 같은 세상에 인간이 인간이길 바란다는 자체부터 벌써 인간이기를 포기한다는 징표이기도 했다.

– 일본 낭인들의 무죄.

손 서방이 먼저 기습적으로 무방비 상태로 가만히 있는 무라니시의 등을 주먹으로 쳤고, 이에 크게 놀란 무라니시가 무의식적으로 칼을 뽑아 상대방을 찔렀다. 얼핏 그럴싸한 그런 어처구니없는 판결이 내려졌던 것이다. 그러니까 한마디로 그것은 정당방위였다는 것이다. 그게 자기를 방어하기 위해 부득이 취할 수밖에 없었던 행위라고?

'그리 억울해갖고는 몬 가것제.'

나루터집 식구들은 가슴을 찢는 심정으로 생각했다. 비명에 간 손 서방 원혼이 저승으로 떠나가지를 못하고 상촌나루터 강가를 헤매고 다닐 것이다. 시도 때도 없이, 제 기분 내키는 대로 부는 강바람 끝에는 그의 애끊는 통곡이 맺혀 있고, 물새들 날갯짓마다 그의 한 서린 춤사위가 매달려 있다.

'그라다가 허기지모 안 된께네.'

귀신은 본디 냄새로 음식을 먹는다고 하니, 저 옆에 있는 밤골집에서 실컷 술과 매운탕 냄새를 마시고, 우리 나루터집에 와서 속 풀이 콩나물 국밥 냄새를 배부르게 맡으라고 빌었다.

'부엉, 부엉.'

으스름 달빛이 내리는 깊고 고요한 한밤중, 강 건너 꼽추 달보 영감의 오두막이 있는 산 능선 쪽으로부터 부단히 들려오는 이 나라 텃새 수리부엉이 울음소리 속에는, 그의 핏빛 원성이 살아 있는 것만 같아 뒷간에 가는 것이 그렇게 무섭기만 했다.

'그저 고맙고 반갑기만 해야 할 사람인데, 우째서 이리키나 겁이 나는 기까? 죽어삐린 구신이라꼬 무조건 가차이 안 할라쿠모 천벌을 받을 기라.'

깊고 어두운 통시 저 밑에서 허연 손이 불쑥 솟아 나올 것도 같았다. 간혹 이런 소리가 진짜로 들릴 때도 있다던가. 하얀 종이 줄까, 빨간 종이 줄까, 노란 종이 줄까?

그 생각 끝에 재영은 더한층 부르르 온몸을 떨었다. 모든 것의 끝인 죽음이다. 천주교도인 혁노 말에 의하면 또 다른 세계인 사후세계가 있다고 하지만, 그는 아무래도 쉬 공감이 되지 않았다. 아니, 솔직히 없으면 좋겠다. 이 세상에서 한 번 사는 것도 이렇게 어렵고 힘이 드는데, 다른 곳에 가서 또 더 살아야 한다는 것을 상상하면, 진저리가 쳐질 만큼 부담이 느껴지면서 그냥 싫고 두려웠다.

'오데 손 서방 하나뿐이가?'

또 죽은 사람이 있다. 민치목이다. 거기 상촌나루터 숲속에서 참혹한 피살체로 발견됐다고 한다. 인생살이란 단 한 치 앞도 알 수가 없다지만, 그건 정말 귀를 후비고 다시 들어도 실감이 나지 아니할 천만뜻밖의 사건이었다.

독사를 물어 죽일 만큼 독하고 고래 심줄처럼 끈질겨 보이던 민치목 그자가 그런 식으로 생을 마감하다니. 대체 어느 누가 감히 그를? 그게 누구의 소행인지 전혀 감이 잡히지를 않았다. 설마 어떤 먼 별에 사는 외계인이 와서 그리한 것은 아닐 텐데.

'시상 만사 에나 모리는 기라. 내사 시방도 몬 믿것다.'

인생을 한꺼번에 깨쳤거나 인생에 감쪽같이 속았다는 느낌이었다. 십년을 면벽 수도한 한 고승이 어느 날 문득 '아!' 하고 도통道通한 심정이라고나 할까? 도랑을 팔짝 뛰어 건너다가 그만 빠져 전신이 깡그리 물에 젖어버린 암담한 가슴이라고나 할까?

'이래서 옛날부텀 사람은 끝꺼지 살아봐야 한다, 글 캤는갑다.'

그렇게 속으로 중얼거리다가 고개를 절레절레 흔들었다.

'그 생각한께 사는 기 더 무섭다 아인가베. 머가 무섭니 머가 무섭니 해싸도 산다는 기 최고로 무서븐 기다.'

재영은 아직도 생생히 기억한다. 자신이 무언가에 썰 듯 정신없이 바람피우던 여자 허나연에게 버림받고 오갈 데 없이 방황하던 그 몸서리쳐지는 참담한 시절, 그곳 강가 모래밭에서 아내에게 못된 짓을 자행하려는 그자에게 무작정 덤벼들었다가 하마터면 목숨을 잃을 뻔했던 것이다.

'내 시상 삶시롱 그러키나 기운이 센 눔도 첨 봤다 아이가? 사람이 아이고 무시무시한 괴물 안 겉었나.'

만약 그날 얼이가 뛰어난 재치를 발휘하지 않았다면 자기는 벌써 죽은 몸이었다. 누구라도 그렇게 강하게 졸렸다면 강철 목이라도 무사하지 못할 것이다. 그는 한세상을 두 번 살고 있는 셈이었다. 그의 것이 아닌 또 하나의 삶. 앞의 삶보다도 뒤의 삶이 더 소중하고 무게 있는 것임을 모르지 않았다. 하지만 그렇기 때문에 더욱 힘들고 거친 게 아닌가 싶기도 했다.

재영은 그 생각을 할 때면 늘 그러듯, 지금도 손으로 목을 쓰다듬으며 다시 한번 궁금증에 빠졌다. 대체 그토록 힘이 세고 잔혹했던 그놈을 누가 해쳤을까? 그놈보다 더 무섭고 강한 자가 이 세상에 있었더란 말인가? 되새겨보면 되새겨볼수록 또 기가 죽고 두렵기만 할 따름이었다.

'갱찰에서는 아즉도 몬 밝힌 모냥이던데……'

그때 밤골집 지붕 위로 장다리물떼새 한 마리가 날아다니고 있는 게 재영의 눈에 얼핏 들어왔다. 조금 전에 소리를 내었던 그놈인지도 모르겠다.

'우짜모 다리가 저리도 기다랗노? 머리는 쪼꼬만 해갖고.'

살짝 잡기만 해도 다리가 금방 부러지고 말 것 같은 그 물새는, 볼수록 위태로운 느낌을 주고 있었다. 불현듯 얼이 사귀고 있다는 효원이 생각났다. 재영은 입속으로만 가만 소리 내어 말했다.

"우찌 지내는고? 마이 적조했다 아인가베."

그것은 그다지 오래지 않아 이내 모습을 감추었다. 물새가 마치 숨바꼭질하듯 사라진 하늘은 아직은 푸르렀다. 하지만 희망과 느꺼움보다도 절망과 서러운 기운이 더 강하고 진하게 전해졌다.

"우쨌든지 우리 뱅사들이……."

"그기 에나 안 쉬블 끼다."

"그래도 그들이라도 안 무너지고 버티조야 하는 기라."

"까딱 잘몬하모, 후우."

잠시 그쳤던 진영대 이야기가 다시 흘러나오고 있었다. 그새 비화는 빈 그릇들을 챙겨 주방으로 들어가고 보이지 않았다.

손 서방의 부재不在가 좀 더 크게 다가오고, 떨칠 수 없는 불안과 초조가 마당에 선 대추나무 가지에 이는 바람에 실려 날아들었다.

'우짜지? 우짜지?'

진영대가 큰일이라는 소리가 재영 심사를 몹시 편치 못하게 이끌었다. 평상 다리가 조금 전에 본 장다리물떼새 다리처럼 퍽 위태로워 보였다. 결코, 그대로 두고만 볼 왜놈들이 아니었다.

그랬다.

움직임은 이미 시작되었지만, 그 고을 사람들이 모르고 있었을 뿐이었다. 물밑 작전이란 바로 이런 경우를 두고 일컫는 말이었다.

하루 벌어 하루 먹고살기에도 빠듯한 조선 백성들이 어찌 감지할 수 있었겠는가. 그곳 경찰과 합세하여 진영대를 무장해제 시킬 목적으로 일본군이 그 고을에 들어와 있었다. 꼭 유령 그림자처럼 소리 없이 움직인 군대는 바로 마산에 주둔하고 있던 일본군 1개 소대였다.

"이거 우리가 먼저 손을 써야지, 안 그랬다간 저 한성 꼴이 날지도 모르겠스무니다. 안 그렇스무니까?"

일본군 간부가 추궁하는 어조로 나왔다.

"……."

그러자 낯짝이 불에 달군 듯 벌겋게 되어 얼른 입을 열지 못한 채 매우 난감해하는 사람은 놀랍게도 경남관찰사 김묵사였다.

참으로 가증스럽고 피를 동이째 토할 노릇이었다. 대한제국의 녹을 먹는 고위직에 있는 자가 악랄한 일제와 머리를 맞대고서, 어떻게 하면 대한제국 군대인 진영대를 해산시킬 수 있을까 묘안을 짜내느라 끙끙대고 있었다.

"으흠."

"음."

그곳 관찰사 집무실인 선화당宣化堂 안의 공기는 무척이나 썰렁했다. 곳곳에 고드름이 매달려 냉랭한 기운을 쉴 새 없이 뿜어대고 있는 듯한 분위기였다. 우병영이 폐지되고 관찰사가 부임하기 전에는 운주헌運籌軒이라고 불리던 곳이었다.

"손을 쓰다니……."

김 관찰사는 거기에 방책이 쓰여 있기라도 한지 고개를 뒤로 꺾어 천장을 올려다보고 나서 물었다.

"대체 무슨 수로 말이오니까?"

바보 같은 표정을 풀지 못하는 그는, 온몸에 기운이 없어 보였으며 눈빛도 자다가 일어난 사람만큼이나 게슴츠레해 보였다. 한마디로 역겨울 정도로 한심스러웠다.

"허, 그걸 나한테 물으면 어떡하무니까?"

지금 그 안 분위기를 놓고 볼 때 벽면에 붙은 게시물이 엄중히 금한다는 글귀가 적혀 있는 무슨 경고판 같았다.

"전차 머리를 뒤로 돌려놓고 엉뚱한 데로 가라는 격이니, 이거야 원."

갈수록 짜증을 심히 부리는 일본군 간부를 속절없이 바라보고 있던 김 관찰사가, 책임을 전가하려는 의도인지 이렇게 말했다.

"그래도 대일본국 병력을 이끌고 오신 분이니까요."

일본군 간부는 징그러운 벌레 씹은 얼굴이 되어 얼버무리는 어투로 말했다.

"그야⋯⋯."

김 관찰사는, 우리는 모르겠다, 하면서 뒤로 벌렁 드러눕는 행세라도 하듯 했다.

"우리가 누굴 믿을 수 있겠소이까?"

일본군 간부가 끄응, 하고 앓는 소리를 냈다. 그게 맞는다고 해야 할지, 아니면 무슨 소릴 하느냐고 핀잔을 주어야 할지, 나름 계산을 하느라 그만 머릿속이 복잡하고 만사 귀찮아지는 품새였다.

"본관이 말이올시다."

김 관찰사는 이마에 줄 두 개를 그으며 말했다.

"지금의 상황을 놓고 판단하기에는⋯⋯."

"아, 잠깐!"

일본군 간부는 김 관찰사 말을 끝까지 들을 인내력도 말라버렸다는 빛을 드러내었다.

"판단?"

김 관찰사는 심드렁한 어조로 맞받았다.

"그렇지요."

일본군 간부는 그곳 투명한 창문 유리를 뻥 뚫어버릴 것같이 두 눈에 날카로운 빛살을 꽂은 모습으로 물었다.

"무슨 판단이무니까?"

출입문은 굳게 닫혀 있었고, 책상과 걸상은 놓인 그 자리에 그대로 못 박혀 있는 것처럼 보였다.

"내 생각에는 말이지요."

그때까지 계속해서 죽 밀리기만 하던 김 관찰사는 이제 제법 호기롭게 나갔다. 역시 그 자리까지 오른 관록은 무시할 수 없는 법인가 보았다.

"여기 있는 경찰 병력과 일본군 병력이 함께 공격하면 말이오."

일본군 간부 얼굴에, '그러면?' 하고 성급하게 묻는 말이 씌어 있었다.

"충분히 승산이 있으리라 보는데, 어떻소이까?"

김 관찰사 시선이 일본군 간부를 떠나 창문을 향했다. 창밖으로 흰 구름 몇 조각이 작은 무명천 모양으로 흩어져 있는 먼 하늘가에 무슨 검은 점 같아 보이는 것은, 아마 지상의 먹잇감을 노리고 있는 매가 아닐까 싶었다.

"진영대 병사들 같은 오합지졸쯤은 단숨에 요절을 낸다, 그런 뜻이오이다."

말이 집무실이지 지금 그곳은 유사시에 수성장이 장수들을 모아놓고 작전을 논하는 군사 지휘소처럼 느껴졌다. 물론 그곳 성내에는 그런 역할을 수행하는 장소로 '남장대'라고 불리는 저 촉석루가 없는 것은 아니었다.

"위대한 일본국 군대를 볼 것 같으면 말이오."

"볼 것 같으면?"

김 관찰사는 그 지역 최고 권력자가 아니라 어설픈 연기를 하는 광대를 닮아 있었다.

"대한제국뿐만 아니라 어느 나라라도……."

"허어!"

도대체 어느 나라 벼슬살이를 하는 인간인지 의심스럽기까지 한 김 관찰사 말에, 일본군 간부가 한층 답답하다는 투로 내뱉었다.

"문제는, 우리 일본군이 수적으로 너무 열세에 있다는 것이무니다."

"그래도 일당백이라고, 대일본국 군대라면 충분히 승산이 있다고 보오이다."

"일당백?"

"그게 미흡하다면, 일당천이라고 하겠소이다."

"이왕 그러실 거, 차라리 일당억이라고 하지 그러무니까?"

"허허허."

"웃지 마시오!"

"……."

일본군 간부가 꽥 내지르는 소리에 정물화 속 그림 같은 탁자와 의자가 흔들리는 느낌을 주었다. 관찰사 책상 위의 간이용 책꽂이에는 책이나 서류철 등속이 몇 개 꽂혀 있지 않아 약간 휑뎅그렁한 분위기를 풍기고 있었다.

"울어도, 아니 대성통곡을 해도 시원찮을 판국에 웃다니!"

그렇게 핀잔을 주었지만 김 관찰사는 다른 어떤 소리도 귀에 들어오지 않는 사람같이 했다.

"그래도 일본국 군대가 있으니, 흠."

참으로 접시 물에 코를 처박고 죽을 한심한 노릇이 아닐 수 없었다.

"김 관찰사께서는 관찰사가 맞기는 맞스무니까?"

일본군 간부 입에서는 끝내 그런 소리까지 나왔다. 기실 중요한 정사에 대해서는 조정의 명령을 따르지만, 자기 관할 지역 안에서는 경찰권과 사법권, 징세권 등을 행사하며 지방 행정상 절대 권력을 누리는 관찰사였다. 그런 막강한 자리에 있는 자가 그 위중한 상황에 놓이자 기껏 한다는 소리가 일본 군대 운운인 것이다.

"모르는 소릴랑 그만 거두지 못하시겠스무니까?"

일본군 간부의 호통에 김 관찰사는 몸을 움찔했다.

"예?"

일본군 간부는 낮술이라도 걸친 주정뱅이처럼 얼굴뿐만 아니라 목까지 벌게졌다.

"아, 아니지. 모르는 게 아니고 알면서도 그따위 말씀이시겠지."

김 관찰사는 일본인보다도 더 조선말이 서툴게 나왔다.

"그, 그, 그건……."

굽은 지팡이는 그림자도 굽어 비친다고, 천성적으로 매우 떳떳하지 못한 위인이 그 막중한 자리에 앉아 있었다.

"왜 더 말씀하시지 않고요?"

잘 하던 뭐도 멍석을 깔아주니까 하지 않는다고 조롱하는 목소리로 다그쳤다.

"더 하시라니까요?"

"……."

어쨌든 무슨 책임이라도 짊어지지 않으려고 너무나 볼썽사납게 버둥거리는 그를 겨냥해 돌아오는 건, 한심하다고 끌끌 혀를 차는 일본인의 조롱과 멸시였다. 그리고 그건 좀 더 나아가 선화당 위상의 추락과 맞닿는 것이었다.

"아무리 일본군이 강한 군대라고 해도 그렇지요."

창밖에 서 있는 향나무의 중간 어름에 사람이 팔을 치켜들고 있는 것 같은 형상을 하고 뻗어 나간 가지 위에 올라앉은 까막까치 한 마리가, 무척 지루하고 게으르게 느껴지는 울음을 터뜨리고 있었다.

"그걸 인정하시면서……."

집무실 흰 벽 한쪽 구석진 곳에 비뚜름히 세워져 있는 것은 바닥을 닦을 때 쓰는 대걸레였다.

"무슨 방도를 찾아볼 궁리는 하지 않고 말이무니."

그러면서 그 안을 두리번거리는 일본군 간부는 보는 이로 하여금 도둑고양이를 떠올리게 했다.

"찾지 않겠다는 뜻은 아니요."

쥐구멍을 찾아 들어가도 마땅찮을 김 관찰사의 코끝이 빨갰다. 아무래도 간밤에 막 퍼 댄 술의 독이 완전히 빠지지 않은 모양이었다.

"결국, 그 말이 그 말인데……."

둘이 장기라도 두는 양상이었다.

"그 말이 아니고 이 말……."

한다는 소리들이 모두 서로 역방향으로 치닫고 있었지만, 신기하리만치 같은 구석도 없지 않았다. 그들은 너나없이 말끄트머리를 흐지부지 말아 올리고 있다는 것이었다. 그만큼 지금 눈앞에 들이닥친 사태에 황당해하면서 뾰족한 무슨 대책을 건지지 못하고 있다는 증거였다.

"말, 말, 말!"

"이거야, 원."

이윽고 말씨름에도 지쳐버렸는지 김 관찰사 눈이 대사지 쪽을 향하더니만 그대로 스르르 감겼다. 그는 일본군 간부를 어서 돌려보내고 싶다는 일념뿐이었다. 그 체념하듯 감은 눈 저편으로 나타나 보이는 것은 연꽃이 가득한 아름다운 대사지 경관이었다.

'거기 유람선이나 띄워 기생들이나 데리고 놀면 얼마나 좋을꼬!'

연못 한가운데 세워져 있는 정자는 어쩌면 그리도 운치가 철철 흘러 넘칠까. 그 기막힌 풍류에는 신선들도 따라오지 못할걸. 그곳에서 한번 놀아보지 못하고 죽은 사람은 얼마나 억울하고 원통할까.

'아, 그러고 보니 알겠다.'

풍광도 아주 뛰어나고 기생도 평양 기생과 어깨를 겨루는 이런 좋은 고장에 부임했다는 사실부터가, 벌써 내가 축복을 받았다는 것이 아니고 뭐겠는가. 조상 묘를 잘 썼나. 전생에 착한 짓을 많이 한 모양이야. 현세에서도 선정을 베풀었으니 다음 세상 또한, 천당은 떼어 놓은 당상이지.

정위와 순검

현실을 한참 망각한 김 관찰사의 못된 주색잡기에의 소망과 엉망진창인 소회는, 일본군 간부가 또 한 번 버럭 내지르는 소리에 의해 무참히 깨져야 했다.

"이거야, 원?"

야비하게 말꼬투리를 잡고 늘어지려는 빛이 역력해 보였다.

"뭐가 이거야, 원, 이무니까?"

"헉."

소스라쳐 두 눈을 번쩍 뜬 김 관찰사 낯짝에다 대고, 일본군 간부는 '푸우' 하고 깊은 한숨을 내뿜고 나서 힘없는 소리로 말했다.

"1개 소대 병력으로는 지금 독이 오를 대로 올라 있는 저 진영대 1개 중대 병력을 도저히 해산시킬 수 없을 것이무니다."

김 관찰사는 숙취에서 벗어나지 못한 사람이 간밤에 자신이 했던 짓을 믿지 못하고 자꾸 부정하는 모습이었다.

"설마요?"

조금 전 하늘에 보였던 그 검은 점은 좀 더 커져 있었다. 그것은 역시 매였다. 저 수리보다도 빠르게 난다는 놈은 아무래도 지상에 있는 어떤 사냥감을 포착한 게 틀림없어 보였다.

"대일본국 군대가 아니라 대대일본국, 대대대일본국 군대라 할지라도 말이무니다."

힐난인지 겸손인지 자기비하인지 좀처럼 구별이 되지 않는 일본군 간부 말이었다. 어쨌든 거두절미하고 중요한 것은 '안 된다' 하는 그것이었다.

"그러면 어떻게요?"

또다시 멍한 표정을 짓는 김 관찰사였다. 초점 잃은 그의 눈을 총구 겨누듯 정면으로 딱 쏘아보며 일본군 간부가 담배 연기 내뱉는 것처럼 말했다.

"모르겠소. 후~우."

그러자 김 관찰사는 마지막 지푸라기마저 놓쳤다고 보는 모양새였다.

"일본국 군대가 모르겠다면……."

일본군 간부는 한층 탈기하는 목소리였다.

"여기 진영대가 예상했던 것과는 다르무니다."

남강 쪽인지 대사지 쪽인지 잘 알 수는 없지만 물새 우는 소리가 간헐적으로 들려오고 있었다.

'끼루, 끼루룩.'

예상했던 것과는 어떻게 다른데요? 하고 묻는 표정의 김 관찰사 얼굴을 힐끔 보며, 일본군 간부는 더 이상 생각도 하기 싫다는 빛이었다.

"모르겠스무니다. 진짜 모르겠스무니다."

"그, 그."

마산에서 병력을 출동시킬 때만 해도 까짓 그곳 진영대쯤은 단번에 박살낼 수 있을 줄 알았다. 별것들이 다 사람 귀찮게 하네? 에라, 어디

소풍이나 가는 셈치고 한번 놀다가 오지 뭐. 그런 마음이었다.

'어라?'

한데, 막상 와서 보니 전혀 그게 아니었다. 무장해제를 거부하고 철저히 무기로 무장한 대한제국 병사들은 결코 만만해 보이지 않았다. 설혹 경찰이 좀 지원해 준다고 하더라도 승산이 없어 보였다. 탄탄대로를 가다가 난데없이 커다란 바윗덩이와 마주친 꼬락서니가 되고 말았다. 그것도 그냥 굴러다니는 바위 정도가 아니라 땅속 깊이 뿌리를 내린 바위였다.

"허어, 이런 낭패가 또 있나?"

김 관찰사 음성은 신음에 가까웠다. 그는 오금이 저리는 눈치였다.

"그렇다고 저대로 둘 수는 없는 노릇 아니겠소."

거기 관찰부 정문인 웅장한 위용을 갖춘 영남포정사 쪽에서 까마귀 울음소리가 들려오기 시작했다. 그것도 한두 마리가 아니라 여러 마리가 무슨 작당이라도 했는지 한꺼번에 내지르는 소리였다. 누가 언제 어디서 들어도 썩 유쾌한 소리는 아니었다.

"젠장, 자자손손 빌어먹을!"

일본군 간부가 책망이나 공연한 생트집을 떠나서 지금 제정신을 가지고 있나 싶을 만큼 엉뚱한 소리를 꺼냈다.

"조선인들은 왜 까마귀 고기를 먹지 않는 것이무니까?"

"예?"

아닌 밤중에 홍두깨도 아니고, 하며 의아해하는 김 관찰사에게, 입맛까지 '쩝쩝' 소리 나게 다시며 일본군 간부가 말했다.

"얼마나 맛이 있는데 말이무니다."

이번에는 김 관찰사가 자못 멸시하는 투로 대꾸했다.

"아, 그야 다 이유가 있지요."

"이유요오?"

말꼬리가 신경질적으로 그곳 성벽만큼이나 높아지는 일본군 간부였다.

"허, 더 들어보시오."

김 관찰사는 야만인같이 그 고기를 먹는 너희도 좀 알아라, 하는 투로 말했다.

"까마귀 고기를 먹으면 그놈들 몸 빛깔처럼 기억력이 까맣게 없어진다니까 그러지요, 뭐. 흐음."

문득, 세상이 떠나가게 울어대던 까마귀들 소리가 뚝 그쳤다. 혹시 그 미물들 또한 울음에 대한 기억이 없어져서 그런 걸까.

관찰사 집무실도 덩달아 조용해졌다. 지난날 농민군과 의병에게 함락당했던 성내 관서의 아픈 역사가 새록새록 되살아나는 분위기였다.

"기억력이 까맣게 없어져요?"

일본군 간부는 좀체 이해할 수 없다는 표정이더니 이런 말도 했다.

"하긴 말고기도 먹지 않는다고 들었스무니다만……."

그러면서 영남포정사 문루 앞에 있는, 수령을 제외한 모든 사람은 반드시 말에서 내려야 한다는 저 하마비下馬碑 이야기도 뜬금없이 끄집어내는 그에게, 김 관찰사가 그때까지 당한 수모를 되갚아 주려는 요량인지 다소 비아냥거리는 투로 내뱉었다.

"하긴 원숭이 골도 먹는 나라가 있다고 들었소이다."

그러자 촉새같이 나불거리던 일본군 간부는 그만 입을 다물었다. 그걸 본 김 관찰사는 내심 '욕심은 목구멍까지 꽉 차 가지고' 하면서 빈정거렸다.

그런 한편으로는 또, '귀신 듣는데 떡 소리 하는' 짓은 그만해야겠다고 작정했다. 공연히 왜놈이 좋아하는 것을 이야기했다간 그것을 꼭 가지려고 갖가지 수단을 총동원할 것이기 때문이었다.

'바랄 것을 바라야지.'

촉석루 경내에 잘 자라고 있는 월계수를 잔뜩 탐내기도 하던 그였다. 그 열매는 앵두 모양이어서 좋고, 잎은 향기가 좋아서 그렇고, 여러 가지로 늘어놓던 품이, 만약 가져갈 수만 있다면 자기 나라로 가져가서 제 집 마당에라도 옮겨 심고 싶어 하는 그런 알량한 눈치가 역력했었다.

"우리가 지금 먹는 것 가지고 논할 때는 아니고……."

일본군 간부의 혼잣말 비슷한 소리였다. 말을 할 때마다 습관인 양 고개를 까딱까딱하는 그자의 모습은, 의암 근처 돌벼랑에 깊숙하게 뿌리를 내리고 서 있는 팽나무 가지 위에 올라앉아 꽁지깃을 까딱까딱하고 있는 까치 못지않게 방정맞아 보였다.

"어쨌든 기다려봅시다."

그러자 기다렸다는 듯 까마귀 무리가 또다시 울부짖기 시작했다. 아까보다도 훨씬 크고 높은 소리였다.

"더 기다려요?"

성내 안골이 있는 방향으로부터 들릴락 말락 아주 희미하게 들리는 저것은, 개소리인지 닭 소리인지 아니면 아무 소리도 아닌데 환청인지 잘 모르겠다.

"그러다 보면 무슨 수가 나도 나겠지요."

푸념 섞인 김 관찰사 말에 일본군 간부는 이참에 단단히 대못을 박아두려는지 이내 따지듯 하였다.

"무슨 수가 나지 않으면요?"

그러면서 거기 집무실이 더럽게 크다는 주제넘은 생각도 품어 보는 그였다. 사람도 작고 집도 작고 하여튼 작은 것에 길들어져 온 그에게는 당연한 처사인지도 모르겠다. 여하튼 그가 공격적으로 나가자, 이번에는 김 관찰사가 모르쇠로 나갔다.

"자꾸 그런 식으로 나오면 나도 모르겠소이다."

사실 일본군 간부는 잘 모르겠지만 그런 면에는 이골이 나 있는 김 관찰사였다.

"관찰사께서 모르시면요?"

약간 높은 지대에 위치한 그곳 선화당은 바람을 좀 많이 타는 편이었지만 그 대신 더운 날에는 바람의 이익을 취하기도 했다.

"나라고 어찌 다 알 수가 있겠소이까."

선화당 검은 기와지붕 위에 올라앉은 참새 무리가 짹짹거렸다. 그 소리가 그러잖아도 날카로울 대로 날카로워져 있는 그들 신경을 한층 빡빡 긁어놓고 있었다.

"우리가 나중에 책임 추궁을 당하지 않으려면……."

결국, 요지는 그 한 가지로 귀결되는 것이었다. 김 관찰사가 단속시켜놓은 그대로 직원은 단 한 사람도 모습을 드러내지 않고 있었다. 오랫동안 열지 않고 있는 큰 출입문이 너무나 답답해 보였다. 제구실하지 않고 있는 그것은 직무유기죄로 감옥에 처넣어도 할 말이 없을 터였다.

"불길한 말씀은 그만하시고……."

여전히 말끝을 흐리는 그들이었다.

"누군 하고 싶어서……."

몹시 기분 나쁜 까마귀 울음소리가 점차 그들 귀에서 멀어져 가고 있었다. 그 방향으로 미뤄보건대, 아마 대사지 북쪽에 즐비한 진(鎭)의 건물 쪽이거나 촉석루 부근의 용두사 쪽으로 사라지는 게 아닌가 싶었다.

그런데 그로부터 얼마 후였다.

일본군 간부와 김묵사 관찰사가 그렇게 여러 날을 두고 바싹바싹 애간장을 태우고 있던 차에 뜻밖의 낭보가 날아들었다.

"뭐라고? 그게 정말인가?"

"예, 정말입니다."

'정말'이라는 말이 몇 번을 오갔다.

"설마 잘못된 정보는 아니겠지?"

"확실합니다."

천하가 내 손안으로 굴러들어오는 기분이 그러할까. 발등 찍는 도끼라도 없는 것보다는 있는 게 더 낫다?

"아니면……."

"믿으셔도 됩니다."

본디 못 믿는 사람은 말이 많은 법이다.

"하! 그렇다면……."

"히히."

참으로 귀가 솔깃해질 일이 벌어졌다. 만세 삼창이라도 부르고 싶을 지경이었다. 도대체 무슨 낭보이기에 그러는 것일까.

그토록 어렵고 힘든 일을 자기가 맡아서 해보겠다며 나서는 자가 있었던 것이다. 모두가 눈을 크게 뜨고 그를 한참 바라보았다. 그런 희귀종 같은 인간은 처음 본다는 것 같았다.

더군다나 한층 더 경악할 노릇은 따로 있었다. 바로 그가 일본 사람이 아니라는 사실이었다. 그렇다면 그는 어느 나라 사람인가. 대한제국의 한국인이었다.

"아, 최 순검이?"

그자는 경무서 순검인 최환지라는 인물이었다.

그자의 돌연한 출현은 지금까지의 공기를 완전히 뒤바꿔놓는 계기로 작용했다.

한말의 경찰 관직인 순검. 이른바 허울 좋은 저 갑오개혁 당시 신식 경찰 제도가 시행됨에 따라 종전의 좌우포도청이 합쳐져 경무청警務廳이 새로 만들어졌는데, 그것의 관제는 경무사, 경무관, 총순, 순검 등으로 돼 있었다.

순검은 판임관 총순의 지휘를 받았으며 등외 관직이었다. 일선에서 직접 경찰업무를 집행하는 순검은, 백성의 피해 예방 및 방탕음일放蕩淫佚, 백성의 건강 보호, 국법을 어기는 자를 비밀리에 탐지, 체포하였다. 또한, 감옥사무라든지 죄인호송, 고위관리 경호 등도 담당한 순검은, 중죄를 저지른 전과가 없고 23~40세의 건강 단정한 사람 중에서 시험을 치러 뽑았다. 그리고 나중에 가서 명칭이 순사로 바뀐 후에도 그것은 일반 백성들에게는 공포와 경계의 대상이었다.

"최 순검이 어떻게?"

하나같이 반신반의하는 상관들에게 호언장담하는 최환지는 굉장히 자신만만해 보였다.

"일단 지한테 함 맽기만 주이소. 맽기만 주시모 지가 무신 수를 쓰든지 간에 반다시 성공하것심니더."

그건 단순한 만용은 아닌 것 같았다. 그에게는 누구도 알지 못하는 어떤 묘책이 있는 듯했다.

"부디 좋은 소식이 있길 기다리겠소."

당부에다 은근히 부담까지 지우며 하는 말에도 아랑곳하지 않았다.

"예, 기대하시도 됩니더."

전혀 주저하는 빛 없이 가슴을 쑥 내밀었다.

"이번 일만 성공하면 최 순검 앞날은 그야말로……."

입이 쩍 벌어질 말도 시간이 없는지 끝까지 듣지도 않았다.

"그라모 갑니더."

최환지는 곧장 그곳을 빠져나갔다. 잽싼 생쥐처럼 퍽 민첩해 보였다.

그러고는 그 길로 대사지 위쪽에 있는 진영대 영문으로 들어갔다.

그때 그의 옆에는 아무도 없었다. 놀랍게도 혼자였다. 그러니까 일종의 단독 범행을 저지르려는 것이다. 그의 얼굴에는 사악하고 음흉한 웃음기가 서리었다.

오래전부터 군사적으로 중요한 진영대는 그 중요도만큼이나 숱한 우여곡절을 지닌 곳이었다. 예전에는 그 고을 목牧의 수비부대였던 속오군束伍軍이 주둔하던 진지였다. 그곳 성이 경상우병영의 근거지였던 반면에, 성 밖에 위치한 진영은 무관 3품인 영장이 지키는 군사 진지였던 것이다. 말하자면 대사지를 사이에 두고 우병영과 진영대가 마주 보고 있는 그러한 배치였다.

'시상이 상구 달라졌거마는.'

지금 거기 진영대를 집어삼킬 듯한 눈으로 유심히 둘러보는 최환지의 감개는 무척이나 새로웠다. 그는 설 때 굳긴 아이가 날 때도 굳긴다는 말을 생각하면서 어쨌든 시작부터 순조로워야 한다고 다짐했다.

오로지 진영대를 무너뜨릴 한 가지 계략으로만 가득 차 있는 그의 머릿속에는, 지난날 잔인한 일본 낭인들에 의해 자행된 민비(명성황후) 시해 사건과 단발령을 계기로 봉기한 의병장 노규응이 떠올랐다. 그는 속으로 중얼거렸다.

'에나 대단한 자였제.'

적어도 지금 그 순간에는 의병을 이끌던 노규응이 더 그의 마음을 사로잡았다. 노규응의 활약상을 되살려 대범해지고자 함이었다.

'그런 인물이 조선 땅에 더 태어나기도 안 쉬블 끼라.'

그것은 결코 과장된 이야기는 아니었다. 그 당시 성과 진영을 모조리 점령한 노규응은, 우병영에는 진주의진, 진영에는 본주의진을 설치했었다. 온 세상을 뒤엎을 만한 크고 높은 기개도 대단했거니와, 모든 일에 치밀한 구석이 있는 영특한 사람이었다. 문무를 겸비한 인물이었다.

'하지만도 운이 나뿌모 안 되는 모냥이제?'

그런데 그 후 의병이 모조리 해산된 다음에, 노규웅은 진영에 설치된 본주의병장이었던 그 고을 유림 정용한에 의해 감옥에 감금되기도 했으니, 세상사 참으로 우여곡절 많고 묘하다 싶어지는 최환지였다. 결국, 의고 애국이고 다 필요 없고, 오로지 내 한 몸 잘사는 게 최고다 여겨졌다.

'에라이. 어차피 한팽생 살다 가는 거, 잘 묵고 잘 입다가 가야 안 하는가베?'

진영대 마당에는 군기 빠진 병사처럼 바람만 제멋대로 돌아다니고 있었다. 야윈 비둘기 몇 마리가 배설물을 갈기며 부리를 방정맞을 정도로 분주히 흔들어 죽어라 흙바닥을 쪼아대고 있는 게 참 한심스럽고 꼴불견이 아닐 수 없었다. 심지어 잡초까지 보였다.

'그거 말고 요런조런 소리를 해쌌는 거는 모돌띠리 허빵(허탕)이다, 허빵.'

그의 날카로운 시선이 그 고을을 빙 둘러싸고 있는 가장 외곽의 산줄기인 집현산 쪽을 향했다. 그러고는 그 안쪽 산줄기들인 비봉산이며 망진산, 선학산과 당산재 등도 번갈아 바라보았다. 그런 지세인 만큼 맨 안쪽 영역인 거기 성은 난공불락의 요새 같아 보였다. 하지만 그는 이번에는 소리 내어 이렇게 중얼거리고 있었다.

"인자 함 두고 봐라꼬."

그러다가 제풀에 놀랐는지 얼른 주위를 둘러보며 이번에는 속으로만 궁리했다.

'내 운젠가는 이 나라 도읍지 한양으로 딱 진출하고 말 낀께네.'

저쪽에서 그를 발견하자 누군가, 하고 빠르게 다가오고 있는 진영대 병사를 흘깃 보면서 궁리를 이어갔다.

'용이 서리고 범이 쭈그리고 앉아 있는 거기로 말이제.'

그곳 진영대와는 대사지를 사이에 둔 우병영 쪽으로부터 날아오고 있는 것은 잿빛 털을 가진 새였는데, 그 크기로 미뤄보아서 두루미는 아닌 성싶었다. 이름을 잘 알 수 없는 그 잡새를 가만 올려다보며 최환지는 마지막 결전을 앞둔 군인의 모습으로 이를 악물며 다짐했다.

'그라기 위해서는 먼첨 요 진영대부텀 없애삐야 안 하능가베.'

이윽고 최환지와 단둘이 마주 앉은 사람은 진영대 중대장 정위였다. 그는 아주 다부진 체격을 발판 삼아 상대방을 압도할 태세로 나왔다.

"시방 내가 눌로 만내고 있을 시간이 없다쿠는 거를 모리지 않을 끼데?"

신경이 날카로울 대로 날카로워져 있는 정위의 말이 다 끝나기도 전에 최환지는 목에서 소리가 날 만큼 크게 끄덕였다.

"압니더."

그 한마디로는 부족하다고 여기는지 잠시도 틈을 주지 않고 또 말했다.

"알지예, 알지예."

그러자 정위는 더욱 상대를 살피는 기색으로 따지려 들었다.

"앎시로?"

순간, 최환지 입에서 뜬금없는 소리가 나왔다.

"고생 한거석 하시지예?"

진영대 중대장 사무실은 어떻게 생겼는지 알고 싶은 사람인 양 그 안을 열심히 둘러보며 나불거렸다.

"에나 걱정이 돼서예. 헤헤헤."

섣달에 들어온 머슴이 주인 마누라 속곳 걱정한다더니, 꼴에 같잖은 소리 다 하고 있네, 그리 싶기도 하고 특히 그 웃음소리가 잔뜩 귀에 거슬리는 정위였다.

"한거석이고 두거석이고!"

마음 같아서는 당장 내쫓아버리고 싶었다.

"에이, 여꺼정 찾아온 사람을 자꾸 그라지 마시고예."

정위야 어떻게 나오든 말든 군대 위문이라도 온 것처럼 구는 최환지였다. 그자는 속이 느끼할 정도로 능글맞았다.

"낼로 찾아온 용건이 뭣인고……."

정위는 기력이 쇠잔한 늙은이만큼이나 이상하게 숨이 가빠오는 바람에 말을 멈추었다가 계속했다.

"우선에 그거부텀 말하시오."

그러면서 경계를 잠시도 늦추지 않고 상대를 탐색하는 눈빛으로 쏘아보았다.

'이 나쁜 눔이 와 온 기고?'

나름대로 빨리 머리를 굴렸다.

'안 반갑거로.'

조선인으로 태어나 저 사악한 일제에게 빌붙어 동포를 괴롭히는 순검 노릇을 하고 있는 그자의 반민족적인 행위에 대해서는 어느 정도 알고 있는 정위였다.

"그 자리에 몬 앉아 있거로 맹글든지……."

"그런 나쁜 짓을 몬 하거로 다리몽디이를 탁 뿔라서……."

부하들이 그런 놈을 그대로 두어서는 안 된다는 말을 하는 것도 여러 차례 들었다. 그는 속으로 자신을 다독거렸다.

'조심해야 하는 기라.'

또 알 수 없게 자꾸 팔다리가 저려서 상대가 모르게 주무르기도 하였다.

'안 그라모 큰일 날 수도 있제.'

296

그런데 최환지는 무척 딱딱한 표정을 짓고 있는 정위와는 달리 계속해서 간사한 웃음을 뿌리며 백년지기 대하는 자세로 나왔다.

"내가 팽소에 누보담도 최고로 존갱하는 우리 정위님하고 둘이서 술이나 한잔 나눌까 해서 왔지예. 헤헤헤."

그는 '쩝' 하고 입맛까지 다셔 보였다. 그러자 벌겋게 드러나 보이는 입 저 안이 괴물의 아가리를 떠올리게 했다.

"머요?"

"⋯⋯."

정위가 발끈했다.

"술요오?"

"⋯⋯."

상대가 어떻게 나오든 상관없이 예의 그 웃음을 머금은 채 잠자코 고개를 끄덕이는 최환지였다.

"시방 지 증신인 기요?"

투박한 지역 사투리가 사뭇 고압적이었다. 즉각 목덜미라도 획 틀어잡아 바닥에 대고 세게 패대기치려는 기세였다.

"아, 너모 흥분하지 마시소."

다른 사람 같으면 지레 겁을 집어먹고 허겁지겁 자리에서 일어나기 십상일 텐데 그게 아니었다.

"지 증신인께네 술을 마시자꼬 하는 깁니더."

최환지는 표정 하나 바뀌지 않고 도리어 실실 웃어가며 설교라도 펴는 모습이었다.

"그 기분 나쁘거로 웃는 거 고마 딱 몬 근치것소?"

정위의 심한 다그침에도 불구하고 그는 꼭 그렇게 웃도록 몸속에 무슨 장치가 되어 있는 사람같이 굴었다.

"헤헤, 헤헤."

그 소리에 실내의 모든 사물도 저마다 슬그머니 고개를 돌려버리는 듯했다. 평소에는 하나같이 절도 있어 보이는 것들이었다. 다 그런 것은 아니지만 전체적으로 네모반듯한 모양새에 가까웠다.

"에나야?"

정위는 정말이지 더 이상은 참지 못할 정도로 열이 돋치는 목소리였다. 도대체 당신이 이 나라 백성이 맞느냐고 호되게 꾸짖었다.

"우리가 술을 마실 팔자 좋은 처지요, 이런 나라 행핀에?"

작금의 나라 형편은 쥐도 알고 새도 알 정돈데, 그런 쓰레기 같은 소리나 마구 뱉어내는 그 주둥이를 이 주먹으로 콱 쥐어박고 싶다는 기색이 뚜렷한 정위였다.

"술 팔자, 술 팔자라."

한데도 최환지는 그런 소리와 함께 미련스러워 보일 만큼 눈을 끔벅끔벅하였다.

"나라 행핀, 나라 행핀이라."

정위는 그때까지 억지로 지어 보이던 최소한의 예의마저 바닥이 나버렸는지 노골적으로 지탄과 경멸의 빛을 띠었다.

"다린 사람도 아이고 맹색이 갱찰 밥 묵는다쿠는 사람이?"

하지만 최환지는 벌써 모두 들어 알고 왔다는 얼굴로 갈수록 한층 능글능글하고 은근한 태도로 나왔다.

"헤헤, 헤헤. 진영대 뱅사들이 군대 해산령에 반발함시로……."

그러자 정위는 그 보란 듯 자못 근엄하기까지 한 낯빛을 지었다.

"시방 우리가 그런 판인데……."

그런데 그 말이 끝나기도 전에 최환지 입에서 불쑥 나오는 말이 녹록치 않았다.

"밤낮으로 술을 마시고 있다쿠는 사실을 알고 있지예. 헤헤, 헤헤."

"……."

정위는 그만 허를 찔린 모습으로 적잖게 머쓱한 표정을 지었다. 하지만 변명을 늘어놓는 말이면서도 목청은 더 높았다.

"그기사 하도 울분을 참기가 심이 드니께, 술이라도 마시야 살 꺼 겉애서 그리하는 기 아이요, 응?"

최환지가 손뼉이라도 칠 동작을 취하면서 맞장구를 쳤다.

"맞심더. 맞심더."

정위는 눈을 가느다랗게 뜨고 흘겨보았다.

"그라모 안 맞고?"

군사들 훈련하는 소리가 뚝 끊어진 그곳은 진영대가 맞나 의심이 갈 정도로 고즈넉하게 느껴지기도 했다. 절간이 따로 없었다.

"이런 나라 행핀에 젤 좋은 거는 술 아입니꺼?"

그러고 나서 최환지는 홀연 아무도 없는 사무실 안을 약삭빠른 도둑고양이같이 이리저리 살피며 잔뜩 음성을 깔아 말했다.

"이거는 정위님하고 내가 모도 살자꼬 하는 긴데……."

그의 목소리는 거기 출입문과 유리창에 부딪혀 더 이상 퍼져나가지 못했다.

"여게 답답하거로 앉아 계시지 말고, 이 길로 내하고 같이 나가갖고 말입니더."

정위는 큰일 날 소리를 한다는 듯 버럭 고함을 질렀다.

"나, 나가?"

그런 정위를 곁눈질로 훔쳐보며 최환지가 말했다.

"술이나 한잔 함시로 자세한 이약 나누시더."

정위는 욱하는 목소리로 말했다.

"또 술……."

그렇지만 진영대 병사들이 밤낮으로 술을 마시고 있다는 사실을 알고 왔다는 최환지의 말에 이미 덜미를 잡힌 터라, 그의 말에는 더 이상 힘이 들어 있지 못했다.

"술은 오데꺼지나 목적이 아이라 수단이고요."

이제 너는 이미 내 그물에 걸려들었다고 여기는지 최환지는 의기양양해 보이기까지 하는 모습이었다.

"진짜 목적은 자세한 이약을 함시로 알아보이시더."

정위는 뒤로 밀린 병사가 간신히 반격하는 품새였다.

"답답한 기사 맞지만도, 자세한 이약은 무신?"

최환지는 동문서답으로 나갔다.

"내가 기똥찬 기생집으로 딱 뫼실 낍께네요."

정위는 너무나 기가 차서 숨통이 막힌다는 표정이었다.

"머, 머요? 기생집?"

"헤헤헤."

두드러기가 톡톡 돋아나려는 웃음이었다.

"허어, 이 양반이 시방?"

상대 말을 그대로 받았다.

"양반은 내보담도 정위님이 더 양반이시지예."

그때 마침 대사지 쪽으로부터 불어오는 바람이 소리 나게 유리창을 흔들고 있었다. 흡사 최환지를 꾸짖기라도 하는 것 같았다.

아니다. 어쩌면 바람이 표적 삼은 사람은 순검 최환지가 아닐지도 모른다. 중대장 정위를 향해 작심하여 날을 세우고 덤벼들려는 게 아닌가 싶었다.

"자고로 술, 술이라쿠는 거는, 겉에 여자를 앉히놓고 마시야제, 그래야 술술 잘 넘어가는 술이라 쿨 수 안 있것심니꺼."

최환지는 거기서 잠깐 말을 끊고 눈동자를 팽그르르 돌렸다.

"정위님이 내보담도 상구 더 잘 아시것지만도, 수눔들끼리는 아모리 좋은 술하고 아모리 좋은 안주 시키서 마시봐야 술맛이 영……."

정위는 끝까지 듣지 못하고 몸을 부르르 떨었다.

"수, 수눔?"

어디선가 무슨 소리가 들리는 것 같았다. 어쩌면 술에 취한 병사들이 또 통한과 슬픔을 이기지 못해 제멋대로 내지르는 고함인지도 모르겠다. 정위는 최환지가 그 소리를 듣지 못하게 하려는 의중으로 목청을 있는 대로 돋우었다.

"그라모 내가 수눔이다, 그런 이약이요, 으잉?"

그 반응에는 바람도 그만 놀랐는지 순간적으로 불기를 멈추었다. 하지만 최환지는 더욱 사람 복장 터지게 나왔다.

"밤톨 까듯기 탁 까놓고 말하모 안 그렇심니꺼? 헤헤, 헤헤헤."

"허, 그래도?"

사무실 안이 왕왕 울렸다. 그런데 꼭 사람 뒤로 벌렁 나자빠지게 할 심산으로 온 최환지 같았다.

"그라모 정위님이 암년입니꺼?"

급기야 정위는 분을 이기지 못하고 의자에서 벌떡 일어설 것같이 하였다.

"아, 아, 암년? 이, 이? 내 당장!"

"당장? 좋심니더."

최환지는 당장 의자에서 몸을 일으키려고 하면서 말했다.

"당장 기생집에 가이시더."

정위는 도저히 그냥 둘 수 없다는 표시로 무섭게 노려보았다.

"저승부텀 가거로……."

거기 창이 이승과 저승의 경계로 보이는 순간이었다. 아니, 거기 진영대 영문을 나가면 그곳이 곧 저승이 아닐까 싶었다.

"에이, 에이, 씰데없는 데 심 빼시지 마시고예."

전생에 너구리였을까, 최환지는 정위의 몸을 위아래로 훑어보면서 지껄였다.

"심은 채곡채곡 모다났다가 기생집 가서 빼기로 하고 말입니더. 무신 뜻인고 아시것지예? 헤헤헤."

정위는 금방이라도 주먹을 날릴 태세였다.

"그 웃음소리 에나 듣기 징그러버이, 고 텍쪼가리 탁 쥐박아삐기 전에 고런 괴상한 웃음 고만 안 그칠라요?"

바람은 점점 더 거세지기 시작하고 있었다. 어쩌면 바람도 술에 취해 있는지 알 수 없었다.

"그러이 듣기 좋은 기생 웃음소리 들으로 가자꼬요."

그러면서 바싹 다가와 정위 몸을 일으켜 세우려는 동작을 취하는 최환지였다. 정위 안색이 선짓국을 먹고 발등걸이를 한 사람처럼 벌겋게 달아오르고 있었다.

"나라가 요 모냥 요 꼴인데, 기생 웃음소리라이?"

그러나 비록 그가 언동은 그렇게 했지만 영악한 최환지는 놓치지 않았다. 상대방이 언뜻 내보인 허점을 결코 잘못 본 게 아니었다. 최환지는 내심 회심의 미소를 흘렸다.

'그라모 그렇제. 니도 사내 아이가. 그라이 벨수 있것나.'

그 빈틈을 노려 최환지는 또 사람 감질나게 만들 미끼를 던졌다. 남강이나 가매못에서 물고기를 잡는 전문 낚시꾼은 저리로 가라였다.

"머 정위님 멤에 기생집이 똑 그리 안 좋으시다모 말이지요."

"······."

창을 통해 내다보이는 연병장 가장자리의 나무들이 이리저리 몸을 흔들어대는 것으로 보아 세상은 이미 바람에게 점령당해버린 게 틀림없었다.

"이 자리서 이약해도 벨로 큰 상관은 없것지만도예."

"······."

갑자기 벙어리가 돼버린 정위를 상대로 더할 나위 없이 아주 거창하게 나오기 시작하는 최환지였다.

"앞가슴 저고리로 가리고 허리 치마 걸친 아녀자들도 아이고······."

그러고 보니 여자 구경을 한 지도 오래된 정위였다. 진영대 병사들도 마찬가지기는 하였다.

"사내대장부들이 대사大事를 논하고자 하는 그런 자리라쿠모, 안 있심니꺼."

군대 해산령은 곧 진영대 병사들의 목숨을 내놓으라고 하는 것과 진배없는 일이라는 것을 잘 아는지, 진영대 영문도 잔뜩 풀이 죽어 있는 성싶은 그즈음이었다.

"그래도 술이 있고, 기생 몇은 있어야 하지예."

전반적으로 각이 진 느낌을 주는 그 방에 있는 모든 것들이 어쩐지 흐물흐물해지고 있는 기분이 들었다.

"하지만도 정위님께서 꼭 여서 이약하자모, 내사 우짤 수가 없고······."

최환지 입에서 자기도 어쩔 수가 없다는 소리가 나오자 마침내 정위 입에서 이런 말이 나왔다.

"대관절 무신 일을 논하자쿠는 긴지 모리것거마는."

정위는 앉은 자세에서 상체를 최환지 쪽으로 기울었다.

"대사?"

"……."

그들 두 사람이 그따위 대화를 주고받고 있는데도 막고 나서는 자가 나타나지 않았다. 최환지가 일을 도모함에 아무런 방해물도 없었다. 제대로 정리정돈이 돼 있지 못한 실내는 진영대가 본분을 망각한 상태라는 것을 알려주고 있었다.

"무신 대사 말인 기요?"

"……."

이번에는 반대로 최환지가 계속 침묵을 지켰다. 무게중심의 축이 다른 쪽으로 옮겨가고 있다는 증거였다. 정위는 상대가 입을 열 때까지 기다리지 못했다.

"에나 대사 겉으모, 몬 갈 거도 없지만서도……."

정위는 진영대 중대장이 될 만큼 평소 군인 정신이 투철한 사람이기는 했지만, 여자를 가까이하고 싶어 하는 호색한이었다. 최환지는 그런 사실까지도 다 알고 온 모양이었다. 그는 아편을 맞은 모양으로 눈동자가 약간 풀려버린 정위를 향해 마지막 쐐기를 박았다.

"시방 막 바로 나가이시더."

정위는 자다가 불침이라도 맞은 사람 같았다.

"시, 시방요?"

얼핏 굉장히 당황한 것 같으면서도 어떤 기대감에 흔들리는 목소리였다. 최환지는 내심 쾌재를 불렀다.

'이래서 니나 내나 우짤 수 없는 인간 아인가베?'

인간의 이중적인 모습이 거기 있었다. 그 순간에는 철저하고 엄격해 보이는 군인 복장이 형편없이 협수룩하게 비쳤다. 사람은 마음이 변하면 외모 또한 자연스럽게 바뀌는 게 아닌가 싶었다.

"하모, 하모요."

평소 일본인이 되지 못한 것을 한탄하는 자가 거기 있었다.

"나라를 위하는 이리 중요한 일은, 있지예? 와 안 있심니꺼?"

비장감까지 전해지는 최환지 말에 정위는 마지막 한 가닥 양심마저 잃고 좋은 빌미를 얻은 듯 애국자인 연하는 목소리로 되뇌었다.

"나라를 위하는 중요한 일."

최환지 역시 대단한 애국자처럼 행세했다. 그는 나라와 민족을 위해 목숨을 버리지 못해 안달 나 하는 사람 같았다.

"시간을 늦추모 좋을 끼 하나도 없지예."

"시간, 음."

흔들리던 유리창이 한순간 숨을 죽이고 있었다. 오래되어 때가 낀 유리처럼 눈빛이 한층 희미하고 몽롱해지는 정위였다. 그는 자기합리화에 집착하는 빛을 엿보였다.

"그런께, 나라를 위하는 일이다, 그런 말씀인 기요?"

이번에는 창문이 덜컹, 하는 소리를 냈다. 출입문도 무슨 기척을 내는 듯했다.

"맞심니더, 맞지예. 나라를, 나라를."

최환지는 큰 창문을 통해 거기 연병장을 내다보았다. 군대를 훈련하기 위해 병영 안에 마련한 그 넓은 공간에는 아무도 보이지 않았다. 새라도 한 마리 앉아 있을 법도 하건만 지금은 그것도 아니었다. 살아 움직이는 것이 아무것도 없는 죽음의 사막 같았다.

"정위님하고 내가 그 일을 같이 하자꼬……."

혈맹의 동지이기라도 한 체하였다.

"이약 쪼매, 아니 마이 하자쿠는 기지예."

텅 빈 운동장만큼이나 무척 공허하게 들리는 말이었지만 정위 귀에는 갈수록 듣기 좋은 꽃 노래로 변해가고 있었다.

"군인인 정위님이 내보담도 상구 더 애국심이 투철하실 거는 새삼시리 재볼 필요도 없을 끼고예."

"그기사, 머."

연기가 극에 달하기 시작하는 최환지였다.

"내가 비록 왜눔들 밑에서 손까락질 받는 순검 노릇을 하고 있지만도 말입니더."

설움과 비탄의 울음이 복받치는지 이제는 코까지 소리 나게 훌쩍였다.

"이거 하나는 알아주이소. 내 살은 조선인 살이고……."

얼핏 일본말 어투가 섞여 있는 목소리였다.

"내 핏속에는 조선인 피가 흐르고 있는 기라요."

영문 쪽으로부터 점점 크게 들려오고 있는 것은 까마귀 울음소리가 분명했다. 아주 잠깐 침묵이 흐른 후에 이렇게 중얼거리는 정위의 얼굴 근육이 대단히 보기 싫게 씰룩거리고 있었다.

"조선인 살과 피라."

어떻게 보면, 그는 지나치게 단순한 사람이었다. 걸어갈 때도 '갈지자'로 걷지 않고 그냥 앞쪽만 보면서 똑바르게 걸어가는 그였다.

물론 다 그런 것은 아니지만, 문관보다는 무관에게 좀 더 그런 경향이 없잖아 있는 것도 사실이었다. 달리 말하자면, 공자왈 맹자왈 읊어가면서 잔머리를 굴리기보다 일단 무슨 결심이 서면 멧돼지처럼 밀고 나가는 쪽이었다.

"아, 그렇지예."

최환지가 확인시켜주려는 듯이 좀 더 또렷한 목소리로 재차 말했다.

"조선인 살하고 조선인 피지예."

그가 진정한 조선인이라면 그 말은 들으면 들을수록 마음을 흠뻑 적

셔울 힘을 발휘할 수 있을 것이다.

"동포……."

정위는 그만 가슴이 콱 막혀 제대로 말끝을 잇지 못하는 사람 같아 보였다. 얼굴은 벌써 반쯤 울고 있었다. 역시 누가 뭐래도 그는 오랫동안 군대 밥을 먹어온 군인 신분임에는 의심의 여지가 없었다.

"아아, 동포!"

한 번 손에 쥔 고삐를 놓칠 최환지가 아니었다. 그는 신파조에 가까운 소리로 감격에 겨운 듯 그렇게 말하고 나서 또 덫을 놓았다.

"우리 정위님도 가리방상, 아이지예, 똑같다 아입니꺼?"

정위는 더욱 울먹이는 낯빛이었다.

"내도 똑같다."

동류의식을 넘어 동족의식까지 끌어내어 최대한 활용하는 최환지였다.

"와 내 말이 틀린 깁니꺼? 조선인예, 조선인."

정위는 얼른 얼버무리는 투였다.

"그야……."

더 말이 이어지기도 전이었다.

"아입니더."

최환지가 고개를 있는 대로 흔들었다.

"그라모?"

밥 한 숟갈을 떠먹이자 한 숟갈 더 달라는 듯한 정위 물음이었다.

"내보담도 몇 배 더 하시것지예, 우리 정위님은."

최환지가 세상 모든 사람이 들으라는 것처럼 하는 그 소리에, 정위는 이번에는 큰 자부심을 가지는 음성이 되었다.

"구, 군인이니께."

"흠."

사뭇 진지한 표정의 최환지였다.

"이거는 마, 정위님 앞이라꼬 해서 드리는 말씀은 절대로 아이고예, 갱찰이 오데 군인하고 상대가 되것심니꺼?"

단순히 가관이 아니라는 그 정도 선은 넘은 지 한참이었다. 정위는 높은 자존감에 빠져 기꺼워하는 모습을 감추지 못했다.

"군인이 갱찰보담도 애국자다."

만약 그의 상관들이 들었다면 당장 감옥에 처넣으라고 야단일 소리도 술술 흘러나오는 최환지의 입이었다.

"하모예. 군인 정신이야말로 최고 아입니꺼."

열 번까지 찍기도 전에 나무는 넘어가기 시작했다. 세상 어디에도 그런 나무에 올라앉을 새는 없을 것이다.

"하기사 누가 머라 캐싸도 내는 나라의 녹을 묵고 사는 군인 아인가베."

영문 쪽을 통해 날아 들어와 지붕 위에 앉은 모양이었다. 까마귀가 자기 존재를 알리기라도 하려는 건지 '까악' 하는 소리를 두어 번 내고는 잠잠해졌다.

"이리키나 심이 들고 에려븐 시국에 나라를 위하는 일이라모……."

비장한 낯빛까지 짓는 정위에게 최환지가 엄지를 치켜세워 보이며 말했다.

"에나 최고 애국자심니더, 최고 애국자예. 헤, 헤헤, 헤헤헤."

계속 듣고 있다가는 날을 샐 웃음이었다. 그러고 보니 야간 보초를 제대로 서고 있는지 점검하지 않은 게 얼마나 되었는지 모르겠다.

"인자 그리 낯간지러븐 소리는 고만하이시더."

드디어 정위가 먼저 몸을 일으키며 말했다.

"우쨌든 나갑시더. 방금 최 순검님 말씀마따나 나라를 위할라쿠는 고귀한 일인데, 시간을 뒤로 늦추모 좋을 끼 하나도 없지예."

창가를 얼핏 스치고 지나가는 것이 까마귀 그림자인지 구름 그림자인지 알 수 없었다.

"아, 시방도 빠른 거는 아입니더."

입으로는 그렇게 말하면서도 짐짓 굼벵이처럼 아주 느릿느릿 움직이는 최환지에게, 벌써 자리에서 일어서 있는 정위는 연방 재촉하는 눈빛을 지어 보였다.

"최 순검님, 저짝으로 해서 가입시더."

"예, 예."

"아, 그짝 말고 이짝요."

"예, 예, 정위님."

두 사람은 아무도 모르게 살짝 진영대를 빠져나왔다. 그것은 적진을 염탐한 첩자들이 하는 행동을 방불케 했다. 새가 날아 들어왔다가 날아나가도 그보다는 더 흔적이 남을 것이다.

그때 그곳에는 1개 중대 병력이 있었지만 어느 누구도 그들을 눈여겨보는 이가 없었다. 그저 술을 마시며 땅을 치고 통곡하는 한병韓兵들로 차 있을 뿐이었다.

진영대 무기고 열쇠

최환지가 안내한 기생집에 당도했다.

정위는 혹시 찢어지지나 않을까 우려될 정도로 입귀가 금세 크게 헤벌어졌다. 지옥에서 천당으로 온 사람 모습이었다.

'햐, 이런 데로 오다이!'

온몸에서 긴장이 실타래 풀려나가듯 쫙 풀려나갔다. 그동안 두 다리 쭉 뻗고 자 본 적이 없는 그였다. 당장 피부에 와 닿는 공기부터 사내들만 모여 있는 진영대와는 너무나도 딴판이었다. 그는 몸보다 마음이 먼저 무장해제 상태가 돼버렸다.

'에라, 모리것다. 낼 당장 삼수갑산 가는 한이 있다 캐도 고만 좋다.'

십 년 쌓은 성벽이 붕괴하는 건 순간적이었다. 세상사 모래 탑 쌓는 일이었다.

'진영대에서 목심이 붙어 있는 거보담도 기생집에서 죽는 기 더 복인기라. 잘 모림시로 아모도 내를 욕하지 마라.'

사실 기약 없이 버텨온 농성이었다. 요구 조건을 주장하고 항의하는 사람들이 한데 모여 버틴다는 게 얼마나 힘든 일인가. 완전히 노출된 상태에서 소리만 **빡빡** 질러댄다는 것은 벌거숭이인 채로 거리를 활보하는 것과 다를 바가 없었다.

'맹분? 비루묵은 개한테나 던지줘삐라.'

명분이야 그럴싸하지. 세상에, 나라가 떡 있는데 군대 해산령이 뭐냐고? 하지만 그렇다고 해서 무슨 커다란 희망이 내다보이는 것도 아니고, 게다가 그곳 경찰과 마산에서 달려온 일본군이 언제 갑자기 득달같이 들이닥칠지도 모르는 너무너무 위급한 상황이었다. 더군다나 수장인 군부대신의 명령을 거역했으니 그것이야말로 다름 아닌 나라에 대한 반역 행위이기도 했다. 갈 데까지 간 것이다.

'인자 우리 앞에 남은 기 머꼬?'

정위는 완전무장을 하고 힘든 행군이나 산악훈련을 한 군인같이 점점 지쳐가고 있었다. 체통을 생각하여 부하들에게 내색은 하지 않았지만, 애간장이 바싹바싹 타들어 갔다. 일이 잘못되면 모든 책임은 진영대 중대장인 그가 져야 마땅한 것이다. 그리고 일이 잘못될 것이란 사실은 물어보나 마나였다.

'우짜다가 내가 요 모냥 요 꼬라지가 돼삐릿으까? 요새만치 군인이 된 거를 크기 후회한 적도 없다 아이가.'

살아 있어도 산 것이 아니었다. 술을 퍼마셔도 취하지도 않았다. 자지 않아도 잠이 오지 않았다. 그런데 참 넉장거리를 칠 노릇이었다. 그렇다가도 어느 한순간에는 수면제를 먹은 양 세상모르게 곯아떨어질 때도 있는 것이다. 그러자 이번에는 또 지독하기 이를 데 없는 악몽이 굶주린 산짐승처럼 사람을 물어뜯었다.

매일 매일이 불안과 초조의 연속이었다. 스스로 생각해 봐도 살점이 떨어져 나갈 정도로 소름 끼칠 일이지만, 솔직히 어떨 땐 탈영하고 싶다는 충동에 허우적거렸다. 그것보다 강렬하고 철저한 손짓도 없었다. 대관절 언제까지 이러고 있어야 할지 아무런 계산속도 나오지 않았다. 말 그대로 심각한 공황 상태에 빠져버린 것이다.

'내중에 내가 죽고 나서야 역사가 우리를 우찌 팽가하든지 말든지 우선간에는 그냥 좋은 기 좋은 거 아이것나.'

그런 정위였기에 작심하고 꼬드기는 최환지의 달콤한 유혹에 완전히 넘어가고 말았던 것이다. 한순간이라도 지옥 같은 그 고통의 시간과 공간 속에서 해방되고 싶다는 욕망이 그의 이성을 뿌리째 뒤흔들어 놓았다. 정말이지 만사 벗어나고 싶었다. 설령 가슴을 찢으며 후회하게 될지라도 당장에는 그랬다.

'그라고 조 인간도 그렇지, 머.'

또한 최환지라는 자가 일제 앞잡이 노릇을 하고 있다는 사실을 모르는 바는 아니지만, 그래도 같은 피를 나눈 동족이니 제가 설마 나를 해치는 짓이야 하랴 싶었다. 내가 뭐가 잘못되면 그도 똑같이 잘못될 것이 아니겠는가 말이다.

그러나 그건 소위 아전인수 격인 생각이라고 해도 상관없었다. 아무리 몸에 좋은 약이라 할지라도 쓴 것은 쓴 것이다. 우선에 먹기는 곶감이 달다고 했다.

"자, 자, 우선에 좀 잡숫고 기운부텀 채리신 후에, 아까 우리가 말했던 그 상세한 이약으로 들어가입시더."

"음."

최환지는 혹시라도 가까스로 잡아놓은 정위 마음이 바뀔세라 생각할 틈을 주지 않으려는 심보가 역력했다.

"술로 목도 좀 축이 가심시로예(축여 가시면서요)."

정위는 목이 돌아가도록 기방 안을 휘휘 둘러보며 몹시 부러워하는 얼굴로 한다는 소리가 기껏 이러했다.

"우찌 이리 좋은 데를 알고 있었던 기요, 최 순검님?"

최환지가 손가락으로 콧잔등을 문지르며 말했다.

"우리 정위님 멤에 드신다이 에나 다행입니더. 사실 오데로 뫼시까 고심했는데, 이리로 오기 잘했거마예."

정위에게서 대한제국 군인의 면모는 눈을 씻고 다시 봐도 찾을 수가 없었다.

"아, 그냥 멤에 드는 그 정도가 아이지요."

최환지는 백년대계를 꾸미는 목소리였다.

"앞으로 정위님하고 내하고는 무신 일을 해도 잘 통할 꺼 겉심니더. 헤헤."

그자 또한 한다는 소리가 너무나도 우스워, 전해오는 말 그대로 '사흘 안 새색시도 웃을 일'이었다. 차려진 음식에 눈이 간 정위 눈이 휘둥그레졌다.

"햐! 이기 다 머꼬?"

최환지는 고참을 모시는 졸병 행세를 했다.

"이거 한 개도 냉기모 안 되고 모돌띠리 드시고 가야 됩니더."

"그, 그."

그들에게서 군인이나 경찰다운 분위기는 약에 쓸래도 없었다. 그러고 보면 서로 손발이 척척 들어맞는 도둑이라고 해도 지나친 말이 아니었다.

정위는 태어나서 처음으로 보는 것도 있는 그 많은 음식물 가운데서 어느 것부터 먹을까 궁리하면서도 입은 다르게 놀았다.

"에이, 사람 배 터지 죽거로?"

그야말로 상다리가 내려앉을 정도로 거창한 음식상이었다. 정위 눈에 그렇게 보이는 건 극히 당연한 일이었다. 지금까지 배식도 형편없는 진영대에서 밤낮으로 농성하면서 고작 시든 푸성귀 정도밖에 입에 대지 못했던 정위는, 금방 입안 가득 침부터 고였다. 그는 행여 침 삼키는 소리가 최환지 귀에 들릴까 조심하였다.

'이런 거 몬 묵어보고 죽었으모 올매나 억울할 뿐했노?'

향기로운 음식 냄새에 눈알이 튀어나오고 머리가 아찔할 판국이었다. 격식이고 뭐고 차릴 것 없이 그냥 맨손으로 마구 집어먹고 싶은 충동을 가까스로 억눌렀다. 사흘 굶어 담 넘지 아니할 자가 없는 형국이었다.

'참아야제. 내가 이래봬도 진영대 중대장인데 말이다.'

그래도 이른 봄 언덕에 조금 남아 있는 잔설처럼 한 가닥 품고 있던 그의 마지막 양심과 의지마저도 장맛비에 서까래 무너지듯이 일시에 와르르 무너지고 만 것은, 세상없이 아리따운 기생이 제 옆자리에 나비가 나는 모양으로 와 앉는 그 순간부터였다.

'헉!'

아까 최환지가 들먹거린 '수놈들'만 있는 군대에서 오랫동안 생활해오다가 여자, 그것도 '말하는 꽃'이라는 기생과 함께하자 정위는 현실을 죄다 잊어버렸다. 아니, 그 자신마저 깡그리 놓아버렸다. 최환지의 방문을 받은 후부터 쭉 그래왔지만 그건 더욱더 불길하고 나쁜 조짐이 아닐 수 없었다.

'니는 하매 내 손아귀에 걸리든 기라. 흐흐.'

거의 반쯤은 넋이 달아난 정위를 힐끔힐끔 훔쳐보는 최환지의 입언저리에 감돌고 있는 회심의 미소가 지워질 줄 몰랐다. 여러 날을 두고서 끙끙 머리를 싸맨 보람이 있었다. 또한, 그는 철두철미하게 계획한 바가 있어 기생을 하나밖에 부르지 않았다. 그것도 그냥 보통 기생이 아니었다.

'자아, 그라모 인자부텀 슬슬 함 시작해 보자꼬.'

최환지는 자기를 기둥서방으로 모시는 그 기생을 향해 정위가 눈치채

지 못하게 눈짓을 했다. 그러자 경기도 어디가 고향이라는 기생 보별이
정위의 몸에 자신의 몸을 척 갖다 붙이며 갖은 아양을 떨기 시작했다.

"아유, 멋지셔라! 이 보별이는요, 군인이 좋아요. 진짜 남자 말예요."

"……."

"세상에는 남자가 많아도 진짜 남자는 만나기 어렵다니까요?"

"……."

정위는 꿔다놓은 보릿자루에 지나지 않았다.

"저, 어때요? 괜찮아요?"

제 몸에서 가장 자신이 있다고 믿는지 가슴을 쑥 내밀며 보별이 물었
다. 하지만 정위는 계속 말이 없었다.

"아, 말씀이 없으시네? 안 좋으신가 봐. 싫으신가 봐. 흑흑."

보별이 훌쩍이는 소리를 내자 정위는 그만 크게 당황하고 말았다.

"아, 아, 그, 그거는 아이고……."

그러자 보별은 금세 표정이 달라지면서 잽싸게 낚아채듯 하였다.

"그럼, 좋다, 그 말씀이시죠, 네?"

정위는 연방 상 맞은편에 앉은 최환지 눈치를 보았다.

"그, 그렇거마."

보별은 바람에 흔들리는 허수아비처럼 고개를 끄덕이는 정위의 잔에
술을 넘치게 따랐다. 화장 냄새와 술 냄새가 섞여 기방 가득 마법의 향
수가 되어 피어올랐다. 보별은 구라파 어느 나라 전설이나 설화에 등장
하는 여자 마법사로 보였다.

"내한테는 술도 안 부우주고야?"

최환지가 짐짓 무척 화난다는 얼굴로 투덜거렸다. 앞에 놓인 빈 술잔
을 만지작거리는 품이 당장이라도 그것을 확 집어 던질 태세였다. 그는
벌써 만취한 사람처럼 굴며 다른 방에 들리지 않을까 우려될 정도로 큰

소리로 말했다.

"보벨이, 니!"

보별이 능청스레 물었다.

"왜요, 최 순검님?"

방금까지 정위를 대하던 그 기생이 맞나 의심이 될 만큼 얼굴 표정과 음성이 딴판이 돼 있었다.

"왜요오?"

보별의 말을 물고 늘어지는 말꼬리가 그곳 천장까지 치올라갈 성싶은 최환지였다. 하지만 보별은 이 멋진 군인하고만 상대하고 싶지 당신과는 서로 말도 섞기 싫다는 빛을 노골적으로 드러내 보였다.

"예, 무엇 때문에 그러시나요?"

얼음물이 찰랑거리는 소리로 들릴 만치 차갑기 그지없는 음색이었다.

"시방 그거를 몰라서 묻는 것가?"

최환지는 손가락으로 제 두 눈을 콱 찌르는 시늉을 하였다.

"정위님만 눈에 비이고, 내는 안 비인다, 그기가?"

한껏 점잔을 빼고 있는 정위를 힐끔 보고 나서 구시렁거렸다.

"에이, 이거 에나 더러버서 오늘은 술 몬 묵것다. 콱 나가삐리까?"

그러나 보별은 희고 가느다란 고개를 살짝 기울여 인형같이 깜찍한 얼굴을 정위 어깨에 기댄 채 어리광 피우듯 말했다.

"이분이 좋은 걸 어떡해요?"

정위가 그곳에 시한폭탄이라도 얹은 사람처럼 어깨를 떨어대고 있는 게 최환지 눈에 들어왔다.

"너무너무 좋은데 어쩌라고요?"

보별은 직접 제 얼굴에 전해지는 감촉을 통해 최환지 보다도 정위의 반응을 더 잘 알았다.

"머라? 우뚷다꼬?"

최환지가 질투심에 이글거리는 눈빛으로 노려보든 말든 보별은 초지 일관이었다.

"그러니 오늘 하루만 좀 봐줘요, 네?"

"이거 누가 손님이고 누가 접대하는 것가, 으잉?"

난데없는 언쟁이 벌어지자 정위가 몹시 민망스러운지 제 어깨에 얹혀 있는 보별의 얼굴을 어깨로 밀어내며 더듬거렸다.

"이, 이라지 마, 말고 그냥 바, 바로 앉으라꼬. 바로……."

하지만 보별은 바로 앉기는 고사하고 이번에는 아예 정위 품속으로 제 몸을 휙 던졌다. 그 서슬에 두 사람은 그만 뒤엉켜 자칫 나뒹굴 뻔했다.

"어? 어? 이, 이라모 아, 안 되는데……."

정위는 보별의 몸에서 풍기는 짙은 화장 냄새에 정신이 아뜩해졌다. 그런 중에도 자꾸만 여자 몸을 떼놓으려고 하는 정위를 바라보고 있던 최환지가 큰 소리로 웃으며 말했다. 이제 공사로 들어가도 될 정지 작업은 마무리했다고 보는 성싶었다.

"마, 그대로 계시이소, 정위님."

"그, 그래도 최 순검님 기분이……."

상대방 기분까지도 챙겨주는 것같이 하는 정위를 향해 속으로 코웃음을 픽 터뜨리면서도, 최환지는 주먹으로 자기 가슴을 툭툭 치며 말했다.

"나, 시방 아무치도 않심니더. 여태껏 보벨이가 다린 사내들한테는 저리해쌌는 역사가 없었는데 말입니더."

그는 이번에도 정위가 모르게 보별에게 한쪽 눈을 찡긋해 보이면서 이런 소리까지 할 것을 잊지 않았다.

"나라 위하신다꼬 시방꺼정 에나 고생 한거석 하싯을 낀데, 오늘 술 갖고 모돌띠리 함 풀어보시이소. 사람이 살아갈라모 장마당 심든 날만 있어서야 되것심니꺼? 이런 날도 있어야 하는 거 아입니꺼? 안 그라모 죽심니더 고마."

그 말이 떨어지자마자 정위는 허겁지겁 잔을 찾아 손에 들었다.

"그, 그랍시더."

"제게도 어서 한 잔 주세요."

보별의 말에 정위는 더 급하게 술병을 집어 들었다.

"그, 그래야제."

그들은 벌컥벌컥 술을 들이켜기 시작했다. 목이 말라 죽은 귀신이 들러붙은 것 같았다. 하지만 그것은 단지 겉으로 보이는 모습이었다. 실제로는 그게 아니었다.

건성으로 입에 잔만 갖다 댔다가 내려놓는 최환지와 보별이 돌아가며 쉴 새 없이 권하는 통에 정위는 최환지보다 몇 곱절 되는 술을 마셨다. 술잔이 없는 집 제삿날 돌아오듯 금방금방 돌아왔다.

"커어, 취한다."

정위의 그 말을 받아 최환지가 하는 말이었다.

"취할라꼬 마시제, 안 취할라모 와 마시?"

최환지의 그 말을 받아 보별이 하는 말이었다.

"군인과 경찰 중 누가 더 술이 센지 두고 봐야겠네요. 호홋."

정위는 술에 취하고 여자에 취해갔다. 진영대 연병장의 잡초는 지금 그 순간에도 자라고 있을 것이다.

그런 속에서 최환지는 자꾸만 오줌이 마려운지, 정위는 한 번도 일어나지 않은 상태에서 그 혼자만 여러 차례 방문을 들랑거렸다.

"술 더 가져올까요, 최 순검님?"

보별이 잔뜩 혀 꼬부라진 소리로 다시 자리에 돌아와 앉는 최환지에게 묻자 그가 크게 나무랐다.

318

"그거는 무신 소리고? 우리 정위님은 입만 술을 보싯지, 아즉 목도 술을 안 보신 거 겉거마."

최환지 입에서 나올 말을 미리 알고 자신이 해야 할 소리를 준비하고 있던 보별은 곧장 이렇게 응했다.

"그러게요. 아, 정말 술장사세요, 술장사!"

아까부터 정신이 매우 혼미해지기 시작하는 정위 귀에 그들이 주고받는 소리가 무슨 모를 환청이 되어 가물가물 들렸다. 최환지는 건방지기 짝이 없게 상 밑으로 다리를 길게 쭉 뻗어 발로 정위의 무릎을 탁탁 건드리면서 마지막 결정타를 날렸다.

"오늘밤 보별이 머리 좀 안 올리주실랍니꺼?"

"머, 머리를!"

정위는 급히 먹다가 목이 막힌 사람처럼 한참이나 '캑캑' 하고 기침을 해댔다. 그런 그에게서 진영대 중대장다운 면모는 어디에서도 찾을 수 없었다.

그렇지만 물고기는 벌써 낚싯바늘에 완전히 아가미가 꿰었는데도 낚싯대는 아직 그대로 드리웠다. 끝장을 볼 때까지 멈추지 않고 끈덕지게 몰아가는 치밀하고 경악스럽기 이를 데 없는 공작이었다.

얼마나 그런 시간이 흘렀을까. 정위가 혀가 굽을 대로 굽은 소리로 최환지에게 말했다.

"우리 인자 이약해봅시더. 우리가 나라를 위해 할 일을요."

"……"

"커어, 취한다. 그러이 취하기 전에 퍼뜩 그 이약을 하입시더. 크~으."

"……"

언제부터인가 정위는 끝도 없이 그런 식이었다. 그래놓고도 또 금방

자기가 했던 소리를 까마득히 잊어버리는 모양이었다. 완전히 풀려버린 나사였다.

"이름이 에나 좋거마는. 보벨, 보배벨이라."

했던 말 또 하고 했던 말 또 하는 정위였다. 그리고 그때부터 최환지와 보벨은 입도 벙긋하지 않았다. 그러고는 조금씩 허물어져 가는 정위를 가만히 지켜만 보고 있었다.

정위는 최환지와 이야기를 나눌 생각은 전혀 하지 않고 그저 보벨에게 구걸하는 걸인인 양 굴었다. 그러면 보벨은 침묵 사이사이로 간드러진 웃음을 동냥 주듯 하였다.

최환지는 아무것도 보이거나 들리지 않는 것처럼 묵묵히 앉아 있기만 했다. 간혹 상체를 좌우로 흔드는 게 그가 하는 유일한 동작이었다. 지금 그는 경찰이라기보다 서안 앞에 앉아 있는 글방 훈장을 연상케 했다. 더욱 놀라운 것은, 그가 술자리 근처에도 가지 않은 사람 같다는 사실이었다.

바깥세상과는 철저히 격리된 그 기방 안에서 얼마 동안이나 그런 희귀한 놀음판이 펼쳐졌을까. 어느 순간, 홀연 보벨의 두 눈이 수상하게 빛났다. 수상하다기보다도 매서웠다. 샛노란 기운이 독기로 묻어나고 있었다. 여자 몸이 독초 한 포기로 피어나는 듯했다.

"……."

그녀는 말없이 상 저편에 앉은 최환지를 향해 보일락 말락 고개를 끄덕여 보였다. 아주 은밀한 신호였다. 그러자 최환지의 몸이 굳어지면서 안색도 싹 바뀌었다. 그도 보벨에게 한쪽 눈을 끔뻑해 보였다.

"……."

그러고도 그들은 즉시 어떤 행동을 취하지 않고 한동안 더 침묵으로 자기들만의 말을 주고받았다. 극도로 조심하고 경계하는 빛이었다.

"술 더, 술 더."

하지만 취할 대로 취한 정위는 두 남녀의 그 비밀스러운 행위를 조금도 알아차리지 못했다. 옆에서 보별이 부축해주지 않으면 그대로 상 위에다 얼굴을 콱 처박고 말 지경에 이르렀다.

"정위님!"

드디어 천천히 정위를 부르는 최환지 음성이 예사롭지 않았다. 곧이어 그는 길게 하품하듯 말했다.

"인자 고마 일나까예?"

"머, 머요?"

인사불성 속에서도 용케 그 소리는 들었는지 정위가 힘겹게 얼굴을 치켜들고 최환지를 바라보다가 너무나 어지러운지 저절로 고개가 꺾였다. 그야말로 지금 제 몸에 벌어지는 일을 조금도 모를 정도로 흐리멍덩한 정신 상태임을 누구나 쉽게 간파할 수 있었다.

"내 말 몬 들은 깁니꺼?"

현재 상대방 의식 상태가 어느 정도인가를 좀 더 가늠해보려고 뚫어지게 응시하며 최환지가 또 말했다.

"시간이 마이 흘렀다 아입니꺼?"

그러자 정위가 무슨 말인지도 모르게 버럭 고함을 질렀다. 그러면서 또 한다는 소리가 정해진 수순처럼 나왔다.

"술! 수울!"

보별이 몸을 움찔했다.

"여 술 더 갖고 오라꼬, 으잉?"

술의 산에 오르고 술의 강에 빠져 있다가 나온 사람이 거기 있었다.

"하모, 더 가지와야제. 시상에 술보담 좋은 기 또 오데 있노."

그러면서 최환지가 씽 바람이 일도록 자리에서 벌떡 몸을 일으켰다.

그는 여전히 조금도 술을 마신 사람 같지 않았다. 어쩌면 정위가 모르도록 상 밑에다 큰 그릇을 숨겨놓고 마시는 체하다가 거기에 술을 모조리 쏟아버렸는지도 알 수 없었다. 아니, 그리했던 게 확실했다.

'어떻게 할까요?'

보별이 앉은 자리에서 긴 속눈썹에 가려진 눈을 위로 들어 최환지를 올려다보면서 그렇게 묻는 듯했다. 그녀 또한 얼굴이 거짓말같이 맨송맨송해 보였다. 너무나도 말짱한 모습이 소름 끼칠 정도였다.

"웩, 웨~액."

정위는 무척 속이 울컥거리는지 몇 번이나 토악질하려고 했지만, 그것도 여의치 않은 모양이었다. 남강에 많이 날아드는 왜가리가 내는 것과 비슷한 소리를 내다가 또다시 연발하였다.

"수~울, 수~울, 수~울……."

그런 소리를 잠꼬대하듯 수차례 하더니 그는 끝내 상머리에 얼굴을 처박고 말았다. 그러고는 금세 깊이 잠들어버렸는지 꼼짝도 하지 않았다.

그것을 지켜보는 최환지와 보별의 눈이 날 선 비수처럼 번쩍! 빛을 발했다. 그런 눈으로 그들은 서로의 얼굴을 바라보며 회심의 미소를 지었다.

'함 확인해 봐라꼬.'

최환지가 무언의 주문을 던졌다.

'알았어요.'

보별도 똑같이 무언의 응답과 함께, 절을 하는 형상으로 상에 엎드려 있는 정위의 등에 제 몸을 슬그머니 밀착시켜보았다.

"……."

아무런 반응이 없었다. 완전히 녹초가 된 것이다.

'한 분 더.'

'예.'

최환지의 지시에 따라 보별은 이번에는 좀 더 강하게 정위의 몸을 가슴으로 밀어 보더니 눈으로 말했다.

'잠이 들었어요.'

최환지의 눈이 물었다.

'틀림없것제?'

'확실해요.'

'그라모 됐다.'

'예.'

정위는 그대로 깊은 잠에 빠져들고 말았다. 그는 누가 옆에서 고함을 쳐도 모를 정도로 곯아떨어진 게 분명했다.

"시작할까요, 최 순검님?"

이제 보별은 입 밖으로 소리를 내었다.

"하모, 그래야제."

최환지 또한 스스럼없이 입을 열어 말했다.

"쌔이 찾아봐라."

"예."

짤막한 대답을 하고 보별은 흡사 커다란 흡반을 가진 낙지나 거머리같이 정위에게 달라붙었다. 그러고는 손으로 서너 번 그의 몸을 흔들어 아직까지 의식이 남아 있는지 다시 확인을 해보기 시작했다.

"하매 갔다. 멀리 가뺏다. 그러이 더 이상 그리 안 해봐도 된다."

느긋한 어조로 최환지가 말했다.

"뒤져봐라."

"예."

이윽고 보별은 정위의 품속 깊숙이 손을 찔러 넣었다. 그런 다음에 부지런히 손가락을 움직이며 무언가를 찾기 시작했다. 그것은 흰 뱀이 혓바닥을 내밀어 먹잇감을 찾고 있는 느낌을 주었다.

"으음."

일어선 채로 그것을 지켜보고 있는 최환지 입에서 더없이 긴장된 소리가 새 나왔다. 두 다리가 후들거렸고 술기운 없는 안색이 창백했다.

"어디 있지?"

그렇게 중얼거리며 보별은 계속 정위의 넓은 가슴 안쪽을 더듬어 나갔다. 그런데도 앉은 채 곯아떨어진 정위는 아무것도 모르고 이제 코까지 드렁드렁 골기 시작했다.

"아즉 몬 찾은 기라?"

최환지는 갈수록 불안하고 초조해지는 모습을 보였다. 그의 안면에 파르르 경련이 일고 있었다. 자칫 도로아미타불이 돼버린다면.

"분맹히 몸 오데 지니고 있을 낀데……."

그런데 최환지의 그 말이 채 끝나기도 전에 보별의 입에서 기쁜 소리가 터져 나왔다.

"아, 여기!"

그러고 나서 그녀는 정위 품속에서 뭔가를 꺼내 얼른 최환지에게 내밀었다.

"여기 있어요."

"차, 찾았구마!"

최환지는 날렵한 솔개가 먹잇감을 낚아채듯 재빠른 동작으로 그것을 빼앗다시피 하였다. 그러고는 손바닥 위에 올려놓은 그것을 들여다보는 그의 얼굴 가득 더할 수 없는 희열의 빛이 차올랐다.

"흐흐흐. 드디어, 드디어 내 손에 들어왔구마."

그에 버금갈 만큼 더없이 흥분된 표정으로 눈을 반짝이고 있는 보별에게 말했다.

"인자 모도 끝났는 기라."

대체 무엇을 가지고 그러는 것일까? 무슨 물건을 얻기 위해 그토록 공력을 들여가며 그 법석을 떨었을까?

그때 그의 손에 들린 것은 바로 저 진영대 무기고 열쇠였다.

그 중요한 것을 기녀 신분인 보별이 진영대 중대장 정위의 몸에서 빼낸 것이다.

"욕봤다."

최환지가 낮은 소리로 말했다. 여전히 크게 흔들리는 음성이었다. 마음은 그보다 몇 배 더 요동치고 있었다.

"니 공이 크다."

"호……."

보별이 눈과 입을 조금 움직여 소리 없이 웃었다. 긴장으로 굳어 있었던 얼굴이 펴졌다. 이제 방바닥에 내팽개쳐진 모양새로 쓰러진 채 한층 큰소리로 코를 골며 자고 있는 정위를 내려다보며 역시 조그맣게 물었다.

"이 자를 어떻게 할까요?"

"우떻게 하기는?"

최환지가 음침한 미소를 지으며 말했다.

"끌고 갈 데가 있제."

"끄, 끌고……."

그 소리만 들어도 무섬증을 타는지 몸을 사리던 보별이 다시 물었다.

"어디로 말예요?"

최환지가 짧게 대답했다.

"일본군 주둔지."

보별이 놀라 반문했다.

"이, 일본군 주둔지요?"

최환지가 급히 손가락을 보별의 입가에 대며 주의를 주었다.

"쉿! 들으라꼬?"

보별이 허리를 굽혀 정위를 유심히 살펴보고 나서 말했다.

"누가 업고 가도 모르겠어요."

최환지가 서두르는 목소리로 말했다.

"얼릉 인력거꾼을 불러라꼬."

"예."

보별이 방을 나갔다.

"정위 양반!"

혼자 남은 최환지는 여전히 깊이 잠들어 있는 정위를 내려다보며 안됐다는 듯 끌끌 혀를 차는 소리와 함께 중얼거렸다.

"우짤 수 없소. 당신을 일본군이 주둔하고 있는 곳에 감금해야 되것소."

그 말을 알아듣기라도 한 것처럼 정위가 몸을 한 번 뒤채었다.

"……."

그것을 노려보는 최환지 몸에 팽팽한 긴장감이 실렸다. 여차하면 허리에 차고 있는 칼을 빼어 찌를 태세였다.

'쪼꼼이라도 더 살아 있을라쿠모 더 자고 있어라꼬.'

하지만 그뿐이었다. 심지어 정위는 정신을 잃을 정도로 그렇게 진탕 퍼마시고도 아직도 부족한지 이런 잠꼬대까지 하기 시작했다.

"보벨이, 술 갖고 와, 술! 최 순검, 마십시더, 마시!"

최환지 입가에 조소와 경멸의 기운이 번져났다.

"낼로 원망 마시오."

그는 깨어 있는 사람에게 말하는 것처럼 보였다. 실제로 정위는 무어라고 한참 이야기를 하고 있는 것으로 비쳤다.

"꼭 원망할라모 술을 원망해야제, 술을."

한데 바로 그때였다. 그들밖에 없는 방안에서 이런 소리가 났다.

'툭.'

그 소리에 소스라치게 놀란 최환지의 손이 어느 틈엔가 허리춤에 차고 있는 칼 손잡이에 가 있었다. 일제 앞잡이든 어쨌든 간에 지금까지 먹었던 경찰 밥이 결코, 헛되진 않은 듯싶었다. 그런 자세로 그는 방금 난 그 소리의 정체를 알아내기 위해 눈과 귀에 잔뜩 신경을 쏟기 시작했다.

'그기 오데서 난 소리제?'

최환지 그 자신이 낸 소리는 아니었고, 정위 또한 몸도 가누지 못할 만큼 곤드레만드레 상태로 자고 있는 터라 그 소리의 장본인이 될 수는 없었다.

'그라모 누가?'

그런 의문을 품고 기방 안을 샅샅이 훑어보고 있던 최환지의 입에서 문득 '아!' 하는 긴 안도의 소리가 흘러나왔다.

'후우. 저것이었구마!'

그의 눈이 상 아래를 노려보고 있었다. 거기 있는 건 젓가락 한 짝이었다. 정위가 마주한 상 위에서 젓가락 하나가 저절로 방바닥으로 굴러내린 것이다. 아마도 상 끄트머리에 아슬아슬하게 걸려 있다가 밑으로 떨어진 모양이었다.

'젓가락 하나 땜에 내가 그리키 놀래다이? 시방꺼정 내가 손에 쥐었던 젓가락이 몇 갠데 말이다.'

칼 손잡이에서 손을 떼 내며 최환지는 실소를 금치 못했다. 장차 칼이나 총보다도 몇 배 더 무서운 권력을 쥐려는 그 자신이 아닌가 말이다.

그때 정위가 또 전신을 움직였다. 정신없이 잠에 빠져들어 있으면서도 여간 고통스럽지 않은 모양이었다. 하긴 누구라도 그 분량을 마셔댔다면 오장육부가 막 뒤틀릴 수밖에 없을 것이다. 정위가 원체 튼튼한 신체여서 그 정도지 만약 보통 사람 같았으면 그대로 숨이 끊어져 버렸을지도 모른다.

"술이 웬수 아인가베? 키키키."

최환지는 다시 자기가 앉았던 상 앞에 앉아 제 잔을 들어 그 안에 남아 있는 술을 음미하듯 천천히 입으로 가져갔다.

"이리 맛있는 술은 첨인 기라."

잠시 사이를 두었다가 말했다.

"안 그렇소, 정위 양반?"

기방 가득 의기양양한 웃음소리가 차올랐다. 하늘이 울고 땅이 울 일이었다. 어찌 이런 사태가 일어날 수 있었을까? 조선인으로 말미암아 진영대는 해산될 처지에 이르고 말았던 것이다. 그것도 일개 순검 신분에 지나지 않은 자에 의해 저질러진 천인공노할 사건이었으니 앞으로 사람들은 두고두고 그 일을 통탄할 것이다.

"으하하하, 으하하하."

한때는 대구에 주둔하고 있는 제3연대 소속 제2대대로서, 러시아식 훈련과 교육을 받기도 했던 신식 군대로 알려져 있던 진위대였다. 친위대와 시위대가 중앙군이라면, 진위대는 대한제국 최초의 근대식 지방부대라고 할 수 있었다. 지방의 질서 유지와 변경 수비를 목적으로 설치되었던 부대였다. 그렇게 중요한 진위대의 정녕 슬프고도 안타까운 몰락이었다. 그리하여 결국 훗날 그것은 그 고을 목 지도 속에서만 살아 있는 진영대가 되고 만 것이었다.

그러나 최환지의 술수에 넘어가 정신을 잃은 채 일본군 주둔지에 감금될 운명인 정위는, 그 당시 아무것도 모르는 것과 마찬가지로, 앞으로 최환지가 어떤 매국의 길을 더 걸을 것인지도 까마득히 몰랐다. 아니다. 누군들 예상했겠는가. 어쩌면 최환지도 일개 순검에 지나지 않은 자신이 역사에 성명이 기록될 정도의 인물이 되리라고는 내다보지 못했을지도 모른다.

'킬킬. 꼬라지 조오타! 참말로 혼자 보기 아깝다 아인가베.'

최환지는 혼자 계속 술잔을 기울이면서 안주 삼아 발끝으로 정위의 몸을 툭툭 건드렸다. 그러자 정위는 심한 추위나 아픔에 시달리는 벌레 모양으로 온몸을 웅송그렸다.

'저런 기 군인이라꼬. 쯧쯧.'

참으로 서글프고 한심한 광경이 아닐 수 없었다.

'저런 거한테 나라를 지키라꼬 했으이.'

그런 생각을 하다가도 이런 생각을 하였다.

'하기사 그 덕택에 내가 이런 일도 할 수 안 있것나. 흐흐.'

보별이 인력거꾼을 데리고 나타나기를 기다리는 동안, 최환지는 너무나 여유롭게 자작하며 온갖 무지개 꿈에 젖어갔다.

'인자 내 미래는 창창한 기라. 누가 감히 낼로 막을 끼고?'

기생집 마당 가 나뭇가지를 흔들며 지나가는 바람 소리가 어렴풋이 들렸다. 그 나무와 그 바람만이라도 알았으면 좋았을 것이다.

'내 앞날을 축복해 주는 박수 소리 겉거마는. 나모하고 바람아, 고맙다이.'

그러다가 그는 술잔에 담긴 술을 들여다보며 히히거렸다.

'술아, 니는 더 고맙제. 니 덕에 내는 새로 태어나는 기다, 새로.'

그는 대한제국이 국권을 상실한 후에는 일제로부터 병합기념장을 수여했을 뿐만 아니라, 출세의 가도를 달려 조선총독부 중추원 참의 벼슬

에까지 오르게 된다. 그렇지만 결국 그는 그 일로 말미암아 그 고을 최대
의 친일파로서 씻을 수 없는 오명을 남기게 되는 것이다. 미친개같이 함
부로 설쳐대던 일제가 물러나고 저 반민특위가 생겨 온 세상에 친일매족
도배親日賣族徒輩를 알리고 처단하기 위해 서울에서 발간하게 되는 이른
바 '반민자죄상기反民者罪狀記'의 한 페이지를 장식하게 되는 것이다.

그러나 일제의 주구走狗 최환지가 기생 하나를 매수하여, 진영대 중
대장인 정위가 몸에 지니고 있었던 진영대 무기고 열쇠를 훔쳐내어 한
병韓兵의 무장을 해제함으로써 대한제국 백성의 봉기는 억압되었으니,
그 고을 진영대는 참으로 원굴冤屈하고 그늘진 역사의 뒤안길에서 춥고
쓰라린 기억으로 남아 있을 수밖에 없을 것이다.

단지 그뿐만이 아니었다. 일단 한 번 곤두박질을 치고 만 대상은 좀
처럼 그 검고 깊은 골짜기에서 빠져나오기 어려운 법인가 보았다. 그 뒤
로도 진영대의 치욕스러운 역사는 계속되었다.

일제는 진영대가 해산된 후, 그 자리에 일본군 임시 조선파견대 보병
제2연대의 1개 중대를 진주시켰다. 그리하여 그곳 땅은 일본 육군 경리
부의 손으로 넘어갔으니, 전날에 노규응이 이끄는 의병에게 점령당했
던 일은 아무것도 아니었다. 거기에다가 그다음에는 일본군 보병 제45
연대 소속 수비대가 주둔하는 등, 만약 진영대 터에 혼이 있다면 동이째
피를 토할 것이었다.

검은 시간들이 흐느적거리고 있었다.

고을 백성들은 길거리에서 맞닥치는 일본군을 보는 날이면 집으로 돌
아가서 눈을 씻었다. 왜놈들 냄새가 배여 있을지도 모른다고 온몸에 물
을 확 뒤집어썼다. 일제에 대한 반감과 분노는 극에 이르고 있었다. 섬
나라인 일본 본토가 물에 잠겨 지구상에서 흔적도 없이 사라져 버리기

를 빌었다.

바로 그러할 즈음에, 그 '물'이 또다시 그곳 고을 조선인들을 크나큰 증오와 환멸의 구덩이로 몰아넣는 사건이 벌어졌다.

"머라꼬? 우리 남강 물이 우떻다꼬?"

우정 댁이 얼이에게 다그치는 소리로 묻고 있었다.

"에나가? 시방 니가 핸 그 말!"

그녀 목소리는 강에서 간헐적으로 들려오는 물새 울음소리를 닮았다.

"각중애 입이 들러붙었나? 함 더 말해 봐라, 후딱."

"……."

비화도 도대체 저게 무슨 소린가 싶어 눈을 크게 뜨고 얼이를 바라보았다. 방금 집으로 들어온 얼이는 바깥에서 들었던 이야기를 꺼냈던 것이다.

"잘 몬 알아들어싯으모 도로 그기 더 좋을 기거마예."

얼이는 그러잖아도 기분 상하는 얘기를 한 번 더 하라는 어머니 독촉에 볼멘소리로 입을 열었다.

"우리 고을에 들와 있는 왜눔들이 말입니더."

"고것들이?"

얼이는 강 쪽으로 고개를 돌리며 상을 찌푸렸다.

"저 남강 물이 묵기에 불갤(불결)하다꼬예……."

"불갤?"

멀뚱멀뚱한 눈을 하는 우정 댁에게 얼이는 시무룩한 얼굴로 말했다.

"예, 불갤."

우정 댁이 비화를 보며 동의를 구하려는 어조로 말했다.

"아, 그 물만치 칼끗한 물이 시상천지에 또 오데 있다꼬?"

"더 들어보이소, 고마!"

갑자기 얼이가 꽃대나 짐승 모가지를 잡아 비틀던 어린 날의 그 반항 아로 되돌아간 듯 목청을 드높였다.

"성 안에 공동수도전인가 머신가를 맹근다꼬 안 합니꺼?"

우정 댁도 가는 세월에 오는 늙음은 막아낼 수 없는지 조금씩 주름살이 지고 있는 목을 갸우뚱하며 되뇌었다.

"공동수도전?"

"예."

"그기 머신데?"

"내도 잘 모리지예."

그래놓고 얼이가 하는 설명이었다.

"물을 긷기 위해서 먼데꺼정 안 가도 되고, 머 그런……."

"시상에? 아요, 동네 사람들아!"

우정 댁이 단단히 화가 나거나 어처구니없는 일을 당했을 때 꼭 단골로 쓰는 말이 '아요, 동네 사람들아!' 였다.

"살다 살다 보이, 새가 꺼꿀로 확 뒤집어 날라가는 소리도 다 들어본다야."

얼이가 괜히 새에게 화풀이라도 하려는지 툭 내뱉었다.

"미친 새네예?"

"아, 저리 좋은 남강 물을 보고 머가 우째?"

소매를 걷어붙일 것같이 하는 우정 댁이었다.

"우리만 좋지예, 머."

심드렁한 얼이 말이었다.

"고것들 눈깔이 팍 썩었나?"

벌써부터 바늘귀에 실도 잘 꿰지 못할 정도로 침침해지기 시작한다는 자기 눈을 그냥 꽉 쥐어박을 태세로 주먹을 부르르 떨었다.

"썩은 동태 눈깔 아이모 몬 그란다."

우정 댁은 얼굴이 불을 담아 부은 것처럼 벌게져서 야단이었다. 시력만 가는 게 아니라 이제는 귀밑머리에 희끗희끗 서리가 내려앉고 있는 중늙은이를 막 지나고 있는 모습이 보기 허전하고 안쓰러웠다. 하긴 얼이 또한 어언 노총각 티가 완연하니 우정 댁은 그럴밖에. 얼이가 어서어서 커야 복수를 할 수 있는데 세월이 빨리 안 간다고 야단이던 우정 댁이었다. 비화는 그런 그녀를 보며 생각했다.

'큰이모님 가슴 저 안쪽에 남아 있는 그 한과 아픔은, 아모리 시간이 흘러가도 영영 안 지워질 모냥인갑다.'

한창 팔팔할 나이에 농민군 주모자로 활동하다가 관군에게 체포되어 형장의 이슬로 사라져야만 했던 남편 천필구는, 과수댁 그녀 가슴 한복판에 영원히 뽑아버릴 수가 없는 짙은 슬픔과 분노의 녹슨 대못으로 쾅쾅 틀어박혀 있을 것이었다. 그리하여 모든 고통과 증오는 그 과거로 달려가서 굴리면 굴릴수록 커지는 눈사람처럼 확대되는 건지도 몰랐다. 부스럼이나 코딱지가 살이 될 수는 없겠지만, 좋아질 거라는 꿈과 소망은 좀 더 키웠으면 했다.

'하기사 오데 큰이모님만 그렇것나? 모도 가리방상하것제.'

물론 비단 우정 댁만은 아니었다. 경무서 순검으로 있는 조선인 최환지라는 못된 자가 간교한 술책을 부려 진영대가 해산되고 말았다는 그 풍문은, 나루터집 옆에 붙어 있는 밤골집 술을 그전보다 두세 배는 넘도록 팔게 했다. 사람들은 돈이 없어 떨어진 누더기를 걸치고 밥은 굶어도 술은 마시려 들었다. 기실 술이라도 들어가지 않으면 속이 시커멓게 타서 없어질 것만 같은 그즈음이었다.

그런 판국에 이번에는 이 나라 물까지도 그들이 원하는 대로 만들어 버리겠다니. 그 공기 좋고 물 맑은 저 남덕유산에서 발원한 남강이 아니냐. 그뿐인가. 서리가 나무나 풀에 내려 눈같이 된 상고대는 또 얼마나 멋진 풍광을 이루어내는가 말이다. 이러다간 공기마저도 어떻게 할 그들이었다.

'우떻게 할 끼 아이고, 하매 싹 다 그리 안 해삣나.'

그렇고 보면, 법 없이도 살 그 착해빠진 죄 없는 손 서방을 칼로 찔러 죽이고도, 고개를 뱀 대가리처럼 빳빳이 치켜들고 거리를 활보하고 있는 무라니시와 그의 형 무라마치가 대안리에 세운 삼정중 오복점만 보더라도 그러했다.

비록 언젠가 비화가 나루터집 식구들에게 이야기한 대로, 가난한 그 고을 조선인들은 사고 싶어도 돈이 없어 가지 못하는 그 상점이지만, 그런 가운데서도 종종 그곳을 이용하는 조선인 졸부들도 없지는 않다고 했다. 그렇다고 해서 무슨 큰 떼돈을 버는 것도 아닌 모양인데, 그자들은 조만간 경성에까지 백화점 사업을 확장하려고 한다는 기찬 소문들도 심심찮게 나돌았다. 그렇게 할 수 있는 배후에는 아무래도 세상이 모를 검은 내막이 감춰져 있지 않을까 하는 게 비화의 추측이었다.

그런데 그 삼정중 오복점 때문에 배봉이 경영하는 동업직물이 어떤 타격을 입고 있다는 소리는 아직 나오지 않고 있었다. 그 지역 잡화상 중에서 최고의 규모를 자랑하고 품목도 매우 다양한 삼정중 오복점과, 승승장구 바다 건너 일본까지 비단을 수출한 동업직물은 용케 공생하고 있었다. 하늘이 내려다보고 있다면 그럴 수는 없었다. 참으로 피가 거꾸로 솟구칠 노릇이었다.

'하매 없어져야 할 것들이 더 기氣가 살아 있는 이기 무신 이치고?'

그런가 하면, 비화 같은 사람들이야 그러지 않았지만, 때로 어떤 몰지각한 고을 사람들은 동업직물보다 삼정중 오복점에 더 큰 관심과 흥미를 보이기도 했다.

"쪽바리, 쪽바리, 했더이만."

"게다짝 소리가 상구 더 요란하거로 생깃다."

그건 바로 그 상점의 조직 때문이었다. 그들은 모든 종업원을 일본 육군 계급에 따라 서열화했다. 가령, 나중에 그 주식회사의 지점장이 된 자에게 본사에서 내린 계급이 '상업전사 대좌'라는 점 등이 그러했다.

그날 온 나루터집 식구들은, 수천 년 동안 흘러오는 저 남강 물이 왜 놈들에 의해 바뀌어서 그들 식수로 사용되게 되었다는 그 사실에 더없이 분노했으며, 또 절망했다. 나루터집뿐만 아니라 유서 깊은 그 고을 백성들 모두가 똑같았다.

그날따라 밤골집에서 술 취한 손님들이 서로 엉겨 붙어 싸우면서 함부로 내지르는 소리가 보통 때보다 몇 배는 더 많이 들려왔다. 시국이 힘들고 어지러울수록 서로에게 위안은 돼주지 못할망정 왜 저렇게들 아귀다툼을 벌이는지. 결국, 내 몸과 마음에 상처 입히는 짓이었다. 한돌재와 밤골댁 고생이 말이 아니었다.

'두 분이 우찌 만내신 기고. 인자는 좀 멤 팬하기 사시거로 놔노모 안 되까?'

남강 물새들도 대대로 살아온 자기들 영역을 침범하려는 일본인들에 대한 반감과 증오가 불타올랐음일까, 무슨 저주라도 퍼부으려는지 끝없이 울어대고 있었다. 그 소리를 들으며 비화는 마음의 칼을 갈았다.

"우리하고 무신 웬수가 그리카나 졌다꼬……."

그 소리는 바다 건너 일본 땅에까지 전해질 것 같았다.

가마우지와 은어

긴카 산.

그 산기슭의 나가라(장량천長良川) 강 하구에서 가마우지를 보는 순간, 왕눈은 곧바로 남강의 가마우지를 떠올렸다. 고향에 있을 때는 흔히 보던 물새였다.

그런데 그 가마우지를 훈련시켜 은어를 잡게 한다는 사실은 아무래도 너무나 생소했다. 나라마다 살아온 방식들이 다르긴 하겠지만 쉬 그림이 그려지지 않았다. 하긴 그 자신이 지금 일본에 와 있다는 것부터가 여전히 현실로 받아들여지지 않고 있었다. 비록 불의의 사고로 머리를 다쳐 시간에 대한 관념이 없어진 일종의 시간 기억 상실증에 걸려버린 그였지만, 그런 느낌은 그 나라에 머물러 있는 한 영원히 사라지지 않을 것이다.

"이상하게 보이는가 봐요?"

왕눈의 그런 속내를 읽은 쓰나코가 말했다. 함께 지내는 시간이 늘어나는 그만큼 둘의 교감도 좀 더 쉽게 이뤄지고 있는 게 아닌가 싶었다. 그것이 다행인지 또 다른 불행으로 번질지는 좀 더 두고 봐야 하겠지만,

어쨌거나 쓰나코 말이 평범하지 않았다.

"하지만 천 년도 넘은 전통이에요."

왕눈은 큰 눈을 한층 크게 떠 보였다.

"천 년!"

쓰나코는 그들이 만나 지금까지 함께해 온 날들을 헤아려보는 눈빛이었다.

"정말 상상조차 어려운 시간들이죠."

왕눈은 자기에게 닥친 모든 일들이 다 그렇다는 것을 새삼 실감하였다.

"그만치……."

그러니까 '우카이(제사鵜飼)'라고 한다는, 가마우지를 이용하는 그 은어잡이를 구경하기 위해 몰려든 관광객들로 그 고장은 심한 몸살을 앓을 정도라는 것이다. 왕눈 입장에서 보면 호전적인 일본 민족의 한 단면을 보여주는 잔인한 일 같기도 했다. 사람이 배가 고플 때는 침만 삼켜도 낫다지만, 그들 마음의 허기증은 절대로 채워질 수 없는 것일까. 무엇을 얻기 위해서는 눈에 불을 켜는 습성도 지닌 성싶었다.

'우짜모 불을 저리 키났노?'

강가에는 화톳불이 환하게 밝혀져 있었다. 쌓아놓은 장작더미에서 활활 타오르는 불꽃은 보는 이들로 하여 어린 시절 불장난을 떠올리게 할 만했다. 그런가 하면, 검고 푸른 대기 속에서 그 불빛은 그곳이 이 세상이 아니라 어떤 미지의 환상적 세계의 분위기를 자아내었다. 조금은 괴기스럽고 몽환적이기도 하였다.

'아, 쥐불놀이 하던 일이 생각나거마.'

그 불꽃은 왕눈 머릿속에 또 기억 하나를 불러내었다. 그것은 정월 첫 쥐날(상자일上子日)이나 대보름날 밤에 쥐를 쫓기 위해 논이나 밭의 둑에 불을 놓는 놀이였는데, '쥐불놓이', 혹은 '논두렁 태우기'라고도 했다.

해가 떨어지면 마을 논두렁과 밭두렁 등지에 미리부터 놓아두었던 짚 더미에 일제히 불을 붙여 태우곤 했는데, 사방에서 일어나는 불꽃들이 장관이었다. 그 쥐불이 크냐 작으냐에 따라서 그해에 풍년이 드느냐 흉년이 지느냐를 알아내고, 나아가 마을 길흉을 점치기도 한다는 거였다.

"이눔들아, 불이 나모 우짤라꼬 그 이험한 짓을 하는 기고?"

"아, 모리는 소릴랑 하지 마소. 그기 올매나 좋은 긴데 그라요."

아이들이 하는 그 놀이를 지켜보던 어른들 사이에 때로는 말다툼이 벌어지는 경우도 있었다. 꼭 어느 쪽이 옳고 어느 쪽이 그르다고 할 수 있는 게 아니었다.

자칫 불이 번져 대형 화재로까지 이어질 위험을 배제할 수 없다는 측면에서는 나무라는 어른들 손을 들어주어야 했고, 그것은 농사에도 유리할 뿐만 아니라 소위 위생 방역의 각도에서는 이로운 놀이라는 걸 감안하면 묵인해 주는 어른들 말이 더 맞았다.

그런데 왕눈은 장성할수록 화재만 주의하면 그 놀이는 권장할 만한 거라는 판단이 섰다. 그것은 논둑이나 밭둑, 등 들판의 마른 잔디에 붙어 있는 해충의 알이라든지 유충 등 온갖 잡균들을 태워 없애주는 효과가 있는 것이다. 그런가 하면, 꽁꽁 얼어붙은 땅에 따뜻한 기운을 주어서 새싹이 잘 돋아나도록 해주는 역할도 무시할 수 없었다.

'그날의 불은 그리도 좋았다 아이가.'

왕눈은 쥐불놀이하던 고향 마을 논밭의 둑에서 이국의 강가로 다시 돌아왔고, 그러자 눈에 보이는 것들이 아주 잠깐 안온했던 마음을 무너뜨려 버렸다.

'우짜다가 사람한테 잽힌 신세가 됐으꼬.'

청색 상의와 약간 노란 빛이 감도는 흰색 치마를 입은 어떤 늙은이가, 두 손으로 가마우지의 목과 어깻죽지를 움켜쥐고 있었다. 그는 마치 바람에 부러진 것처럼 꼭대기가 접힌 독특한 모양의 모자를 둘러쓰고 있었는데, 쓰나코는 왕눈에게 그 모자를 '가자오리에보시(풍절조모자風折鳥帽子)'라 한다고 일러주었다.

"가자오리……."

왕눈이 거기까지 따라하자 쓰나코가 이제 조금만 더 노력하면 일본말을 더 잘할 수 있을 거라고 격려하듯 말했다.

"에보시(오모자烏帽子)."

관례를 올린 남자가 쓰는 검은 모자, 에보시. 그건 일본 공가公家나 무사가 쓰는 건巾의 일종이었다. 처음에는 검은 사紗붙이로 만들었지만, 나중에 종이로 만들어 옻을 칠해 굳혔다. 위계에 따라 모양이나 칠이 다른데, 신관神官 등이 쓰게 되었다.

그런데 왕눈은 쓰나코 친절에 부담을 느끼고 도리어 일본말 실력이 줄어들었는지 이번에는 이렇게밖에 하지 못했다.

"가자……."

그러자 쓰나코 입에서 곧장 나오는 말이었다.

"가긴 어딜 가요?"

"아, 그기 말입니더."

왕눈은 그만 씁쓸한 웃음을 지으면서도 자기와 함께 지내는 동안 그녀의 조선말 실력이 부쩍 불어나 있다는 사실이 싫지는 않았다. 그녀 몸에는 조선인 피가 흐르고 있으니 극히 당연한 일이라는 아전인수적인 생각도 했다.

그러자 뜬금없이 왕눈 가슴 한복판에서 꽹과리 소리가 났다. 조선, 특히 고향 사람을 떠올리면 들리는 환청 현상이 아닐 수 없었다. 그러면 그의 손에는 어김없이 꽹과리채가 들려 있곤 하였다. 쥐똥나무나 가는 대나무 뿌리 끝에 단단한 박달나무를 동그랗게 깎아 만든 방망이를 달았다. 그 방망이 끝에는 색실로 꽃 수술을 달고, 다른 한쪽은 나무로 깎아서 손잡이를 만들고, 손잡이 끝에 붉은색이나 세 가지 색깔의 천을 길게 맨 너설을 달았다.

"에보시."

그렇게 되뇌어보던 왕눈은 '기억 고질병'이 돼버렸는지 또다시 어릴 적 그의 집에서 키우던 오리들이 생각났다. 자꾸 어딘가로 달아나려는 그것들을 한곳으로 몰면서, '저리로 가자, 요놈의 오리들아. 오데로 달아날라쿠노?' 하고 외치곤 했었다.

정말 말도 되지 않는 연결이지만 그는 그 모자 이름에서 '오리야, 가자' 하던 기억을 떠올렸다. 그 정도로 지금 그는 모든 게 뒤죽박죽돼 버렸다는 무섭고도 서글픈 증거였다. 자기 걸음이 오리걸음과 다를 바 없다는 강박감을 떨치기 어려웠다.

"저 사람들을 '우쇼'라고 불러요."

왕눈의 감정을 제대로 알 리 없는 쓰나코는 한 가지라도 좀 더 많이 가르쳐 주어 왕눈이 하루라도 더 빨리 일본에 적응하게 하려는 의도인 것으로 보였다.

"우쇼."

쓰나코는 또 습관처럼 자기 말을 되뇌는 왕눈에게 그들에 대해서도 상세히 들려주었다. 그녀는 글만 잘 쓰는 게 아니라, 말도 잘하는 축에 들었다.

"가마우지를 잘 다루는 명인名人들이죠."

그러니까 그 우쇼는 이른바 우카이를 준비하는 중이라는 것이다. 왕눈은 그 우쇼의 손에 우악스럽게 들려 있는 가마우지가 너무 불쌍하다는 생각이 들었다. 넓고 푸른 남강 위를 훨훨 날아다니던 조선의 가마우지는 그렇게 자유롭고 여유가 있고 행복해 보였는데, 저 가마우지는 일본에서 태어난 것이 큰 불행이구나 하고 여겨졌다. 동시에 하루라도 더 빨리 고국으로 돌아갔으면 하는 강렬한 욕망이 짙은 설움을 싣고 치밀었다.

'아, 모도 우찌 지내는지.'

시간에 대한 기억 상실증을 앓는 탓에 일 년이 한 달보다도 더 짧게 느껴지는 그였지만, 또 때로는 기습처럼 한 달이 백 년보다도 더 길게 다가오기도 했다. 그야말로 엉망진창, 시간의 포로가 되어 시간에 휘둘리면서도 이런 생각을 했다.

'시방 당장이라도 가모 되지 와 안 가노?'

그러자 또다시 집이 그리워지면서 집안에 무슨 행사가 있을 때 어머니가 만든 음식물이 기억났다. 그것은 거기 강가의 붉은 화톳불과 우쇼의 복장 색깔인 청색, 노란색, 흰색을 본 그 순간부터 이미 떠올린 것이기는 하였다.

바로 웃기·꾸미라고도 하는 고명이었다. 아름답게 꾸며 식욕을 돋우어 주기 위해 조리된 음식물 위에 얹는 것이다. 정확하게 이야기하자면 고명의 색깔이었다. 어느 그림쟁이도 그렇게 칠을 하기는 쉽지 않겠다 싶어, 어머니에게 물었다.

"무신 색깔이 이리 한거석 들어 있어예?"

어머니는 고명을 들여다보며 답해주었다.

"내도 돌아가신 니 외할무이한테서 들은 이약인데, 이거는 음양오행하고 연관된 기라 쿠데."

음양오행설과 관련되는 색이 다섯인데, 흰색, 파란색, 빨간색, 노란색, 검정색 등이 그것이라는 거였다.

"아, 그래예?"

아들이 신기해하자 어머니는 추억 서린 목소리가 되었다.

"하모, 함 봐라."

"예."

왕눈이 자세히 보니 과연 고명의 색깔은 그 다섯 가지였다. 그는 어머니가 무슨 신기한 마술을 부리는 사람으로 느껴졌다. 달걀흰자로 만든 지단과 껍질을 벗겨 볶은 실깨와 실백, 흰 파로 흰색을 만들어냈고, 오이채, 나리, 호박과 푸른 잎의 채소 등으로 푸른색을 만들어냈고, 고춧가루, 실고추로 붉은색을 만들어냈고, 달걀노른자를 재료로 한 지단으로 노란색을 만들어냈고, 표고, 석이, 목이버섯으로 검정색을 만들어냈다.

"요 중에서 니는 우떤 색깔이 젤 좋노?"

어머니가 묻던 말이 아직도 그의 귓전에 생생하게 남아 맴돌고 있었다. 시간에 대한 기억 상실증은 그에게 과거와 현재 그리고 미래라는 그 구분 자체를 아무런 의미도 없는 것으로 몰아가고 있다고나 해야 할까.

"아, 이제……."

쓰나코의 흥분 섞인 말과 더불어 드디어 은어잡이 축제가 펼쳐지기 시작했다. 관람선에 타고 있는 수많은 관광객은 일제히 숨을 죽였다. 우쇼들이 타고 젓는 배들도 소리 없이 움직였다. 몇 명의 우쇼들이 부리는 가마우지는 모두 열두 마리였다.

"와!"

"우!"

가마우지 몸에 매달린 줄의 고삐를 다루는 우쇼들 솜씨는 자못 감탄을 자아내게 했다. 날카로운 부리로 번개같이 은어를 낚아채는 가마우지들의 경악할 몸놀림 또한, 거의 신기神技에 가까워 보였다. 조선에서는 보기 힘든 장면이었다.

'아, 저런 거.'

왕눈은 생각했다.

'옥지이한테도 기경시키주고 싶다 아이가.'

물론 화톳불이 밝히고 있는 어둠 속에서 가마우지들 행동을 세세하게 보기는 쉬운 일이 아니었다. 들으니, 보통 한 시간에 하는 자맥질 회수가 약 60회에서 100회 정도라고 하였다. 여하튼 배와 우쇼 그리고 가마우지들이 연출해 보이는 우카이는 오랫동안 봐도 싫증이 나지 않을 만하였다.

그렇지만 갈수록 사람들을 잔혹한 쪽으로 몰아붙일 것 같은 생각에 왕눈은 그다지 마음이 편하지만은 못했다. 저런 것 또한 일본 민족성을 형성하는 하나가 될지도 모르겠다는 가증스러움도 일었다. 자신이 고국에 있었을 때와는 비교가 아니게 지금 일본이 조선에 저지르는 만행은 극에 달하고 있다는 사실을 모르고 있는 왕눈이었지만 그랬다.

"저 기구에 있는 불 좀 보세요, 재팔 씨."

어둠만 아니라면 필기구를 꺼내어 기록하고 싶다는 빛을 띤 얼굴로, 쓰나코는 동의라도 구하려는 목소리였다.

"정말 엄청나지 않아요?"

왕눈은 불에서 눈을 떼지 않은 채 말했다.

"예."

굵고 긴 낚싯대 끝에 매달려 있는 광주리 비슷한 기구 속에 담긴 벌건 화톳불은 어둠을 불살라버리기라도 하려는지 크게 이글거렸다. 그리고 검푸른 강물 위에 어리는 주황색의 그 불빛은 인간이 만든 것이 아닌 성싶기도 했다.

"한 번은 볼만하죠?"

쓰나코는 왕눈에게 말을 시키기 위한 의중을 더 이상 감추지 않았다.

왕눈은 버릇이 돼버린 어정쩡한 말투였다.

"예? 예."

그러고 있는 왕눈 머릿속에는 어두운 밤에 묘지나 습지 등에 자연적으로 발생하는 불빛이 피어올랐다. 이른바 도깨비불이었다.

'한밤중에 동무들하고 선학산 공동묘지에 가갖고 누가 더 간이 큰고 내기도 했다 아이가. 시퍼런 토째비불이 에나 무섭고 겁이 났제.'

도깨비도 수풀이 있어야 모인다고, 사람은 의지할 곳이 있어야 무슨 일이나 이뤄진다고 하는데, 의지가지없는 사람이 거기 있었다.

"사람, 새, 물고기."

그렇게 중얼거리고 있는 쓰나코도 환상적인 그 분위기에 다소 압도당한 것처럼 보였다. 고삐를 놀리는 우쇼들과 자맥질을 하는 가마우지들을 말없이 지켜보는 그녀의 옆모습이 조심스럽고 엄숙해 보일 정도였다.

'저 여자…….'

그녀는 나중에 공책에 기록할 내용들을 마음속으로 열심히 새기고 있을 것이다. 무엇을 볼 때마다 언제나 그래왔으니까.

'운제나 알 수 있으꼬?'

그러자 또다시 쓰나코가 하는 일에 강렬한 궁금증이 일어나는 왕눈이었다. 그녀는 종이에 글을 쓰는 일이 그렇게 재미있고 신이 나는지, 때로는 글자를 적어 넣으면서 어깨를 들썩거리고 입으로는 무슨 소리인가를 흥얼거리기도 하였다.

'글구신이 든 기 확실한 기라. 하기사 다린 잡귀보담은 낫것제. 우쨌든 과거시험을 보모 장원급제 하것다.'

왕눈이 엄청난 착각에 빠져드는 것도 그런 순간이었다. 지금 쓰나코는 우리나라 '골패타령骨牌打令'을 부르고 있다는 착각이었다.

'우째서 그 쌔삣고 쌔삔 우리나라 타령 중에 해필이모 그 타령이제?'

그런 의문 끝에 왕눈은 내심 고개를 끄덕이곤 했다. 그럴 때는 전혀 시간관념을 상실한 사람이 아닌 것으로 비쳤다.

'시방 내가 살아가는 기 똑 도박을 하고 있는 거 겉애서 그럴 끼거마는.'

짐승 뼈나 뿔로 만든 오락과 도박기구인 골패를 가지고 노는 모습을 그린 골패타령인 것이다. 또한, 골패타령은 그가 가장 마음에 들어 하는 타령이라는 것도 착각의 한몫을 했을 것이다. 본디 동작이 느리고 쾌활한 성격이 되지 못하는 그는, 빠르고 경쾌한 자진모리장단으로 되어 있는 민요는 모두 좋아하는 편이었다.

아무튼 '방개타령'이라고도 불리는 골패타령의 4절節 가운데서 1절 노랫말은 외우고 있는 왕눈이었다. 처음이 '얼사'로 시작되는 그것은 그렇게 쉬운 노랫말이 아니었다.

얼사 오날 하 심심하니
훗패 작패 하여 보자
쌍준륙에 삼륙을 지르고
쌍준오에 삼오를 지르니
삼십삼천이 십팔수
북두칠성이 앵돌아졌구나

그런데 왕눈이 더 좋아하는 것은 그 타령의 후렴이었다.

얼삼아 디어라 방아 방아로다

하지만 귀를 후려치는 큰소리에 왕눈의 골패타령 기억은 끊어져야 했다.

'쪼매 심하거마는.'

관람객들은 가마우지가 은어를 낚아채 올릴 때마다 강이 떠나가라 환호성을 질러댔던 것이다. 반쯤은 거의 정신이 나간 행동에 가까워 보였다. 아무래도 그 모습들이 그렇게 좋아 보이지는 않았다. 광신도들 모임을 지켜보고 있는 듯한 섬쩍지근한 기분마저 들었다.

'저것들도 그렇거마.'

왕눈은 애당초 몹시 불쌍하고 애처로워 보였던 가마우지들에게 점점 혐오감과 증오심을 품어가기 시작했다. 그놈들의 징그러울 정도로 날카로운 부리 끝에 딸려 나오는 은어들이 너무나 가련하게 느껴졌다. 사람들은 그 은어는 보지 않고 은어를 잡는 가마우지만 보는 것 같았다.

'똑 내 신세하고 가리방상하다 아이가.'

아무리 자조하지 않으려고 해도 자꾸만 그런 생각이 들었다. 정말 어떻게 하여 내가 '운명'이란 놈의 손아귀에 콱 틀어 잡혀서 지금 여기까지 흘러오게 되었는지, 깜깜한 어둠만큼이나 막막한 절망감과 비감에 젖었다. 이러다가 결국 객귀客鬼가 돼버리는 건 아닐까. 그것도 조국이 아닌 일본 땅에서 말이다.

'길어도 너모 길다.'

이게 악몽이라면 어서 깨어나고 싶었다. 어린 시절 아무도 없는 집에서 혼자 낮잠을 자면서 한참 무서운 꿈에 시달리다가, 어느 순간 퍼뜩 눈을 떴을 때 느껴지던 안도감 같은 것을 되찾을 수 있었으면 했다.

특히 악몽에서 벗어나 가만히 앉아 있는데 이웃집 어디선가 '꼬끼오'하고 들려오던 닭 울음소리는 어쩌면 그리도 마음속 깊이 젖어 들던지 모르겠다. 그 야릇하기 그지없는 감정이 사라질까 봐 다리가 저려올 정도로 한참 동안 자리에서 일어설 줄 몰랐다.

"있죠?"

쓰나코가 말을 걸어온 것은 왕눈 마음이 저려오기 시작하는 때였다.

"저 우쇼들 말이에요."

"예? 예."

왕눈은 홀연 잠에서 깨어난 사람 같아 보였다. 하지만 안도감은 없었다. 가슴을 적시던 닭 울음소리 또한 어디에서도 들려오지 않았다. 천년만년 가도 익숙해지지 못할 성싶은 이국의 풍광과 소리만 보이고 들릴 뿐이었다.

"요즘은 아니지만 말이에요."

그녀는 가마우지들을 자유자재로 다루고 있는 우쇼들에게 눈을 둔 채 말했다. 그녀 눈은 가마우지나 은어가 아니라 사람을 보고 있었다.

"예전에는 아주 좋았던가 봐요."

"……."

왕눈은 그 말이 무슨 의미인지 몰라 눈만 멀뚱거렸다. 제아무리 쓰나코 몸속에는 조선인 도자기 기술자 이삼평 후손인 그녀 어머니 노요리에의 피가 흐르고 있지만, 그녀 아버지 고케시는 일본인이고, 따라서 그녀는 일본인 국적을 가지고 있는 일본 여자이기 때문일까. 쓰나코가 좀 안됐다는 빛을 띤 얼굴로 입을 열었다.

"쇼군(장군將軍)이 권력을 쥐고 있던 막부 무인 정권 시대에는 굉장히 대우를 잘 받았대요."

왕눈은 더더욱 지금 쓰나코가 하는 말이 일본말만큼이나 철저히 귀에 설었다. 그녀 얼굴도 그때까지보다 훨씬 더 생소하게 비쳤다. 쇼군이니 막부니 하는 소리는 난생처음 들어보는 것들이었다. 조선이 세워지기 전 고려 시대에 무인이 어떻게 했다는 말은 들은 기억이 있지만, 그것도 또렷하지는 못했다.

"와아!"

"우우!"

그때 또 한바탕 관광객들이 환호하는 소리가 강가를 흔들었다. 일본 말에 익숙하지 못한 왕눈 귀에는 사람이 아니라 무슨 다른 동물이 내는 소리로 들렸다. 그들은 아주 순식간에 은어를 확 낚아채는 가마우지 실력도 놀랍지만, 가마우지를 대단히 능수능란하게 다루는 우쇼들 솜씨에 더 열광하는 게 아닌가 싶었다.

'저거를 본께, 또……'

왕눈은 스스로 돌아봐도 대책이 없다고 고개를 흔들었다.

'우째서 이리키나 떠오리는 기 째뺏노?'

이번에는 또 어린 시절 비봉산에서 보았던 매잡이가 생각났다. 참 귀신같이 매를 부려 꿩이나 비둘기 같은 새를 잡는 텁석부리 사내였다. 사납고도 용맹스럽게 생긴 매를 무척 튼실해 보이는 자기 어깨 위에 떡하니 얹어 놓고 있는 그의 모습은 사람이 아니라 신처럼 보였다. 그래서 그 사내가 그렇게 부러울 수 없었다. 왕눈 자신도 그렇게 매를 잘 부릴 수만 있다면, 그를 '울보'라고 놀려먹는 동네 아이들을 혼내주는 데 아주 좋을 거라는 생각도 했고, 무엇보다 옥진이가 나를 다르게 볼 것이라는 높다란 기대감도 품었다.

'내는 싸우는 거는 싫지만도……'

그날의 그 매와 오늘 보는 저 가마우지가 싸운다면 누가 이길까? 당연히 매가 더 셀 것 같았다. 매잡이와 우쇼가 힘을 겨루면 어떨까? 그건 잘 모르겠다. 팽팽해서 승부가 나지 않을 성싶었다. 어쨌거나 둘 다 예사 사람들은 아니었다.

"그러다가 말이에요."

쓰나코 음성이 강바람에 실려 휘어지듯 들려왔다.

"천황이 실권을 가진 군주가 되자, 우쇼들 생계를 보장해주던 막부가 그만 사라지게 되었고……."

"예에."

때로는 가마우지 모습은 보이지 않고 첨벙, 하고 자맥질하는 소리만 들리기도 했다. 그 소리는 이상할 정도로 왕눈 가슴팍에 크나큰 파문을 일으키기 일쑤였다. 그러면 또 그의 몸은 폭풍우를 만나 산산조각 부서지는 난파선이 돼버린 듯싶었다.

"결국, 우쇼들은 하나둘씩 나가라 강을 떠나가기 시작했대요."

"아, 강을 떠나……."

왕눈은 어쩐지 가슴이 찡했다. '떠난다'는 말은 언제나 그를 그렇게 몰아붙였다. 떠나온 고국과 부모 형제 그리고 옥진.

그런데 여기 일본을 떠나갈 날은? 쓰나코도, 그의 부모도, 또 다른 누구도 그를 가지 못하게 가로막지도 않는데, 왜 '떠남'이라는 것에 목말라하면서 큰 슬픔과 고통에 시달리고 있는가? 무슨 미련과 집착 때문에?

그렇다면 아무것도 이뤄놓은 게 없는 이런 비참한 몰골로는 고향의 그들 앞에 나타날 수 없다는 얄팍한 자존심? 그 스스로는 잘 느끼지 못해도 쓰나코에 대한 감정이 은연 중 사랑이나 정으로 바뀌어 있어서? 아, 정말 그럴까? 그게 사실일까?

"나가라 강을 떠나는 우쇼들은……."

어둠 너머로 약간 찡그린 그녀 얼굴이 풍선처럼 붕 떠올라 보였다. 왕눈은 문득 걷잡을 수 없는 불안감을 느꼈다. 쓰나코 얼굴이 불면 불수록 커지는 풍선이 되어 마침내 '펑' 하는 소리와 함께 터져버리지 않을까 하는 우려를 지울 수가 없는 것이다.

"마음이 아팠겠죠?"

우쇼와 가마우지는 보이지 않고 은어만 보이는 왕눈이었다.

"너무 슬프기도 하고요."

쓰나코 목소리가 처연하고 공허하게 들렸다. 왕눈 마음이 그렇게 받아들이고 있는지도 모른다.

'우짤 수 없었다 쿠더라도 그랬것제.'

남강을 떠나온 왕눈 자신이었다. 더운 여름날 하루 종일 벌거벗고 물장난을 치며 놀아도 싫증 나지 않던 고향의 강이었다. 추운 겨울날 꽁꽁 언 얼음판 위에서 팽이치기라도 하다가 문득 고개를 뒤로 젖혀 올려다보면, 하늘도 같이 빙빙 돌아가던 영원한 추억의 강이었다.

'오데 여름하고 겨울만 그랬디가?'

봄날과 가을날도 있다. 물감을 풀어놓은 것 같은 푸른 물결과 끝 간데 없이 펼쳐진 새하얀 모래밭 그리고 그 위를 훨훨 날아다니던 정겨운 물새들, 출렁거리는 나룻배에 올라탄 사람들 흰옷은 어쩌면 그리도 눈을 시리게 하였던가? 또 그네들 저 뒤로 바람에 쏠리던 무섭도록 시퍼렇고 무성한 대숲……

"그란데 우찌?"

왕눈은 어쩌면 십 년 전 같기도 하고 바로 어제 같기도 한 그 기억들을 떨쳐버리기 위할 양으로 우쇼들을 보며 물었다.

"저 사람들, 우쇼라쿠는 저 사람들이 여 있는 깁니꺼?"

"아, 그건요."

그에 대한 쓰나코 답변이 곧 돌아왔다.

"전통문화를 보존하려고 몇 년 전부터 나라에서 그들을 보호해주고 있기 때문이죠. 전통문화란 소중하고 좋은 거잖아요."

그렇다면 저 은어들도 마땅히 보호해주어야 하지 않겠는가 하는 반감에 가까운 회의에 젖는 왕눈이었다.

"그래요."

쓰나코 눈에 시간이 어떻게 흘러가는 줄도 모른 채 허둥거리는 사람 하나가 들어왔다.

"이제 좀 이해가 되나요?"

"아, 예."

그렇다면 일본 사람들도 우리 조선 사람들처럼 옛것을 지키는 것을 좋아하는 모양이구나 싶었다. 왕눈 자신의 고향만 하더라도, 가령 오광대라든지 각설이타령 등을 잘 이어가고 있었다.

"공자, 아시죠?"

쓰나코가 물었다. 상대에게서 인식 여부를 알아내려고 한다기보다 어떤 화제를 처음 끄집어낼 때 그녀가 곧잘 하는 언어 습관이었다. 왕눈은 머릿속으로 전통문화와 공자를 연관시켜보았다.

"유교를 첨 맨든 중국의?"

"예, 맞아요, 그 공자."

일본 국적을 가진 사람 입에서 듣는 중국 사람 이름은 조선인인 왕눈에게 약간 야릇한 느낌을 가지게 했다. 공자라는 사람이 유명하기는 유명한 모양이구나 싶기도 하였다.

"그 공자는 세 살 때 자기 아버지가 죽었대요."

"아."

"세 살이라니? 상상을 해봐요."

"……."

홀연 강물 소리가 커지는 것 같았다. 쓰나코가 별안간 그런 이야기를 꺼내는 까닭을 몰라 왕눈은 또다시 눈만 멀뚱거렸다. 네 운명은 그것의 영향을 받을 것이라고 비어사 주지 진무 스님이 그에게 말했던 바로 그 큰 눈이었다.

"그는 말예요."

쓰나코는 다소 장황하다 싶을 정도로 공자에 대해서 늘어놓았다. 공자 아버지 숙량흘은 노나라 하급 무사였는데, 공자는 숙량흘 내연의 아내인 안징재와의 사이에서 태어났다. 숙량흘은 무척 기운이 세었으며 제나라와의 전투에서 공을 세우기도 했던 인물이다.

"그러나 그가 세상을 뜨자……."

거기까지 말하던 쓰나코가 대뜸 물었다.

"공자 스승이 누군지 들어봤어요?"

"예?"

왕눈은 한 번 더 멍해졌다. 그렇게 유명하다는 공자를 누가 가르쳤는지 생각해 본 적이 없었다는 것도 왕눈을 당혹스럽게 했다. 그러고 보니 그의 동네 서당 훈장도 그 말을 입 밖에 낸 적이 없었다.

'은어는 안 보고 가마우지하고 우쇼만 보는 거매이로…….'

그런데 쓰나코가 곧 그 의문을 풀어주는 말을 했다. 그런 그녀는 얼핏 종이에 또박또박 글씨를 써 보이는 모습으로 비쳤다.

"아버지를 일찍 여읜 공자는 창고지기도 했다고 해요."

가마우지를 다루는 우쇼들 솜씨는 갈수록 관람객들을 경악과 흥분으로 몰아가고 있는 분위기였다.

"또, 목장에서 소나 말, 양 등을 돌보는 목부 노릇도 하면서 틈틈이 학문에 힘썼기 때문에……."

그 말을 들으니 옥진과 친자매처럼 지내던 비화 얼굴이 뜬금없이 떠오르는 왕눈이었다. 비화는 어떤 사내아이들보다 똑똑하고 대가 찬 여자아이라고 칭찬하고 부러워하던 그의 부모님도 생각났다.

"아마 정해진 스승은 없었던가 봐요."

그사이에도 은어들 수난은 끝나지 않고 계속해서 이어지고 있었다. 어서 그 밤이 가고 새날이 밝아왔으면 싶어지는 왕눈이었다.

"아, 그래예."

왕눈은 고개를 끄덕였지만, 여전히 쓰나코가 공자 이야기를 꺼낸 까닭은 알 수가 없었다. 기껏해야 전통이라는 말과 공자는 어딘가 서로 큰 맥을 가지고 있는 것 같아 그러는 게 아닐까 짚어보는 게 고작이었다.

"공자가 십여 년 동안 떠돌아다닌 나라가 모두 몇 나라나 되는지 알아요?"

쓰나코 그 말은 왕눈에게 뭔지 모르지만 이제까지 보다는 좀 더 구체적이고 투명한 느낌을 던져주었다. 지금까지 그와 쓰나코가 돌아다녔던 여러 곳이 새삼스럽게 가슴에 와 닿았던 것이다.

'아, 그라고 보이.'

참으로 많은 곳을 정신없이 따라다녔다. 연유도 전혀 모르면서, 그저 쓰나코가 부지런히 기록하는 모습을 지켜보면서 그랬다.

"조나라, 위나라, 송나라, 정나라, 진나라, 채나라, 초나라 등등, 정말 숱한 나라의 땅을 밟고 다녔는데……."

왕눈으로서는 다 외우지도 못할 나라 이름을 쭉 열거해 보이고 나서 쓰나코는 긴 한숨을 폭 내쉰 후 이렇게 말했다.

"공자의 의도는 자신의 이상理想정치를 실시해줄 군주를 찾는 것이었죠."

'저거는 또 무신 소리고?'

또다시 생경하게만 들리는 말들이었다. 무엇을 해줄 누구를 찾는다고? 그러면 나는? 나를 찾아 헤맬 사람들을 어떻게?

"그렇지만 어느 왕도 그를 기용해주지 않았다고 해요."

조선에 비화가 있다면 일본에는 쓰나코가 있다, 그런 생뚱맞은 연결까지도 해보고 있는 왕눈이었다. 적어도 그때 왕눈 눈에는 쓰나코가 정말 모르는 것이 없는 여자로 비친 것이다. 언제 어느 곳에서 누구한테 그렇게 많은 것들을 배웠는지 물어보고 싶다는 충동을 억눌렀다.

"심지어는요, 그만 딴 사람으로 오해를 받아 큰 곤욕을 치르거나 굶주림에 시달리기도 했다는 거예요."

"그런 일도예."

왕눈이 들어보니 어렴풋이 알 것도 같고 아니면 아직도 전혀 모를 것도 같았다. 하지만 쓰나코가 일본 여러 고장을 돌아다니는 그 이면에는 분명히 남모를 어떤 깊은 뜻이 꼭 숨겨져 있을 거라는 예감만은 또렷해졌다.

"결국, 공자는 69세 되는 해, 그의 고국인 노나라로 돌아와서 정계로의 모든 꿈과 포부를 내버렸죠."

그때쯤 쓰나코도 스스로의 이야기에 빠져 '우카이'가 눈에 보이지 않는 듯했다.

"무려 3천 명에 이르게 되는 제자들을 기르는 일에만 전념하게 되었던 거죠. 어휴, 말이 3천 명이지……."

"……."

왕눈은 왠지 입을 열 수가 없었다. 그 대신 이런 사념에만 빠져들었다. 쓰나코의 마음의 고국은 어디일까? 그녀가 마지막으로 돌아갈 마음의 나라는? 그리고 그곳에서 그녀가 할 일은?

"우리가 공자 나이만큼 살 수가 있을까요?"

또 돌연한 쓰나코 물음이었다. 왕눈 가슴 위로 스산한 바람이 불어닥쳤다. 우리는 아직은, 그래 아직은 그런 생각을 할 때가 아니다. 그런데 이어지는 쓰나코 얘기는 왕눈을 한층 깊은 수렁으로 밀어뜨리고 있었다.

"재팔 씬 어떨지 모르겠지만요."

가마우지에게 잡히는 물고기가 소리를 낸다면 아마 저런 소리일 거라고 여겨지는 소리가 나왔다.

"저는 그때까지 살 수가 없을 것 같아요."

"……."

왕눈의 시간에 대한 감각이 온전하다면 그런 말을 할 수가 있을까. 하지만 지금 그녀는 시간 따윈 아무런 가치도 없다는 투였다.

"오래 산다는 게 반드시 좋은 것만도 아닌 듯싶기도 하고요."

참 엉뚱스럽게도 불의 수명과 물의 수명에 대해 비교해보고 있는 왕눈의 눈시울이 젖고 있었다. 그의 음성도 젖었다.

"우찌 그런 말을?"

슬픈 새 울음소리를 연상시키는 쓰나코 말이었다. 왕눈은 머리며 두 손까지를 다 함께 내저으며 말했다.

"169세까지 살 수 있을 깁니더. 우리 그때꺼정 사이시더."

약간 놀라는 눈빛을 하던 쓰나코가 입가에 쓸쓸한 웃음을 흘렸다.

"백 년이나 더……."

왕눈은 전혀 남의 눈치를 보지 않기로 작심했는지 근처에 있는 다른 관람객들 귀에도 들릴 만큼 목소리를 높였다.

"그라모 천 년으로 하까예?"

가마우지 날갯짓 속에서 밤은 점점 강심처럼 깊어가고 있었다. 지금 그 순간에는 상세히 볼 수가 없지만 푸른 자줏빛 광택이 나는 등과 날갯죽지, 그리고 몸의 검은색이 밤빛과 어울려 세상을 지배하는 인상을 주는 가마우지들이었다.

그래서일까, 관람객들은 여전히 한 사람도 그만 돌아갈 생각을 하지 않는 것 같아 보였다. 어쩌면 거기서 꼬박 밤을 샐 계획을 하고 왔는지도 모르겠다. 여기서 밤을? 그건 아닐 텐데? 왕눈의 그 의문은 이내 풀렸다.

"이제 조금만 있으면 말이죠."

쓰나코가 어두운 강 저편으로 눈길을 보내며 이렇게 말했다.

"우카이의 최고 장면이 펼쳐지게 돼 있어요."

"예."

왕눈은 궁금했다. 가마우지가 은어를 낚아채는 광경보다 더 볼만한 장면이 곧 있을 모양이었다. 그게 뭘까. 설마 은어가 가마우지를 낚아채는 것은 아닐 테지.

그로부터 잠시 후였다. 일본 관광객들 사이에서 '소가라미'라는 말이 잇따라 흘러나오기 시작했다. 이방인인 왕눈은 혼자 생각했다.

'머라쿠노? 소? 소가라……. 그기 머꼬?'

다급한 쓰나코 목소리가 왕눈 귀를 흔들었다.

"저, 저길 좀 보세요!"

"오데를?"

왕눈은 얼른 쓰나코가 가리키는 곳을 바라보았다. 그러곤 다음 순간, 왕눈 입에서는 '아!' 하는 소리가 새 나왔다. 또한, 때를 같이하여 관람선에 타고 있는 관람객들도 너나없이 큰소리를 내질렀다. 왕눈 눈에는 유치하게 비칠 정도였다. 열광적인 박수갈채를 보내는 이들도 적지 않았다. 어쨌든 전체적인 분위기가 사람들을 그런 식으로 몰아가고 있는 게 아닌가 싶었다.

어두운 강 위에 한 줄로 죽 늘어서서 붉은 화톳불을 흩날리면서 굉장히 빠르게 관람선 앞을 지나가는 여섯 척의 배들이었다.

과연 장관이랄 수 있었다. 그것은 얼핏 이 세상 광경이 아닌 것 같기도 했다. 혹시 신들의 뱃놀이가 아닐까 싶었다. 아니면, 강 속에서 솟아 나온 배였다.

문득, 고향 남강에 떠 있는 유람선이 생각났다. 백조같이 생긴 놀잇

배였다. 왕눈은 한 번도 그 배를 타본 적이 없었지만, 그 모양만은 생생하게 그려낼 수 있었다. 나중에 돈을 많이 벌게 되면 꼭 그 유람선을 타보리라 마음먹었다. 그 배 위에서 예쁜 기생들을 거느리고 놀던 부자들이나 벼슬아치들이 참으로 부러웠다.

왕눈이 그 기억을 떠올리며 언뜻 보니, 바로 앞쪽에 유카타를 챙겨입은 일본 여성 두 사람이 서 있었다. 연녹색 바탕에 붉은색 꽃무늬, 청색 바탕에 하얀 꽃무늬를 수놓은 유카타였다. 한 사람은 키가 크고 한 사람은 작았다.

'쓰나코는 와 저 옷을 잘 안 입는 기까?'

그런 의문이 새삼스레 솟아났다. 그녀는 어머니 나라의 한복이 더 좋은 것일까. 여기가 일본이 아니라 조선이라면, 일본 옷을 훌훌 벗어버리고 조선 옷으로 갈아입고 싶은지도 모르겠다. 우리나라 치마저고리를 입은 그녀 모습은 어떨까? 우리나라 버선을 신은 그녀 발 모양은 어떨까? 그러다가 왕눈은 고개를 크게 뒤흔들어 떠오르는 환영을 떨치려 애썼다.

'아!'

이번에도 어김없는 옥진이었다. 옥진이 예쁜 한복을 아주 곱게 차려입고 서 있었다. 그 자태가 그렇게도 아름다울 수 없었다. 숨이 막히는 느낌이었다. 무지개 같은 오색저고리 위에 테두리는 희고 바탕은 갈색인 조끼를 걸치고 있는 듯했다. 솔기가 없다는, 하늘의 직녀가 짠 옷이 그러할까.

'어?'

그런데 어떻게 보니까 한복이 아니라 유카타였다. 왕눈은 엄청 혼란스러워지기 시작했다. 한복을 입은 쓰나코, 유카타를 입은 옥진, 그 두 여자가 번갈아 가면서 그의 눈을 온통 어지럽히고 있었다.

그녀들은 가마우지, 그는 은어였다. 그렇다면 우쇼는? 시간…….

"이제 돌아갈 시간이 되었군요."

"예."

모든 게 끝났다. 그들은 근처에 있는 투숙할 곳을 찾아 각자의 방으로 들어갔다. 그런데 잠시 후 자기 방에서 나와 다른 사람 방문을 두드린 사람은 쓰나코가 아니라 왕눈이었다. 그건 일찍이 드물었던 일이었다.

"무슨 일로?"

쓰나코가 물었다. 애써 심상해 보이려는 빛이 역력한 얼굴이었다. 왕눈 입에서 너무나 엉뚱한 소리가 나왔다.

"오데서 실 쪼꿈만 구할 수 없을까예?"

쓰나코가 놀란 눈으로 또 물었다.

"실이요?"

왕눈이 대답했다.

"예, 옷 겉은 거를 꿰매는……."

쓰나코가 잠시 왕눈 안색을 살폈다.

"혹시 옷이 찢어진 거예요? 그렇다면 바늘도 필요할 텐데요."

왕눈이 얼른 고개를 내저었다.

"아, 아입니더."

"……."

"그라고 바늘은 없어도 되고, 실만 있으모 됩니더. 마이는 말고 아조 쪼꿈만예."

이번에는 쓰나코도 당혹스러워하는 기색을 감추지 못했다.

"그럼 무엇에 쓰려고요?"

왕눈이 말했다.

"그거는 실을 가지오모 바로 알기 될 깁니더."

쓰나코가 방문 밖을 내다보았다.

"여기 주인에게 말해볼게요. 아마 있을 거예요."

왕눈은 말없이 고개만 끄덕였다.

"잠시만요."

쓰나코는 방을 나갔고 얼마 후 다시 돌아온 그녀 손에는 약간의 실이 들려 있었다. 몇 가닥의 실들이 얼핏 노끈처럼 비쳤다.

"지가 있는 방으로 가까예, 아이모 이 방에서 해 보까예?"

쓰나코가 그곳 주인에게 부탁하여 가져온 실을 받으면서 왕눈이 묻는 말이었다.

"그 실을 가지고 말인가요?"

쓰나코가 되물었다. 영리한 그녀는 벌써 간파한 모양이었다. 상세한 것은 알 수 없지만, 그들 둘이 그 실을 가지고 무언가를 하자고 한다는 것이다.

"그냥 여기서 해요. 어차피 똑같은 손님방이니까."

쓰나코 말에 왕눈도 고개를 끄덕였다. 곧 두 사람은 방바닥에 앉았다. 전형적인 일본식 다다미방은 뜨겁지도 차갑지도 않고 미적지근했다.

"각중애 내가 이래서 놀래고 이해가 안 되지예?"

그리고 나서 왕눈은, 나도 내가 이해가 되지 않는다는 듯 약간 어색한 표정을 지었다.

"이상하거로 생각할랑가 모리것지만 말입니더."

"예."

말을 하는 사람과 듣는 사람이 그렇게 바뀐 것 또한 이례적이었다.

"이 실로 놀이를 함 해보고 싶어서예."

"예."

행복했던 어린 시절로 되돌아가고 싶은 마음에 이런다는 말까지는 하지 않았다. 어차피 두 사람이 놀이를 하다 보면 자연히 그런 심정이 될 것이라고 보았다.

"전, 무슨 말씀인지 잘은 모르겠지만, 우리 그렇게 해봐요."

잠시 후 쓰나코가 말했다.

"그런데 별것도 아닌 이런 실로 할 수는 있는 일인가요?"

쓰나코는 여전히 의아한 표정을 지우지 못했다.

"하모예. 실이나 노끈 겉은 거 한 가닥만 있으모 가능하다 아입니꺼."

쓰나코 눈은 왕눈 손에 들린 실을 보면서 미소가 번지는 입술을 열어 말했다.

"어떻게 하는 건지 말해 봐요."

"예."

언제나 무언가에 쫓기는 사람처럼 불안하고 초조해 보이는 왕눈 얼굴에 쓰나코가 일찍이 본 적이 없던 안온한 빛이 서리고 있었다.

"우리 조선에서는 실 갖고 하는 이런 놀이를 '실뜨기'라고 합니더."

그 말을 하는데도 벌써 목이 메어 보이는 왕눈이었다. 조금만 더 감정이 격해지면 또다시 그의 별명인 '울보'답게 눈물을 보일 것이다.

"실뜨기."

쓰나코가 왕눈 말을 되뇌었다. 혹시 일본에도 그 비슷한 놀이가 있을지 모르겠다는 생각이 들었지만, 왕눈은 물어보지는 않았다.

'해나 있다 쿠더라도 우리 거보담은 상구 재미가 없을 끼거마는.'

그렇게 제멋대로 판단을 내리면서 왕눈은 조금 전 갑자기 '실뜨기' 놀이를 하고 싶다는 충동이 왜 일었는지 기억을 더듬어보았다.

'해랑이, 아니 옥지이다, 옥지이.'

맞았다. 그 이면에도 옥진이 있는 것이다. 언젠가 옥진이 비화와 함께 그녀 집 아래채 추녀 밑에 나란히 앉아서 하던 놀이, 그게 바로 '실뜨기' 놀이였다. 유카타를 입고 있는 옥진을 상상한 순간, 덩달아 떠오른 그 '실뜨기' 놀이였다.

방금 전 쓰나코에게도 얘기했던 것처럼 실이나 노끈 한 가닥만 있으면 언제 어디서나 간단히 즐길 수 있는 놀이였다. 두 사람이 마주 앉아 실테를 번갈아 가며 손가락으로 걸어 떠서 여러 가지 형태를 만들면서 놀 수 있는 놀이였다.

'쓰나코는 옥지이, 그리고 나 재팔이는 비화 누야.'

그러다가 거의 필사적으로 고개를 내저었다.

'아, 아이다, 그냥 재팔이다.'

그렇게 받아들이려고 애쓰면서 바라보는 왕눈 눈에 쓰나코는 벌써 옥진이가 돼 있었다. 유카타를 입은 쓰나코가 아니라 한복을 입은 옥진이었다.

"자아, 그라모 시작해 볼 낀께 잘 보이소."

이번에는 쓰나코가 이랬다.

"예? 예."

왕눈은 실을 양손에 감아서 걸고 다시 양손 가운뎃손가락으로 감은 실을 집어 떠서 쓰나코 앞에 내놓으면서 말해주었다.

"날틀."

쓰나코가 반문했다.

"날틀?"

왕눈 음성이 물기 젖은 양 느꺼웠다.

"하모예, 날틀."

"예에."

그런데 그다음이 쉽지 않았다. 그리고 그건 이미 예상된 일이기도 했다. 쓰나코는 날틀 양쪽의 가위처럼 벌어진 부분을 엄지와 검지 두 손가락으로 걸어 쥐고 아랫줄 밖으로 둘러서 위쪽 가운데로 올려 뜨는, 소위 '쟁반'이라고 하는 것을 만들어야 하는데, 그 놀이를 자주 하는 조선 아이들도 처음에는 어려워하는 것을 일본인인 쓰나코가 제대로 해낼 수는 없는 것이다.

"아, 안 되것심더. 그러이 시방 내가 하고 있는 그대로를 그짝에서 하고 있으모 내가 다시……."

왕눈은 자기 손가락에 걸고 있던 실을 그 모양 그대로 쓰나코 손가락에 옮겨놓은 다음 그가 '젓가락'을 만들기 시작했다.

"잘 보이소. 자, 이리하는 깁니더."

그러면서 그는 엄지와 검지 두 손가락으로 바둑판 가운데의 줄이 교차된 두 각을 걸어 쥐고 바깥 줄을 밖으로 뺐다가 위쪽 가운데로 올려뜨기를 해 보였다.

"어머? 어머?"

쓰나코 입에서 연방 감탄하는 소리가 나왔다. 아닌 게 아니라, 왕눈의 손가락들은 무슨 묘한 재주를 부리고 있는 것 같았다. 그렇지만 가운데가 마름모꼴이 되는 '방석'이라는 것까지는 하지 못하고 중도에 포기하지 않으면 안 되었다. 아무래도 쓰나코 실력으로는 역부족일 수밖에 없었다.

"아, 어쩜! 재팔 씨, 다시 봐야겠어요."

하지만 쓰나코는 만세라도 부를 모습이 되면서 칭찬의 말을 아끼지 않았다. 왕눈은 느낄 수 있었다. 쓰나코가 과장되게 그런 언행을 하고 있다는 사실이었다.

'내 멤을 풀어줄라꼬 노력 안 하나.'

그렇게 생각하는 왕눈의 마음 위로 갖가지 형태를 이뤄내는 조화로운 놀이인 '실뜨기'가 행해지고 있었다. 지극히 순간적이지만 그의 놀이 상대는 옥진이 아니라 쓰나코였다. 또 재팔이는 그대로 재팔이였다.

"미안해요, 재팔 씨. 저도 다음에는 잘할 수 있도록 열심히 배울 것을 약속해요."

쓰나코의 진심어린 말에 왕눈은 코를 훌쩍이며 말했다.

"아입니더. 아아들이 하고 노는 놀인데, 내가 나잇값도 몬 하고……."

남녀 두 사람 그림자가 비치고 있는 창문 위로 섬나라의 노란 달빛이 가늘게 스며들고 있었다. 그것은 신들이 실을 가지고 저 '실뜨기' 놀이를 하고 있는 듯한 아련한 느낌을 자아내었다.

파노라마의 세월

　9월 초순의 조선 하늘은 그저 맑고 아름다웠다.

　그것은 아무것도 생각하지 않는 어린아이 얼굴을 연상케 했다. 인간들이 사는 땅 위에서는 어디서 무슨 일이 벌어지고 있든 나와는 아무 상관 없다는 듯했다.

　그날, 성 바깥 대안리 2동에 자리하고 있는 야소교(예수교) 예배당에서는, 그 고을 여성들이 결코 잊을 수 없는 일이 있었다. 어쩌면 남자들 마음속에 한층 더 크고 깊숙이 각인되는 날인지도 모른다. 저 '학문'을 남성 전유물이라고 여겨왔던 기존의 유교적 사고방식에 종지부를 찍어야 하는 날이었다.

　바로 기독교의 미션계 여학교인 '사립정숙학교'를 설립·개교한 것이다. 그것은 서양인으로는 맨 처음 그 고을에 정착하여 선교 활동과 의료 활동을 시작한 호주선교사 달렌과 시콜리 부부가 뿌린 씨앗의 결실이었다. 지금까지 조선 땅에서는 볼 수 없었던 외국의 꽃이 피었다고 할 수 있었다.

　—여핵조라이? 코재이들, 에나 벨나다, 벨나.

364

—하모. 야시가 둔갑을 해도 열두 분 둔갑을 했지, 참 내.

—이라다가 난주 가모 남자들이 도로 여자들보담도 책을 더 몬 보거로 되는 기 아인가 모리것다.

—와 아이라? 기제. 과거시험에도 여자들이 더 짜다라 걸리것제. 그라다 보모 장원급제도 여자가 할 수 있고 안 있나 말이다.

—우쨌든 오래 살고 볼 일 아인가베.

—그기 오데 지 뜻대로 되는 긴가?

온 고을이 여간 들썩거리지 않았다. 세상이 이런 식으로 나가다간 여자들이 남자들 머리 위에 떡 올라앉는 게 아니냐고 입방아를 찧어대기도 했다. 여자 간덩이가 부으면 집구석 살림 거덜 나는 건 시간문제니 어쩌니 저쩌니…….

그러나 대한제국 백성들이야 어떻게 하든지 말든지 모든 일은 호주 선교회 계획대로 착착 진행되었다. 물론 그동안 약간의 흔들림이라든지 뒷걸음질이 없지는 않았지만 그러한 가운데서도 별다른 차질 없이 거기까지 왔으며, 그리하여 그날의 입학식장 분위기는 한창 무르익어가기 시작했다. 우여곡절이 있었던 만큼 기대와 기쁨도 더 높고 커 보였다.

"아!"

거기 대단히 들뜬 표정을 한 15명의 신입생들이 보였는데, 그 속에는 백 부잣집 염 부인 손녀 다미도 섞여 있었다. 얼굴이 유난히 뽀얗고 미모가 뛰어난 때문인지 가장 눈에 잘 들어오는 그녀였다.

"여보, 우리 딸내미가 안 있심니꺼."

"하모요. 인자부텀 그리 되것지요."

"하나님, 우짜든지 지 여식이……."

이날 첫 개교식에 입학하는 여학생들은 대부분 옥봉리 교회에 다니는 기독교 신자들의 딸들이었다. 언젠가 달렌 목사와 함께 읍내장터 나루

터집 제1호 분점에 들렀던 처녀들 얼굴도 눈에 띄었다. 주로 집에만 있
다가 그곳에 와서 끼리끼리 주고받는 처녀들 수다가 꽃피고 새 노래하
는 봄날보다도 더 활기 넘치고 싱그러웠다.

"인자 서당 댕기는 도령들 하나도 안 부럽다, 그자?"

"부러븐 기 머꼬? 도로 지들이 우리를 안 부러버하까이?"

"진짜 우리 열심히 공부해보자. 알것나?"

"그래야제. 빵꾸녕(방구멍)이 나거로 책을 볼 끼다."

말똥구리가 굴러가는 것만 봐도 뭐한다는 처녀들은 하나같이 웃음을
터뜨리기도 했다.

"우리 여자들은 바느질을 할 줄 안께네 빵꾸녕을 때우것지만도, 남자
들은 바느질을 할 줄 모린께네 책 빵꾸녕을 몬 때울 끼라."

그러자 마음이 어린 풀잎마냥 여려 보이는 한 여학생이 말했다.

"남자들이 부탁하모 우짜꼬?"

"남자들이……."

그 소리에 모두는 잠시 침묵이었다.

"몬 해준다꼬 거절해야 하까?"

그 말이 떨어지기 바쁘게 한 여학생이 사내만큼이나 괄괄한 목소리로
말했다.

"하모, 그래야제. 그래야 우리 값도 올라갈 끼다."

듣고 있던 사려 깊어 보이는 여학생이 말했다.

"우리 값 좋아한다? 니 시방 우리 보는 앞에서 말은 글싸도, 막상 남
자가 부탁하모 당장 그래줄 낀데? 답해 봐라, 내가 틀린 말 했는가."

괄괄한 목소리가 말했다.

"두말하모 잔소리고, 세말하모 뺨 맞제. 히히히."

걸핏하면 녹두 깍지같이 잘 삐치는 여학생이 말했다.

"머라꼬? 문디 가시나 아이가?"

키가 커서 자연스럽게 다른 벗들을 내려다보게 되는 여학생이 말했다.

"문디가 우때서? 목사님 말씀대로라모, 사람은 누라도 똑겉은 에린양이다."

얼굴에 주근깨 많은 여학생이 말했다.

"내 곁으모 안 있나, 어른들 말마따나 한쪽 바지 두 다리 끼고 안 있나."

그러면서 치마 입은 아랫도리에 바지를 꿰차는 시늉을 하였다.

"하이고, 남사시러버라! 누 바지? 니 해나?"

약간 갈라터진 목소리였다.

"해나? 니 증말 말 다 했나?"

얼굴이 빨개지는 그 여학생을 보고 모두가 또 하나같이 손으로 입을 가리고 '호호' 웃기 시작했다. 그 모습들이 마치 꽃봉오리가 벙그는 듯 예뻐 보였다. 역시 젊음은 좋은 것인가 보았다. 근심·걱정이 깡그리 달아난 분위기였다.

다미는 가만 미소 띤 얼굴로 그런 벗들을 하나하나 둘러보았다. 저마다 높푸른 기대감에 넘치고 가슴 벅찬 빛들이었다. 그녀들은 앞으로 그 학교에서 성경과 조선어는 물론이고, 한문, 역사, 지리, 산술, 습자, 침봉 등을 배우게 돼 있었다. 바로 근대여성의 전형으로 발돋움할 장본인들이었다. 여권신장의 주인공들이었다.

"오늘을 기점으로 하여 우리나라 여성교육은······."

누군가 높은 단상에 올라가 감격에 겨운 목소리로 개교 축하 인사말을 하는 동안, 다미 머릿속에는 나루터집 여주인 비화 모습이 떠오르고 있었다. 이제 백수白壽를 바라보는 비어사 주지 진무 스님 뜻을 받들어 이 나라 여성교육 발전에 남다른 애정과 관심을 지니고 있는 여장부였다.

'그분의 자수성가는 두고두고 우리 고을 전설로 살아남을 기라.'

축사를 하고 있는 그는 무슨 하고 싶은 말이 그렇게 많았던지 단상 아래로 내려올 기미를 보이지 않았다.

'진무 스님이 그러키 칭송하시는 거만 봐도 알것다.'

그러나 비화 마님과 진무 스님 생각을 하자 비어사에서 스스로 삶을 마감한 할머니가 떠올라, 지금 그 자리의 광경이나 사람들 모습이 눈에 잘 들어오지 않았다. 이래서는 제대로 학교생활에 적응하지 못할 것 같았다.

'시방 내한테 더 급하고 중요한 거는 공부보담도……'

그토록 목말라했던 배움의 길로 들어서는 입학의 기쁨과 긍지도 좀처럼 느낄 수 없었다. 자꾸만 눈시울이 뜨거워지면서 가슴이 미어터지는 느낌이었다. 바보는 약으로 못 고친다는데, 나같이 못난 사람은 어쩔 수 없는가 보다 했다.

'그뿐이 아이고 내가 인정머리꺼정도 없는 기까?'

돌아가신 지 몇 년 되지 않았는데도 벌써 자욱한 안개 너머로 희미해지는 할머니 얼굴이었다. 내가 이런 걸 알면 할머니가 저승에서도 얼마나 서운해하실까 그런 생각을 하니 마음은 더한층 무겁고 어둡기만 하였다.

'그 인간은 도로 반대인데 말이다.'

그런 속에서 오히려 더욱더 똑똑히 나타나 보이는 얼굴은 임배봉이었다. 몇 번 보지 않았는데도 그랬다. 그자의 자식들인 억호와 만호 얼굴도 눈앞에 어른거렸다. 그들 눈 밑에 박혀 있는 점까지도 보였다. 하긴 과녁이 잘 보여야 명중도 가능할 것이다.

'내는 알것는 기라.'

비화 마님은 차마 상세히 들려주지 못하고 자꾸 얼버무렸지만, 영리한 그녀는 그 추악한 장면들을 생생하게 그려낼 수 있었고, 그것이 그녀를 죽고 싶게 만들었다. 특히 지금 그 자리는 이상하게 더 그런 심정이 되었다.

'짝짝짝.'

입학식장에 모인 사람들이 단상을 향해 큰 박수를 보내고 있었다. 그러자 막 내려가려던 인사가 그 자리에 그대로 서서 머리가 땅에 닿도록 깊숙이 고개를 숙여 보였다.

"그럼 다음에는……."

허우대가 헌칠한 젊은 사회자가 축사를 끝내고 내려간 인사의 뒤를 이어 단상에 올라올 사람을 큰 소리로 소개하고 있었다.

'할무이가 저 자리에 서신다모 머라 말씀하시까?'

다미는 그런 얼토당토않은 생각까지 들었고, 그리하여 심지어는 그곳에서 함부로 고함을 내지르며 뛰쳐나가고 싶은 강렬한 충동까지 일었다. 뭔가 맹수 발톱 같은 것이 날을 세워 마음을 함부로 할퀴려 들었고, 그 상처마다 피가 배어 나오는 기분이었다. 그 상흔은 아마 영원히 지워지지 못할 것이었다.

'내가 와 이라노?'

다미는 갈수록 분위기가 뜨겁게 달아오르는 개교식장 안을 둘러보며 마음을 다잡기 위해 무진 애를 썼다. 아직은 많은 사람으로부터 여성 교육에 대한 공감대를 얻어내고 있지는 못하지만, 지금 그 자리에 모인 사람들만으로도 모든 것은 충분히 달라질 수 있다는 가능성을 엿볼 수도 있었다. 배우는 사람이 유능한 사람이라 했거니와, 무능해서는 복수도 불가능할 것이다.

'이리 좋고 중요한 자리에서 내가 무신 짓고?'

다미는 푸른 정맥이 드러나도록 희고 작은 주먹을 힘껏 거머쥐었다.

그 손안에 있는 마음의 칼을 휘두르는 심정으로 다짐했다.

'우짜든지 바지런히 공부해갖고 심을 길러야 한다 아이가.'

다미도 벌써 전부 다 듣고 있었다. 동업직물 맏손자인 동업이 여간 똑똑한 젊은이가 아니라는 것이다. 그의 아버지 억호나 작은아버지 만호와는 비교할 바가 아니라고 했다. 청년들의 우상이 되어 입에서 입으로 오르내렸다.

'온야(오냐), 함 해보자.'

하늘이 두 쪽이 나는 한이 있더라도 그에게 뒤져서는 안 된다. 공부를 할 수 있는 이런 날이 빨리 오기만을 얼마나 목을 빼고 기다렸던가. 이기려면 아는 것이 더 많아야 한다. 설불리 무슨 일을 시도하려 들었다간 역으로 당하기 십상이다.

그런데 기초공사가 중요한 것과 마찬가지로 각오를 단단히 다져야만 할 첫날부터 다른 망상에 빠져서 형편없이 흔들리고 있는 것이다. 모든 면에서 열세인 내가 절대로 이래서는 안 된다. 부모님과 오빠들에게 비밀로 해놓고 있는 것이 과연 올바른 처사인가 큰 회의가 일기도 하지만 일단 한번 결정을 했으니 이대로 밀고 나갈 것이다.

'다미야, 니는 다미다, 백다미.'

그러자 또 떠오르는 얼굴 하나가 있었다. 그와 동시에 마음이 더없이 편안해짐을 느꼈다. 그런 기분은 자주 맛볼 수 있는 게 아니었다. 특히 할머니가 그렇게 돌아가신 후로는 한순간도 가벼운 심정으로 지낸 적이 없었다. 어쨌든 그 얼굴……

'나루터집 준서 도령도 그리키나 공부를 잘한다 캤제. 자기 어머이 닮아갖고 눈이 상구 초롱초롱해 비이기는 하더마는.'

그런데 사실 다미가 준서에 대해 아는 것은 거기까지였다. 준서에게는 나루터집 식구들조차 잘 모르는 또 다른 놀라운 면이 있었다.

얼마 전 상촌나루터 넓은 공터에서 벌어진 일이었다.

그날 준서는 시내에 개인적인 용무가 있어 갔다가 혼자 집으로 돌아오는 길이었는데, 한 곳에 수많은 사람이 운집해 있었다.

차력사借力師가 와 있었던 것이다. 약이라든지 신령의 힘을 빌려서 몸과 기운을 아주 굳세게 하는 기술을 지녔다는 사람이었다.

차력술을 구경하는 사람들은 너나없이 감탄하고 환호하였다. 준서도 경악을 금치 못했다. 사람이 어떻게 그럴 수 있을까.

무거운 수레에 연결된 끈을 이빨로 물고 수레를 끌기도 하고, 보조하는 사람을 바로 눕게 한 후 그의 배 위에 사과를 올려놓고 시퍼런 칼로 내리쳐 단숨에 싹 두 조각을 내기도 하였다.

그러다가 높은 무대에 선 차력사가 구경꾼들에게 주문을 해왔다. 한 사람 나와 보라는 것이다. 기합을 넣어 사람 혼을 뺀 후에 유리 조각을 씹어 먹게 하는 시범이었다.

하지만 누구도 선뜻 나서려 하지 않았다. 그렇게 위험천만한 짓을 누가 하겠는가. 군중들은 머리칼이 야수같이 제멋대로 자란 차력사의 손에 들린 유리 조각을 시한폭탄처럼 두려운 눈빛으로 바라보았다. 차력사는 계속 재촉했지만, 여전히 희망자는 없었다. 자칫 그 신기한 재주가 물 건너갈 판이었다.

그런데 모두가 아쉬워하고 있을 때였다. 누군가가 무대 위로 올라가는 게 보였다. 사람들은 좋아하는 와중에도 침을 꿀꺽 삼켰다. 차력사는 무척 반가운 동작으로 아직 상투를 쪼지 않은 그 청년을 맞았다.

"자아, 그러면 지금부터 시작하겠습니다."

차력사 음성에 활기가 넘쳤다. 그는 왼손을 젊은이 등에 붙이고 오른손은 젊은이 이마에 갖다 댔다. 곧이어 '얍!' 하는 기합 소리가 공중에 울렸다. 순간, 젊은이 몸이 그대로 뒤로 넘어지려 했다. 나무토막 같았다.

차력사가 등을 받치고 있지 않았다면 젊은이는 그대로 바닥에 나뒹굴고 말았을 것이다.

젊은이는 완전히 혼이 빠진 상태로 보였다. 차력사가 젊은이 입속에 유리 조각을 넣더니 또 한 번 기합을 넣었다. 그러자 기다렸다는 듯 젊은이는 입을 오물거리기 시작하는 게 아닌가? 그리고 무대 바로 밑에 서 있는 사람들 귀에 들려오는 소리였다. 바삭 바삭 바삭…….

그것은 분명히 유리 씹히는 소리였다. 젊은이가 얼이 나간 채 유리를 씹어 먹고 있는 것이다. 세상에서 가장 맛있는 음식 먹듯 하였다. 그러더니만 종내 꿀꺽 삼키는 게 아닌가. 세상에, 유리 조각을 목으로 넘기다니. 모두 넋이 나가버렸다.

"다 먹었군요. 이제 입안을 확인해 보겠습니다."

차력사 말에 모두 정신을 차렸다. 차력사는 젊은이를 모두가 잘 보게 정면으로 세웠다. 그러고는 손가락으로 젊은이 입을 열어 보였다. 젊은이는 입을 있는 대로 벌린 채 그대로 있었다. 앞쪽에 있던 중년의 사내 하나가 무대 위로 뛰어 올라가 젊은이 입속을 들여다보더니 소리쳤다.

"아, 아무치도 안 합니더! 피가 쪼꼼도 안 났심니더!"

차력사가 회심의 미소를 지었다. 그러고는 아까처럼 천천히 오른손을 젊은이 이마에 가져가서 '얍!' 하고 기합을 넣었다. 그 순간, 젊은이가 번쩍 눈을 뜨더니 비로소 다시 움직이기 시작했다. 젊은이가 무대 밑으로 내려오자 저마다 젊은이 입안을 보느라 난리가 났다. 말짱했다. 피는커녕 아무 상처도 보이지 않았다. 유리를 씹고 삼키고도 끄떡없는 것이다.

젊은이는 아무 일도 없었던 것처럼 천천히 몸을 돌려세우고는 자기 갈 길로 가기 시작했다. 그의 얼굴에는 자세히 보지 않으면 발견하지 못할 희미한 자국이 있었다. 곰보딱지였다.

다미는 준서와 동업 두 사람을 나란히 머릿속에 세워보았다. 한데 그 순간, 홀연 판단이 흐려지면서 걷잡을 수 없이 혼란스러워졌다. 어느 한쪽도 절대로 기울지 않으리라는 자각이 들었다. 비록 나이는 동업이 좀 위지만 준서의 깊이도 대단한 것이다. 언제 둘이 맞붙게 되면 누구 한 사람은 반드시 치명타를 입고야 말리라는 아슬아슬한 감정에 휩싸였다.

'지발……'

그러다가 다미는 불현듯 가슴 한 귀퉁이가 마치 예리한 금속 끝에 찔린 것처럼 강하게 아려 옴을 어쩔 수가 없었다. 특히 그것은 그녀의 능력 저 밖에 있는, 보이지 않는 어떤 기운에 가까웠다.

'우짜다가 고만 빡보가 됐으까.'

그런 신체적 결함만 아니라면 언제 어디에 내놓아도 모든 면에서 결코 남들보다 빠질 도령이 아니었다. 다른 사람이 옆에서 봐도 그러하니 그의 어머니나 본인 스스로는 정말 가슴 아릴 것이다. 그러다가, 물 퍼런 것도 잘 보면 여러 가지라는 말이 떠올랐다.

'빡보라꼬 다 똑겉으까? 우짜모 그 땜새 그가 정신적으로는 상구 더 훌륭해진 건지도 모린다.'

그런 어정쩡한 생각에 머무는 자신을 타박도 하였다.

'아이다. 모리는 기 아이고 넘치거로 잘 안다 아이가. 그래서 뛰어난 사람이 될 수 있을 끼라는 거를.'

그렇게 자신 있게 준서 앞날을 장담하던 그녀는, 또 동업을 생각했다.

'그거는 그렇고, 동업 그 청년은 눌로 닮아갖고 그리 똑똑하다꼬 소문이 쫙 퍼져 있으까? 대체 올매나 똑똑하기에?'

그래서 더한층 크고 심각한 문제로 다가왔다. 팽팽한 호적수였다. 온 고을이 모두 알고 있는 나루터집과 동업직물 간의 해묵은 다툼이 새삼스럽게 그녀 가슴을 마구 후려쳤다. 준서 외할아버지인 김호한 장군이

젊을 적부터 상놈 출신 배봉과 철천지원수로 지내왔다니, 참 그 두 집안 악연도 그냥 예사로운 악연이 아니구나 싶었다. 그런데 만일 비화 마님 대에서 그치지 않고 후손에 이어서까지 견원지간이 된다면······.

그 생각 끝에 그녀는 고개를 가로저으며 자신을 크게 나무랐다. 또 내가? 대체 지금 이 자리가 어떤 자리인데 엉뚱하게 무슨 망상 속으로 자꾸만 빠져들고 있는가 말이다. 참 못났다. 지금 정신 똑바로 차려서 우선 네 일부터 철저히 이끌어 나갈 생각을 잘하라고 자신을 채찍질했다. 할머니 복수를 누가 대신해 줄 것을 바라기라도 한다는 말이냐?

'그래야제. 아부지 말씀이, 무쇠도 갈모 바늘 된다, 안 하시더나. 그러이 오늘부텀 새로른 시작이라꼬 멤 단디 묵어야 하는 기라.'

다미는 그녀가 처해 있는 현실을 가슴팍에 각인시키기 위해 옆에 있는 여학생들을 다시 돌아보았다. 단상을 올려다보고 있는 그녀들 얼굴에서는 조금도 어두운 구석을 발견할 수 없었다. 우리 여자들도 이런 학교에서 교육을 받을 수 있다는 사실이 더없이 기쁘고 가슴 뿌듯하여 다른 잡념은 전혀 끼어들 여지가 없어 보였다. 보통 때 보아오던 벗들이 아니었다. 심지어 전쟁터에 나가는 군인처럼 사뭇 비장한 빛까지 전해졌다.

'이해가 된다 아이가.'

비화 마님도 처녀 시절에 그런 경험이 있었다고 하거니와, 다미 그녀 역시 길을 가다가 서당 안에서 흘러나오는, 글을 읽는 도령들의 낭랑한 음성을 들었을 때, 얼마나 부럽고 가슴 아팠는지 모른다. 그 순간만큼 여자로 태어난 설움과 아쉬움을 강렬하게 맛본 적이 없었다.

'우리 여자들은 모도 그랬으이.'

지금 여기 있는 다른 벗들도 크게 다르지 않을 것이다. 그리하여 무엇보다 이 고을에서 우리가 최초로 근대식 교육을 받은 여성이 된다는 강한 자부심이 신입생들을 설레게 만들고 있을 것이다.

"따라서, 다시 말씀드리자면⋯⋯."

단상에서는 또 다른 사람이 올라가 축하의 말을 들려주고 있었다. 머리에는 빤질빤질한 포마드를 바르고 하얀 셔츠를 받쳐 입은 검정색 양복이 썩 잘 어울리는 그는, 그 고을의 상무사에 관여하고 있다는 것을 다미는 나중에 알았다. 역시 그 상무사에 몸담게 되는 그녀 오라버니들을 통해서였다.

상무사商務社.

19세기 초반, 그 지역 보부상단의 기원을 두고 결성된 그 상인단체는, 지역 상업계를 주도하며 어려움에 처한 지역민들에게 꿈과 희망을 주기도 한다.

저 사농공상의 신분 질서를 따지던 조선 시대 사회 풍조를 딛고 상인들은 상부상조하는 단결심을 키워 스스로를 보호하려고 했으며, 그 뒤에 마침 정부에 혜상공국惠商公局이 설치되어 보부상은 보호를 받게 되기에 이른다.

일본과의 강화도조약을 시작으로 미국을 위시한 열강들과의 통상조약 체결로 대부분의 항구가 개방됨으로 인하여, 소위 근대적 자본주의가 들어오면서 전통적인 조선 상업 기반이 위태롭게 되자 나라에서 취하게 된 조치였다.

어쨌든 그 지역 보상과 부상은 낙동강을 경계로 나눈 경상우도 도반수都班首의 통솔을 받는다. 그런 때에 그 지역에 도시상업을 대표하는 기관인 시전市廛이 모습을 보이게 된다. 장거리의 가게인 시전의 등장은 혁신적인 결과를 몰아온다. 말하자면 장사에 관해 논의하는 우도소右都所가 설치되는 바, 그것이 바로 그 지역 상무사의 전신인 것이다. 그리하여 보부상들은 회당 건립 등을 논하고 자연스레 보부상단 단일 조직으로 태어난다.

그 후, 정부기관의 군국아문에서 농상아문 관하로 소속이 바뀌게 되는 보부상단은, 상무회의소 규례 제정 공포 및 개정 등에 의해 새롭게 만들어진다. 그렇지만 그 당시만 해도 그 고을 성과 가까운 위치에 건립된 거기 상무사 사옥이, 훗날 그 고을을 물바다로 만든 대홍수로 말미암아 옥봉동으로 이전하게 되리란 것을 안 사람은 없었을 것이다.

보부상 단체인 상무사는 전국 각지에 결성되어 일제강점기에는 활약상이 다소 줄어들기도 했지만, 그 전통적 상인조직은 사라지지 않고 여러 다른 이름으로 계속해서 그 명맥을 유지하게 되는 것이다.

"오늘의 이 개교는 장차 이 고장이 우리나라 교육의 심장부가 되어 배움의 터전으로서의 기반을 다지는……."

다미는 마음을 추스르고 영리하게 생긴 눈을 반짝이면서 다른 여자 입학생들과 함께 단상의 말들을 가슴에 꼭꼭 새겼다.

"지금 여기 이 자리에 모인 여러분들이야말로 앞으로 우리 고을, 더 나아가 대한제국의 뛰어난 딸들이자 미래의 훌륭한 어머니들로서……."

입학식장 분위기는 절정에 다다르고 있었다. 높직한 예배당 지붕에서는 그날의 정숙학교 개교식을 함께 축하해주기라도 하려는지 반갑고 해맑은 까치 소리가 잠시도 쉴 새 없이 내려오고 있었다.

그날 이후로 다미와 희숙, 청자, 온지 등은 부지런히 공부하기 시작했다.

모두가 가장 배우기를 원하는 과목은 무엇이었던가. 그건 물어볼 필요도 없었다. 당연히 조선어였다. 어른들은 대견하다는 듯 입에 침이 마를 정도로 말했다.

"하모, 하모. 그래야제. 조선어부텀 배와야 하는 기다."

"그 나라 말 속에 그 나라 얼이 담기져 있다 안 쿠던가베?"

"오데 뿌리 없는 나모 있고, 연원 없는 강 있더나?"

"최고의 며누리감으로 안 뽑히까이."

"정숙핵조 나온 여자들이 혼인해갖고 논 아아들은, 싹 다 멀쿨 데가 없는 사람으로 자랄 끼라. 내 판단이 잘몬된 긴가 함 두고 봐라꼬."

그러다가 기대감이 지나치게 과열되고 있다 싶을 즈음에 이르면 이런 소리가 나오기도 했다.

"머를 믿고 그리 장담해쌌는데?"

"아, 에릴 적부텀 잘 배운 지들 에미한테서 가정교육도 잘 받기 될 낀께네."

"방금 가정교육이라 캤는 기가?"

"하모, 가정교육. 와 내 말이 틀릿나?"

"아이라, 그거는 맞거마는. 가화만사성이라쿠는 말도 있다."

"가화만사성? 그거하고 이거하고는 성질이 다린데?"

"와 달라? 집이라쿠는 거는 똑겉제."

"그런가? 그래도 머신고 쪼매 이상한 거 겉다."

조선어 그다음을 보면, 희숙은 침봉 배우기를 즐겨했고, 청자는 성경, 또 온지는 산술 공부를 기다렸다. 나름대로 일찌감치 진로를 정해 놓은 모양이었다.

"다미 니는 무신 과목이 젤 좋노?"

맏며느릿감이라는 소리를 곧잘 듣곤 하는 얼굴 통통한 희숙이 묻는 말에 다미가 하는 대답이었다.

"내? 내사 모돌띠리 좋다."

한쪽 눈만 쌍꺼풀인 청자가 그 눈을 흘기며 말했다.

"그런 말이 오데 있노?"

다미도 새까만 눈을 흘기며 어른들 흉내를 내어 말했다.

"오데 있기는 오데 있어? 요 있제."

저마다 사방팔방 둘러보며 법석이었다.

"요 오데?"

마음이 들떠 있는 상태에서도 묻는 사람이나 답하는 사람이나 눈뜬 봉사 같았다.

"요! 요도 모리나?"

"모린께 모린다 쿠제?"

급기야 성격이 머리카락으로 홈파듯이 꼼꼼한 온지가 벗들을 말리며 나왔다.

"참 내. 인자 고만들 해라. 하여튼 다미한테는 우리 모도 한꺼분에 우 덴비도 몬 당할 끼다. 그러이 본전이나 찾거로 가마이 있자."

그러자 다미를 뺀 나머지 모두가 입을 모았다.

"다미야, 본전이나 돌리 도!"

교정에 서 있는 느티나무 가지에서 새가 지저귀고 있었다. 사방으로 비스듬히 뻗어 있는 가지들이 거인의 팔을 떠올리게 할 만큼 튼튼하고 굵었다. 가장 높은 가지 끝에 걸린 하늘빛이 더할 나위 없이 투명했다. 하늘로 연방 울려 퍼지는 여학생들 웃음소리가 티 없이 해맑았다.

"내중에 내한테만 살(살짝) 이약해 조라. 알것제?"

"……."

"안 그라모 앞으로 국물도 없다. 알것제?"

"……."

온지가 하는 귓속말에 다미는 그저 말없이 씩 웃기만 했다. 그 모습이 아름다워 같은 여자인 온지도 와락 껴안고 싶은 충동을 느끼게 했다.

'우리 인간사회가 우떤 식으로 변해왔는고…….'

사실 다미는 역사 과목이 그중 가장 마음을 끌었다. 우리 시조라는 단군이 세운 고조선부터 외세가 노리고 있는 현재까지를 죽 꿰뚫어 보듯이 체계적으로 공부를 해보면, 앞으로 대한제국이 나아갈 방향을 찾을 수 있지 않을까 해서였다.

벗들에게 그 말을 하지 않은 이유는, 그렇게나 거창한 꿈은 남자들이나 가능하지 여자인 네가 되겠냐고 놀림을 받을까 싶어서였다. 분명히 그렇게 나올 것이니까. 그리고 더 가능하다면 우리나라뿐만 아니라 저 청국과 일본, 미국, 아라사, 불란스 그리고 호주의 역사에 관해서도 넓고 깊게 알고자 했다. 그러면 모든 게 훤한 햇살 아래와 매한가지로 밝아 보이리라 여겨졌다.

'과거를 아는 것도 미래를 내다보는 것만치 중요한 기라.'

그러나 사람이란 또 한없이 어두운 존재였다. 그건 비단 다미 만이 아니었다. 그 고을 사람들이 모두 그러했다. 하지만 다미가 받은 충격은 여느 사람들보다도 훨씬 심했다. 그 이유는 다름 아닌 나루터집 준서와 얼이의 신상과 관련된 사건이었기 때문이었다.

'우짜노? 우짜노?'

바로 낙육고등학교에 일어난 일이었다. 약 이태 전쯤에, 일제 통감부의 반식민지적인 침략 소식에 격분한 그 학교 애국 청년 유생들이, 지금도 의식 있는 이들이 곧잘 입에 올리곤 하는 저 '동아개진교육회'라는 비밀결사조직을 만들고 의병을 일으켜, 일제의 각 관서를 습격하는 등 항일투쟁에 돌입한 적이 있었다. '왜놈들 손아귀에 넘어가는 나라를 구하자'는 동지들의 뜻을 한데 모아 연판장에 혈서로써 다짐도 했었다. 정말이지 당시 정황으로서는 결코, 쉽지 않은 거사였다. 그리고 그때 가장 먼저 손가락을 깨물어 피를 낸 사람이 준서였다.

그러나 그 무렵 부산에서 그곳으로 급하게 출동한, 하시다까 소위가 통솔하는 일본군 헌병분견대의 야습을 받았다. 그리하여 그들에게 저항하다가 죽기도 하고, 그만 체포된 몇몇 유생들은 처형되고, 나머지는 죄다 해산되는 통한과 분노의 역사를 남겨야만 했었다. 하지만 그 후에 비록 일본군의 철저한 감시 아래이긴 했어도 낙육고등학교는 어렵사리 다시 학교 문을 열었던 것이다. 그런데…….

"머, 머라꼬? 아, 그기 사실이가?"

"하모, 진짠갑더라."

"말도 안 된다 고마. 우찌?"

"말도 안 되는 일을 우리가 오데 한두 분 겪었나."

"아모리 그렇다 캐도 말이다."

"우리 더 이약하지 마자."

"그라자. 가슴이 터지서 몬 살 거 겉은께."

지난날 토포영으로 사용하다가 폐쇄된 자리에 세운 낙육고등학교 창문을, 저 아래 대사지 쪽으로부터 끝없이 불어오는 바람이 제멋대로 흔들어대고 있었다. 각 수영水營이나 병영兵營 밑에 두었던 지방 부대의 직소職所인 토포영. 한때는 그런 곳이기도 했던 거기가 이제 속절없이 당하고 있는 것이다. 그리고 그 흔들리는 창보다도 훨씬 더 크게 흔들리는 소리들이 낙육고등학교 학생들 입에서 흘러나오고 있었다.

"함 더 이약해 봐라."

얼이가 문대에게 한 번 더 말해줄 것을 원했다.

"천천히 안 있나."

문대는 벗들을 천천히 둘러보면서 말했다.

"알것다."

이제는 얼이나 문대나 모두가 노총각 티를 벗어버리지 못할 그 정도를 넘어서 '아저씨'라고 불릴 정도의 나이였다. 그런데 얼이야 효원이 있어 그렇다 치더라도 문대가 아직 혼례를 치르지 않고 있다는 것은 좀 이해하기 어려웠다. 실제로 그의 아버지 서봉우 도목수뿐만 아니라 친인척들이 문대의 짝을 지워주려고 백방으로 알아보고 있는데도, 이상하게 배필이 나타나지를 않는다는 소문이 나돌고 있었다.

그뿐만이 아니었다. 만일 지금과 같은 어지러운 시절이 아니고 평온한 시기였다면 벌써 학교를 졸업하고도 한참 더 남을 그런 사람들이었다. 자식을 하나둘쯤은 다 두고 있을 것이다. 그만큼 같은 학생들이라도 나이 차이가 많이 났다. 하긴 배움에 나이가 무슨 의미가 있느냐고 믿고 있는 그들이었다. 배움이 부족했기에 현재 우리가 이런 더럽고도 험한 꼴을 당하고 있다고 가슴을 치기도 했다.

"그런께 그기 우찌 된 긴고 하모 말이다."

문대는 여전히 격분을 감당하지 못하는 빛이었다. 강인해 보이는 턱이 대책 없이 덜덜 떨렸다. 준서와 철국, 정우, 한수 등의 시선도 '범대'라는 별명에 걸맞게 범의 얼굴처럼 용맹스러워 보이는 문대 얼굴을 향했다.

그곳에 남열은 없었다. 아니다. 그의 영혼은 이승의 벗들이 모여 있는 곳으로 와서 벗들과 더불어 말하고 행동하고 있을 것이었다. 그 젊디젊은 나이에 속절없이 죽어가야만 했던, 오뉴월 서리보다도 더 매서운 한을 품고 말이다.

"헛헛."

문대가 몹시 가빠진 숨결을 고르느라 연방 헛기침을 해댔다. 나이가 들어갈수록 아버지 서봉우를 빼 박은 그였다. 목소리까지도 막걸리 한 사발 들이켠 듯 텁텁한 아버지 음성과 똑같았다.

"올매 전에 해산돼쁜 진영대 땜에 왜눔들이 불안을 느낀 모냥이라."

진영대 이야기가 나오고 있었다.

"아, 군대 해산령으로 흩어져삔 진영대 말가?"

얼굴이 말 모양으로 긴 한수가 물었다.

"우리는 군인이 아이고 학상들인데……."

혼잣말을 한 사람은 준서였다.

"진영대 해산."

철국이 붉어진 얼굴로 물었다.

"그거하고 우리 핵조하고 무신 상관이 있다꼬?"

얼이와 문대가 동시에 큰 덩치를 흔들며 고함쳤다.

"그런께 말이다!"

"몬 산다 고마!"

불에 기름을 들이붓기 직전과 유사한 분위기였다. 공기도 놀라 흐름을 멈춰버리는 성싶었다. 누군가가 비장감 뚝뚝 묻어나는 목소리로 말했다.

"하모, 우리가 살라모……."

그 아슬아슬한 순간에 준서가 모두를 향해 입을 열었다. 아주 차분한 어조였다.

"지가 볼 적에는 말입니더."

준서는 정우와 함께 그중 나이가 밑인지라 여러 학생들을 상대로 이야기할 때는 반드시 지금처럼 말을 높이곤 했다. 얼이를 제외한, 자기보다 단 한 살이라도 더 연장자인 다른 학생들에게 개별적으로 얘기할 때도 그렇게 했다.

"준서 니가 볼 적에는 우떻는데?"

문대가 짙고 숱이 많은 눈썹을 그러모으며 물었다.

"틀림이 없는 니 눈에……."

그러는 얼이 눈빛도 비수처럼 번득였다.

"우리가 또 저것들한테 투쟁할라쿨까 싶어갖고 그런 거 겉심니더."

준서 그 대답이 끝나기 무섭게 전부 한입으로 반문했다.

"우리가 또 투쟁할라쿨까 싶어갖고?"

준서는 짧지만 확신에 찬 목소리였다.

"예."

누군가 크게 목 졸린 사람이 신음하듯 말했다.

"듣고 본께 그럴 수도 있것다."

또 누군가 맨몸으로도 싸울 것 같은 항의조로 나왔다.

"아모리 그렇다 쿠더라도 이거는 아인 기라!"

잠시 교실 안에는 숨 막히게 하는 침묵이 가로놓였다. 그 정적이 싫어 책상과 걸상이 몸을 일으켜 교실 앞문과 뒷문으로 나가버리고 싶어 하는 것처럼 보였다. 천장과 벽에는 왠지 침침한 거미줄이 처져 있는 느낌에서 헤어나기 힘들었다. 평소 정갈하게 소제된 교실인데도 그렇게 비쳤다.

"흡."

누구 입에선가 꿀꺽 마른침 삼키는 소리가 났다. 준서가 말한 그대로 정말 놈들이 그런 생각으로 그랬다면.

창가에 바싹 붙어선 조선소나무는 고개를 기우뚱하고 걱정스럽게 교실을 넘겨다보는 형상이었다. 키 큰 사철나무 그림자는 발돋움하고서 대한제국 학생들 동태를 몰래 살피려는 일본군처럼 느껴졌다. 똑같은 나무인데도 그렇게 극단적인 차이를 자아내었다. 그만큼 그들 마음이 혼란스럽다는 뜻일 것이다. 또 한 차례 창문이 불안하게 덜컹거리자 교탁이 쓰러지고 칠판은 금세 떨어져 내릴 듯이 아슬아슬해 보였다.

"무신 눔의 바람이 이렇노."

누군가 골방에 혼자 앉아 있는 중늙은이 소리로 투덜거렸다.

"오데 사람만 그러까이. 자연도 환장 안 하고 우찌 배기것노."

누군가 한숨을 훅훅 내뿜었다.

"이라다가 고마 해도 달도 없는 시상이 돼삘라."

또 누군가의 말에 젊은이들은 별안간 몹시 심한 추위와 어둠을 느꼈다. 정말이지 햇빛과 달빛마저도 차단당하고 말 것 같은 게 요즘 분위기였다. 막히고 또 막혀서 끝내 나아갈 수도 돌아설 수도 없는 벽속의 귀신이 돼버릴 것이다.

맞았다. 하루 자고 일어나 보면 또 더욱 힘들게 달라져 있는 현실이었다. 그래서 아침에 눈 뜨기가 너무 싫고 너무 무섭다는 사람들이 많았다. 심지어 잠을 자다가 그대로 훌쩍 가버렸으면 하는 이야기까지 나돌 정도였다. 가는 그곳이 어디인가는 알고 싶지도 않고 또 알아도 어찌할 수 없었다.

낙육고등학교 폐쇄.

그것은 그들에게는 온 세상 문을 꼭꼭 닫아버리는 것과 진배없었다. 어불성설이 아닐 수 없었다. 나태하지 않고 배우겠다는 젊은이들에게 격려는 해주지 못할망정 되레 그걸 가로막겠다니. 지금은 여자들에게도 교육의 기회가 주어지는 세상이었다. 저 사립정숙학교 말이다.

'핵조 이름도 안 괘안나.'

준서는 다미가 거기 학생이라는 사실에 한층 그 여학교에 관심과 애정이 갔다. 흐뭇하고 기뻤다. 남자와 여자가 모두 함께 배우는 나라가 되면 우리는 지금보다 훨씬 더 잘사는 국가가 될 것이다. 문화 민족이 될 것이다. 일본이나 중국, 러시아는 물론이고 불란스나 미국, 영국 등등 서구 열강의 그늘에서 벗어날 수 있을 것이다.

'아아, 책!'

여자도 책을 볼 수 있는 세상, 바로 어머니 비화가 자나 깨나 원하던 세상이었다. 드디어 어머니를 비롯한 모든 세상 여자들의 꿈과 이상이 이루어진 것이다. 비어사 주지 진무 스님도 늘 부처님 전에 기도했다고 하였다.

그런데 시대 흐름을 거스르는 것도 유분수지, 남자 학교를 없애겠다니? 물론 여학교는 그렇게 해도 상관없다는 말은 결코 아니지만 말이다.

"그리 되모 인자 우리는 우찌 되는 기고?"

정우가 바보 같은 표정을 지으면서 물었다. 지금은 나루터집 제1호 분점과 동업직물 새 점포가 들어 있는 저 읍내장터 상가 건물 자리에 채소공판장이 있을 때, 거기 시장바닥 큰손이었던 아버지 박명환이 늦게 얻은 아들의 혼처를 알아보고 있다는 소리도 들렸다.

"정우는 성질이 좀 저런께네."

"장개들모 안 달라지까이? 우리 아재비도 그랬거등."

"내중에 태어날 자슥을 놓고 이약해보자모, 안 있나."

그 풍문을 들은 낙육고등학교 학생들은 정우의 각시가 될 여자로 적당한 여자는 어떤 여잘까, 하고 한바탕 토론을 펼쳐보기도 했었다. 어쩌면 정우를 핑계 삼아 그 자신들의 배우자를 꿈꾸어 보려고 한 것인지도 몰랐다.

"우찌 되기는 우찌 돼?"

교단 앞에 놓인 교탁이 그들을 물끄러미 바라보고 있었다.

"모리겄나? 뻐언한 거 아이가."

문대는 오래전부터 그 고을에 전해져 내려오는 옛말처럼, '중앙통에서 뺨 맞고 뒤벼리 모티이에서 눈 흘긴다'는 격으로, 애꿎은 정우를 상대로 엉뚱한 곳에 화풀이하는 사람같이 굴었다. 지금 그의 감정이 그렇다 치더라도 저건 좀 심하다 여겨질 정도였다. 문대는 평상시에도 왠지

정우를 마뜩잖아하는 눈치였다. 다른 벗들이 받아들이기에는, 정우의
생김새가 계집애 같은 데다, 하는 짓 또한 사내답지 못해서 그러는 게
아닌가 싶었다.

"뼈언하다꼬?"

그런데도 앞뒤 분별력 없는 정우는 또 물었다. 그것도 자기 집안에서
애지중지 키운지라 버르장머리가 없는 탓에, 준서처럼 높임말도 아니었
다. 그나마 지금은 준서 얼굴에서 얽은 자국이 거의 지워진 상태여서 예
전과는 다르게 꺼리는 모습을 보이지 않아 조금 나은 편이었다.

"뼈언하제. 니 그래도 모리겄으모……."

무척 흥분한 문대가 정우에게 무슨 일을 저지를 것만 같아 얼이가 얼
른 그들 둘 사이에 끼어들었다.

"그런 판에 딴 데로 가갖고 더 공부하것다는 거는 인간 도리가 아이
다."

넓은 벌판을 한참 달려온 말처럼 숨을 거칠게 몰아쉬었다.

"갤국 할 일은 하나밖에 없다 아인가베."

"……."

준서와 문대 눈이 마주쳤다. 둘 다 꽉 찬 듯 퀭한 눈빛이었다.

"하나밖에?"

정우는 한층 더 멍해 보였다. 도대체 저래서 어떻게 장가는 드나 싶
을 지경이었다. 하긴 그건 너무나 충격적인 사안인지라 마냥 그를 나무
랄 계제만도 아니긴 했다. 문대는 얼이가 하려는 말을 대신했다.

"또 싸우는 기지 머."

일순, 거기 교실을 향해 수천수만 개의 총칼이 겨누어지고 있는 듯한
아찔한 느낌이 왔다. 그 칼끝에 핏물이 튀고 총구로부터 화약 연기가 새
나오고 있었다.

"또 싸, 싸와?"

금방 숨넘어가는 모습을 보이는 정우였다.

"벨수 있나, 안 그라모."

뼈마디가 우두둑 소리 날 정도로 주먹을 불끈 쥐여 보이는 문대였다.

"그, 그리 되모……."

말끝도 제대로 이어가지 못하는 정우 얼굴에서 핏기가 싹 가셨다. 그러자 그러잖아도 꼭 계집애같이 희멀건 그의 얼굴이 더욱더 나약하고 창백해 보였다. 특히 그의 떨리는 좁은 어깨는 보기 민망할 지경이었다.

준서는 정우의 그런 표정에서 또렷이 읽었다. 죽음에 대한 공포의 빛이다. 최신식 무기로 무장하고 급습했던 일본군 헌병분견대에게 생포되어 처형당한 유생들 생각이 났을 것이다. 만약 그날 여기 있는 누구든 붙잡혔다면, 그 역시 지금 이 자리에는 없을 것이다. 말 그대로 삶과 죽음이 종이 한 장 차이라는 게 실감 나는 경험을 했다.

'정우를 멀쿨 거만 아이고 이해해야 하는 기 맞다.'

옳았다. 이건 어린애 소꿉놀이가 아니었다. 아니다. 어른놀이라고 해도 이런 놀이는 없을 터였다. 오직 단 하나밖에 없는 목숨을 담보로 한 투쟁이었다. 살기보다 죽기를 택하는 자가 세상에 얼마나 되겠는가. 더욱이 부모 형제를 생각하면 더 그렇다.

'우리가 상구 어리석은 기까?'

그러나 준서는 딱딱하게 굳어 있는 얼이 얼굴에서 분명하게 발견했다. 문대 말 그대로 또 싸우려는 결연한 의지였다. 그리고…… 준서 그 자신 또한…… 마찬가지였다.

'구차시럽거로 사는 거보담은 그기 낫다.'

준서는 가슴에 큰 비수를 품는 심정으로 굳게 의지를 다졌다. 하지만 떨림을 멈추지 못하고 있는 정우 어깨너머로 자꾸만 나타나 보이는 것은 남열의 얼굴이었다. 그는 쉴 새 없이 손짓하고 있었는데, 그게 자기를 따라오라는 건지 멀리 달아나라는 건지 종잡기 어려웠다.

"우짤 수 없다. 우리 오늘은……."

"집에 가서도 무신 좋은 생각이 나모 서로 연락……."

어쨌거나 그날은 그 정도 이야기로 끝났다. 물론 시간에 쫓기는 형편이긴 해도 쉬 결론이 날 것도 아니었다. 게다가 서툴게 일을 저질렀다간 딱 남열이 꼴 되기 십상이었다. 나의 목숨이 아까워서라기보다도 적을 어떻게 하지 못하고 그냥 가야 한다는 사실이 몇 배나 더 가슴에 큰 옹이로 남는 것이었다.

"……."

죽기 살기로 학교를 지키려는 수문장 같아 보이는 교문을 아무 말 없이 빠져나오고 있는 모두의 발걸음이 천근 쇳덩이를 매단 것만큼이나 무거워만 보였다. 지난날 서로 모르는 것이 있으면 묻고 답을 해가면서 공부하던 그 시간들이 애틋할 정도로 그리워졌다.

어쩌면 두 번 다시 보지 못할 학교였다. 아니, 이미 그런 불길한 조짐의 검은 그림자가 곳곳에서 나타나고 있었다.

—백성 5부 19권으로 계속

백성 18

초판 1쇄 인쇄일 • 2023년 10월 25일
초판 1쇄 발행일 • 2023년 10월 30일

지은이 • 김동민
펴낸이 • 임성규
펴낸곳 • 문이당

등록 • 1988. 11. 5. 제 1-832호
주소 • 서울시 성북구 동소문로 65-2 삼송빌딩 5층
전화 • 928-8741~3(영) 927-4990~2(편)
팩스 • 925-5406

ⓒ 김동민, 2023

전자우편 munidang88@naver.com

ISBN 978-89-7456-570-1 03810